爱与痛的边缘

李泽军 著

山西出版传媒集团

北岳文艺出版社

BEIYUE LITERATURE & ART PUBLISHING HOUSE

图书在版编目（CIP）数据

爱与痛的边缘 / 李泽军著. -- 太原：北岳文艺出版社, 2021.11

ISBN 978-7-5378-6469-5

Ⅰ.①爱… Ⅱ.①李… Ⅲ.①长篇小说－中国－当代

Ⅳ.①I247.5

中国版本图书馆 CIP 数据核字(2021)第 221015 号

爱与痛的边缘

李泽军 / 著

责任编辑 刘文飞	出版发行：山西出版传媒集团·北岳文艺出版社 地址：山西省太原市并州南路 57 号　邮编：030012 电话：0351-5628696（发行部）　0351-5628688（总编室）
装帧设计 文译	传真：0351-5628680 经销商：新华书店 印刷装订：郑州汇通印刷有限公司
印装监制 郭勇	开本：880mm×1230mm　1/32 字数：338 千字 印张：13.5 版次：2021 年 11 月第 1 版 印次：2021 年 11 月第 1 次印刷 书号：ISBN 978-7-5378-6469-5 定价：56.00 元

目 录

第三部　军营男子汉 (1997—2000)

第四部 回归 (2000—2016)

第一部
小山村
（1973—1983）

1. 小时候

关于小时候的很多事情都是来源于老妈的口述,所以对很多事情的真实性我是持有怀疑态度的。比如,有一次老妈说,同村的三叔公告诉我,童子尿是神药,喝了可以长生不老。我听后,立马跑回家拿出我吃饭的小碗,把憋了一整天的尿全都撒在了碗里。老妈说憋了一整天的尿太多,等我尿完之后有很多都溢了出来,我裤子都没来得及提,就赶紧抱起碗喝起来,连流出来的都舔了个干净……

老妈说话的时候,眉飞色舞的,丝毫不曾掩饰满面笑容。我绿着脸,茫然又无奈的表情正在无声地表示我对这件事情毫无印象,并且怀疑眼前的人是不是亲妈。如果我真的做过这种事情,她竟然还能笑得这么开心?

虽然我确实记得好像有人说过关于童子尿的事情。但是,我怎么会做这种事,简直可笑!

小的时候住在农村,虽然那时候改革的春风已经漫山遍野地吹了,但是难免有些地方会被遗忘,因为有些村寨是坐落在背

3

风的山坳里的,就像我家,所以家里的贫穷也就顺其自然成了事实。

老爸有两个弟弟和一个妹妹,本来还有一个最小的妹妹,由于奶奶在生她时难产没能抢救过来,爷爷便忍痛把她送了人。因为这件事情,老爸怪爷爷冷酷无情,愣是半年不和爷爷说一句话。若干年以后,老爸通过多种渠道,花了老大代价,愣是把小姑给找着了,爷爷歉疚的内心才得到一丝安慰。

父母结婚后,爷爷以"成家立业"为由提出分家。我们家只分得了些锅碗瓢盆和几斤米,完全没有什么猪牛羊啥的家畜,所以我家就显得更像改革春风没吹到的背风坳了。这种情况一直持续到妹妹出生,妹妹的来临使得家里的生活水平跌到谷底。不过老妈说了,再穷再苦也要把孩子养大。于是我跟妹妹跌跌撞撞、坎坎坷坷地努力长大。

老妈是个非常要强的人,如果生在战争年代,她肯定是名杰出的女英雄,虽然她的身材瘦削,但是她的身上总是散发着一股子干劲儿。每当我面对作业觉得生无可恋的时候,只要一看到老妈,全身上下就像注入了一股精气神,马上就会生龙活虎的,作业根本就不在话下了,即便当下让我上山打虎,估计我提起扫把就敢去。

这年端午,吃过晚饭后全家人难得清闲地坐在院子里,看星星聊家常。平时老爸为了挣工分贴补家用,作息时间已经超越了早出晚归,有的时候甚至直接睡在地里。通常老爸出工的时候我跟妹妹还没起床,老爸回来的时候我们兄妹俩已经睡得天昏地暗,一家人很少能这么悠闲安静地聚在一起。

而且不只我家安静,除了村东头以外,整个村子都很安静。

村东头的莫寡妇前些日子买了台黑白电视机,据说都用了外汇券,真不真实鬼才晓得!于是,整个村子一到晚上瞬间空巷——大家都争着去她家看电视了。电视机可是个新奇物件，小盒子一打开，厚厚的玻璃后面就会出现人像。刚看的时候，我一度以为那就是老妈以前跟我讲的鬼，吓得嗷嗷直哭。但是大人们见多识广，如莫寡妇，弹了我一个脑瓜崩儿之后扯开大嘴哈哈一笑，跟正在安抚我的老妈说："他婶子，这个叫电视机，那里面的人啊画啊都是天线收的，人演的，告诉娃子，甭怕！哈哈哈哈……"她不说还好，一说我更怕了，心想：鬼还是人变的呢，你这人演的跟人变的差啥？我鼻涕一抹，直接就朝家里飞奔，一边跑还一边提醒自己，一定要告诉妹妹莫寡妇家再也不能去了，她一定是知道了我们半夜去她家偷瓜的事才买了那个能收鬼的小盒子看家护院，那玩意儿肯定比爷爷家的大黄狗还厉害。

事实证明，电视机确实比大黄狗厉害。大黄狗总咬人，实打实的看家主儿，但电视机更招人。莫寡妇家每天都比她家隔壁的代销店热闹。

我出生在中秋节之后，那时候还在农忙，老妈生我的前一天还在庄稼地里忙活。赶巧，也就是那天，莫寡妇的锄头把儿被她结实的胳膊给抡断了，然后她看到了扛着锄头准备回家的我老妈。其实这些都没什么，但是第二天，村里的婆婆婶子们正为我老妈接生而忙得焦头烂额时，莫寡妇扛着锄头走进了我家。

那时候我们村里的人认为，寡妇都是命硬克人的灾星转世，所以任何喜事都不能有寡妇出现。

但是此时，莫寡妇，出现了。然后我出生了。

老妈说，我刚出生的时候小得跟老鼠似的，上秤一称才四斤。我还没下秤呢，村里管广播的张大爷就挥着一把大蒲扇闯进了我家，跟正要出去的莫寡妇撞了个满怀，搞得他直喊"晦气"。张大爷没有进屋，他站在窗外细声细气地压着嗓子跟我老妈说:"娃他娘啊,刚才娃他爹来电话了。"老妈把小号的我裹进大号的小被子里,正寻思我咋这么小呢,就随口回了张大爷一句"嗯"。张大爷又吭哧了半天才说道:"娃他爹在回来的路上出了车祸,正在医院里包扎呢,怕是一时半会儿回不来……"张大爷说完,老妈还没说什么,屋里屋外的女人们先议论开了。

"寡妇上门、老爸车祸、孩儿又只有四斤……"

"娃他娘啊,你瞅瞅这事儿赶的,这娃子,怕是也难活啊……"

三叔婆话还没说完,老妈便摆了摆手道:"婶子,我知道您想说啥。就算这娃子养不活,不也得先养养嘛,这毕竟也是我身上掉下的一块肉啊。"

"好样的!"我坐在院子里借着星光朝老妈伸出了大拇指。

幸好老妈当时坚持了,要不我早就成了牛圈里的血水,跟着牛粪滋润庄稼去了,真是想想就可怕。不过我也算是知道了为啥我老妈看见莫寡妇就烦,我老爸的脚为什么一到阴雨天就老疼了。

老妈瞥了我一眼,翻了个白眼:"熊娃子。"

熊娃子就熊娃子,我倒是觉得熊娃子没有什么不好的,反而觉得熊娃子还好养活呢,毕竟那个时候的熊娃子和现在的熊孩子不一样。

妹妹趴在我耳边和我说了一句话,我抬头一望,果然,爷爷来了。

一身千年不变的行头——灰布衣、草鞋,腰上缠一根和我手臂一样粗的麻绳,水烟壶一吹一吸,呼呼呼地直响,还有就是从我有记忆以来爷爷从来没舒展开的眉头。就算是过年,叔叔跟姑姑都回来,爷爷也是这样。

虽然对爷爷的印象不好,但是我不得不承认,对爷爷的尊敬是真实存在的。

　　爷爷是村里唯一的老中医，要我说就是行侠仗义的江湖医生。平时村里谁有个头疼脑热、跌打损伤，都会来找爷爷。爷爷虽然是这个村里唯一的医生，但依然很穷，因为村里的很多人也很穷。他们穷，给不起爷爷诊费，爷爷就不要诊费；他们穷，买不起药材，爷爷就免费送他们足够的药材，而且是跟卖出去的药材的品质一样，货真价实、童叟无欺，所以我觉得爷爷是个行侠仗义的江湖医生。就算他不喜欢我，就算我家很穷，爷爷也没接济过，我依然觉得他很江湖。讨厌跟尊敬其实并不矛盾。

　　说到讨厌，我是真的很讨厌那两个叔叔，一点儿尊敬都没有。

　　他们的自私，简直是让人发指，我甚至怀疑忠厚老实的老爸跟他们不是亲兄弟！奶奶已经过世很久，只能问爷爷，但我还没有这个胆子，所以这件事情对我来说也就无从考证，只得作罢。

　　两个叔叔在改革开放前就去了新疆，一直在那边的农场里干活，并在那里结婚生子，生活虽算不上富裕，但是比我家要强得多，可他们没想过要接济我们。

　　不过现在想想，也幸好他们当初没有接济我们家，要不然老妈让我忆苦思甜的时候，我都不知道该怎么去忆苦。这两个本应该让自己尊敬的叔叔，现在却成了自己忆苦思甜课上的记恨教材，形象极为生动。

　　我记忆最深的应该就是过年的时候，两个叔叔和一个姑姑拖家带口回来了，仿佛是从天边来的神仙一样，穿着我从来没见过的样式的衣服，带着我从来没见过的小得不能再小的果篮，甚至连骂我的说词都是我没听过的。

　　我有很多的疑问：拖油瓶是什么瓶？里面有油吗？里面的油可以吃吗？为什么他们脸色那么凶，为什么他们的脸色都已经那么凶了，老爸老妈还要赔一脸笑呢？为什么他们吼得那么大声，老爸老妈还要低头？到底发生了什么？这些疑问是我在长大之后才彻底明白的,不过这已经是后话了。

他们吼了好久,我跟妹妹抱成一团,动都不敢动,一直到老爸指了指姑姑手里一包白色的东西,然后又指了指抱成团的我们,几个人才算各自安静。姑姑瞪了我老爸一眼,随手把东西扔了过来。白色纸包砸在我身上时一下子就散开了,里面蹦出了好多像白色的小石头一样的东西,我吓了一跳,差点哭出来,因为我还抱着妹妹,忍了忍,愣是把眼泪给憋了回去。

老妈走过来,把散在床上的"小石块"一粒一粒捡起来,走到我们面前,摸了摸我们的头。

我看到老妈的眼睛里多了一层水雾。

我们扑进老妈怀里,妹妹哭了,刚学会说话的她说:"过年不好,不要过年。"

老妈没说话,把白色"小石块"塞进我俩嘴里。

那是我们第一次吃冰糖,还不知道那是甜,就知道那白色"小石块"特别好吃。那之后我馋得不行的时候,还去过河滩找白色的小石块,当然那些都不能吃。

冰糖进到嘴巴里面,我们的舌尖就被那一股甜味给吸引了,带着甜意的口水一下子就流进了我们的喉咙,妹妹一下子就不哭了,就连原本充满水雾的眼睛也在一瞬间放了光。

也正是因为那是我们兄妹俩第一次吃冰糖,即便姑姑从来都没有正眼看过我们,在她患病去世的时候,我们兄妹俩还是伤心了好一阵子。

2. 浅尝涉世

　　光阴似箭，日月如梭，这句话说得真的没有错。春去秋来，昼夜更替之间，日子就像是地里的小麦和玉米，在一绿一黄、一种一收、一热一冷之中，很快就过去了，一年就像是飞逝一般。

　　村里面能够买得起电视机的人家越来越多了，原本每晚热闹非凡的莫寡妇家又变得冷清。偶尔能够在这宁静的小山村里引起轰动的事情无非就是谁家买了一台价值不菲的彩色电视机，谁家成了"万元户"，谁家娶了媳妇嫁了闺女，谁家又挖了大水塘。

　　不过这些都与我无关，因为那年我六岁，就算我扯着嗓子吼"我要赚好几万元当一个有好几万元的'万元户'，然后娶隔壁的阿英小美还有村里的阿香、阿凤当媳妇"这样的豪言壮语，估计最多也就只能得到老妈的一个抚摸和老爸的一声赞赏。

　　至于我为什么要当有好几万元的"万元户"，这就说来话长了，而且不得不提我要"娶"的那几个"媳妇"当中的阿英跟小美。

　　阿英跟小美是我隔壁王婶子家的女儿，阿英大我三岁，跟小

9

她一岁、大我两岁的妹妹小美是村里出了名的姐妹花,姐妹俩都生得细皮嫩肉,圆乎乎的脸蛋跟剥了皮的煮鸡蛋似的,两条乌黑油亮的羊角辫跟着她们像是能飞起来似的,走路时麦穗一样地一颤一颤,看着就让人喜欢。

那年风调雨顺,庄稼地里的杂草刚刚锄净,又到了农闲日子。六岁那年我还没上学,不知道学问是个啥,偶尔有大一些的孩子放学回家,拿着本书坐在自家门口的石台子上看时,我就觉得他很有学问。老爸也说过,要想当个"万元户",那一定得有学问!于是我跟妹妹就会像看花灯似的围上去,赶都赶不走。

直到有一天,阿英在自家门口看到我俩风风火火朝外跑,喊都没喊住,她觉得奇怪,也跟着我俩跑了出来。自从四岁那年答应小美要娶她姐俩以后,无论是小美还是阿英,只要喊我,那稳保一喊我就到位,但是今天我听到了,却没有停下。

阿英性子要强,凡是顺着她的人必须一直顺着她,要不然她就生气。于是,气呼呼的阿英甩着两条羊角辫,圆圆的脸蛋儿上嫩乎乎的肉肉跟着脚步一颤一颤,远远地追着我俩。她应该是一边生气一边盼着能看到点平时看不见的西洋景儿吧,扫兴的是,她只看到了围在柱子哥身边、两条小土狗似的兄妹俩。

柱子哥是村里面专门管广播的张大爷的孙子,张大爷对我很好,柱子哥对我妹妹很好,总而言之,他们一家对我们都很好。

那时候我蹲在朝向门外的石台子上,远远看见了从一个小圆点渐渐放大的气势汹汹的阿英,心里暗叫:不好,刚才疏忽了。也真是的!这"媳妇"我不就是没搭理她嘛,咋还追到这儿来了,这成什么样子!人家都说家丑不可外扬,她咋就不明白个事儿。你看村东头的莫寡妇,我大半夜去她家偷瓜正撞见她洗澡,而且还被抓了个正着,人家只是哈哈一笑便回屋了,也没见人家追出来的。她咋这么小家子气!

　　我摸了摸妹妹的头,心中暗自想道:还是我的妹妹乖巧。然后跟柱子哥说我要去解决点儿家里的事情,让柱子哥帮我照顾好妹妹。然后我以最快的速度跑到了阿英面前,在阿英要穿越柱子哥家晒麦场之前拦住了她。

　　我抓住阿英圆润的肩膀,说:"你来做啥?"

　　阿英手臂一挥,把我的手甩开,跑得红彤彤的脸蛋儿,瞪得圆圆的眼睛,虽然好看,但是跟小美一比就显得凶巴巴的:"你说我来做啥?你说,我刚才叫你,你咋不应我一声?"

　　我双眼一闭,朝天一望,心里一声叹息:家有悍妇啊!

　　阿英见我只是仰头不回她,更来气了,伸出胳膊推了我一把说:"你说啊!"

　　我稳定了一下情绪,再把双手搭在阿英的肩膀上,低下头时,突然想到了一个能安抚她的主意。我神秘一笑,说:"哎!阿英,你知道闰土吗?"

3. 阿香阿凤

　　六岁的时候,我和妹妹隔三差五地就去柱子哥家门口的石台子,围着柱子哥听他讲课本里那些我们不知道的很早时候的事儿。我觉得那时候的我就像柱子哥故事里"凿壁偷光"的匡衡,不同的是,匡衡是凿了墙壁,借着光学学问,而我是"凿"了柱子哥的脑子,听他讲学问。我坚信自己一定会成为像匡衡一样的大人物,虽然后来我只成了一个大人! 不过也应该算是成功了大部分吧,至于为啥差了一小部分,我归咎于"家门不幸,家有悍妇"。

　　我攀着阿英的肩膀,感觉自己笑得相当神秘。我认为那是一种普通人无法理解的高度,所以对于阿英肉乎乎小脸上的大大的嫌弃,我并不在意。相反,我似乎在她的脸上看到了一条凡人跟大人物之间不可逾越的鸿沟,我对她的普通表示理解,果然有学问跟没有学问就是不一样。

　　"你知道闰土吗?"

　　阿英白了我一眼,小嘴一咧,跟我隔壁王婶子(也就是她老妈)听到什么让她不屑的闲话时的表情完全一致,果然"三岁看大、七岁看老",何况那年阿英已经九岁。

阿英说:"不知道。闰土是什么土?能种啥?土豆种进去能长出黄瓜吗?"

我笑得更加神秘:"今晚,猫叫时到门口,有人等你。"

当天晚上,月朗星稀,月光透过窗户进了房间,而外面脸盆大的月亮挂在正对着村口的大梁山上,像极了放大了的老妈晚上煎的金灿灿的鸡蛋饼,一想到那香喷喷的鸡蛋饼,我好像又饿了。

我偷偷地从被窝里钻出来,给妹妹掖好被角,再看看老爸老妈是不是已经睡下了。一切确认妥当之后,我翻身从床上跳下来,一矮身从门上破洞钻进并不黑暗的黑夜。

那时候我想到了老爸故事里穿着一身跟夜晚同款颜色夜行衣的夜行侠,他们夜晚出没,行侠仗义,劫富济贫,像现在正在朝阿英家墙下跑去的我。但是我知道我还不是夜行侠,因为我没有劫富济贫,没有行侠仗义,而且我也没有夜行衣!我夜晚出没,只是因为今儿日头落山之前跟阿英说过"今晚,猫叫时到门口,有人等"。当然一同收到这份邀请的还有我的"媳妇"小美和想当我媳妇的阿香、阿凤。

阿香跟阿凤分别是村里赵婶子和住她家对门的朱刁家的女儿,朱刁是村里人因着她刁钻不讲理的性子给取的诨名儿,按辈分我应该叫她太奶奶,但是她还没我老妈年纪大,我就跟村里人一样叫她朱刁,挨揍也叫。不过话说回来,幸好阿凤跟朱刁性子有差别,要不就算阿凤给我好几个万元要给我当媳妇,我都不要。

阿香和阿凤跟我年纪相仿,是我被阿英、小美两姐妹勒令必须远离的重点对象,原因应该是有一次我跟妹妹说我觉得她俩比阿英通情达理,比小美善解人意的话被妹妹用一块米糕出卖给了阿英和小美,而这样的结果就是险些酿成一场群架。

我猜想,当小美得到这个消息的时候,她应该是崩溃的,她肯定是哭过了,而且哭得相当伤心,其程度不亚于撕心裂肺,因为只有这个样子才会激发阿英无懈可击的昂扬斗志。

事情的大概是这个样子的……

阿英安慰小美,一脸不屑地说:"妹子,咱不哭,不就是多了俩女人嘛!"

小美继续哭。

阿英再说:"妹子,咱不哭,咱比那俩丑瓜长得水灵,全村人都稀罕咱俩,还差他一个半大老爷们儿?"

小美哭得更伤心了,因为说这些话的阿英并不知道我跟小美之间发生的事情。

在小美似乎没有尽头的眼泪中,阿英开始咆哮:"哭啥,你个孬丫头片子!走!"还在哭的小美不明所以地被阿英扯到了阿香、阿凤家之间的巷子中间。

阿英说:"孬丫头片子,你瞅着!瞅姐咋收拾那俩小狐狸精!"

阿英深吸一口气,两只胖乎乎的小手窝成半圆放在嘴边做成一个简易的扩音器,然后一声暴吼:"小香、凤子,你俩给我出来。"那吼声真可谓是气壮山河。阿香、阿凤家门楼上的泥土瓦刷拉拉掉下了一大片土块子,在大梁山上干活的阿英、小美的老妈还以为家里的牲口跑出圈了,扛起锄头就往家里跑,一边跑还一边嘟囔:"俩挨千刀的孬丫头片子,咋就不知道看好牲口!"在家里陪妹妹过家家的我忽然觉得后脊梁骨凉嗖嗖的,并且连着打了好几个喷嚏。

阿香和阿凤应该也被吓得不轻,一前一后从自家门洞里钻出了小脑袋,要看看这会狮吼功的妖精到底生个啥模样。

阿英见她俩冒出了头,哪儿还能松懈,在阿香跟阿凤还没反应过来出了啥事的空当,阿英一手一个,揪着她俩的小辫子就给拎到了巷子中间,然后胖乎乎的胳膊往腰上一叉,唾沫星子子弹一样就开始喷:"你们两个丑娃子,咋就那么没羞没臊,不知道我妹跟军长玩得好吗?你俩瞎掺和啥?"

阿凤当时肯定是被阿英突然来的这么一出给说蒙了,一时之间没有反应过来,愣在了那里。

阿香却听明白今天她俩被拎出来的缘由了,一下从地上站起来,小手指直接指到阿英的鼻子尖上,尖着嗓子开始回骂:"你个臭不要脸的,军长哥又不是你们家的狗(她可能不知道我跟她们家狗的性质其实没差啥),你们凭啥不让他跟我俩玩?再说,就算不一块玩,那也不是你姐妹俩说了算的!"

话一说完,阿香马上朝自家门楼子奔去,应该是去牵大黑了,她在快到门口却又被阿英给拎回的时候,阿香跟大黑有了一次对话。阿香说:"大黑,哇哇哇!"然后大黑回她:"呜……汪汪!"

小美被院子传来的蔫蔫的狗叫声吓坏了,赶忙拽了拽阿英飞起来的衣角,说:"姐啊,你听,她家真有大黑狗,咱还是回吧!"

阿英回手推了小美一下,说:"没出息的玩意儿!怕啥?!那大黑还没咱家蔫瓜大呢,甭怕!"

蔫瓜是阿英妈前些日子从外村要来的土狗崽子,跟蔫了的南瓜一样大,所以叫蔫瓜。

阿英说完回过头,对在自己手里咬着牙挣扎的阿香说:"小丫头片子,还敢吼狗!我告诉你,你们俩说的啥我都听懂了,甭想糊弄我!"

阿香一下蒙了,其实她也不知道自己刚才吼的啥,当下也不挣扎了,歪着脖子跟阿英吼。其实她已经不想吼了,但是不能输了气势,何况旁边还有俩看热闹的。

阿香跟阿英吼道："那你说说,我刚才跟大黑吼的啥,大黑又回我啥?"

阿英咧嘴一笑,说："你跟大黑说,'大黑咬她俩'……"

阿香感觉自己眼前一黑,险些瘫倒在地上,紧靠着一丝力气撑住自己,但是心中可不是这么有底气的,心想:妈呀,真给她说对了!

阿英松开拎着阿香的手叉回腰上,继续说："大黑回你,'不,不敢'。"

咚!

阿香没倒,倒是看了小半晌热闹的阿凤先倒了。事情发生得太突然,小美哇的一声乱了本来就没有的方寸,一蹦三尺高,直接扑到了离她最近的阿香身上,扯都扯不下来。阿英到底是大了两岁,看着阿凤倒在地上,大吼一声:"看! 我刚才就是想让凤子躺下,她真就自个儿躺下了!"然后背对着被小美箍紧的阿香说:"你们两个小丫头片子是斗不过我的,赶紧痛快一点儿跟我打包票,以后都不再跟军长玩儿了,他找你们玩儿也不行!"

阿香不知道此刻阿英是一种什么心情,虽然说到以后不能再跟我玩了有些伤心,但是面对一个如此强悍有力的"恐怖分子",她觉得她还是应该暂时妥协。于是阿香按着阿英的话对她打了包票,其间阿凤一直没有醒过来。等得到了满意的结果,阿英扯下了小美就准备回家去了,走到巷子口时,留在原地的阿香突然想到了什么,喊道:"英子姐(臣服者总是会在被威胁之后顺便低下头,阿香不自觉地把阿英当成了大姐大),那以后要是军长哥来找我俩咋办?"

阿英想了想,说:"那你们就带着他到我家来玩儿,反正就是不能背着我偷偷跟军长玩儿,听懂没?"

阿香朝阿英姐妹俩渐渐远去的背影露出了异样的目光,喃喃说道:"听懂——个屁啊!"然后捅了捅躺在地上的阿凤,"行咧,别装咧,那俩母大虫走咧。"

阿凤身子没动,眼睛微微睁开,啐了一口:"呸,她个孬丫头片子!还想让我倒下就倒下,她咋不上天呢!哼!日子长着咧,看往后咋整治她俩!"

4. 月夜

自打阿英带着小美找了阿香和阿凤后,我的人生开始绽放光芒。

因为阿英的这件事情,"听话"的阿香阿凤果然没有再主动走进我家院子找我,没有美貌却具有智慧的她们并没有就此善罢甘休! 她们把比阿英家的蔫瓜还小的大黑非常成功地训练成了一条"信狗",而正是因为"信狗"大黑的存在,我们之间的交往沟通成功地超越了年代,做到足不出户,信息就可以传达。

我问过她们的训练方法,她们只是笑笑,并不打算对此做出任何有价值的回答,所以关于驯狗的方法我至今不得而知,所以当时我想再驯一条"信狗"给阿英、小美的计划也就顺利夭折。

阿香跟阿凤她俩隔三差五就会在大黑脖子上拴些能达到跟我联系的目的的东西,然后接到暗示的我再出发去她俩家附近学两声猫叫,她俩就会出来,然后我们仨就悄悄翻过墙头钻进玉米地里玩捉迷藏、丢手帕啥的。

我们仨的事情阿英和小美并没有察觉,自然她们也不会知道阿香跟阿凤想当我媳妇这么隐秘的事。

我当时的想法是先娶了小美、阿英,然后再娶阿香跟阿凤。虽然此想法刚一提出就遭到了阿香跟阿凤的一致反对,并且还对我进行了足足七天不搭理的心理施压,但是我仍然坚持!做人嘛,总要有自己的原则,至少得有个先来后到不是?

而这件事情最后的解决方法,就是由大黑的"亲自"出面解决的。而它解决的过程也是极其简单,就是大黑屁颠屁颠地跑到我家门口撒了一泡尿,这件事情也就翻了篇了。

我在阿英家外墙根底下学了差不多几十声猫叫,其间阿英妈披了条毯子出来上了一趟茅房,顺便朝墙根下扔了一块碎砖头;阿英爸出来吼骂了一声,吼骂内容伤风败俗有损心理健康,此处省略若干字。

这期间阿英、小美没有任何出来的迹象,哪怕是上趟茅房。我很失望,很生气,气急败坏地又喵了一声,之后决定去找阿香跟阿凤,反正出来已经出来了,总不能啥都不干就落空回去吧,那岂不是很没面子?就在这时,突然有人从我身后的草垛子里爬了出来。

月亮很亮,但是毕竟背景太过广袤,任我眼睛再好也还是没法看清来人的全貌,只能隐约看到个轮廓,但是这个轮廓简直让人毛骨悚然。他——居然有两个头,还都长着麦穗子一般长的角!我吓蒙了,"扑通"一声坐在地上,险些没尿了裤子。那怪物看到我跌坐下,马上就朝我跑了过来,一边跑一边说:"军长你咋了?"

阿英、小美一前一后跑到我面前把我扶了起来,看到我狼狈的样子,小美扑哧一声笑了,说:"我俩今晚没在家,在奶奶家来着。"

阿英拍了我屁股几下打掉衣服上的土,说:"我爸妈睡觉轻,一有响动就醒了,在家睡的话我俩谁都跑不了。"

我没说话,"嗯"了一声,心想:这俩败家娘们,出来也不吱个声,吓死我了! 小美也是,我都这样了,她居然还能笑出来!

不过作为一个大老爷们儿,我的害怕是不能在女生面前表现的,所以在这件事上我选择保持沉默。小美问我咋还跌了,我说:"夜太黑,坐得低点看得远。"

阿英啐了一口,一脸不屑地说:"人家都是站得高看得远,你咋就反着来? 瞅把你能耐的!"

我说:"站在高处往远看,人人都会! 那是啥? 那是俗!"然后闭嘴,继续保持沉默。看得出小美应该被这句话深深地折服了,因为她跟我一样选择了沉默。

随后,我带着我心中的两个"媳妇"向村东头莫寡妇家的瓜地进发,路过刚刚阿英和小美藏身的草垛子时,顺手抽出了深深插在草堆里的那柄两尖钢叉。

以前我经常跟妹妹在半夜偷偷去莫寡妇家偷瓜打牙祭,所以这条通往瓜地的路我早已烂熟于心,就是闭着眼睛都能走到。我决定带着我的两个"媳妇"去偷瓜,但是我居然走错了门,简直就是打了我的脸。不过瓜地就在前院,我们仨并没有偏离。

后来这件事我归咎于莫寡妇家的房子。好好的一处土瓦房你非得开个后门干啥? 你开就开呗,在后门又安个电灯干啥? 电灯都安了,那你晚上不打开干啥? 这可好,前后都长得一样了,闹得我后门当了前门,要不是我脑子机灵反应快,那铁定是要在俩"媳妇"面前出丑的!

我们仨弓着背慢慢溜到房檐下。借着月光我终于发现了已经长大并且能反射出幽幽乌光的甜瓜,还有种在它旁边池子里的我等永远的隐蔽屏障——黄瓜架。

我拍拍阿英跟小美,朝着甜瓜地指了指,她俩瞬间心领神会,之后就再也不看我一眼,一溜儿小跑,钻进了黄瓜架里面,那动作真是行云流水,一气呵成。我都怀疑她们好像生错了时代,如果生在古代,绝对是称霸武林的女侠。

我目送她俩钻进黄瓜架之后朝莫寡妇屋子里瞄了一眼,没有人。抓钢叉的手不自觉地紧了紧,简直就是天赐的偷瓜良机啊!于是我大摇大摆地站在了甜瓜地地头。

我指指阿英,然后压低音量(虽然莫寡妇家黑着灯没有人,不代表附近家没有人,我做事还是要谨慎些的)又不失威严地说:"还记得我大白天跟你说的话吗?"

阿英想了半天,乌溜溜的眼珠子都快转出眼眶了,最后还是摇了摇头。

我神秘一笑,刚要说话,阿英突然一个激灵,说:"我想起来了,你说……闰土?"

我继续保持神秘的笑容,巨大的月亮此时绕到了我的背后,阿英、小美蹲在我被拉长的影子里,那时我并不知道这样的背景下,我神秘的笑容看起来很是瘆人!

突然,我挥起钢叉朝离我最近的一个甜瓜狠劲扎了过去,并说:"柱子哥说闰土就是一个脖子上戴着大项圈的娃子,没啥大不了。但是我相信他是一个英雄,因为他敢用钢叉扎猹,就算没听说他扎到过!我也要当一个闰土一样的小英雄,我不敢扎猹,我敢扎瓜,还能一扎一个准!你们看!"说着,我又朝第二个第三个甜瓜扎了进去。

其间关着灯在厨房洗澡的莫寡妇开了门,不过被瓜碎的声音挡住了,我没听到。

阿英和小美不知道什么时候钻进了黄瓜架深处,我扎得太认真,没看到。

一直到耳朵上传来一阵撕裂般的疼痛,我终于清醒了过来。

5. 上学

第二天我挨了老爸一顿揍，原因是他为了补偿被我扎坏的那五六个甜瓜，把我昨晚拎走的我家仅有的那把两尖钢叉送给了莫寡妇，老爸觉得亏了本。

老爸就是这么一个会算计的人，那个时候我就觉得他适合去做生意，最后老爸确实是做起了生意，而且做得也是风生水起。

再后来，我七岁了，到了上学的年纪，背着老妈亲手缝制的军绿色单肩布包独自踏进了村小学的课堂。

本来老妈的意思是想让妹妹跟我一起上学，这样她不仅能省些事，兄妹俩一起上学还能有个伴，相互照应。如果妹妹被人家欺负了，我还能挺身而出帮妹妹打倒坏人，就算打不倒，再不济我还能把妹妹护在身下替妹妹挨打。

但是老妈美好的想法被残酷的现实秒杀了。别看当时我们村的学校小（当然后来规模也没有再扩大），课桌椅还是从别处借来的，但是这入学资格也不是谁都有的。

学校规定，新生入学第一条——也是最后一条：必须能流利地从 1 数到 100，中间不能停顿，不能打磕巴。

　　妹妹可能是早上有些激动，一不留神吃得有点儿多，在数到 35 的时候打了一个短暂的磕巴，然后她的名字就被监考老师无情地打了个叉，然后监考老师朝她摆摆手，比数数还流利地喊："下一个。"

　　妹妹应该很伤心，我看到她忍着眼泪一连吃了老妈早上煎的四个鸡蛋饼，那里面包括我的两个。可怜的妹妹，我都想替她哭。

　　排在妹妹身后的是阿英。其实按年纪来说，阿英早就应该上学了，但是她在以前应试的时候都犯了跟我妹妹同样的错误，这就导致现在她的第三次应试。

　　监考老师一抬起头就看到了阿英，笑了笑，亲切地跟她打了声招呼："哟，小丫头今年又来了啊！今天又准备在九十几停啊？"从监考老师的话中就可以听得出来，往年阿英被画小叉的时候有多么的不甘心，以至于一年见一次的监考老师都能记住她。

　　阿英在失败了两年之后终于在第三年一雪前耻，小嘴一张一合一口气数到了 110 多。就在她还要继续往下数以此来证明自己往年只是发挥失常时，她被旁边负责维持秩序的高年级学长扭送了出去。临到门口，阿英白胖的小手瞬间化为钢爪，紧紧把住门框朝里面正在给我监考的老师怒吼："127……"

　　托阿英的福，监考老师当时的心情应该是凌乱的，他应该没有在听我数数，因为我漏数了 90 以后的所有数字直接跳到了 100，他依然给了我一个大红钩。

　　我在心中暗暗地赞许着阿英，不愧是我的"媳妇"，真能给你家"老爷们儿"办事儿！

　　至于小美，这是她的第二次应试，所以小美落榜我并不觉得奇怪。我深信明年的今天，小美一定会像今天的阿英一样顺利过关。

阿香跟阿凤顺利过关。

上学第一天的第一堂课,按惯例自然是自我介绍。可能就是那次的自我介绍没发挥好,导致我一直在强制自己练习自我介绍,一练五六次。可以说我在学校的生涯中说得最多的除了"你叫什么名字"以外,就是"我叫什么"。

"我……我叫……我叫……"我站在三尺讲台上"我叫"了一分多钟,班主任,也就是我们的语文老师田老师都憋得满脸通红,可我还是没有把名字说出来。

"李爱博!"

讲台下传来声音。

我们一个年级只有一个班,我跟阿英、阿香、阿凤理所当然地进了这个班。而此刻面对"自家爷们儿"的窘境,阿英终于看不过去了,在我说了两分钟"我叫"之后,阿英接上了我的话。满面红光的班主任田老师马上带头鼓掌,全班也跟着热烈鼓掌,大家的脸上都洋溢出灿烂的笑容,田老师喊道:"快!下一个。"

整个自我介绍环节差不多每人一分钟,能说者一分半,最后田老师上台做总结。

田老师微笑着问:"大家都记住其他同学的名字了吗?"

大家异口同声地回答:"记住了……"

田老师继续微笑着说:"那大家都记住了谁的名字?"

此刻田老师内心的画面应该是整个教室里稚气未脱的孩子们,尖着嗓子七嘴八舌地说着自己记住的、没记清的,甚至干脆就是名跟姓完全被拆散又重新组合的名字。然而事实却是大家无比统一的回答:"李爱博——"

当然,这么统一的回答之中,除却了一个人,那就是李爱博本人,也就是我。我成了这无比统一的呐喊之中的异数,这样的结果就是孤军奋战的我被成功地淹没在了茫茫声海之中。

没人知道我当时喊的是谁，他们甚至都以为我也只记住了我。

然而并不是。

我清楚地记住了那个一头秀丽短发，鼻侧有一颗小痣的萝莉，我在人群中奋力呼喊着她的名字——刘悦洁。

后来我知道了刘悦洁是隔壁村刘家厂一户人家的二女儿，大我一岁。她上头还有个比她大十岁的哥哥，外出务工去了。她哥哥在家的时候对阿洁极其照顾，所以她养成了腼腆又率真的性子。这点跟小美很像。有时候我觉得，就是因为这个原因，所以我在那么多人之中记住了阿洁。当然长得漂亮也是很小的一个方面，是的，很小的一方面。

自我介绍在大家激烈的"饿了"声中宣告结束。田老师站直身体喊道："下课！"然后同学们不明所以地各自仰头，用一种完全不解并且天真的目光看着老师，此起彼伏地说："哦！"当然，这样做的结果是田老师认真教我们课堂礼仪，我们在饥饿中学会了上下课礼仪，并且终身不忘。

下午的第一堂课是数学课，数学老师跟我是一个村的，姓孙，那年应该是三十五岁，比我爸大几岁，长得跟我爷爷似的。他儿子跟我年龄相仿，也是今年上学，就坐在我前面的前面。

我们私下里都叫孙老师"孙秃子"。他巨大的脑袋上被零星的一圈毛发围着的光溜溜的头顶比我家的灯泡还亮几分。

"孙秃子"不喜欢我，因为那时候我家穷，上学之前没有给他备礼物请他关照我。全班那么多人，唯独我是例外，所以他不仅不喜欢我，可以说还特别敌视我。

他骂我笨，上课的时候专挑最难的题目让我去做，我做不出来他就拿着门口的扫把抽我屁股。我一共就在村小学上了三年学,他以平均一年两把的速度生生打烂了六把扫把。后来等我上到初中学了政治以后,我突然发现,其实那时候我是可以去乡里的法庭控诉"孙秃子"的,理由是破坏国家公物,因为那时候每样公共财产都是宝贵的社会财富,即便是扫把也不例外。我觉得,如果那时候我懂的有现在这么多的话,我一定能把他送进监狱蹲个三五年,再不济也能扔进看守所。

但是那个机会我错过了。唯一可以惩罚他的,就是我的数学成绩从来没有及格过,这也让他把我惩罚得很惨。这颇有一种伤敌一千自损八百的感觉。毕竟当初我的数学成绩永远停留在赤字,并且不存在一点儿复活的迹象,次次如此,他也被我气得够呛。

说来我上学的第一天也真的是精彩,临到家还出现了一个插曲。

我跟阿英一同背着书包朝家里走,哼着那时候听起来异常美妙的不知名的小曲儿,然后很快,插曲来袭。我们先后被两拨人马拦截。

按理说拦截的目的应该是针对我和阿英的。但是我又觉得事实上似乎都是针对我一个人的。男人总是会在一些事情上无缘无故地成为受害者。

第一个拦住我们去路的是刘悦洁。她斜挎着跟我们相同款式或者说大家款式全部相同的书包,从我们要经过的小路旁边的草垛子后面跑出来,脑袋上还挂着枯草叶子,看起来她应该埋伏已久。

六岁那年去莫寡妇家偷瓜的夜晚,我被从草垛子后面冒出来的阿英和小美吓得半死的事,让我对所有草垛子保持警惕性。于是当阿洁刚从草垛子后面出来时,我本能地举起书包朝她砸过去,幸亏阿英眼疾手快把我的书包拦住了,要不然我新发的书本肯定得弄脏。

6. 揍你没商量

阿洁头发凌乱,呼吸有点儿急促,两只手紧紧抓住斜过胸前的书包背带,乍看起来像一个准备变身的金刚战士。但是如果现在把当初的情景重现的话,我一定不会认为阿洁像金刚战士,而是萌哒哒小萝莉。

阿洁站在我们面前,脸色在夕阳中透着微红。"李爱博!"

"啊?"我惊讶了一下。

阿洁把头垂低,说:"你以后……你……不许找我玩!"越说到后来她的声音越低,以至于话的结尾我只勉强听到了一句"找我玩",最重要的否定副词,没听到!我当时还在奇怪,阿英对她的这种行为怎么就会默许了。

其实我的理解绝对是超出阿洁预计范围内的。如果她知道后来我特别依赖她是因为我听错了她发出的警告,一定会很伤心。不过阿英应该是听到了,并且听全了,所以才没有阻止我点头说好。

第一拨被堵截,我们在没有好好对接交流中阴差阳错地发生了乌龙。

当然这一切的真相是我在村小学上到三年级,即将转学去乡里时,阿洁再次堵住了我的去路,我们相互一对接才发现的。然后大家同时一声惊呼:"噢,原来弄错了啊!"

同一个时间、同一个地点、同一个草垛子,还有同样的人、同样的装束,不同的是,三年之后的我们,都已经发生了改变,已经不是当初什么也不懂的毛孩子。重点是,我的衣袋里面还有老妈给我发的"巨额"零花钱,其实也就五毛钱,不过这五毛钱在那个时候对小孩儿来说却是一笔"巨款",所以那个时候我也算是一个小富豪了,不是一个人人看不起的穷小子了。

阿洁满脸涨红地说完了她想说的话之后,转身又跑回了草垛。原来那后面有一条比羊肠还细的小道,那是阿洁的哥哥还在家的时候,领着阿洁和她家偷偷养的羊一步一个脚印踩出来的,直通到阿洁家后院。

我和阿英目送阿洁跳跃的身影,其间我看到阿洁几次险些摔倒而无动于衷,心想:这小娘们儿咋比小美还笨。

我们快到家时,第二拨堵截来了。

这次没有那么惊艳,因为站在我们面前的,是两个明显大了我不止四岁的男生。

两个男生的肩膀上搭着已经被汗水渍成姜黄色的面目全非的汗衫,看起来空荡荡的书包也被他们搭在肩膀上,然后他们又把看起来沉甸甸的胳膊搭在彼此肩膀上。他们的肩膀真累。

两个男生像村前的土狗一样并排拦住了我和阿英的去路,就凭那体格和这条路的宽窄,我跟阿英注定绕都绕不过去。

两个男生连体一样磕磕绊绊地走到我面前,突然捅了我肩膀一下,那时候我身子瘦弱,哪禁得住这么一下子,直接向后一个趔趄,把他俩逗得哈哈大笑。而阿英完全没管险些跌倒的我,她看着哈哈大笑的两个男生,精巧的眉毛朝中间皱了一下。

这时候,作为这个连体组合重心的、那个没有捅我的男生指了指阿英,对我说:"傻小子,这丫头片子咱哥俩看上了,你以后离她远点,不许跟她一块儿上学放学,不能一块儿吃饭,住隔壁也不能唤她名号。听见没?要不然咱哥俩见你一次修理你一次。"

我心里一惊,第一反应是阿英居然也有人相中?那他们指定是没见过阿英生气,俩呆瓜!

不过这件事情想归想,阿英毕竟是我当初答应了小美要一起娶回家的"媳妇",什么事情都要讲先来后到,好好的一个"媳妇",虽然悍了点儿,但是也不能就这么被别人抢了去。

就在我想起身争辩,以君子之礼"能动口尽量不动手,非要动手我就走"的形式摆平这两条拦路"土狗"之时,阿英动了动手,然后两个"壮士"倒了,然后宽阔的路出现了。阿英瞥了一眼躺在草丛里的两个人,说出了她人生中的第一句成语:"不自量力。"

我从来不知道阿英的战斗力如此强悍,她除了可以当我"媳妇"以外,居然还可以当"保镖",我内心突如其来地有些喜不自胜。不过想一想也挺吓人的,万一哪天我一不留神把阿英惹毛了,我的小命岂不是也时刻面临危险?想到这里,我后背突然升起一股寒气,仿佛听到了老爸曾说过的那句话——利益与危机永远共存。

后来那两个小子还企图把这件事情归到我头上,想以报复我来出气,我嗤之以鼻,真的是不自量力!且不说我身边时时刻刻有阿英,就是我老爸那一关,这两个毛头小子都过不去。

阿英对被拦截之事十分气愤,以至于她食不下咽,晚饭时只喝了几口冷水就冲到了我家。那时妹妹正拿着米糕坐在门口的小凳子上玩过家家,刚要把嘴里咬碎又吐出来的米糊糊塞进老妈给做的看起来病恹恹的布娃娃嘴里,阿英一脚飞踹,布娃娃直接寿终正寝,再也不用吃妹妹精心咬碎的食物了。

愤怒的阿英一进门,就开始张嘴说,在妹妹撕心裂肺的"倾情"伴奏之中开始跟我爸告状,当然其中的内容掺杂了部分阿英的想象和捏造。

阿英说:"李叔!我俩今天放学让人给堵了,军长还让人给揍了呢!"

阿英这句话刚刚说完,我老爸一个激灵,从床上蹦了起来,大高个子的他差点撞上了我家的房梁,我可真为我家的房梁担心,不过我老爸的重点显然不是在这里,他大吼道:"啥?咋回事?!英子你快点说!"

从小到大都是如此,老爸一碰到跟我有关的事情就特别容易激动,特别是关乎我的安全问题,在这件事情上,他的情绪不能叫作激动,而是暴躁。

阿英一扭身斜坐到床沿上,继续在妹妹更加撕心裂肺的哭声中说:"李叔,您是没看到啊!我俩,眼瞅着就到村口了。抽冷子(突然)就搁草垛子里蹦出十多个半大小子,个个手里拎着锄头把那么粗的玉米秸秆,一见着我俩就开始撵啊!也不说是因为个啥!眼瞅着黑压压的一片人就要撵上来啦!说时迟那时快啊,军长怕我让他们打着,一下子就把我扑在他身子下边了。我是没挨着打,军长他自己可挨了打了。"

此时妹妹的声音已接近崩溃,她应该是在思考为什么阿英进去之后大家都无视自己的死活,她的嘶吼正是她对这种无视她的行为最剧烈的反抗!而阿英家单纯的蔫瓜应该是觉得我妹妹一个人呼喊实在是太过孤单,于是就情不自禁地跟着一同撕心裂肺。而它也是此刻两家人中仅有的一个对我妹妹的伤心予以安抚的成员,如果阿英家允许称它为成员之一的话。

　　房间内,伴随着两家院子里此起彼伏的伴奏,阿英把我俩如何如何被欺负,我又如何如何保护她讲得绘声绘色,再加上形象的肢体语言跟我僵硬的配合,我老爸老妈的愤怒之火被成功调到了爆炸点,那是一种可以瞬间碾压妹妹撕心裂肺的临界点的高度,我称之为"生命禁区"。

　　一脚踏进"生命禁区"的老爸带着怒火喝了一口我碗里的米汤,我似乎看到我的碗刚被老爸拿到手的瞬间四周就开始崩裂。

　　整个房间里面总共有两男三女,两个带着怒火,两个知道真相,但是这两人之中的一个还选择了曲解真相,一个唯一清醒并且知道真相的我,选择了沉默。

　　我心想:阿英说的其实也有道理。第一,我们确实被人家给堵了,虽然没有那么多人;第二,在这场绘声绘色的"挑火"中,阿英把我说成了一个英勇无畏、保护弱小的英雄,对此我表示满意;第三,那两个人确实打了我,他们应该付出代价!

　　综上所述,阿英说得对!

　　阿英告状之后,第二天我的放学路上就多了一个重型护卫。

　　放学之前阿英特意找到我,一脸神秘地说:"军长,昨天那俩半大小子我知道是谁了。"

　　我发现她好像很多时候都会出现这种神秘的表情,跟我约她月夜去偷瓜时的我的表情极为相似,但是不知道为什么,这种表情出现在她脸上,我觉得十分邪恶。

　　我扫了一眼四周,确定没人看我俩,然后假装随意地问道:"谁?"

　　阿英继续一脸神秘地说:"高年级的。"

　　我说:"嗯。"等她接着往下说。然而这已经是阿英所有神秘消息的结尾。

　　我心想:废话,我们就是最低年级,所有不是我班的同学都是高年级的。再说，就算光看体格也能知道是高年级的啊。

女人，头发长见识果然跟不上。

放学后的路上，我俩依照昨天的安排，仍旧结伴回家，然后那两个"连体壮士"果然再次出现。

这次我俩没有愣在原地，而是相互递了个眼神转身就往后跑。就在那两个"壮士"想要解开连体追我俩时，我强壮的老爸出现了。

这次之后我跟阿英仍是结伴回家，一路上风平浪静，偶尔能碰到的插曲不过就是春天田里的两头大水牛你死我活地拼命。

7. 家族史

我在村小学一共只待了三年，其间与阿洁接触无数次，被阿英当场抓住后暴揍两次。在我二年级时，小美跟妹妹成功进入学校的一年级。我与阿洁接触时被妹妹看到两次，然后再次被她以米糕为代价出卖给小美和阿英，于是在被告密的情况下又被阿英暴揍两次。以上这件事中，唯一值得庆幸的是妹妹长大了，她学会了物质与信息的等价交换，比如她觉得我跟阿洁亲密接触的消息并不是一块米糕能解决的，她就会朝小美和阿英要三块。

对于妹妹的这一举动，我曾经无数次怀疑她到底是不是我的亲妹妹！就在这一年的暑假，我被老爸结结实实地教训了一顿，特别狠的那一种。

我在村小学上学期间，老妈的工作换到了乡政府计生办，从一个普通农村妇女升职成了乡干部，这对老爸老妈和爷爷来说是一件大喜事，虽然爷爷一如既往地没有笑。而与这件大喜事一同到来的就是我的零用钱随着老妈工作的安置而水涨船高了，这才是我最看中的大喜事。每天兜里都能带五毛钱，并且不是花了好几个月积攒的,只是老妈大手一挥,就落到我手里的,那种幸福感真不是靠回忆就能满足的。

就是因为老妈给的"巨额"零花钱,所以我每天时不时就伸手摸摸自己的兜,每次摸到这五毛钱,我就觉得信心百倍,也就因如此,无论是上课还是下课,是在吃饭还是在上厕所,我都会边摸着兜里面的五毛钱,边由衷地默念一遍:"感谢老妈,感谢爷爷。"

感谢老妈……单纯感谢老妈;感谢爷爷,因为我讨厌又尊敬的爷爷是一个了不起的人!话说到这里,我觉得有必要讲一下我的家族史。

这是一个很冗长很曲折又很励志的一个近现代家族的发展史加演变史。

在讲述这段历史的时候,我从心底由衷地感谢我的历届语文老师。正是因为有了他们,我讲述这段历史的时候可以比较流畅。

我的祖上是唐朝皇族后代,因赶上了改朝换代,在波折中逃命过来,那可是实打实的"皇亲国戚"。

祖上从皇城迁到了这偏僻的小山村,置办下了这里几乎所有的土地。

8. 爷爷

　　老妈在爷爷的"走动"下进了乡政府计生办,我们家的日子逐渐脱离了贫穷。即便是这样,我的两个远在新疆农场的叔叔也没有要抬起眼皮看我们的意思。

　　说起我那两个叔叔,当初他们能够在新疆农场工作,多亏爷爷的支持,爷爷为了他们的工作,险些卖房卖地,然而在两个叔叔看来,爷爷为他们做的事情理所应当。

　　当初去农场工作,其实老爸也应该是在爷爷的计划之内的,最后却被老爸严词拒绝了。老爸认为自己是家里的长子,理应留在家里,否则会被人家戳脊梁骨的。爷爷拗不过老爸,最后把去农场的三个名额给了两个叔叔和一个姑姑。

　　不久老爸还有一个去村外矿山工作的机会,只是那时候我还小,老妈又刚生了妹妹,爷爷自打老爸结了婚之后就不再种地了,老爸只得留了下来。

　　爷爷的画绝妙无比,还能写一手好字!村里的老辈人说,若不是赶上了朝代的新旧更迭,就凭爷爷的才华和不输名家的书画,京城正二品根本不在话下。

我没经历过那个年代,对他们讲的京城正二品没什么概念,只是听到这些话的时候对爷爷的厌恶瞬间被尊敬压制。

再说爷爷怎么成了医生,这是我听老妈说的,老妈又听我老爸说的……

爷爷在一次偶然的机会认识了一个悬壶济世的老中医,听说他的医术是从前朝给皇上把脉的御前太医那里学的,天下除了阎王点名小鬼索命,就没有他治不好的病。

其实爷爷不知道他到底有没有传说得那么神,他只是想寻一门手艺,不求养家糊口、吃饱穿暖,只要能挣下一口粮食不致饿死就行。于是也不管传说到底真假,到了那老中医家门口,扑通一声就跪在了地上,把老中医吓得胡子差点飞起来。他倒不是怕有人病入膏肓晕倒在自家门口,那是可以治疗的,要是碰上那黑心的,自己在家里吞了钉子想去见阎王,偏要在临死前讹他一笔阳间债,那他可没得法子治。以前殷实的药铺子就是碰上了那样的主儿才变成了现在的草庐。

"……这是心病,大圣神仙也救他不得。"那老中医说。

"记下了吗?"

"记下了。"爷爷说。

爷爷学得很认真,几乎把那老中医的家底都给学了来。他说,拜师的时候他活活在老中医那木栅栏门口跪了三天三夜,险些真的去见了阎王,不学他个盆满钵满,怎么对得起自己?

爷爷就是要强的性子。

五年后,爷爷学成那天,老中医又把他叫到门前,说:"娃子,我那点儿本事你都学去了,我也没啥能再教你的了,你回吧。"

爷爷没有过多寒暄,甚至都没有说话,依旧一脸冰凉。他转身走到当初跪下求学的地方,再次跪在地上,朝老中医磕了三个响头，直磕得地面上的土跟着一颤一颤。

那位老中医到底是活了这么多年，早已料到了会有这样的场景，他就坐在椅子上受了爷爷这三个磕头礼，在爷爷走出木栅栏门的时候，老中医好像自言自语，又好像在跟谁说话一般，嘟囔了几句话。

第二年春天，羊肠子土路边上的狗尾巴草刚冒了嫩芽，庄稼地都还没有解冻的时候，爷爷拖了辆木板车，踏上了去老中医家的路。木板车上是一副棺材，薄薄的棺材板随着木板车的颠簸几乎快要散架。

还没进院子，爷爷老远就闻见了一股让他心里头难受的味，很浅，一般人闻不见。老中医家的门好像已经有些日子没开过，蜘蛛网、灰尘积了厚厚的一层，好像比那副薄棺材还厚。爷爷推开门，门里面的所有东西都还在老中医习惯放置的地方，没有挪动过。老中医躺在床上，被子下的身体只剩了副干枯骨架子。爷爷掀开被子，检查了一下老中医的尸骨，僵硬的脸上终于流下了伤心的眼泪。

老中医死了一年，按时间看来，正是爷爷出徒走的那些日子。爷爷走出木栅栏门的时候，听见老中医说："孤苦伶仃一辈子，从阎王爷手里借了几年的阳寿能教出个娃子也值了，好娃子，明年给我置办一处坟地行不？"

"行！咋个不行咧！爹呀……"爷爷到家后一到梦里就开始嘀咕。那时候我奶奶还在，爷爷的反常举动把她吓坏了，还寻思着爷爷的爹都走了好多年了，爷爷咋还又提起他爹了。她白天的时候问过爷爷夜里是咋了，但是爷爷还是一脸冰凉，根本就没打算告诉她。直到第二年春天，爷爷卖了家里唯一的一头小骡子买了一副薄棺材，奶奶才算是明白了怎么回事。

她跟老爸说："你爹呀，怕是把那老中医当成是自个儿的爹咧……"

埋了老中医,爷爷成了整个村里甚至临近村里唯一的医生。起初大家伙儿还对爷爷的医术心存疑惑,但是很多年过去了,所有的不信任都被救治起来的活蹦乱跳的生命给抹个了干干净净。这也使得爷爷在家族中的威望日渐壮大,在老族长过世后,爷爷被推举当了族长。

说到这儿,我想起了跟我们家族有关的一件很有趣的事。我们的家族很大,一代一代子嗣繁多。我家只有我跟妹妹,那是响应国家少生优生的政策。不过上辈人、上上辈人那家家可都是有五六个甚至七八个孩子的大户人家!这就导致一种很混乱的现象——有的人年纪比我还小,但是辈分上却跟我爷爷同辈,这在称呼上就显得有些尴尬!他们总不能把年纪差不多的我叫孙子吧。再说爷爷还是族长,我就算再穷我也是族长孙子,他们可以不管我,但是族长的面子还是要给的,于是就衍生出了一种很有趣的称呼——跟爷爷同辈但是年纪比我小或者跟我相仿的就叫我爷爷十二哥,叫我老爸二哥,叫我军长哥(族里称呼都是族内长幼排序,我爷爷族内排行十二,我爸家里排行老大,族内排行老二,我在族内排行老大)。叫我军长哥是因为我小时总是穿老妈改小的一身旧军装,春夏秋冬款式不同,但是军绿色不变。

爷爷七十五岁时再不能下地走动,可村里的族人还想让当了大半辈子族长的爷爷继续当族长。

爷爷卧在床上,抽了一口水烟,水烟壶呼噜呼噜响。他说:"我老了,干不动了,让娃子们当吧!我这把老骨头现在也就能给你们看个头疼脑热,还得你们来找我,哈哈哈……要死了,不行了。"

那是我第一次看见爷爷笑,也是唯一一次,其实爷爷笑的时候比冷着脸看起来更让人敬畏。

爷爷走的时候八十岁（虚岁），那年老爸六十岁，我三十九岁。

老妈工作安顿好了以后全家搬到了乡里，本是打算让爷爷也一起来住的，但是爷爷放不下故土，放不下偌大的一个家族，也放不下村民们，他总惦记着，若是他们生了病没人治咋办。所以当老爸跟爷爷说搬到乡里过好日子的时候，爷爷大手一挥，话也不说直接就拒绝了。后来老妈也来劝过几次，但是爷爷要留下的心意十分坚决，凭我老爸老妈的几句孝顺的话完全无法动摇。

老妈经常跟我说："爷爷不说话冷着脸是因为年轻的时候受了太多罪太多苦，是个苦命的人。"

老爸站在爷爷的坟前，腰杆挺得笔直，泪水滴在稀松的黄土上，一砸一个坑；两个叔叔几乎是又滚又爬，到了爷爷的坟头上，他们拼命嘶吼着，以示忠诚孝子，眼里却没有一滴眼泪。

我站在老爸的身后，腰杆也挺得笔直，然后看看两个叔叔，心想：爷爷真命苦。

9. 新老师

　　我在村小学上到三年级的时候,我们的语文老师兼班主任田老师辞职回家种田去了。她家男人响应党的号召出门去打工,准备当提前富裕起来的那一部分人。按说这件事本身没有任何问题,但是有问题的是,她家男人有个神一般的老妈。于是,这样的时刻就变得万分危急! 危急到她要是不回家种田,那她家那位四十岁以后几乎每年都要在全村人面前像宣誓一样重复自己已经病入膏肓、四肢无力、恐怕命不久矣的婆婆,一定会一张一张掀了我们的课桌,而且中途不会出现由于劳累而导致的暂停。说也神奇,当人们问起田老师的婆婆患的是什么病、哪里不舒服时,老太婆一定会立刻捂住胸口大喊:"啊……肚子,肚子疼啊,哎呀,不行咧不行咧……"所以田老师婆婆的病情无人知晓,包括被称为"神医"的爷爷。如果爷爷从医之后的那么多年来有什么不能治的病的话,只此一例。

　　后来,村子里出门打工的人越来越多,她家男人便从"部分人"变成了"大部分人",并且跟其他的"大部分人"一样,依旧像以前一样贫穷,没有一点儿富裕起来的迹象。

这"大部分人"最大的成就,就是开创了一条从村口直通大城市的"丝绸之路",供后来更多的"大部分人"前往万家灯火、灯红酒绿的现代化大都市。

田老师走了,我经历了几天苦日子。于是,陈老师的到来于我而言,如同救苦救难的观世音菩萨、把阳光洒向大地的太阳神赫利俄斯、会发布神谕并且赐我以希望之光的预言之神阿波罗。总之,她就是一切美好的象征!

当然我给陈老师的第一印象是一个受尽凌辱的弱势群体中的一分子,跟以上我给她的评价完全对应。

陈老师来的那一天我正在接受"孙秃子"每天一轮的挨批课程,场景极其类似绑架:我饰演一个落魄的富家少爷,"孙秃子"完美客串绑匪头目,而台下一双双无神的眼睛就是看惯了这种虐待俘虏戏的小喽啰。除了阿英、阿香、阿凤、阿洁跟"孙秃子"的儿子"孙小秃子",他们并没有完全麻木。阿英是陷入一种恨铁不成钢却又对此无能为力的纠结之中无法自拔,阿香、阿凤默默低头,阿洁每次都是小兔子一样惊讶的表情。说来也有些难为她们,在我被凌辱的那几天里一直保持如此表情真不是一件容易事。阿英、阿香、阿凤跟阿洁对我真不是一般的情深。再说"孙小秃子",他居然在跟他爹学习此项欺辱神功!

案发过程是这样的:数学课本里有一道价值五星的题目,"孙秃子"想都没想直接点了我的大名,然后我就极不情愿地被他连拉带踹拖上"三尺法场"。我没有出乎所有人的意料,完美呈现了与前几天一模一样的场景。讲台的一个角落几乎成了我的专属,"孙秃子"光秃秃的脑袋里全部有损人格的话都是为我量身定做的,不过鉴于此话有损社会文明,此处省略若干字。

那时候我正在酝酿背地里骂"孙秃子"的新词,头低得下巴已经完全贴在锁骨上,眼睛都能瞥见我早上吃鸡蛋糊时洒在下巴上的油汤。这时陈老师出现了。我似乎看见了一道光,照亮我幼小的心田!

陈老师人还没进班级,嘹亮的嗓音已经穿透了教室里四面漏风的墙壁,房梁上作为支撑的老木在这声音中隐约又裂开了几道缝隙。

"孙老师……(此处音调拉长)你怎么能这样对待一个孩子?我的天,这真是太可怕了,吓死我了!"

我以为陈老师说"太可怕了,吓死我了!"是对我的怜悯,然而这只是她的口头禅。

"孙秃子"藏在我身后,等着门口带着光环的"女神"把话说完,哆哆嗦嗦地先冒出个光亮的脑袋,说:"你……你……你是谁呀?"

陈老师瞬间被问得有些发蒙,然后一拍大腿,发出了银铃似的笑声,说:"哦哟,看我,一看到有人虐待学生我就头脑发热,把正事都给忘了,哈哈哈哈……"

我心想:这热发得好啊!

"孙秃子"把我向门口推去,边推边说:"你什么正事?我可警告你,我是这里的老师,这熊娃子现在栽在我手上,你要是敢做什么,我立刻就能……就能……"他突然觉得手无寸铁的自己对我似乎完全没办法进行进一步伤害,"就能"了半天,忽然露出了一个很难理解的笑容,然后猛地蹲了下去把脚上的胶鞋脱了,比在我脸上,紧接着露出"小人得志"般的表情朝陈老师喊道:"我就一鞋底子拍晕他。"

其实,他完全不用如此!因为在脱鞋的瞬间,全班都受到了物理及心理伤害,包括门口散发着金光的陈老师。在这场靠气味定胜负的战役中,唯一得以保全自身的只有两个人,一个是对自己体味早已习惯的"孙秃子",另一个就是坐在第一排并且及时做出应急防御的"孙秃子"的儿子。

陈老师的反应就更大了,脑袋一晕退出了门外面,她似乎再也不敢走进这个门了。阳光中,她扬起纤细的手,那飞过来的"支教证"就像长了眼睛一般,狠狠地砸进了"孙秃子"半眯着的小眼睛里,险些就把他的小眼睛给砸废了。

后面发生的事情,我什么都不知道了,因为我已经晕了过去。

我醒来的时候是在一张硬板床上,因为没有感觉到我家床上每晚都会硌在我同一个地方甚至已经硌出茧子的那块突起处,本来迷迷糊糊的我瞬间清醒。

可能是由于睁眼睛过程没有经历电视剧里的那种温情,我突然放大的眼睛把围在我身边的五个人吓得扑通一声坐到地上。

阿英应该是屁股刚一着地就跳起来了,乌溜溜的眼睛一瞪,顺手就给了我一个耳光。那清脆响亮的声音是我们经常练习的结果,我熟悉得几乎热泪盈眶。

阿香和阿凤居然笑眯眯地盯着我。

阿洁作为她们这群女生里面唯一一个拥有她这个年龄正常心性的女孩子,很理性地做出了面对这种突发情况最能体现她年龄的表现,她一直在哭,哭到放学,怎么哄都哄不好。

第五个人就是新来的陈老师了。

放学的时候,因为阿洁对这个年龄该有的反应表现的时间过长,一直在哭,我跟陈老师两人都不能走,于是我们就趁这个时间,在以阿洁的哭声为背景乐的环境里面,分别做了自我介绍。

陈老师全名叫陈梓娇,二十来岁,师大中文系毕业,分配过来支援山区教育。身高嘛,我刚刚到她胸口,身材嘛,丰满但是并不臃肿。

我说:"陈老师,今儿不早了,到我家去吃吧。"

陈老师犹豫了一下,圆圆的脸蛋儿在夕阳下泛起微微的红晕,说:"不好吧,我刚来,就到同学家吃饭……"

然后阿洁缓过了气,继续哭,不过在这之前我听到了陈老师肚子发出的咕噜声。

10. 家访

作为第一个见到的城里人，陈老师给我的印象是开放、洒脱、大大咧咧、不拘小节。

开放是因为陈老师总是能很随意地说出一些我们农村人羞于出口的话题；洒脱是因为陈老师的举止与其说是一个经过文化熏陶的知识女青年，倒不如说是一个地道的男生，完全不拘小节；大大咧咧是因为吃饭的时候老爸要喝一点酒，然后出于礼貌就问了陈老师一句，然后陈老师毫不犹豫地答应；不拘小节是因为她喝了很多酒之后又出了很多汗，于是很自然地掀起上衣一角在头上抹了一把。

那天到我家吃饭的事情，陈老师为了更能让自己接受，于是想到了一个新名词——家访。

家访开始。当我们说说笑笑地出现在家门口时，陈老师突然毫无征兆地扯开嗓子，朝正在做饭的老妈喊了一声："阿姨，我是村里学校新来的支教老师，今天是来家访的，你家有啥好吃的没？"

这话说得老妈一愣，以至于锅里正在炒的鸡蛋糊了她都没发现，还好陈老师反应及时，一把抄过我老妈手里的勺子，三两下把鸡蛋翻炒出锅。在陈老师的及时抢救之下这盘鸡蛋还不至于不能吃。

陈老师轻松地找到我家所有厨具的摆放位置，然后以最快的速度熟悉厨房的整体结构，甚至在我从厨房走进堂屋的短短三米距离中，陈老师已经摸清了我老妈藏起来准备过年的腊肉的位置、我老爸埋进院子里大枣树下陈年老酒的年份，以及我家的大铁锅能够热好一锅油的时长。有那么一瞬间，我觉得这里不是我家，我是被陈老师带进她的家里"被"家访的。

老妈愣在厨房的中间不知所措，像一个面对新知识、新领域的学生，看着陈老师在自己面前"噌噌噌"地游走于厨房的各个角落，然后似乎只是出于条件反射，完全不经过大脑地回答着陈老师关于如何更进一步掌控厨房的各种问题。

我敢保证，老妈一定也出现了"这里不是我家"的错觉，而且比我还鲜明。我仿佛修仙者入定一般一个人坐在床上，慢慢反应过来陈老师只是来家访的，是被我请来的，她没有任何想侵占我家的意图，然后心里疯狂骂自己：该，让你嘴欠，今天都吃完了看你们以后吃啥。

这样的恍惚与自责从陈老师掌控了厨房的一切开始，一直到满桌子香喷喷的饭菜摆到我眼前停止。在我险些被口水淹没的大脑中，我对自己刚刚对陈老师不尊敬的想法感到深深的懊悔和自责，我怎么能那样想陈老师呢，她是如此可敬可爱……吃过这顿大餐，立刻让我去阎王殿签到我都乐意呢！

直到现在，我都一直认为，带陈老师回家家访是一个非常明智的做法，她做的饭菜是我这辈子吃过最好吃的，我把它称为"家访的味道"，无论后来我在多么高级的餐厅吃饭，都再也没有尝过那个味道。

直到我从师大中文系毕业以后，又跟陈老师联系过几次，只是不再是以师生的关系相称，只是简单的朋友：一男一女，那时候我敢叫她"娇姐"。

我说："娇姐，你还记不记得当初我第一次带你去我家家访，你一进门就奔着厨房去了。"

她笑了笑，不过已经不再是二十多岁时候那种无所顾忌、放松无畏和洒脱奔放了，说："当然记得，嘿嘿，那时候年轻啊，也不懂个规矩，真是的，哪能一进人家门就直接跑到厨房的。"

时间有的时候不仅仅是一把杀猪刀，更是一把能把两人距离从咫尺变作天涯的利器，我做梦都不会想到我跟陈老师会有如此之大的理解性差异。那个陪我一起"人之初，性本善"的陈老师呢？陪我一起争论君子"好(三声)逑"还是"好(四声)逑"的陈老师呢？

我觉得很悲伤，想尽量通过话题找到过去的影子："真怀念你当初那一手厨房里的绝活，说实话，我觉得你当老师真的有些屈才，要是一开始就去学厨师，现在不是'厨神'也是个高级大厨啊。"

陈老师忽然神伤，说："是啊，我如果一开始就去当厨师的话，你们的前途一定会更加光明的。"

如果时光可以重来，人生可以回放，我真想看看在我跟陈老师失去联系的那几年里，她究竟发生了什么！

吃过晚饭，老妈端上了妹妹的最爱，我们的餐后点心——米糕。

米糕就是一种小点心，通过把米研磨成粉，再揉成一个个独立小块，最后上锅里蒸熟，有些地方也把它叫作米果，反正就是一种很好吃的东西。

晚饭过后我们一般都会吃一点这个,今天自然也不例外。

米糕刚刚登场,妹妹就如往常一般优雅地拿起第一块米糕把嘴巴塞满后仔细品味,然而这时,惊悚的一幕出现了:陈老师在妹妹猝不及防之下已经往自己嘴巴里塞进了不知道多少个。这东西可是妹妹的最爱,是可以用她哥哥的生命为代价去跟小美、阿英换取的神圣美食,就这么被新来的客人以战争的形式抢了过去,妹妹怎么可能善罢甘休。但是第一次吃到米糕,觉得自己的味觉世界又打开一扇崭新大门的陈老师完全没有意识到身边的变化。她只是瞬间化身为一尊披着金光铠甲的米糕战士,毫无压力地在自己的世界里拼命奋斗,但是却与同是米糕战士却早已身经百战的妹妹打了个不相上下。

不得不说,战争是残酷的,战争的过程也是极其残暴的。战争的结果就是,那个对米糕带着全世界最真挚、最单纯、最坚强的爱的妹妹在外界战士的强大打击之下,最终还是败下阵来。

妹妹揉着撑到滚圆的肚子,打着旷世纪的雄伟饱嗝,单手指了指还在奋战的陈老师,嘴巴嘟囔了几下,但是完全没有声音。凭借我跟她这么多年的兄妹感情所造就的心有灵犀,我猜测,她是想说:"我不服,咱们来日方长。走着瞧!"

战争是在两个人各自撑到不能动,老妈送米糕送到不能动,我跟老爸看两个人奋战不停地摇头摇到脖子不能动的时候结束的。

我们每一个没有参加此次"战争"的人不由在心中升起了对米糕莫名的敬畏,如果那时候我学了两次世界大战的历史的话,那我一定会拍案而起,用我所有的知识断定——这,就是第三次世界大战的导火索。

当天晚上夜色极其黑暗,是那种穿上夜行衣只要不笑不露出牙齿就不会被发现的漆黑,我们全家人在各种"居心叵测"的思绪中极力挽留陈老师在我家住下,但是迫于学校规定及师德要求,她最终还是提了我家仅有的那把手电筒消失在夜色中。

老爸说:"我的手电筒。"

老妈说:"我的蔬菜肥料。"

我惊出一身冷汗。后来老妈跟我解释说,陈老师吃了那么多东西,不上了厕所留下点肥料就走,真是不礼貌! 对此我表示可以理解。

妹妹说:"我的对手,我的朋友。"妹妹始终相信能跟她一战的对手都是不可一遇的朋友。

我说:"我的陈老师。"

第二天,重新崛起的妹妹把陈老师来了个完败。陈老师由于从来没吃过米糕,所以并不知道自己的身体对米糕里的一些什么物质不能接受,这导致她的嗓子上火沙哑了。所以第二场米糕之战是妹妹胜。

第一次给我们上课的陈老师沙哑而富有磁性的嗓音,迷倒了包括我在内的绝大多数学生,大家笑作一团,连学校门房谢大爷养的那条公狗都在我们班门口蹲点,几乎跟着上完了陈老师的课程,想必也爱上了这特别的声音。

11. 报纸

陈老师带来了一张印满密密麻麻小字的纸，那时候我还没见过报纸，所以那张巨纸成功地吸引了我的注意力，甚至成了我文学路上的航标。

虽然得到它的过程有些惊险！

第一次见到报纸的我，完全是被它霸气的外形所吸引。那种感觉在我后来见惯了小汽车后偶遇重型切诺基时也有过，只是已经不再是第一次了，那种震撼也就没有持续太久。换句话说，就是价格最高也就两块钱的报纸，在我心中比近百万的大切诺基更有分量。

当年应该是为了节约纸张，尽量在一张报纸上印上更多消息，所以报纸的整体构造跟现在有很大差异。整张报纸所占的面积，已经不是单纯的一个"大"能解释得了的，简直跟我家过年时候糊在窗户上的窗户纸一样，但是它又比窗户纸要厚实很多。我认为这样做的目的就是为了让不认字的农民们把报纸跟印着画的窗户纸分开，以免发生不必要的浪费。毕竟在那个年代谁家会用那东西糊窗户,那简直奢侈至极!况且以我多年调皮捣蛋的经验判断,这张纸不是单纯贵那么简单的。

当晚我做了个梦。我梦到我站在高高的演讲台上,像电视剧里演的那些伟人一样,高声朗读着手里的演讲稿,声情并茂,抑扬顿挫。我还听到来自台下一声高过一声的欢呼声,看到所有观众朋友们激动的神情!我感觉我的人生达到了一个不可逾越的巅峰。

我兴奋的情绪亦如我头脑中流淌着的智慧,似滔滔江水般连绵不绝!

"哥,该起床上学了!"

啪!一切的一切被妹妹的"阿英掌"一扫而空:我的观众、我根本没记住的演讲稿、我的人生巅峰……

与其说那个能面不改色心不跳地把抽我耳光当闹着玩似的女生是我妹妹,倒不如说她是上天给我的磨难。在我学到了那句千古名言"天将降大任于斯人也,必先苦其心志,劳其筋骨,饿其体肤"之后,这种感觉尤为明显。

梦想跟现实总会有一个不可重叠的时空差异,就像梦中,我可爱的妹妹永远都是一脸柔和,用尽世间最温柔的声音说:"哥,你的白日梦做得简直太好了。"当然,声音跟内容不需要有很大联系,重点是情感!

没有任何意外发生。陈老师没有迟到,"孙秃子"没有长出头发,依然是星期二,阿洁是值日生。所以我在磨磨蹭蹭不愿意起床、不愿意离开我的观众中光荣迟到。

妹妹现在上二年级,班主任是一个很有理想主义情怀的年轻人。据说是跟陈老师一起分配过来的,可我总觉得他看起来很眼熟,好像在很早的时候就见过。后来我偶然发现了觉得眼熟的原因,他跟我家后院杀猪的"二把刀"长得极其相像,甚至让人怀疑他们俩是不是失散多年的亲兄弟!我的疑惑解开了,于是很放心地把妹妹交给他。杀猪的"二把刀"对妹妹十分疼爱,犹如妹妹置身在外的另一个爹,所以我相信妹妹的现任班主任也一定会对她十分疼爱,我把它理解为没有血缘关系的相似,而重点是"二把刀"的"兄弟"没让我失望。

妹妹背着书包,一个优雅的转身后,进入了教室,教室里没有哄笑,没有斥责……

我背着书包艰难地蠕动到班级门口,背靠墙壁,心酸至极,为啥我的班主任不是一个像妹妹班主任那样的人?

陈老师清脆的嗓音在班里带着回声。她正在给台下一大群不知所云的弟子们传授深奥的知识。

陈老师说:"阿英,李爱博今天怎么没来?"

阿英说:"不知道啊,我今天来的时候没看见他,他可能睡过头了吧。"

我心想:能不能给我留点儿面子,我可是男人。

陈老师说:"这样啊……"

听到这儿,我心里瞬间腾起一丝喜悦之感,陈老师是爱我的,她是不是不会怪我迟到?

正在我准备起身走进教室,然后飞扑进陈老师柔软并且温暖的怀抱时,陈老师接着说:"那等他来的时候就让他把今天的作业做双份,顺便扫厕所吧。"

人生处处都是意外,就像是刚刚盛开的花朵,美艳至极,以为它散发的会是清香,但是凑近一闻却是刺鼻的恶臭,就如同厕所的味道。刚刚还满怀希望想要扑进温柔乡一诉衷肠的我,此时此刻却只能蹲在教室外哭,还没人擦眼泪。

我不会就这么认栽地去做双份作业的,这实在是太可怕了,天无绝人之路,我伟大的大脑竟然出现了一个神奇的想法,大不了不去上课了,一了百了。

　　我对自己的想法感到意外,心里忽忽悠悠冒出了一种别样的刺激感。虽然我经常蹦出超越正常人理解范围的奇思妙想,可我内心深处还是一个听话并且热爱生活的孩子,逃课这种事我以前想都没想过。我忽然意识到,其实偶尔想想也是蛮刺激的,如果能付诸实际行动,那简直太完美了……

　　那是我人生中仅有的一次逃课经历,尽管有些仓促,可毕竟是唯一。我一直认为那次的逃课极其完美,甚至连后来被陈老师女子单打,被老爸老妈男女混合双打,被阿英、小美两个女子双打,我都觉得是一种别具一格的享受。因为这样的结果使我接连正大光明地请了三天假,然后在家里独自埋头研读陈老师的那份报纸。准确地说是研读报纸里魂牵梦萦的朗诵比赛的相关内容。

　　那一次我可能是用尽了这辈子所有用来逃课的胆量,因为直到我进了师大都没逃过第二次。

　　当时的我很有想法,我认为既然旷课了,就不能空手,那对不起今天仓皇出逃的表现。于是我偷偷钻进陈老师的宿舍,拿走了那份整个村里唯一的报纸,以至于陈老师后来发现报纸不见了,满学校张贴"皇榜"寻找,并且扬言说"拾到者,重金酬谢"。真是笑话,她以为我们还是五六岁的小孩子吗? 三言两语就能把我们骗得团团转?

　　还重金酬谢,谁信啊?!

　　只是我在说出上面一段话的时候完全忽略了我可爱妹妹的智商。怪我考虑不周,在发表意见时只想到了分子,而忘记了它的基数。

　　第二天,我还躺在床上养伤,妹妹优雅地把心上燃烧着熊熊怒火的陈老师带到了我面前。事后她拿到了她的"重金"—— 一块钱, 我也拿到了我的"重金"——高高肿起的屁股上又多了一个鲜红的手印,这个手印把我本来两天就能养好的伤生生延长到了三天。对此我表示气愤,因为我又少学了一天数学。

"孙秃子"说过,数学是以每分钟七八十公里往前飞奔的一门学科,别说是落下一天课,就是落下一节课,那都是人生一个大损失,是会影响今后生活、学习跟事业发展的一个重大损失。

这是"孙秃子"的一生中我唯一相信的一句话,我奉之为神谕。以这句话为依据,我把我数学不及格从怪罪"孙秃子"转而嫁祸给陈老师,并且用眼泪加以佐证,让那个漂亮的女人深信不疑。

12. 转学前的悲哀

那天晚上我觉得我什么都设想到了！像我跟陈老师彻夜学习朗诵一直到第二天鸡鸣，我的嗓子哑了，但我仍要求继续；像陈老师温柔地教给我朗诵技巧，然后我们一起查资料，写演讲稿，一直到第二天鸡鸣等等。然而还没开始就停电了，这么尴尬的事，我真的是始料未及。

几乎就在同时，诡异的事情发生了……

窗外被大梁山围绕的巨大的月亮，在灯光消失之后，占据了这世间的光华。

陈老师的房间成了被神遗忘的另一个世界的黑暗，而就在那窗纸上，此时此刻，上演了一出没有锣鼓点的皮影。

月光中，只见那"皮影"摸了摸窗户纸，把本来像人的影子活脱脱扭曲成非人非鬼。突然，那鬼说话了，声音很低。他说："小陈妹儿啊，甭怕，我来是跟你搭伴儿的，我寻思着这黑灯瞎火的你要有个啥事，还没人照应，多可怜，是不？嘿嘿……甭怕，哈！"

我吓得一身冷汗,使劲挺了挺脑袋,把陈老师的注意力拉到我身上,压低声音说:"窗外那鬼要不是'孙秃子',我都把脑袋揪下来当球踢。"

我心想:怪不得看那毛茸茸的爪子莫名眼熟,敢情不仅眼熟,还打心眼儿里有仇呢。

陈老师那时应该是看着我的,但是屋里太黑我看不清她的表情。我说完话之后,想把手抽出来给她擦擦眼泪。

突然,刚才没来得及反锁的木门轰的一声被撞开了,一道刺眼的手电光束直直照向了趴在床上的我们。我觉得"孙秃子"进门之前一定是运了一下内力,把气沉于丹田,这才能让他在看到我们之后发出那样惨绝人寰的尖叫。

那声音特别熟悉,经常能在我家后院"二把刀"的屠宰场里听到。我一直觉得只有临死的老母猪才能叫得那么"荡气回肠"。"孙秃子"总是能在不经意中刷新我的世界观,无论是当年面对他,还是如今回忆起他。

"孙秃子"一声尖叫,我看到房梁上刚刚还四肢灵活的老鼠突然站定不动,用爪子紧紧扣住梁木,眼泪都快吓出来了。

"孙秃子"落荒而逃。

有时候在一些事情上我似乎永远战无不胜。

我在陈老师的宿舍里住了一个星期,在没有"孙秃子"骚扰的那几天,完成了关于朗诵比赛的所有练习。稿子是我跟陈老师一起翻阅了无数本教材编写的,标准八百字,我背得滚瓜烂熟,并且能充满感情地背到泪流满面。

只是我记得我好像说过——人生总是充满悲剧。

就在我穿上老妈新做的军绿色套装准备登上我梦中的"人生巅峰"时,我们可爱的校长和蔼地走到我面前,劈手夺走我的演讲稿,对我说:"李爱博啊,你还太小,这么大的阵仗你应付不来。"于是,参赛名单里的我活生生被换成了校长的宝贝儿子,那小子比我小两岁。

这件事情的发生让我想一个人静一静。在老妈通知我转学之后的第二天,我光明正大地以要去熟悉新学校、新环境为由跟陈老师请了假,没有再去上课。

陈老师还是如从前般对我极其宽容,她对我笑了笑,然后神秘地说:"去吧,会有惊喜哦。"

13. 道别

　　搬家前夕，我跟妹妹穿上老妈新买的听说是县城里最流行的海魂衫满村子转了个遍。我们客家人有个不成文的习俗，就是凡要搬迁的人家一定要在搬家前一天给村里所有住户送去答谢用的乔迁果，感谢村里人这么多年的照顾。

　　我跟妹妹满面春光，大街小巷、挨家挨户转着，叔叔婶婶、阿公阿婆地叫着。老妈做了整整三天，满满一背篓的乔迁果还没过晌午就被我俩发完了。作为馈赠，我们也收到了不少混浊的眼泪——真心的、假意的、敷衍的，甚至高兴的。

　　"孙秃子"一听说我要走，哭得很伤心。真是让我想破天也想不到，他居然是哭得最真心的一个。我当时那个诧异劲儿就甭提了，差点儿把整背篓的乔迁果都送他。不过也亏了当时单纯，没问"孙秃子"为啥哭得那么伤心，要是让我知道他是因着上学的时候没收到我的礼，打算趁着我家条件变好了，再成倍收回来的话，那我很有可能不计后果地一下子把背篓扣到他光溜溜的脑瓜子上！

我去找了陈老师，找遍了学校的房前屋后、都没看到人影，只好把这次未见面的告别当成人生的一次遗憾。我还是很乐观的，因为没有遗憾，人生终究不算完美。

到了阿香跟阿凤家门口时，她俩抱着我一顿哭，乔迁果更是被两个伤心欲绝的女娃子撇得远远的，影子都看不见。

阿凤眼睛哭得红肿，扯着我裤带不撒手，"军长哥你骗人，你说了要娶我们的，现今你要跑了，不要我俩了，你是大骗子！"阿凤说完，我都觉得眼睛酸酸的，但是家里的决定不是我一个人可以左右的。

我使劲儿掰开她的手，说："傻丫头，我说话肯定算数，咋能不算呢！等我出去学了文化，赚了钱，成了'万元户'，我就回来娶你们，我不能让你们跟着吃苦啊。"

现在想想，当时那个牛吹得有点大了。我不仅没有娶阿凤，甚至连阿凤结婚请我去坐席我都没去。原因简单：一是觉得看着自己从前的"媳妇"结婚，新郎不是自己，心里真的会别扭；二是我那时明明说了一有钱就回去娶她，结果我有钱了，却没有兑现我的承诺，于心有愧。

阿香只是这么看着，什么都没有说，却哭得梨花带雨的。在我推开阿凤、几乎是落荒而逃时，我看见她远远地朝我笑了笑。

阿英和小美离我最近，我却最后才去告别的。很多年后，我像没有去参加阿凤的婚礼一样，也没有去参加阿英跟小美的婚礼。

阿英嫁去了很远的地方，据说是福建上杭，一走不归，甚至连她母亲去世都没再踏进这片故土。不知道是不是因为我，我心里觉得很不是滋味。

小美留在了这片土地上。她用姐姐阿英结婚要的彩礼钱招了个上门姑爷，给自己找了个依靠，给老两口续上了香火。

至于阿洁，她并不在我的村子，我纠结到底要不要去她家跟她告别,给她几个乔迁果。

我把这个纠结跟妹妹说了,她突然来了个醍醐灌顶的表情,把满手米糕沫往我裤子上一抹,圆溜溜的眼睛一斜,说:"我觉得应该去。"

我很诧异,她平时可是对我的红颜们不屑一顾的,按常规反应来推测,她这时应该说:"你随便,我不帮你瞒着。"今天是抽的哪门子风?

她看我半天没回她话,白了我一眼,"你是傻呢,是傻呢,还是傻呢?你不觉得我们应该去姥姥家一趟吗?"

我恍然大悟:"对呀,姥姥家就是她那个村子的。"

妹妹继续说:"老妈跟姥姥姥爷提过一起去乡里的事,姥姥姥爷跟爷爷的借口一样,放不下这个穷村子,都不愿意去。"

妹妹看起来一脸失落。也难怪,她小的时候经常往姥姥家跑,姥姥做的一手人间极品的米糕可是妹妹视若生命般的挚爱。而且她生命中最重要的一个愿望就是在姥姥有生之年能跟姥姥一起住。不幸的是,这个愿望还破灭了。

跟阿洁的道别,没有想象中那么难舍难分,可能是因为我俩相处的时间并不是很长。说也奇怪,阿洁是我在小山村里的"媳妇"中唯一一个去参加了婚礼的,并且还有幸成了她的娘家人。

那年结婚时她依旧是一头秀丽短发,脸蛋儿白皙,眼神灵动,不过与从前的可爱青春相比,长大之后的她看起来更加精明能干。鼻侧的那颗小痣没有随着年纪长大,小小的一点巧妙地把她强大的气势拉回到平易近人的感觉。

妹妹在我跟阿洁道别的空当去了姥姥家,说是去探探情况,看看姥姥姥爷在不在家,要是不在家她就回来告诉我。事实是她就像去打狗的肉包子,飞出去了就没了。再等我见到她时,那个原来装满乔迁果的背篓已经被米糕霸占。

14. 老爸老妈

我小时候,妹妹更小的时候,姥姥姥爷总是会来我家照顾我俩。那时候我家还很穷,老爸为了挣工分忙得脚不着地,老妈更是干脆把自己当男人使。妹妹那时候刚断奶没多长时间,我又是牙还没长齐的岁数,所以我俩谁都离不开人。老妈经常愁眉不展,觉得总把我俩拖在身边不是个长久之计。就在这时……姥姥姥爷出现了。

姥姥姥爷留给我的第一印象,其实并不那么美好,不仅如此,甚至糟糕得不得了!老两口眉头深得好像村外踩一脚就能陷进去半个身子的沟壑,我一看见他俩就哇哇哭,妹妹更是干脆,两眼一闭,直接睡过去,睡得比猪都沉。不过话说回来,让他们老两口紧锁眉头的并不是可爱的妹妹跟我,而是他们的女儿,我们的老妈!

这应该算是一则近现代农村题材的爱情故事,而且悲壮的过程中还带着一股子奔向自由的味道……

我老爸老妈也是很时髦的。

故事的男女主人公,也就是我的老爸老妈,是在参加"八一水库"建设项目的时候相识的。那年正赶上灾年,老天爷大旱天下,不光是老爸老妈所在的村子,整个省都几近颗粒无收。水利工程建设得到了大半个中国的人的响应。其中就包括当时还年轻的老爸老妈。

参加"八一水库"建设工程的门槛很低,就像现在分数要求不是很过分的大学,所以聚集了来自四面八方的志同道合的人并不算稀奇,可这时候如果碰到一个同乡,那可就有点"老乡见老乡"的意思了,就像那个个子小小的傻姑娘跟那个高大英俊的憨小子。

许是借了建设工程的光,他们干活开会都在一起,加之同乡之间话又很多,很容易投机,渐渐地,两个人就开始从偶然见面发展到每天必见。

我老妈现在一提这事,就跟说我喝自己的童子尿似的,抬头纹都挤得比原来深了,不过我那个老爸可不像我,那一脸甜蜜,啧啧……笑得跟朵花似的,看着竟然让人觉得这表情出现在男人脸上咋就那么一言难尽。

"八一水库"工程进行了很长时间。老妈说他们去的时候大家都只穿些单薄的秋装,工程才修了一半,大姑娘小伙子们就开始使劲套棉衣了。只是被棉衣包裹的人里面,没有老爸。

奶奶去世的时候我老爸才十四岁,就不得不挑起照顾全家人的重担,过得很苦,衣着单薄,连毛衣都没有,整天穿着旧黄军装。

那个傻姑娘估计就是看到那个憨小子可怜,心里涌出了母性,再加上憨小子长得也俊,一米七八的个头,工程队休息时小伙子们出去打球,憨小子在篮球场上次次前锋,带球过人、灌篮,随便几个动作就能让看台上发出无数叫好声,然后那傻姑娘就动了心。

老妈长得很小巧,身高只有一米四二,看台上她要想占一席之地,虽说不上难如登天,可也真不是一般的费劲。

那个小小的身影使劲儿踮起脚尖朝球场里挥手,阳光里来回摆动的手臂看起来似乎比任何欢呼跟呐喊都来得更加激动人心。

于是,小巧的傻丫头瞬间掳走了憨小子的心,然后憨小子的心在傻丫头那里寄存了一年半。

"八一水库"工程在来自四面八方的青年们万众一心、攻坚克难的努力下顺利完成,所有一线的劳动者无不欢呼雀跃。会场之内,掌声雷动经久不衰,甚至有很多的青年男女落下了激动的泪水。或者……也有不一样的泪水。

憨小子偷偷从会场里跑了出来,一个人躲在宿舍后面的大树下,蒲扇大的手紧握成拳,一下一下打得老槐树哗啦哗啦一个劲儿地掉叶子,连拳头都被打得血肉模糊。

傻丫头满世界找那个一米七八的大个子,鬼使神差的,她竟然也来到了宿舍后面的大树下。

我老妈一边织毛衣一边说:"你老爸当时那手打得呀,啧啧啧,跟煮得稀烂的猪爪子似的。"

我对我老妈的比喻表示抗议,说:"那可是你的心动男人啊,你咋能那么说!"

老妈停下手里的活,不由苦笑,说:"啥个心动不心动的,当时都心疼死了。"

我跟妹妹同时觉得好像咬到了一块话梅,酸水直接从胃里涌进嘴巴。

"那后来呢?"妹妹吸了一口凉气,强忍酸意问道。

"各回各家,各找各妈呗!"(我的老妈忘记老爸当时早已经没有老妈了……)

"八一水库"工程结束回乡后,两个人分别在自己的村子里待了差不多两年。老妈忙着自家庄稼,老爸继续忙着关心参军体检事宜,两个人一直没敢去找过对方,感情很是压抑。

有句老话说得好,有缘自会相见。后来公社组织民兵去拓宽公社到山区间的公路,老爸竟然又和老妈偶遇了。这一下子可就是火山喷发、干柴烈火,小宇宙大爆炸了,两个人没有丝毫偏离轨道,双双坠入爱河。

不对,那已经不是河了,那是沼泽。

当然了,这么童话般的爱情故事怎么少得了女二号——巫婆呢!

姥姥一听说老妈找了个外村的穷小子,当时就怒了,连打带骂地把老妈锁进了柴房,两天没给伙食,甚至还火速托人找了相亲对象——一个在市里国企做高管的大龄男青年。

老妈对那个人的评价很客观,"脸长得跟倭瓜似的,大个子得有一米五,体格子跟咱家骟了的猪差不多!"

结局不用想也知道!那样的"高管"没出任何意外地被老妈淘汰了,为了这事,老妈自愿把伙食的停顿日期无限延后,看样子是计划饿死。但是很不幸,计划失败。

老爸趁姥姥姥爷不在家,砸开了柴门偷偷带我老妈私奔了。一直到我出生以后,姥姥才算是勉勉强强看在我的面子上原谅了我老爸老妈。

不过鉴于我老爸是一个放到现在能以"诱拐妇女"被起诉的男人,姥姥姥爷对他还是存在很大敌意,大到一看见老爸,两个老人就想召集全家老小一起来揍这臭小子。

我说:"要不是我和妹妹够可爱啊,你俩现在都还让姥姥姥爷记恨呢!怎么样!两块钱感谢费。"

老爸憨笑了一下,说:"行行行。"

15. 姥爷

　　姥爷早年曾参军,虽然只是个大头兵,但是他们上头可是有一个很牛的硬角色! 平时姥爷的家人一跟村里人说姥爷在李宗仁麾下的一支编外(没有番号)队伍效力,那简直就是满脸放光,光宗耀祖,祖坟冒青烟!

　　姥爷的老妈就因为儿子是李宗仁下属,着实在村子里扬眉吐气了有好一阵子! 姥爷的老妈聪明,她不愿意说自己儿子只是个大头兵,所以她从不主动说姥爷在部队里是干什么的,但是别人一旦要问起,老太太也有自己的一套,干巴巴的手心一蹭,脸都不带红的,嗓门猛地一下子提起来说:"也不是啥大官,手里也就百十号人。"老太太这句话说得很有水平。比如逗号之前那句"不是啥大官"是实打实的真话,大头兵嘛确实不是啥大官。可逗号后边就有意思了,那其实也不算假话,比如像大部队整个开进山里的时候,面对老实淳朴的乡民,任何一个大头兵那都是老总、长官,谁手里都有百十号人。

　　姥爷的老妈年轻时候绝对做得到"张弛有度,收放自如",老太太可真不简单。

姥爷所在部队曾多次担负偷袭日军或掩护大部队转移的重任，所以每个人都可谓实打实的战功累累。这么多年我没见过姥爷的任何一枚哪怕是小小的军功章，所有功勋都变成了上级打的"白条"。姥爷一提这事就来气："一张一张都快订出一部战争史诗了。"

那时候传说李宗仁长官对独立团团长说，团长对营长说，营长又对连长说，连长再根据上级精神传达给排长，然后排长再开会发发神经，对全排士兵们说："因对有军功的战士在授予功勋时是要开表彰大会的，对你们自然不能简简单单草率了事，可是由于战争过于激烈，所以战区李长官指示，一切军功的颁发延后，并且战争胜利后功加三等！"台下响起了稀稀拉拉的掌声，没人知道李长官最初的意思到底是不是这个，还是配发的军功章被半路拦截了。然而这件需要记账的事，后因这位连长和密谋者的叛变计划被截获而受组织处理，于是所有的白条都变成了通缉令上红彤彤的名字。

姥爷真的命大，事发当天刚好跟几个兄弟溜去县城喝酒，更命大的是顺便喝多了，几个人画着圈返回位于大山里营区，黑灯瞎火直接迷路。等到第二天天亮要回到军营之时，军营满墙上已经里三层外三层贴出了通缉告示。从外地调来的"狗腿子"在四处设立关卡，所有路过的乡民均被一个一个仔细盘查。

姥爷和其他几个难兄难弟四处逃命，翻山越岭、涉水爬坡，十天十夜不歇脚，逃回了荔州老家。可那时还是觉得脖子上这颗脑袋长得不结实，部队以及地方政府已经到了进屋抓人杀头的地步，所有被贴上白榜的"逃兵"无人不是胆战心惊、小心翼翼地过日子。跟姥爷同乡不同村的狗蛋儿听说有白榜上的人被抓了之后直接就给当街剥了皮然后挂上城门，当时就疯了，拿着菜刀在脸上稀里哗啦一通乱划，最后把菜刀顺着鼻梁骨咔嚓一下就砍进脑壳，不到一个呼吸的工夫，人就死了。

姥爷得到这个消息的时候，不像其他人那样反应激烈，而是很镇定。人这种生物，在危机的时候如果能够冷静下来，不管是多绝的险境总能刨出一条缝来，这条缝叫作生路。

姥爷在县城附近的蒙家厂发现了一户同姓人家，不大，老老少少一共才四口人，两个男人经营着一间修鞋铺子，婆婆跟儿媳没事的时候就做些缝缝补补的零工贴补家用，日子算得上殷实。而且，这公婆儿媳四人都生着一颗菩萨心。

于是他计上心来，用自己的一身部队行头扯了碎布跟人家换了一身补丁摞补丁的汗衫。那时候正值入秋，天气干冷干冷的，满大街的人几乎都换上了薄棉袄，就显得只有一件破汗衫的姥爷更可怜。

姥爷步履蹒跚，瞅准了一家，走到门口扑通一声跪了下去。

事后姥爷说："我可是早就打探过了的。那家人什么时辰干什么，什么时辰谁回家，我都摸得一清二楚。"姥爷说这话的时候一脸骄傲。

果然，没到一刻钟，主家的儿子回来了，脚步轻快，应该是这天的生意不错。战乱那会儿，最废的肯定是鞋，因为人们都忙着奔波逃命。

他眼看着自家门口跪着个面黄肌瘦、衣衫褴褛的人，起初是很惊异的，但他还没惊异完呢，我姥爷突然就一头栽到了地上，他哪还顾得上继续惊异啊，背着我姥爷就"入了室"。

姥爷"醒来"后第一件事就是当着他们一家人的面磕头作揖，好话说了一大背篓，最后总算是让他们答应了自己暂居两年的要求。

之后，姥爷白天在县城打零工，晚上返回住处。

当然,姥爷也没有白住,他每个月都会给主家一定的现大洋,算起来那四口人也是有得赚的。

两年后,姥爷觉得风头过了,便辞别一家好心人重返七十里外的家园。

可是哪还有家园,故土早已被铁蹄践踏得面目全非。原本熙熙攘攘的村庄如今只剩了零零星星十几户人家。矗立在山坡上的泥瓦房早已经倾颓荒废。有路过的老村民认出了姥爷,没有寒暄,嘴唇哆嗦了半天,上去就赏了一个大耳光,差点儿没打掉姥爷几颗门牙。

那老村民是姥爷的老爸的老哥们儿,他说,半年前那一双老父母因思念姥爷过度,双双撒手人寰。

"……部队、地方政府找到你家,几次三番地跟你爹娘要人啊!锅碗瓢盆、桌椅板凳,那是能砸的都砸了,就差杀人了,你爹娘还寻思着跟人家理论要娃呢!哼,那些人啊,有几个是善茬的?听得不耐烦还动手咧!你那个苦命的娘呀,没少挨他们巴掌……"

姥爷一边听一边哭,跟着老人来到村西头的乱葬岗,却怎么也没找到两位老人的坟地。

老人摇摇头,抽了口老旱烟,土黄色的烟圈飘散在拥挤的乱葬岗,说:"这年月,最吃香的倒成了坟地了。"

姥爷说这些的时候多少次都是老泪纵横,他说他一辈子最亏欠的就是他的爸妈。

后来在姥爷辛勤的劳动下,他终于成家立业,娶了姥姥,生了儿女。

姥爷的孩子一共是三男三女,其中第二个女儿,也就是我的二姨,不幸夭折,其余都长大成人。

大舅和我爷爷同龄,二舅是一九四四年出生,姨妈生于一九四八年,我老妈是一九五一年出生的,和老爸同年,比老爸小一天。老爸的生日是九月二十七日。

我生于一九七三年九月二十五日，跟伟大的文学家鲁迅先生诞生于同一天，若干年以后公安部门核查户籍时，户籍警笔误，我的生日也成了九月二十七日。我的女儿出生于二〇〇五年九月十二日。我们一家四个人居然都是同一个月出生，也许是上天注定了我们是一家人。

姥爷家最小的儿子，也就是我老舅，生于一九五七年，大舅的大儿子，我的大表哥是一九六二年生的，仅仅比我老舅小五岁。大家回姥爷家过年的时候，大表哥跟老舅几乎很少用正确的称呼，老舅更多的时候是让他喊大哥，当然，两个人为此也没少挨揍。

我姥爷的老爸是从大瑶山出来入赘的，是瑶族人。姥爷的老爸平时根本不敢教儿女讲瑶话，更不要提让他们认识自己的民族了。这种情况一直到一九八四年政府重新认定民族成分时。我那聪明的老妈及时闻到了政策变化的味道，由汉族改回瑶族。女儿出生后，为她报户籍时也随我为瑶族。

事实证明，在改革开放后，国家对少数民族的优待简直让人热泪盈眶，像少数民族参加高考可以加分，考公务员也可以加分，双方除了壮族以外可以生二孩，这都是显而易见的好处。

关于民族身份更改，姨妈一家就顾不上了，改的人数过多，领导会有看法，所以她们一家改不了，这事让老妈觉得遗憾，也无可奈何。好在姨表妹读书用功，顺利通过高考，考进师大外语系，毕业以后在外乡教初中英语，早几年通过考试选拔为乡中心学校英语教研员。

姨表哥和姨表弟在家务农。

姨表哥和我同年生，他是农历正月的生日，我是农历八月的生日，因为同龄，所以他是我从小到大关系比较好的姨表兄弟。

可惜姨表哥至今未婚,他因为患有白内障,极其自卑,认为哪个女人跟了他就是在受害。这想法挺极端,姨妈让我劝过他很多次,但是无奈姨表哥思想顽固,已经劝不动了。

姨表弟已经有两个女儿,大的读初中二年级,小的读小学二年级,他现如今在家搞种植养殖,生猪存栏两百头以上,早几年就在县城买了商品房,算是除去老爸之外小山村里混得很好的人了。

16. 出发

　　磨磨叽叽两三天,我家终于迎来了想象中的大迁徙。那场面,真是红旗招展、人山人海。

　　其实倒不是我家多么有威望,毕竟身为族长的爷爷已经宣布留下了,谁还管我们一家小辈人去哪儿。

　　老妈坐在床边梳理着前几天在县城新剪的头发。听说是当时很流行的沙宣头,一个长得很年轻的帅小伙子在老妈耳边一个劲儿扯皮(吹牛),说学生都爱剪这个发型,还夸我妈长得俊俏,剪了这个发型肯定好看!老妈被那不知道是不是老板的小伙子哄得心花怒放,然后眼睛一瞪,票子一掏,剪!说实话,看那效果,老妈应该是让生手练了手了。老妈回来之后,我们都不敢正眼看她,就算她给这个发型打了满分,可是我们一看还是忍不住笑,我们一笑老妈就生气,我们要是不笑,就得使劲儿忍着。所以在那一段时间内,只要老妈在场,我们都极度默契地保持着低头姿势。

　　老妈一边对着镜子梳头,一边跟趴在棋盘上下五子棋的我们仨说:"明儿后晌搬家。"

三个人无语。

老妈把梳子放下,双手掌心向上,在发尾处向上托了几下,然后朝镜子里的美人微微一笑,说:"嘿嘿,真好看。"

妹妹忽然想起了早上吃的米糕好像放时间太久长毛(发霉)了,响亮地哦了一声。

根据预计,这将是一个小范围战争的导火索。我跟老爸对视一眼,瞬间以最快的速度移动到了一个角落,经验告诉我们这里永远最安全。

此时,老妈的眼神已经像我们在太阳底下用放大镜烤的蚂蚁一样开始冒烟。"小娃崽子,啥意思?"

妹妹在巨大的压力下瞬间尿了,她声音颤抖地说:"没啥,没啥意思,我不是故意的……"可无奈她已经被锁定成重点攻击对象,就算想逃也没门了。

于是,我跟老爸看了一场老妈对妹妹的单方面碾压式口水战。一小时后,战争结束,我看到我们的棋盘在投进屋里的阳光中闪耀出水汪汪的光泽。

老话儿说得好,女儿是妈妈的贴身小棉袄。所以战争收尾的原因跟战争开始的原因一样简单,小棉袄要哭了。

老爸在老妈镇定之后又等了十多分钟,确定老妈是真的休战了,才小心翼翼地接上开头的话题:"孩儿他娘,你说咱们明儿后晌搬家,可敲定了?"

老妈把脸转向我跟老爸待着的角落,我俩赶紧低头做认尿状,老妈似乎很喜欢我们这样,声音温柔了一些,说:"嗯,定了,我跟爸妈他们说了,他们也找人看过了皇历,明儿后晌是个好日子。"

老爸说:"爸妈他们过来吗?"

老妈说:"过来啊,咱们搬家,他俩当然过来。"

　　我听到这,忽然想起了个事,小心翼翼地插了一句:"那姨表哥来不来?"

　　老妈说:"你姨表哥来不了,他跟你姨妈出门看病去了。"

　　我有些失落,这次头低得很真诚。

　　老爸接着说:"那搬家队伍你找了吗?"

　　这句话很有可能把老妈问蒙了,她愣了半天,说:"搬家还得要队伍?"老爸一声叹息。

　　最后老妈把搬家队伍的拼凑任务光荣地交给了老爸,老爸对此表示极度荣幸,用十二万分热情神神秘秘地开展起了自己的工作。

　　作为老爸的亲生儿子,我用脚趾头都能想到我们的乔迁队伍一定是充满了生机的深绿色。

　　事实证明,老爸果然没有让我失望。妹妹绝望地看着一望无际的大片深绿色军装,眼泪决堤。因为我们用这件事情打了赌,赌注很大:输的一方要给赢的写一年作业。

　　我站在老爸找来搬家的拖拉机上拍了拍妹妹的肩膀,说:"男人的心,只有男人会懂。"

　　我话还没说完,妹妹突然破涕为笑,一巴掌拍掉我的手,兴奋地指着队伍后边的一个影子,两只眼睛唰唰放光。"谁说我输了,你看你看,红色!"

　　我往远看,没看到,又使劲朝妹妹指的方向看去,果然,在一大片深绿色的海洋里有一个不仔细看完全看不到的红色小点在一起一伏。

　　"哈哈哈,输了吧!"妹妹放声大笑。

　　我突然理解了刚刚妹妹的心情,真的是痛彻心扉。但此时更让我痛彻心扉的是那个小点的到来,居然还是我央求老爸把她加进来的。

"小美姐果然美得不得了。"

是了,那个小点不就是我曾钦点的"媳妇"嘛!真是失策,我怎么就忘了告诉她要穿绿色衣服呢。

绿色呀,那可是老爸的最爱呀……

老爸是个崇拜军人的男人,当然这不奇怪,全世界这样的男人不在少数。只是像老爸这么倒霉的可能不多。

十七岁第一次参加参军体检,各项指标完全合格,这几乎就是差不多敲定了百分之九十五啊,然而意外就意外在另外的那百分之五具有一票否决权。在政审的门槛前,年轻的老爸由于家庭成分问题碰了一鼻子灰,并且同样的情况接连发生了三次。人家都说"万事有再一再二,没有再三再四",不过貌似对老爸不怎么适用。

这样的事情一直持续到改革开放才结束。然而为时已晚,老爸已经多了一个需要他照顾的家庭,于是一切都失去了原本的意义。即便老爸还有颗从军报国的红心。

老爸说过:"现在有了你们,我一去就觉得心里不踏实。"

那一瞬间我突然觉得,在老爸的理想道路之上,我们成了一个关卡,高度不高,但是他却不忍跨过去。

就像他给我取的小名——军长,就像他看姥爷年轻时身穿军装的照片时两只眼睛都在放光,就像他看到姥爷端着木棍都能跟操枪似的姿势半天不愿意眨眼。这个男人对于当兵的热情简直已经融进了基因里,而且传给了我。姥爷摸着我的脑门说我印堂宽阔有光,以后必定能拜将封侯,可惜姥爷并没说在什么时候。

我也觉得奇怪,平时睡觉的时候打死都梦不到的当兵情节,一到上课睡觉的时候准保能梦到。有几次上"孙秃子"的课时我一不留神睡着了,梦见一位骑着高头大马的将军率领大队人马开进了我们学校,所有人都在注视他,满眼崇敬畏惧,而他看到我的时候竟然恭恭敬敬翻下马来,单膝跪到了我面前,双手捧出一张纸,我没记住纸上写的是什么,不过记得那个将军后来给了我一把手枪,跟电视里的一模一样,我拿到手里一掂量,分量不错,回手就是一个漂亮的上膛,啪地一下就在"孙秃子"脑瓜顶上来了个洞。那酸爽……都把我笑醒了,然后回到现实,"孙秃子"又把我好一顿羞辱。

我回头看着那锣鼓喧天的小山村,那个我曾经准备一辈子与之相守的地方,在我的眼中渐渐地变成了一个小点,心中百感交集。

小美、阿英、阿香、阿凤、阿洁、莫寡妇、陈老师……

拖拉机一路"突突突突",扬起了一大片黄土,那是我对家乡最后的印象。

山川、河流、沟壑、田地、沼泽……

曾经因为淘气跟妹妹去田地里玩,然后被辘轳绳绊倒,兄妹俩一起掉进那口深井。那天多亏了阿香老爸过来打水,朝井里放水桶时把我俩救了起来,要不然我和妹妹早就不在人世了。

想偷偷去赶集,结果走进未曾踏入过的大梁山,找不到回家的路,在山里待了一天一夜,吓得连哭都哭不出来,一直到第二天老爸老妈带着全村人一起漫山遍野找到窝在山洞里的我。那时候幸好是隆冬,野物们都冬眠去了,我也只是微微有些冻僵,要不然我差不多就喂了狼或冻死山中了。

跟阿春一起翻滚的荆棘林,一起掏鸟蛋的大杨树,跟小伙伴们一起玩打仗游戏的晒麦场,我一直是雄赳赳的军长,手下是师长、旅长、团长、营长、连长、排长,就是没有大头兵,因为我们都觉得大头兵不够威武,谁也不愿意当,甚至有的时候大家都是"大官",然后上战场都得当官的身先士卒。

阿春是我手下的一员虎将,官居师长,并且一当就是好几年。村里的男孩子中,我跟他玩得最好,几乎是有福同享有难同当!他当上师长后,偷偷在家里翻箱倒柜,找到并套上了据说是他老妈花了老大代价给他做下的过年时才能穿的新衣服,但很不幸给刮坏了。他就躲在我家里,他妈找上门都是我给顶着,他才免了一顿暴打。我俩上树掏鸟窝,一爬老高,不料被他老妈发现了,可吓坏了,还得忍着不能吼,等我俩一从树上溜下来就被一顿重捶,我还被拖到他家后院跪了一晌午。

我那个时候不知道以后还能不能过得那么自由洒脱,不知道以后还能不能化险为夷,不知道还能不能拥有像阿春一样忠诚的师长……

第二部

外面的世界

（1983—1997）

17. 荣阿姨

从村子到乡里的路程,大概一百多里。都说山路十八弯,可这里的山路何止十八弯,八十八弯都数不过来。我们在路上居然整整耗了一个下午!临到就快要看不到日头的时候,大红头拖拉机才突突地进军到我们要住的大院里。

我跟妹妹下车的第一件事就是揉屁股,这一路真是辛苦。拖拉机在坑坑洼洼的泥土路上东摇一下西晃一下,我们用来跟拖拉机接触的屁股险些爆裂。庆幸开拖拉机的是族里血亲,对我们生命比较负责,而且出门的时候没有喝酒,要不然指不定哪座崖边上我们就人仰马翻与世长辞了。

那时的乡里在我眼里就是现代化大都市的模样。刚从山沟沟里出来的娃子,从前都只是听老妈说乡里的房子有多么多么好,马路有多么多么宽阔,汽车有多么多么先进,要不就是只从电视里看过各种高楼大厦,哪里见过真的。

我跟妹妹整理好自己之后,默契地对视一笑,哧溜一下奔出院子。

　　我一直有一种感觉，外面的大千世界正在极力地呼唤着我，希望我去改变它。

　　人对新的事物总是充满好奇，我们两个就是鲜活的证明，我们俩把脖子伸得老长了，就好像鸵鸟一般，眼珠瞪得溜圆，看见什么都觉得新鲜。老妈的"别跑太远"的叮咛被我们老远地甩在了身后，风一吹过，谁还知道有人说过什么。

　　如果只有我一个人出门，老妈的那句话就会显得尤为重要，但是跟妹妹一起的话，就变得多此一举了。原因很简单，我妹妹俗称"记路小能手"，凡是她走过一遍的路，只要没有啥"鬼打墙""鬼砌墙""鬼压床"之类的发生，那我们一定能怎么去怎么回，并且不论来回速度有多少差异，我们的步数都不会相差二十步以上。

　　我跟妹妹说了这事，她很骄傲。我也很高兴她没有因为到了乡里而做作到人格分裂。但是她也很较真！她较真的程度，简直不可思议。比如当时，虽然我夸了她，但是由于我说的"不会相差二十步"让她觉得有些多，最后她居然纠正说是十步。

　　如何印证？一边走一边数呗。

　　新家在一个大院里的二楼上，大院门口有一块标志性的牌子——干部家属院，当时看到这块牌子并没有什么优越感，更不会想到之后再提到它时会让别人两眼放光。所以很长一段时间，这块牌子都只是我跟妹妹的地标罢了。

　　妹妹为了印证她的话对，我俩便开始了一场没有任何意义的较量。我们同时在大院门口的牌子前出发，为了尽量减少误差，我们甚至还在出发前把身子紧紧贴在牌子上。

　　妹妹说："我看你还是认输吧，要不然给我写两年作业我也不好意思啊！"

　　我表示不服，一边变换脚下步子的距离一边反驳妹妹，说：

"你别得意得太早,要是我赢了,你的作业还是得你写!"

妹妹加快脚步,说:"哼,从小到大哪一次打赌你赢过?别挣扎了,痛快认输!"

我瞬间提速,说:"那都是以前,好汉不提当年勇!"

妹妹不屑道:"好汉?哈哈哈……笑死人了!我可不是好汉!"

我把走变为小跑,说:"你就先嘚瑟吧,比完了看我怎么收拾你!"

于是在极其简短的对话中,我们俩成功把数步子的事给忘了个一干二净,这场没有任何意义的竞争变成了关乎人格尊严的赛跑。

"砰!"比赛在我撞上了不明物体后中断!

撞我的女人看我表情狰狞,以为我摔坏了哪里,赶紧跑到我面前把我扶起来,说了一连串"对不起"。我想说"没关系"来着,但是屁股在当天受到的打击忒多了,我需要腾出点力气对抗疼痛,也就没说什么。不过事后我突然意识到一个很致命的问题,我妹妹居然没管我死活,跑了!

家门不幸!没了她我怎么回家?我当时的表情更加狰狞。

"你还好吧?"

"不,不好!"

女人慌了,她可能以为我是碰瓷的。"那怎么办?要不我先送你去乡卫生院吧!"

我喜欢荣阿姨就是因为明明犯错的是我,但我相对于她来说是弱势群体,她就对我极度让步!

我把脸抬起来刚准备要哭,忽然觉得眼前的人好眼熟,这张焦急的脸似曾相识,我试探性地唤了句"荣阿姨"。

对方那时也在观察我,也许是觉得我这么俊俏的脸蛋儿也很眼熟,当我叫了她一声以后,她才恍然大悟道:"哦!你是爱博吧？"

我腾出更多力气用到脖子上,把脑袋点得像啄木鸟。"嗯嗯嗯,是。"

哇噻！幸好当时命大,撞的是老妈的同事荣阿姨,要不然我肯定是要被坏人抓去卖了的。谁让认路的一看大事不妙光顾自己跑了呢,也许去搬救兵了吧!

"怪不得看着眼熟,和你老妈长得真像！哈哈哈哈,脸跟脖子的颜色还没统一啊！哈哈哈哈……"

我还喜欢荣阿姨这么直率的性子,永远有什么说什么,就像我们第一次见面,她跟我老妈哈哈大笑,来了一句:"这孩子没少在太阳底下晒吧,脸跟脖子都不一个颜色了。"

我们因为颜色结缘……

荣阿姨刚好要去我们的新家帮我老妈收拾整理,我就顺便搭了这趟"顺风车",也还不至于第一天到这里就迷了路,不然的话,那个脸就丢大了。

荣阿姨一路牵着我的小手走街串巷,买了一大堆零食给我吃,什么见过的、没见过的,甜的、酸的,辣的、不辣的,红的、绿的、各种颜色像毒药的。我忽然很庆幸妹妹跑了,要不然这些吃的岂不是要两个人瓜分？再说了,有这么个妹妹,还有机会实现平均分配吗？

回家的过程,一路吃吃喝喝,真的是美好啊！只是惬意轻松的生活为什么总是很短暂？我刚让两颗冰糖下肚,干部家属院的大铁牌子就哐当一声砸进我眼里。

院子里呜呜哇哇爆炸一般充斥着老妈尖锐的嗓音:"你哥不认道,你咋不知道等他一会儿?！啊？有事就知道跑,你可怕让坏人抓去卖了呢！你哥要是找不回来,看我咋收拾你！"

话到后来老妈已经带着哭腔了,门外的我深受感动,赶忙拉着荣阿姨跑进院内,扑进老爸的怀抱。

老妈正在气头上,就算我再感激她刚才的那几句话,我也没胆大到去老虎身上摸毛。根据经验判断,这时候最理智的事情就是扑进老爸怀里,挨骂是逃不了了,但是挨打可以避免。

经过这件事后,妹妹一受欺负就有了说辞,一口咬定了老爸老妈偏心。我家重男轻女,还铁了心以为自己智商过人却没得到公平对待,她的口头禅是"既生瑜,何生亮"。

荣阿姨跟我老妈解释了事情的经过,终于压下了她快要爆炸的怒火。老妈顶着一脑袋快要炸了的沙宣发型故作镇定,尽量让荣阿姨看到笑脸,尽管笑脸扭曲至极,甚至看起来很恐怖。

18. 再遇陈老师

刚坐到新学校四年级一班的教室，我就觉得老天爷意外开眼了。我看到了陈老师。我看到了陈老师朝我所在的班级走来。陈老师看到了我，目光像今天的太阳。

今天阴天，太阳看起来很朦胧，是那种月朦胧鸟朦胧的朦胧。

陈老师放下课本，在讲台后钉子步站直。"同学们好！"

同学们齐刷刷地呼喊："老师好……"

陈老师点头微笑。这是陈老师的招牌动作，昨天晚上我还梦到了，没想到今天就见到了梦中场景。谁说梦都是反的？要这么说，我今天看到的应该是"孙秃子"。

呸呸呸，不提他！

陈老师微笑着说："同学们，我来自我介绍一下，我叫陈梓娇，是你们的语文老师兼班主任。"

同学甲举手示意她有话说。

陈老师拿起点名册，按照座位一对，说："李淑芳是吧！有什么事？说吧。"

因为这次点名，阿芳成了班里我第一个认识的同学。个头小小的，跟妹妹差不多，全身来说最有特点的是那一条又黑又亮的马尾辫。

我喜欢在她走路的时候跟在后边看，长辫子在脑后一甩一甩，跟村里起风时路边一摇一摆的狗尾巴草似的。我正在专心看她辫子时被她回头一巴掌打得天旋地转真不是好玩的。她甚至以为我是个跟踪狂！真是冤枉至极。我本身是不是个跟踪狂暂且不说，我就算跟踪也要去跟踪我的艳红啊！天瞎了眼睛，我会盯着她？喜欢也是有程度的！

虽然后来我被她打了，不过不得不说，我们竟然还打出感情来了，但这是后话。

阿芳得到陈老师的允许后站起来，先是朝陈老师鞠了一个躬，抬起头时险些热泪盈眶。阿芳说："陈老师，我们能知道我们原来的老师去哪里了吗？"

陈老师被她的表情震惊到，脑门上浮出浅浅一层虚汗，说："调到我原来任教的学校了，在一个大山里。"

阿芳说："那他还会回来吗？"

陈老师虚汗凝聚成滴，说："不，不会了。"

阿芳再鞠一躬，坐下。几乎就在阿芳坐下的瞬间，班里突然响起一阵毫无预示的掌声。掌声响起来得很突然，吓得我一激灵，脑壳里嗡的一声。我觉得陈老师跟我的感觉应该差不多，要不然她不会紧贴在黑板上好像抠都抠不下来。

班里五十名学生，四十九张嘴都在不同程度地弯起一个神秘的弧度，面对这种谜之微笑，陈老师说她觉得自己的人生还是缺少阅历的。

掌声停止后，阿芳忽然又站起来，这次她还从自己的座位上走了出去。走到讲台前一把握住陈老师还在颤抖的手,说:"陈老师,您是我们的大救星啊!"

原来曾经的那位班主任给同学们留下了巨大的心理创伤,是那种心理阴影面积的计算结果为正无穷的重大创伤。

其实阿芳跟我说这些的时候我觉得她完全不用紧张。倒不是因为阿芳没有姿色,重点是阿芳属于文武兼修。就她那一巴掌,扇倒一头牛都没问题。

放学之前我找到了陈老师,然后邀请她去我家,陈老师开心地说:"好啊!"

直到第二天陈老师再次因为沙哑的磁性嗓音而被五十名同学齐刷刷哄笑之后,她把我家列入了重点拉黑对象,并且一直放在雷区不允许自己跨越一步。

那天晚上我做了个梦。我梦到陈老师变老了以后孤苦伶仃,一个人躺在自家楼下晒太阳。梦里的阳光并不刺眼,我能清楚地看到陈老师脸上被岁月刻画上去的皱纹。可她还是很美,皱纹似乎对这个洒脱的女人很是照顾,并没有把她装饰成老态龙钟。

"砰!"一个硕大的物体狠狠地砸了我脑袋一下,把我从开心的梦里砸回现实。

妹妹挥舞着枕头优雅地站在床边,叫着:"起床上学了!快迟到了!"

19. 不可言说

　　我一直觉得我是一个被上天眷顾的娃子,并且在我身上可以发生很多平时不容易发生的好事。比如昨天遇到了满心思念的陈老师,今天又碰到了家里的四分之一个"媳妇"阿香。真想跪下来朝天大吼,但是操场人多我怕会挨揍。

　　我偷偷地跟在阿香身后,准备给她个惊喜,于是在她快要到女厕所的时候突然拍了她的肩膀。阿香反应很快,回身就是一脚飞踹。不过这对于我来说已经习以为常,想当初在家的时候,这样的攻击对我来说几乎是家常便饭。我很灵巧地顺利闪过,阿香再飞踹,我再飘过,然后顺势直接一下子把她扑倒!我要让她知道我对她的思念有多么热烈!

　　不巧的是,我们是在女厕所门口。这一扑,不偏不倚就直接扑进去了。阿香还好,本身就是女生,我可惨了!直接被高年级的姐姐们拳打脚踢连拎带掐地扔了出来。

　　阿香一边拦着揍我的姐姐们一边把我往外拖。

　　我刚逃出女厕所就赶忙往班级飞奔。我知道阿香在身后追得很辛苦,可是我不能停。

许是跑得太急,转弯处一个没停住,跟走过来的人撞个满怀。我被反弹力撞飞出去跌坐到地上,一抬头,发现是陈老师,刚刚挨揍的委屈瞬间如同喷发的火山,眼泪止不住地淌下来。

阿香静静地出现在我身后,虽然惊讶于在这里见到陈老师,但是更关心我是不是还好。

俗话说得好,"男儿有泪不轻弹,只因未到伤心处",我今天不仅落了泪,还是当着两个女人的面落的!回家以后只要一回想这事就觉得耳根子直冒火。太丢人了!

虽然后来陈老师一个劲儿地安慰我,阿香也说"没事没事",可是作为一个男人,我还是没法面对被人从女厕所里赶出来并且还当着女人的面哭这样的事情!

午间休息的时候,阿芳作为一个细心的女生,成功地捕捉到了我红肿的眼睛,我就把经过全部告诉了阿芳。就从那一天的午间休息开始,我惊讶地发现,阿芳是一个很会安慰人的女生。

上课的时候我会在阿芳回答完问题之后起立反驳,不管她说的是对还是错,是正还是反,我把跟她唱反调当成了一种不可或缺的调剂,并且乐此不疲。

我觉得她后来会喜欢我应该就是江湖上说的"不打不相识"吧。我们老早就认识,却从未真正出手打过。

陈老师很快发现了我的这个习惯,于是在一次班会上,把我跟阿芳分别任命为正副班长。因为这事我不开心了好一段时间,我觉得这样我就不能再调皮捣蛋了,这是陈老师故意套给我的枷锁,就像孙大圣头上的紧箍咒一样。我还因为这事跟阿芳和陈老师闹了一个星期脾气。

后来陈老师跟我说:"其实让你当班长是因为你性格好啊,你可以带动大家课上课下都团结一心,还很能活跃气氛,让课堂不那么无聊枯燥！"

我说："可是当了班长就不能随便想干吗就干了。"

陈老师忽然严肃起来,说："谁说的当了班长就不能想干吗就干吗?恰恰相反,当了班长不仅可以继续想干吗就干吗,而且还可以带着同学们一起想干吗就干吗！"

我瞬间乐了："真的吗?"

陈老师揉揉我的脑袋,说："当然！但是违反学校规定的不行！"

我把头点得比啄木鸟还疯狂,道："嗯嗯,知道知道。"

我在心里默默筹划了好几出可以在班会、"六一"儿童节或者其他节日里使大家情绪高涨的游戏跟表演。虽然后来有很多都被学校以过于前卫、不符合学校氛围给刷掉了,但是我们还是把我们的表演搬进了每个班级、每间教室,并且得到了无数喝彩。

晚上放学的时候我特意在门口等了一会儿,阿香从三班的门口走出来后,我赶紧拉起领子一路小跑来到她身边,说："阿香,一起回家吧。"

阿香看了我一眼,我知道她憋着笑很辛苦,因为她扭曲的表情真是让人不敢恭维。

走到学校门口时,老爸开着新买的桑塔纳牌小汽车出现在停车道上。我拉着两眼放光的阿香钻进车里,催老爸快走。

我们先送阿香回她姨妈家,路上阿香对我说了很多,或许是我以前神经过于大条,同村那么多年,甚至跟阿香要好了那么多年,竟然没有完全了解她跟她的家。

阿香老爸毕业于县简易师范学校,曾经在村里的学校担任教师,后来因历史原因被迫回家务农。她老爸毕竟喝过几滴"洋"墨水,认定了这个社会只有读书才能出人头地,就算当时的政策对于教师这一职业还不是很重视，他还是教育他的孩子们一定要读书。

多年之后，阿香的丈夫、恢复了退休教师待遇的老爸、姐姐姐夫、哥哥嫂子、弟弟弟媳，都成了培育祖国花朵的辛勤园丁。他们一家成了整个村子里仅次于我家的有声望的人家。全家唯一不是教师的她老妈也在满屋子书香的熏陶下渐渐改变了泼辣的性格，成了村里每年都会得到一面小红旗的模范嫂子。

不过那些都已经是后话了。

那天回家的路程在我眼里似乎变得无限漫长。我看着车外飞速而过的垂柳，看着护城河蔓延到天边变成一个点，看着天空渐渐积聚起的积雨云，不清晰的闪电在云层里噼里啪啦相互拥抱。老爸——曾经被姥姥一家抵触甚至厌恶的男人如今有了自己的公司，虽然不是很大，但是正在朝大发展，并且风生水起。似乎所有的神祇都在为这个过去吃了太多苦的男人摇旗呐喊并施以祝福。

我们一家从被村里人瞧不起一直到后来可以说是高人一等，无不是老爸努力的结果。

20. 懵懂

陈老师调走的那天我组织了一个欢送会。阿芳上台朗诵了我写给陈老师的朦胧诗。

那时候我第一次知道文字也会那么重，重到我没有力气也没有勇气把它们变成诗歌传达给曾把它们教授给我们的人。

陈老师微笑着坐在班里的最后一排，眼泪流了一行又一行。

陈老师调走后，来了一位姓王的女老师，体形微胖，有点矮，短发被烫成弯弯曲曲的小卷，跟没泡开的方便面似的，看着就让人觉得很有胃口。

一同转进我们班的还有她的女儿阿月跟儿子阿亮。阿亮个子跟他老妈一样高，对于男生来说那个身高确实很不理想。每次看到王老师，我就会想起在村里老辈人说的"爹矬矬一个，娘矬矬一窝"，所以阿月的身高才到我肩膀，我一点儿都不惊讶。但是她居然会对我一见钟情，我还是很惊讶的。

可能是老天爷觉得把陈老师调走对我有愧，于是想用新面孔的数量弥补我的心灵空缺。于是继王老师带着一双儿女进入班级之后,又转来两个名字相同的女生。

一个个子高,叫大春香;一个小鸟依人,叫小春香。

大春香果然不愧对她的那个"大"字,个子高暂且不说,就那身材已经完全不能用丰满来形容了,简直壮硕。胳膊上的肌肉隆起来的时候跟村东头的莫寡妇有一拼,真是愧对她教师子女的文雅身份。至于小春香,她作为地地道道农民的女儿,不仅凭实力进入一班这个以学习成绩出名的班级,而且还能那样的小鸟依人,也真是跟我印象里农民的孩子下田干农活的画风不怎么吻合了。小春香身材纤瘦,一头柔顺的头发经常散在肩头,风一吹掀起一个角,似乎永远要人去猜她到底在想什么,在伤心还是开心,在思索还是在发呆……

小春香其实并不是班里最漂亮的,却是最吸引我的。我总觉得她身上有一种很特殊的气质,说不上来那是什么,只是和她在一起的时候就算不说话也不会尴尬。

我把这种奇怪的感觉跟妹妹说了。我觉得同样是女孩子,妹妹也许会知道些什么。

"你傻吗?这都不知道!"

"哎呀,快别说那没用的了,你哥现在有想不明白的事,你倒是赶紧给我想想啊。"

"这还不简单,因为你俩根儿上一样啊。"

"你是说小春香其实是我们失散在外的妹妹?"

"啪!"妹妹在我后脑勺上狠狠给了一下子,"你这么说,对得起老爸老妈吗?"

"那你倒是说咋就根儿上一样了呢?"她这一下子打得我脑袋嗡嗡响,感觉更不好使了。

"你看啊,咱们上一辈是干啥的?"

"种地。"

"对咯,种地的人叫啥?"

"农民。"

"小春香上一辈是干啥的?"

"农民。"

"好了,吃饭去。"

在某些时候,我不得不承认我的妹妹真的有和我一样的优良基因。如果再温柔一点,那真是太美好了。

王老师在调来后不久就给班干部队伍来了一次大换血。

她很放心地把班长的位置给了她的儿子阿亮,把我变成了中队长。很高兴阿芳并没有被撤换,她在她的副班长位置上坐得很稳。阿月是学习委员,大春香是文娱委员,小春香是劳动委员。那些原来在位置上坐得不是很牢固的都被她的改革之风吹了个十万八千里。

只是对于以上安排,我怀有疑问:大春香是文娱委员?小春香是劳动委员?王老师是不是泡面吃多了脑子秀逗啊!大春香虽然是学校老师的女儿,但是光看身材就知道她跟"能歌善舞"这个词压根儿不搭边。小春香虽然出身农村,可明显在歌舞上也是很擅长的。重点是还有我。我班长干得好好的,你把我换了算怎么回事?

从被换成中队长那天开始,我就懒得在课上抢答了,就算阿芳一直站起来答题然后看我,我也不想在我的座位上挪一步。

心累啊!心累怎么办?画画,画什么?画背影。

我特意跟老妈说要参加美术兴趣班,然后让她给我买了专门用来画的本子跟铅笔,用来画小春香的背影。

至于那传说中的兴趣班,让它见鬼去吧!

我画画是有规律的,比如在我最爱的语文课上,我还是那个爱学习的乖孩子,记笔记、读课文,只是不再主动站起来答题。在数学课上,我就开始给小春香画画,画她的头发,画她的背影……

五年级时,"六一"儿童节的活动办得很大,几乎整个年级的学生都有参加。我们班选出七个人作为代表表演了很精彩的节目。而最让我兴奋的是那七个人里有小春香。那天小春香化了妆,本就俊俏的脸蛋儿一瞬间变得光彩照人。

我第一次知道什么是心动,什么是羞怯。

真恨自己当天为什么没有把相机带到学校,如果能把当时的她永远留下来该有多好。即便我们最后没能走到一起,那也将是一段铭刻于心的悸动。

如果中场的时候没看到她一脸羞涩地把我给她的那瓶水送给阿亮的话,我觉得我会永远把她放在心尖尖上。我的失望好像白素贞扬起的西湖水,瞬间淹没了整颗心脏所在的区域。

原本因为陈老师的离开而空虚的心又由于有小春香的存在而渐渐被填满,可我怎么也不会想到她会那么残忍,把自己从我刚刚充实起来的心里抽走!她应该知道我喜欢她的!可是她为什么还要去喜欢别人?我到底哪里不如那个小矬子!是家世还是样貌?如果是家世的话,放在以前我也许会有些自卑,可现在我并不觉得阿亮比我强!我每天上学放学都有专车接送!他呢?等着和姐姐阿月挤在王老师那辆破旧的永久牌自行车后座上。

那段时间,我每天都想要抓着小香春柔嫩的小手好好问一问。

一天放学我没有坐老爸的车走。老爸的生意越做越大,在一年之内又买了第二辆小汽车。这是专门接送我跟妹妹上下学的,司机是老爸以前的一个同事,听说欠了老爸很多钱没能力还债。老爸看他可怜又看在老同事的分上说:"你每天开我的车接送我儿子跟女儿上学放学,等到他们小学毕业就算你还完债了。"

于是我们有了专车之后又有了专车司机,可是为什么小春香还是宁可喜欢那个小矬子也不喜欢我?我拿着手里的水瓶怎么想也想不通。

说来也搞笑,这瓶我送给小春香的水最后居然又回到了我的手里。

阿芳把水给我的时候看起来很生气,瓶子往桌子上一摔,说:"色狼,大春香让我给你的!哼!"然后一扭头跑开了,路上飞出几滴眼泪。

我拿着水瓶找到大春香,问她:"阿大(我觉得春香这名字只有小春香叫才好听,所以平时我都叫大春香阿大的),你跟我说,这水是哪来的?"

大春香脸色一红,扭捏半天说:"买的。"

我一把掐住她的肩膀,眼睛紧紧盯着她说:"是吗?阿大可从来不会撒谎的。"

大春香一听这话瞬间泄了气,脑袋一低,说:"别人给的。"

我忽然意识到了什么,赶紧继续追问道:"谁给的?是不是阿亮?"

大春香显得非常惊讶,这点可以从她张开大嘴看得出来,惊讶的内容就是我怎么知道这么多。她很夸张地做了一个不合适的娇羞状,说道:"你怎么知道的?不过爱博,你要相信我,一定要相信我,我跟阿亮真的什么都没有的。"

我松开掐住大春香的手,觉得一直在表演的并不是舞台上那些化着精致妆容的小演员们,而是在台下什么都不知道却又什么都了然于胸的我们。

我喜欢小春香,小春香喜欢小锉子阿亮,阿亮对大春香情有独钟,大春香又在不知道阿芳喜欢我的情况下想要让阿芳当红娘促成我跟她的姻缘!

世间万物都有规矩,就像地球是一个圆形一样。我们在年轻的生命之中,把儿女情长作为一根无限延长的线,编织成一张巨大的网,这个网名叫命运。大网突然猛地一收,我们就被牢牢地收束在其中,无论如何拼命挣扎,都始终逃脱不了命运的约束。

我到家的时候老妈正在门口等我,与她一起的还有一个叫艳红的女生。

她是我老妈在乡政府的同事——覃叔叔的义务学习辅导小组的小辅导员。虽然我是小组长,但是说起来我其实还是听命于她的。

艳红老妈跟我二叔是乡中学同班同学,这更把我俩的关系无形之中拉近了一步。

学习小组每天晚上都要上课,语文和数学轮换着。说到这儿,还要再提一个人,她是艳红的同班同学阿珍。阿珍的老爸是副乡长,她作为编外成员参加。但是实际对她来说作用不大,因为最后她们班还是只有艳红一个人被县一中正式录取……

21. 六年级

因为家里面的原因,转学对于我来说,简直就是家常便饭,似乎昨天我还在乡中心小学五(1)班的座位上发呆,今天就在县城一小六(2)班的讲台上做自我介绍。可能是因为这种经历多了,所以我一点儿都不觉得别扭,也不觉得紧张。

"我叫李爱博,是从乡中心小学转过来的转学生,希望老师同学们多多照顾,谢谢。"

不知道从什么时候开始,我的自我介绍不再那么生涩。就像不知道从什么时候开始,陈老师的来来去去对我的影响已经不再深刻到撕心裂肺。

我这次转来的六(2)班是不久前陈老师带过的班级,我们在欢送会上又相遇了。

欢送会结束,陈老师带着我去见接替她的毛老师。她跟毛老师说要多多关照我,说我很聪明,就是有的时候这股子聪明劲儿不用在学习上。是的,因为我把所有的心思都用在了陈老师身上。

毛老师看起来很眼熟,好像在哪儿见过,但是想了好久都没想起来。直到后来有一次去教师办公室给老师报告工作情况,无意中瞥了一眼毛老师的背影,忽然明白了。

我从乡中心小学准备转学的时候,因为需要班主任写同意书,于是我去教师办公室找了王老师。

"王老师,我因为家长工作的原因需要转学,您看您能不能在同意书上帮我签字,谢谢老师。"

"怎么的? 你家出皇帝了? 这都得转学进京啦? "

我忍住把她团成球一脚抽射的冲动,说:"我妈妈因为工作调动,要去县里了,我跟妹妹都要转学过去的,还请王老师批准。"

此时妹妹已经拿着她的同意书哼着歌转着圈走了。

我惊讶于这个丫头的顺利,更惊讶于我怎么会碰到这样的老师。为什么同样是老师,他们跟陈老师的差距怎么就那么大!

王老师思索了一会儿,跟她老公齐数学对视一眼,似乎在传达什么信息,然后这时,齐数学说话了:"爱博呀……"

我怎么听着有点毛骨悚然。

齐数学是我的数学老师,具体叫什么名字,是不重要的事,我也懒得记。

齐数学一旦有什么不可告人的心思的时候就会对那个人极其暧昧,比如现在,他看着我的眼神和跟我讲话的语气,一切都仿佛在告诉我,这个齐数学现在没安什么好心。

但是我不能不理他们。我朝齐数学点了下头,说:"齐老师好。"

齐数学站起身走到我面前,我以前都没注意过,原来他跟我差不多高。"爱博呀,你要转学,这件事我们理解。毕竟还是个孩子,要听家里的话,这无可厚非,哈! 可是,这个这个你看哈,我跟王老师也教了你这么长时间了,没有功劳也算有苦劳吧,是吧?

阿亮和阿月跟你又还是好朋友,你成绩现在还这么好,你说说,你这一走我们得多伤心。阿亮阿月得多伤心。"

说阿月伤心我可能会信,说阿亮伤心,鬼都不信。我算是听明白他们唱的是哪一出了,那伸到桌子底下直捻的拇指跟食指可比他啰啰唆唆那么一大堆直观得多。

我说:"王老师齐老师我知道了,今天晚上我爸爸会过来的,老师再见。"

我弯腰鞠躬,然后转身离开。我觉得这一对矬子看上去很恶心,就像两只蛤蟆。他们不会直接咬人,不会直接说"想走可以,拿钱来",而是假模假样地谈什么感情。我呸! 就你们这样子"不咬人膈应人"。

走到门口时因为一直低着头没看到迎面有人过来,然后跟毛老师撞了个满怀。

那时候我还不知道毛老师姓毛,只是觉得这个老师看起来很亲切,眉眼之间有一种说不出来的亲和力,是看一眼就能让人记住的那种。

所以当陈老师把我介绍给毛老师,并且我想起来以前见过毛老师的时候我就觉得我在县城一小的时光会是灿烂的。

这样的灿烂从毛老师把我任命为班长开始,一发不可收拾。

我可爱的艳红小老师在我老妈的特意要求下正式成为我的"辅导老师"。

艳红是一个做事很认真的人,老妈请她来辅导我的数学功课,于是她除了睡觉以外几乎所有的时间都掐着我耳朵喋喋不休地说着各种方程跟公式,说得后来我都有些怵她了。当然这是在艳红端端正正坐在课桌前的时候。

在艳红的帮助下,我的成绩突飞猛进,尤其是数学,成绩的提升看起来就像疯狂起来的正比例函数。横坐标是时间,纵坐标是成绩,虽然很长时间里纵坐标的提升幅度不是很大,至少 K 大于 1 了! 艳红帮我在没有先进学习设备的年代里实现了"妈妈再也不用担心我的学习啦"的目标。

再加上毛老师的帮助,可以说在县城一小的这一学年成为我自上学以来最为潇洒的一段时光。一路顺风顺水不说,还收获了无数夺不走的知识,更奠定了我走上文学道路的基础。

毛老师也是我遇到的屈指可数的能记在心里的好老师之一。在毛老师的帮助下我参加了县里很有权威的作文比赛,并且获了很多奖项。那次作文比赛不次于"新概念作文大赛",也正是因为参加了那次比赛,我在文学道路上的地基打得很牢固。毛老师跟陈老师一样,是一个很有文学素养、很有品位的老师。我对陈老师更多的是感激,而对毛老师在感激的同时还有些愧疚。六年级上学期的时候毛老师曾经从校长那里拿到了一份《中国少年报》,那时候的报纸虽然已经不像我在村里的时候那么珍贵,可也是一个年级几个班共用一份的有限资源。而我把在村小学时候的事情再次上演了一遍:我偷偷把《中国少年报》藏了起来,因为我要参加那上面的全国知识竞赛,所以即便毛老师找遍所有的犄角旮旯我都没有承认。至于那知识竞赛……因为需要校长盖章同意,最后只能放弃。我还是觉得挺对不起毛老师的。

在县城一小的六年级下学期时,电视里正在热播《射雕英雄传》。只要一听到《铁血丹心》的音乐,整个人瞬间热血沸腾,似乎随时都能"弯弓射大雕"。但是城里没有大雕,甚至连只像样点的大鸟都没有, 所以我只能神经兮兮地做着郭靖拉弓射箭的潇洒动作。

很快我的这个举动被另外三个"射雕迷"发现了,这真可谓是"英雄所见略同"。然后我们约在一起聊天,猛然发现喜欢的人物都一样! 于是四个人一个头磕在地上。头磕完了,脑门都是疼的,酒喝过了,辣得舌头直发麻,香也烧过了,味道很淡,闻起来很舒服。

排序。我年纪小,但是家世最好,所以我是老大,然后依次是阿镇、小革和阿生。我们成了异姓四兄弟,只要一个受欺负,其他三个立刻打回去,也算是县城一小的一"霸"。后来阿刚也要求加入,阿刚是我以前参加一个学习小组时认的手下,他的加入算是走了我的后门,所以阿刚虽然年纪大也要排老五。

22. 跟读生

小学升初中的考试结束之后,满大街的课外辅导班如同雨后春笋一般往外钻,拦都拦不住。

人在大街上走着,永远会有不认识的叔叔阿姨把手里的辅导班广告纸塞进我手里,就算我把手放进口袋,他们也会想出无数种稀奇古怪的方法让我把那张广告纸带回家,带到家长面前。

在他们的计划中,家长看到广告纸时应该说:"哇,好厉害的辅导班,孩子咱们上!"然而事实是我把那张广告纸带回家之后老妈气愤地把五颜六色的广告纸折成很丑的飞机,一下扔出窗外。

"老早就不住农村了,没有灶,要引柴纸做啥!"

"是啊。"我说。

自从知道小学升学的考试成绩以后,我整个人的情绪都很低落。虽然并不是第一次在考试的问题上遭遇滑铁卢了,可是这次给我的打击真的很大。

只差十分而已,只差十分我为什么就没能考进县一中?

那段时间的我不知道是心理压力还是心理阴影问题,我仇视所有教过我数学的老师,因为我的数学成绩成功地成为我所有学科中拖后腿的科目。如果数学成绩再高一点的话就不会这样了。

我愤懑,从"孙秃子"开始到齐数学结尾,把我的数学老师骂个遍。

我还偷偷哭过一次,还被妹妹发现了,然后妹妹再次给我上了一堂人生大课。妹妹很简单地说了一句话:"你老妈是吃干饭的吗?你可是她亲儿子啊!"

于是我想到了一个办法,去县一中的办法。

那天老妈下班很晚,我特意做的一桌子饭菜都凉了。老妈带着一股刺鼻的酒味摔进门来的时候我正打算把菜放回锅里热一下。

自从我们搬来县城,老妈跟老爸几乎每天都在忙着各自的应酬,很少有时间陪我们兄妹俩。

我不知道该怎么跟老妈说要去县一中的话,只是把醉得一塌糊涂的老妈扶到床上。

老妈瘦了。

在临近开学的前一个礼拜,我终于跟老妈开了口:"妈,我想去一中。"

老妈看了我一眼,说:"不是差十分吗,怎么上?"

我说:"我知道差了十分,但是只要您想想办法,我就一定能进去。"

老妈看我的眼神忽然变了一下,说:"我怎么想办法?这种事情还是得看成绩的。"

我走到老妈身边坐了下来,说:"成绩什么的都是可以改变的,总不能因为我这一次发挥失常就把我判了死刑吧。那我也太冤枉了。再说,如果我要是能上一中,说不定我以后还能往更高处走呢!"

老妈没有直接回答我,只是说让她先想想,但是看老妈的表情我知道这件事情已经基本算是办成了。

我又可以跟艳红同在一所学校了。

"李爱博,初一(3)班跟读生。"

是的,在老妈的不懈努力下,我得到了一个跟读生的名额,不过没关系,跟读生就跟读生,反正我是跟着艳红来读书的!这样看起来,跟读生也算不错。

虽然做不到像艳红那样成为县一中在我们乡中心小学六(1)班唯一的正取生(正式录取生),戴着大红花,由校长亲自颁发奖状和奖学金,不过只要能跟着她的脚步我就很开心。

"望尽相思红颜凋零处,我只愿与你朝朝暮暮。"

以跟读生的身份在县一中读书,被人家欺负是很正常的,但是我并不是一个他们想欺负就能欺负的人。

比如那个叫什么敏的!对于这个"敏"字,我嗤之以鼻,一个大男人的名字里面居然会有一个这么女性化的字眼,看来他是一个意外,一个属于他老爸老妈的意外。我用我那充满智慧的大脑想了一下,也许老两口当初想要的是一个女娃子,结果不小心来了一个带把儿的,但是为了圆梦,所以给他的名字里面加了一个"敏"字。

初二的时候学了生物,才知道孩子的性别取决于老爸。我还拿这件事跟老妈夸老爸。我说:"看,你老公多厉害!"老妈白了我一眼,说:"没看出来。"我搂住老妈脖子亲了一口说:"女人啊,您就没发现他跟您造了我们兄妹俩是有多伟大吗?你就看这名字取的,李爱博。不用说了,我爷爷姓李,这个我爸决定不了。爱博……"我卡住了,爱博,怎么解释?妹妹忽然从门口扔进来一个飞梨,说:"爱博爱博,反过来就是博爱。这名字取得好啊! 从小到大,我哥就博爱。是不是哥? "

得妹如此,兄亦何求!

说回阿敏,由于时间久远,他到底叫什么敏我已不记得了。反正他是一个有着女人名字的阳刚纯爷们儿。他比我高两个年级,我读初一的时候他读初三,是老"地头蛇"了。

那次我去教师办公室请教问题,刚好路过他们班门口,我也不知道是怎么回事,阿敏忽然从班级门口蹿了出来,拦住我的去路。起初我没意识到他是出来拦我的,加上满脑子都是想不通的问题,然后就形成了他拦我躲、他再拦我再躲的局面,我们就像是木偶玩具一样,一人一脚僵持了大半节课。

有时候觉得阿敏真的是一个顽固的人。就像那次他拦住我的去路,我没意识到他拦我,那他直接喊话不就好了。可他偏不!非要等我自己意识到我被他拦截,他才说话。这样的问题出现在几乎他经手的每一件事情上,我被迫习惯了。

阿敏拦住我的去路,我抬头看他,说:"同学,你挡到我的路了。"

这话本身是不是没有任何问题? 但是这话是我说给他的,那就有大问题了! 他听完我说话之后说:"哟,小娃子,你说我挡住你了? 谁能作证? "

我被他说得一愣,心想:这满楼道都是人,你这么说不是自己找死吗?

但是我小看了阿敏的力量,这是错误之一,而我更小看了这所学校的风气,这是最重要的第二项。碰到高年级同学欺负低年级同学这样的事情,不是应该大家一起抵抗吗? 不是应该大家一起群起而攻之吗? 那他们这些假装转头路过捡垃圾的是几个意思? 真是世风日下。

　　我转了个弯,打算从别的路去教师办公室,毕竟又不是唯一的一条,毕竟我是通过老妈的关系才进来跟读的,能不惹事还是不惹事的好。

　　如果阿敏也这么想就好了。

　　整件事情在我俩撕打到一起之后结束。我被李老师领回班级一顿教育,并且第一次写了检讨书,字数五千。即便如此,我也并不记恨李老师,因为她并没有要找我的家长。在那个找家长几乎已成为风气的年代,李老师顶住了学校的压力,顶住了阿敏老爸的压力,坚持把这件事在学校内都解决掉。我很感激她。如果老爸老妈不看这段文字的话,他们至今也不会知道我在做跟读生的时候曾跟别人打过架。

　　李老师说:"李爱博,你要记住,你能进这所学校是你妈妈用人情换来的,你得知道怎么让这份人情值得。如果你在学校里惹了事情,丢了人,你可知道你妈妈比你更丢人!"李老师说得很有深度,但是恰好是在我能理解的范围内。

　　我说:"知道了李老师,我再也不敢了。"

　　李老师叹了口气,说:"希望你能明白吧。爱博呀,从明天开始,你就是班里的文体委员。"

　　"啊?"我刚惹了麻烦,怎么还当班干部了?

　　"给你职位,让你体验一下初中的班干部跟小学的班干部可不一样。你得有责任心。"

　　我似懂非懂,只是"哦"了一声。

　　原来李老师的丈夫也在乡政府任职,说起来还是老妈的同事,怪不得李老师能对老妈如此理解,对我如此庇佑。没有什么是比感同身受更加真切的感受了。

　　第二次见到阿敏,我们就成了知己。

　　男生似乎总是会做一些不打不相识的事。像我以前的几个结拜兄弟,像阿敏。

阿敏在学校学生会担任副主席一职。

真想象不到他那个性子居然还能深受学生会所有干部的一致爱戴,直到后来我也渐渐喜欢上了这个性子耿直还有点顽固的家伙。

我问他:"当时你为什么拦我?"

他笑嘻嘻说:"这你就不懂了,我这叫慧眼识珠。"

我说:"你识珠就识珠呗,那你动什么手啊?"

他蒙了,说:"啥?不是你先动的手吗?"

我好想给他一脚临门抽射,踢死他!

后来阿敏推荐我去了学生会,担任校刊《多棱镜》以及文学社刊物《小荷》的编辑记者,主要就是写写校园故事,审核一下同学们投递进来的稿件什么的。不得不承认他给推荐的这个职位正合我意,我能做得如鱼得水,也多亏了他用人得当。

23. 坎坷

自从跟着阿敏进了学生会后,我终于可以光明正大地把看课外书当成必修课了。

每当老妈想要没收我手里的各种杂志的时候,我就会亮出"学生会编辑部"的蓝底牌子,这招屡试不爽。直到后来我都已经不在编辑部任职,老妈也会对我看课外书予以理解,前提是我看的东西必须是健康向上的。

在县一中的日子我过得很滋润,不仅因为以上我说到的可以把自己的爱好当作事业,还因为我可以随时看到艳红。

下课的时候、课间操的时候、几个班一起上体育课的时候,甚至我去编辑部送稿件的时候,我都可以看到艳红。说实话,到编辑部送稿件的时候探望艳红对我来说有点累,因为编辑部在六楼,我在二楼,艳红在五楼。

她所在的班级是重点班,理所当然被安排在比较高的楼层上。学校领导的意思应该是我们这些生活在底端的人随时仰望,但是领导一定没考虑过一个暗恋着学姐的小学弟希望能每天多看女神一眼的渴望!

"不过无所谓,年轻人为了爱情多走点路有利于身心健康。"我如是想。但是我忽略了一件很重要的事情,我忘记了那些从未品尝过青涩恋情就已经孩子满地跑的老师们会怎样看待我们这种最原始、最质朴的感情。

就像现在,艳红的班主任朱老师,趁我在上最讨厌的数学课并且睡得像猪一样的空当,把艳红拉到了走廊上,进行了一场非人道主义的语言攻击。我以半斤猕猴桃收买并安插在艳红班级的探子向我汇报了攻击内容。

虎背熊腰的朱老师站在艳红前面半米处,龇着一嘴黄牙吼道:"小艳红!"

他们大人在极度生气的时候总是会在别人的名字前面加一个"小"字,这似乎不是习惯,而是传统。我老妈也会这样,她生气的时候会喊我"小军长"。我表示奇怪,因为军长这个官衔好像只有正副,不分大小;不过无所谓,因为老妈消了火之后还是喜欢叫我爱博。

朱老师以一种审讯犯人的姿态,凌驾于艳红之上。

艳红有些被吓到了,毕竟从小到大她都是一个人人喜欢的乖孩子,老师见了她更是只有无尽喜爱,谁会舍得对这样的女生大吼?

艳红吓得都没敢答应,然后朱老师很得意地接着吼:"小丫头片子,出息了哈?说吧,你跟初一那小子是怎么回事?"

艳红被吼得眼泪都快下来了,支支吾吾半天就说出一句:"没……没怎么回事。"

朱老师的好奇心似乎没有得到满足,按她的设想,剧情的发展应该是,在她的严刑逼供下艳红拼命维护我,她就进一步逼迫艳红跟我决裂,艳红很伤心,当着她的面前哭得梨花带雨,然后再被迫答应她以后再不跟我联系。但是她完全高估了我在艳红心里的位置。所以整出剧情很无聊,无聊到狗血。

朱老师确实在逼迫艳红说出些什么维护我的话,但是一直到最后,艳红都是说:"我们没什么。"

这就导致朱老师强制艳红跟我决裂这件事发生得太过顺利。

艳红很乖巧地跟朱老师说:"好的,我会告诉他以后不要再来找我了。"

朱老师这时候已经没有什么激情了,大手一挥说:"写个纸条得了。"

艳红说:"好。"

朱老师的内心应该是崩溃的,本来想自导自演一出"爱恨别离",却因为女主角太过乖巧提前杀青,并且整部片子毫无卖点可言。

艳红在朱老师的注视下写了一张纸条:"爱博,以后不要再来找我了。任何时间都不要。我还要学习,你也要当一个好学生。"

这张纸条我至今保留着,并且会时不时地拿出来教育女儿。我说:"看见没,不好好学习,连早恋都不行。"

教育完女儿之后,我再接受来自媳妇的"教育"。我把这叫新陈代谢。

告别了"偶遇"艳红的日子大概一个星期,我忽然又有了新收获。这个收获让人觉得很尴尬,我没法形容见到她时是一种什么心情。

喜悦?可是眼前总会出现她化着精致的妆容,把我送给她的水转送给其他男生时羞红了的脸颊。难过?根本没有的事。

看到小春香时,我忽然觉得自己那一段时间的编辑记者算是白当了，我竟然找不到一个合适的词来表达我的心情。

我主动出现她的班级门口，自以为很自然地跟她说："哟，春香，你也在啊！"

小春香听了我说的话之后，扑哧一声笑了。她还是那么美，笑的时候露出一颗小虎牙，美丽的脸蛋儿隐隐牵动我的情绪。

她说我看起来超尴尬时，我忽然觉得很尴尬。

她说我们这个年级考上一中的人很少，算上她一共也就几个，但是只有她考进了一班，别人都在六班或者七班，难怪我没看到过他们，原来他们在楼下。

我自以为很洒脱地问她阿亮、阿月跟阿芳的情况，小春香又笑。

我觉得我真的不适合"自以为怎么样"。

小春香说他们都去读了乡中学，阿芳应该最闹心，她就差了两分就能来一中了的，可惜……

我说："哦。"

阿月跟阿亮各自都是二十多分的差距与县一中无缘。

有时候我也在想，如果不是老妈的关系，也许我也要在乡里上那所可有可无的中学了。

当跟读生的人太多，县二中的生源出现了重大危机，如果二中校长不追究，他就很有可能被撤职。

我觉得如果不是涉及了县二中校长那顶戴得不是很牢靠的乌纱帽，他是不会下这么大力气去跟县一中校长理论的。

他们理论的时候我就站在楼顶平台上，因为事关我的去留，所以从不八卦的我也忽然对这件事重视起来。

爬到楼顶平台是因为两位校长都是重量级人物，就像两个终极人物。而终极人物的"厮杀"一般都会伴随很多很严重的自然现象，比如地震。所以两位校长选择在操场进行谈判。

县二中校长在"厮杀"失败后果断选择了法律手段,因为上炮上得得当,整个民事纠纷案一个星期之内成功解决。解决方案有两个:一、县一中校长立刻向县二中校长道歉并且马上归还生源;二、马上归还生源并且县一中校长立刻向县二中校长道歉。

同为跟读生的"战友",迫于压力离开了"天堂"返回了"地狱",我还想再挣扎几天,但无奈也是强弩之末,最后被校长大人亲自挡在了县一中校门外。

我走进了县二中,成了县二中初一(4)班学生李爱博。

在真正的最高学府学习过一段时间之后,这里的环境让我想到了"阿鼻地狱"。班里男生吸烟、喝酒、逃课、染发,全部稀松平常,女生烫发、化浓妆、吸烟、逃课、早恋,也并不稀奇。

我对这样的环境完全无法适应。若不是以前在县城一小当班长的时候经常照顾班里的学困生阿锋,现在得到了他的照顾,我真的不敢想象那一个月的时间我该怎么过。

那段时间应该是我对学校最抵触的阶段,我甚至无数次想过干脆辍学好了。

阿锋说:"爱博,你还是不习惯啊。"

我点头道:"是的。"至少我还没能做到别人侮辱我之后能在一天之内原谅他。尤其是在我最喜爱的文学方面遭到侮辱,我觉得我会直接跟那个人绝交。

县二中只教会了我一件事,就是在面对人生观完全不同的人时,不要管他们说什么,只需要坚定自己的信念就好。

于是只用了半个学期,我有了一颗坚定不移的心。

我真的没办法再忍受县二中的风气了,在那里的每一分钟对我来说都是折磨。我不知道在看书的时候会有多少人从我身边路过,然后不小心"碰掉"我的书本,之后扬长而去。这还是好的,有几次竟然有人故意拍掉我手里的杂志,说:"哟,装什么装? 你还以为二中是天堂呢? 我告诉你,这里是地狱,是你们这种文人的地狱!"说话间,他把手指向距离我不是很近的一个位置,那里有一对情侣在打架。是的,不是吵架,是真真切切地动手。男生长得很高,有一米七八,蒲扇大的巴掌啪啪直往女生脸上抽。

那个男生的巴掌好像不是抽在了女生的脸上,而是抽在了我的心上。女生就如同我哭泣,并且在努力挣扎中对一个优秀学校环境的向往,而男生就是赤裸裸的现实。我的灵魂被现实击打得体无完肤,甚至连哭喊的力气都渐渐减弱。

有的时候我就是个懦夫,就像我虽然可以对我的理想坚定不移,但我做不到对真实袖手旁观。

我选择逃避。我把自己反锁在房间里不吃饭、不喝水、不睡觉、不上学……

我跟老妈争吵,我说我要去县一中,我不要在县二中那种地方上课,那里根本就不是人待的地方。

老妈被我吵得极度烦躁,再加上她那时似乎对自己的能力产生了怀疑,或许是更年期提前到来了。她第一次动手打了我,说:"谁让当时你的成绩没到分数线来着,上不了活该。在二中给我老实待着,别给我惹麻烦!"

我瞬间心灰意冷,以前对我温柔善良又宽容大度的老妈变了,我甚至很多次想到了弃世这样可怕的想法。

就在我即将面临崩溃时,我家的门铃响了。

胡伯伯大包小裹地提了很多东西走进我家,看到老妈张口就问:"听说不给咱家娃子上一中了? "

老妈刚压下的火,腾地一下又升起来了,嗓门子吼得能让门铃自动嗡嗡响。

老妈说:"他胡伯啊,你是不知道! 二中那老胖子跟一中校长打麻将输了五千块钱,他不服气,想用这机会给一中摆一道。"

胡伯伯听了恍然大悟,然后说:"行了,你也别生气了。我这次来是想跟你商量件事。"

老妈镇定了一下,说:"啥事?"

胡伯伯忽然有些扭捏,说:"这事情吧,说来怕你舍不得。"

老妈一拍大腿,声音提了不止一个度,说:"他胡伯,你有啥事你就说,我这人你又不是不知道,就怕你有事不想着我。什么舍得舍不得的! 你就是要爱博这娃子,我都舍得,咱两家啥交情。"

确实! 想当年,胡伯伯跟阿香的老爸一样被下放到我们村里,要不是我老爸仗义相救,估计这个身子骨瘦弱的知识分子现在就不能坐在我家里说"跟你商量件事了"。

胡伯伯想了一会儿,最后终于说道:"是这么回事,我寻思爱博现在不是不能上一中了吗,要不然让他跟我去师大附中,你看……"

我一直躲在门后,听他们的对话,胡伯伯说到师大附中的时候似乎有一把银针刺进我的意识之海。

我想到师大附中跟师大附小很近,陈老师调走的时候好像说过她是去师大附小了。

我没等到老妈发表意见,砰的一声从门里撞了出去。

我抱住胡伯伯的腿几乎声泪俱下:"胡伯伯带我走,我再也不想在二中待了,一天都不想,我会疯掉的! "

话一说完,老妈忽然从身后拎起我的衣领,对着耳朵吼道:"熊娃崽子,翅膀硬了是不是? 还想飞啦?"

胡伯伯赶紧站起身拦在我跟老妈中间,把我从老妈手里抢了出来。"有话好好说嘛,干啥跟娃子置这么大的气。"

　　胡伯伯一直对我很好，可能是因为他一心想要个儿子，结果却生了四个女儿，所以他把我当成了感情寄托吧。胡伯伯是有文化的人，他当然知道没能养个儿子跟他媳妇一点儿关系都没有，他也不怪任何人，只是他确实需要一个寄托。

　　我把胡伯伯轻轻推开，站到老妈面前，说："妈，不是我翅膀硬了，只是我想换个环境好点儿、风气正一点儿的学校安安心心学习。"

　　老妈因为我说的话一时语塞，她无从反驳，怒气冲冲地将头转向别处。

　　"妈，其实您也知道二中是个啥地方，您说我在那里能学到啥？打架斗殴、抽烟喝酒、早恋？其实我知道您因为没能让我回到一中很自责，所以最近脾气才会那么差。我理解，我也不想您为了我活得那么累。"

　　话未说完，老妈已经泪如雨下，我也哽咽不止。"妈，既然咱们一中进不去，乡下中学还不如二中，也不能去，那我就跟着胡伯伯去省城好啦。"

　　我跟胡伯伯走的那天，老爸老妈和妹妹都没有来送我，这也正好，省得离开的时候伤心。只是上车的时候我并不知道，分别的那一点点疼痛跟接下来要面对的场景相比，仅仅只是九牛一毛。

　　进入师大附中的一周时间内我适应得很好，可能是有了县二中的前车之鉴，我把学习风气看得比什么都重要，这也让我赢得了老师同学们的一致好评，我很开心。

　　我开心地来来回回于师大附中与师大附小之间，不知疲倦，无数次幻想着跟陈老师再次见面时候的场景。

　　就像现在，陈老师拉着我的手跟我说："小宝宝已经四个月了，都会动了。"

忽然，一个傻子闯进了我的视线。陈老师说，那个痴痴呆呆的傻子是她男人。

24. 踌躇

　　我终于没能在省城住上很长时间,尽管我喜欢那里的繁华,喜欢看高楼大厦,喜欢在那里看着远处而不是消失在山里的日落。

　　回到家的时候我几乎狼狈不堪。从省城上车,没拿行李,连夜出逃。是的,我是逃走的,买火车票的钱是我仅剩的零用钱。

　　我没有告诉胡伯伯,也不知道这一路我是怎么过来的。一闭上眼睛就是陈老师跟她高高隆起的肚子。我似乎还看见了陈老师跟她已经出生的孩子走在学校的操场边,她并不爱的傻男人远远地跟在身后。

　　回到家里之后没过几天,胡伯伯就赶来了,深绿色防盗门被他带着情绪的肩膀撞得轰轰响。

　　老妈骂骂咧咧出去开门:"天杀的,拆迁啊怎么的?"

　　门吱呀一声打开,胡伯伯撞开深绿色防盗门之后继续撞倒老妈,然后直奔我的房间,把我的门砸得轰轰直响。

　　我的门是反锁的,所有的钥匙都被我收进抽屉里,如果我不主动开门或者没有人把门撞开，我都有可能会静悄悄死掉。

胡伯伯把门拍得整个门框都在颤抖，我依旧保持着走进房间时的姿势，两天了，整整两天，水米未进。

胡伯伯在门口大喊："爱博，你出来，是不是伯伯对你不好，你倒是说啊？怎么就这么一声不响地走了？你知不知道你走了以后我都快疯掉了，我报了警，我贴了很多寻人启事，一直到有人告诉我，说你去车站了，我才找到这里来！爱博，你有什么事情，跟伯伯说啊，跟我回去吧。"

我知道胡伯伯是真的把我当成了儿子，是真的希望我可以留在他身边，可是我真的没办法再面对陈老师。

我选择逃避。

后来胡伯伯回去了，我的门除了松了一点儿以外没有任何变化。基于我还不怎么想死，所以还是会偶尔出来吃一些老妈特意准备的饭。一个假期下来瘦到皮包骨。

开学之前妹妹来敲门。"哥，虽然不知道你发生了什么，但是我们都还小，不能就这样把以后放弃了。"

我说："嗯。"

妹妹继续说："明天学校开学，你过来吗？"

我说："哪里？"

妹妹迟疑了一下，说："二中。"

我把枕头丢到门上，松动的门发出痛苦的声音，我跟着痛苦吼："不！不去！"

妹妹没有继续说什么，只是叹了一口气，脚步拖沓地离开了。

开学之后的一个星期，我依旧过着鼹鼠一般不愿见天日的生活。直到第八天晚上，老妈走到我门口。

老妈再没了往日说话的清亮，觉得整个人都是在一种很憋闷的状态。老妈说："爱博。"

我回应一句："嗯。"

"能给妈妈开门吗？"

我犹豫了一下，最后还是把门打开了。

老妈瘦了，没有之前的那种精气神，眼睛也暗淡了许多，虽然我们每天都会有几个照面，但是我居然完全没有注意到，一丝愧疚突然缠住整颗心脏。

老妈走到床边，把我散落的书一本本捡起来，码好在书架上。

我忽然发现曾经爱看的小说故事什么的全部变成了很深奥的哲学纪实，我似乎已经脱离开现实有一段时间了。

老妈说："明天出去走走吧。去看看新学校。"

我点点头。再这样下去，我是不是对不起老妈？虽然我不能给那个女人幸福，但是我也不应该让最爱我的人承受那么多不该承受的辛酸。

新学校的李副校长是老妈同事的丈夫，刚好负责筹办工作，于是我跟妹妹一同进了县民族中学初一（3）班。

我因为整个初一都没怎么好好读过，所以留了一级，重新学习。

很意外，在这里碰到了很多熟人。每个人见我的第一句都是："你怎么了，看起来阴沉沉的"。

我跟他们说："我没事啊，就是最近没睡好。"

因为总是会梦见陈老师，因为一梦就是几个月。

阿月、阿亮、阿芳都从乡中学陆陆续续转了过来，真开心，大家又能同在一个屋檐下了。

虽然以前可能并没有很多的感情纠葛，但是当一个人心情低落到谷底，好像每一个仰头都在挣扎的时候，熟人的出现，真的会有很大的缓解作用。

在班主任黎老师的赏识和鼓动下，我当了班长。她顺便还把创办学校《瞭望》文学报的重任交给了我。她说:"你需要忙起来,这样才能缓解你的心情。"

黎老师是师大中文系的高材生,曾经是陈老师同学,所以她在来之前就知道我。同样走过学生年代,所以她也并没有把我的情感当成是小孩子幼稚的冲动。

她特意在放学的时候跟我一起走走,跟我说了很多当时不懂但是后来却成为生活必需的东西。我把那些东西化成了血融进肉里,就像陈老师。

《瞭望》文学报在我全力以赴下,算是风生水起并蒸蒸日上。

阿亮、阿月、阿芳都被我拉进来,一一当了编辑记者,算是自家兄弟姐妹,一切也都放心。

似乎就是从那时候开始,我开始写一些笑中带泪的文字,会有一些很讽刺的东西在里面。我把自己的情绪也同时封印在其中。

有一段时间,阿亮经常会出现在我家门口,不过是以找我的名义找我妹妹。他似乎小看了我妹妹对男人的审美,以为所有的女人都会像小春香那样对他青睐有加。直到阿亮第二十次被妹妹从门口骂出大街,他终于放弃了。

我很佩服他,佩服他无法认识到自己到底哪里不好,佩服他可以自欺欺人到那种地步。幸好妹妹还是正常的。

阿芳跟阿月的不同就在于她比阿月更了解我,至少她能从我前段时间写的东西里知道我的心情,然后很理智地选择不接近。

真的很理智,这也是我不会讨厌她的原因。

阿芳等在放学路上,我叫妹妹先回家,然后跟阿芳并肩而行。她家跟我家是相反方向,但是我相信她会一直跟我到家。

阿芳说:"爱博,我问你一句话,你能不能说实话?"

我说:"什么?"

阿芳突然固执起来:"那你能不能说实话?"

我说:"能,你问吧。"

那时候我有一种全身赤裸的感觉,似乎阿芳只是随意的一个眼神就能把我的所有心事看穿。

"你是不是去找过陈老师?我知道你喜欢陈老师,可是她毕竟是我们的老师呀,好好想想吧!"阿芳走到我面前,稍稍仰起脸,说,"李爱博,你要看清事实,你现在只能好好学习,所以安静下来吧。"

安静下来……

忽然回想起没有上学之前的那几个月,我一直以为,就是在那几个月中,我在沉淀自己,可是为什么阿芳说完之后我觉得那几个月我只是在虚度时光。

谢谢你,阿芳!

25. 学生会

把全身心扑到工作上,最终一定会对自己有所救赎。初二时,我知道了这些。

"当我们走在一座看不到头的长桥上,那种自己始终悬空的感觉永远都会缠绕在自己身侧。"无法解除吗?也许吧。

初二,我变得越发多愁善感,发表在《瞭望》文学报上的东西也越来越伤感,文字却更加精炼。像黎老师一样喜欢我的人越来越多,还在学校读书的我便已经成了小明星。

那个年代的明星跟现在还是有差别的,并不是随便一个长得好看的就能当上天王、天后,王子、公主;但是一个有才华并且相貌出众的人,无论年纪多小,都会受到瞩目。

县里的电台和报社曾经还很流行创办《校园文学》栏目,而且我们学校几乎单独成了一块重点区域。

不知道那个胖胖的叔叔是编辑还是记者,我记得他曾经不止一次问过我:"爱博,在我们栏目开办一个属于你的专栏怎么样,我们给你五百元。"

五百元！在我还上初中的那个年代里，它跟现在的五千元差不多。这么说吧，我老妈当了那么多年的政府职员都没有那么多的工资，老爸的公司那时候的年利润也就是五万元左右，而且就这五万元还是整个县甚至是整个市里都数得上的财富。

五百元，几乎可以让我在学校里摇身一变，从富二代荣升到富一代。

只是我拒绝了。我觉得那时候的我还在成长，如果过早地在文字里充入金钱，我想我会损失掉未来。

我说："叔叔，我还小，而且文字并不是很成熟，感谢您对我的抬举，但是请见谅，这个专栏暂时我还不想写。"

胖叔叔很无奈，圆圆的脑袋左摇右晃。他说："爱博，我知道你还小，可是这个专栏的事情还是希望你能考虑一下。"

我有点疑惑，说："叔叔，我说一句话，希望您不要介意。"

胖叔叔抬头看了我一眼，说："你说吧。"

"为什么要在我身上下这么大的力气？我看过咱们报纸登的其他文章，可以说每一篇都很好。"

胖叔叔眼里闪过一丝光，很快，没有对我问出的话感到反感，说："你很聪明，你发现的也很多。是的，我们出版的东西都很不错，但是你似乎并没有发现，这些东西都是太过于文学化，或者说过于哲理化。还有，新闻是为了纪实，然而对于现在的生活节奏来说，报纸上的新闻远不如电视上来得生动。所以，其实我们并没有表面上看起来那么好。"

我更加疑惑："可是我的专栏又能有什么作用呢？"

"你的文字很温柔，能给现在很多正在奋斗的人们很大的鼓舞，而且你的文字还很年轻。你知道吗，我们已经观察你很久了。"胖叔叔说得有些激动，"我们甚至还去过你的家乡，采访了很多你的乡亲们，虽然获得的信息并不都是很有意义，可我们至少可以很自信地说,我们对你已经有了初步了解。所以,还是那句话,来写专栏吧,你的文采如果不放大到所有人面前的话,对你来说是一种埋没……"

我没听他把话说完就走了,不管他认为我没礼貌也好,耍大牌也罢,我只是觉得时机并不成熟,再听下去没有任何实际意义。

没过多久,学校开始配合全省在中学创建学生会。我在很突然的情况下开始忙碌起来。是的,很突然。

"爱博,过来。"黎老师把我叫到走廊上。

"好的。"我永远那么温柔。

"学校要成立学生会。"

"嗯,我知道。"

"你有什么人要推荐?"

"嗯……我觉得应该看什么职位。"

"还缺副主席、宣传部长、女生部长、生活部长……嗯,就这几个。"

我想了一会儿,阿月的各方面都很优秀,而且领导能力也很不错,脾气又好,她应该可以胜任副主席;阿亮很有组织策划与宣传方面的天赋——宣传部;女生部的话,阿芳很合适,她很懂女生的心思;至于生活部嘛,凭借这么多年跟我小妹那小祖宗一起生活的经验来看,她当这个生活部长再合适不过。

我说:"阿月可以当副主席,阿亮宣传部、阿芳女生部,还有生活部的话,我妹妹应该不会让学校领导跟同学们失望。"

黎老师听我说完,然后很潇洒地来了个转身,说:"好,就这么定了。"

那时候我真应该问她一下首任主席是谁的,那样也许我就不会这么手忙脚乱了。

我是在学校宣布学生会成立的大会上才知道我被任命为主

席的。很戏剧。我当时整个人都是一种茫然不知所措的状态，包括上台接受校长授予的任命书，我都有一种做梦的感觉，脚步轻飘飘的，好像踩在棉花糖上。任我以前再怎么体会风云人物的感觉，也没试过在那么多人面前说："大家好，我一定会当好这个学生会主席，带领大家一起营造最好的学习氛围和最舒适的学习空间。"

由于没有经验，所以，以上设想内容均不成立。

事实上，我只是站在高台之上，戴着鲜红的肩带，拿着金灿灿的学生会主席的任命书，然后僵直身子，笔直站着，像一名迎接首长检阅的优秀士兵，虽然气势上多少有些不像。

然后我被黎老师拖下主席台，并且被黎老师取笑了一个多月。"小子，平时看你挺干练的，没想到还挺怯场啊。"

我满脸通红，就像是猴子的屁股一般，恨不得找一个地缝钻进去，对于黎老师这句话，我真的是无从反驳。

其实不擅长在大家面前说话，应该是小学第一次自我介绍时，留下的病根。只是没想到这么多年过去了，居然还会复发。

好在我也只是在很多人面前的时候才会"发病"，这才没有影响到我的正常生活，我才能正常在学生会工作，并且做得有声有色，同学们喜欢，老师们赞同。

第一次开学生会干部会议的时候（那时候特意立了个不成文的小规矩，学生会干部的发言地点，根据个人喜好，比如有像我一样在台上说话达不到效果的就可以坐在位子上说），我说："关于学生会的工作，我们一定要注重和谐，是老师与同学之间的和谐，不要做那些老师喜欢但学生痛苦或者学生追捧、老师却头疼的事情……"这句话成了以后每一任学生会主席必须要遵循的工作准则。

由于在工作和学习中表现很好，所以在学校发展第一批团员的时候,我毫无悬念地被选中。

同时选中的还有阿月、阿亮、阿芳。妹妹落选了,这也不意外,妹妹在学习上自然不用说,就凭我们俩相同的基因,成绩这一方面完全不会有什么差距。但是在工作方面,妹妹就有点失控了,平时在家里养成的小公主病有时候也会在学校犯一犯,这就导致在她工作的时候会招惹到别人,或者说把事情做得不那么尽如人意,所以这次发展团员,妹妹并不在考虑范围之内。

团支部里面,我担任书记,阿月担任副书记,阿亮任组织委员,阿芳任宣传委员。这么看来那时候的团支部职位竟然也是被我们包揽了。团支部确立之后,学校得到了两个出席县团代会的名额。

黎老师跟我说:"你觉得这另外一个名额应该选谁?"

我一听,另外一个,看来其中一个已经确定了,而且再看看黎老师的眼神,不用猜了,那个人是我。

我说:"另外一个人……阿月啊。"

"好的。"黎老师起身走回教师办公室,没有问我为什么选阿月。

我觉得黎老师心里是有数的,她问我只不过是想从我这里得到一个"她的选择并没有错"的肯定,其实她也是很看好阿月的。

女人,尤其是像那个年代读过书的女强人,总是会把自己要求得太过完美……

26. 文坛新秀

参加完县团代会回到学校的时候,我觉得自己变了很多,已经不像先前那么"生人免近"了。

自从学生会成立以后,不止一次听到学生干部偷偷在私底下议论我,说我看起来好凶,好像特别不好相处什么的。

不知道为什么,这些原本应该在私下里讨论的事情,总是会被我不小心听到。只是在那个时候,我并不想要改变什么。可能那时候的我只是缺少了一个契机,不过上天很快就把这个机会送到了我的眼前——县团代会。

只在一个地方待着,并且待很久,难免会有些井底之蛙、坐井观天的尴尬。尤其是跟一起出席县团代会的其他代表交流过后,我觉得以前真的有些过于狭隘,尤其在于感情和生活上。

"我们作为学生也要学习如何生活。"

"生活? 我们从出生开始就在生活,这些都是本能,为什么还要刻意去学习?"

"不,你这样想不对。"

"怎么不对？"我嗤之以鼻道。

说实话，我并不觉得这人有什么大不了，因为他是陌生的，足以证明他没有任何知名度可言。不像我，至少从我进入会场开始，就不断有人过来打招呼，他们都知道我叫李爱博，是经常在各大校园刊物上发表文章的名人。

如果不是因为党的教育，做人要谦虚，我觉得那时候的我称自己为作家也绝对不为过。

"我们确实从出生开始就是在生活，可是凭借本能的生活跟遵循大脑意志和心性的生活是不一样的。"

"呵呵，还挺深奥。"

"不，并不深奥。李爱博，如果我没猜错的话，跟你不熟悉的人是不是很难接近你，至少他们会认为很难接近你。"

他说这话的时候我想到了一些学生干部们的悄悄话。"嗯……也不算全是。"我有一丝侥幸，因为至少坐在我对面跟我侃侃而谈的这位，貌似并不觉得如此。

"其实有的时候你自认为的一些事情，也许并不像你想象中的那样。就像你觉得自己的心里藏了几乎整个世界的悲伤，可是你有没有想过为什么整个世界的悲伤要被你装进心里？人的心很小，能容纳的东西也不多，它会饱和，而当它饱和的时候它就会生出一件令常人望而却步的盔甲，那是你的掩护。我们活到现在，所接触的东西再多也是有限的，就像我们还没有长大，我们的心自然也还没有长大，所以它现在的容纳量和以后相比肯定是要小得多，即便它现在处于饱和状态，谁知道在不久的将来，它不会松动开呢？"

他笑了笑，继续说："学会去生活，去扩张自己小小的心脏，没有哪个关心你的人不希望你的心可以容纳整片大海。"

虽然我没见过海，但是我知道形容大海的词永远都是广阔。

后来我再也没见到那个跟我说了一堆话的人,他真是个会讲大道理的"话痨",现在想想,挺感谢他的。听说他是县一中团委副书记。

转眼初二下学期,那个还在编辑《校园文学》栏目的胖叔叔再次带着他的笔记本跟签字笔走进了县民族中学。胖叔叔看起来有些憔悴,原本茂密的头发变得有些稀疏。

胖叔叔坐在我对面搓搓手,眼神有些飘忽不定。这要是放在以前,我一定会先发制人,给这个胖叔叔造成至少五百点以上的伤害,不过那是以前的那个李爱博。现在的李爱博很礼貌地坐在这个焦灼的男人面前,一脸微笑。

胖叔叔纠结了好久,终于说出话来。"爱博,总是来打扰你,真不好意思,但是主编给了任务,我一个当下属的总要完成不是?你看看,这个专栏的事……"

我微笑地看着胖叔叔,说:"专栏啊,好的。"

胖叔叔一脸震惊,转而兴奋不已,粗壮的胳膊从我的腋下穿过,双手抓紧我的肩膀,然后一个用力,直接把我提到了半空,这个男人高兴坏了!我突然意识到,有的时候如果只是考虑自己而不考虑他人的话,也许对那个不在考虑范围内的"事件参与者",也会是一种伤害。

专栏很快开始正式刊登。关于形式,我跟主编还有阿月、阿亮、阿芳等人商量了一下,最后决定以交友的形式展开。

其实最后定位成交友的形式我也是存有一点儿私心的,有谁不想在一个很宽阔的平台上认识来自全国各地的人呢?

尽管以上设想很美好,但是杂志到手以后,我还是觉得我把事情想得过于简单了。

"居然是《中华少年》杂志啊!"

"好厉害!"

"哇噻！好帅！"

同学们在教室几乎炸开了锅……

"哥，你看！"妹妹不知道什么时候出现在我身边，手指着窗外，一脸的欣喜若狂。

她觉得哥哥越出名越好，虽然我不知道她到底是出于什么样的一种心理，但是貌似并不单纯。比如现在，她指着教室窗外一群对着我花痴的女生挤眉弄眼，然后顺便把我的注意力从英语课本上拉到窗户上。

那些脸，尤其是挤在最前边的女生的脸，也许她们并没有注意到，她们平时姣好的容貌此刻已经扭曲得不成样子。

我有点吓到了，赶紧收回视线，对妹妹说："不要看啦！赶紧回座位去。"

妹妹讨了个没趣，乖乖地回到座位上，可那眼神分明没有离开过窗子一刻。

这样子的围观，是自己第一次感受到的，这也让我战战兢兢，不过这种感觉很快就消失了，因为上课铃响起了。

真的没想到我的专栏居然会刊登到《中华少年》这么畅销的杂志上，说实话，有点受宠若惊，并夹杂着深深的紧张和不安。

紧张是因为这本刊物的发行量在校园类刊物中简直就是天上的星星，这于我而言就像是站在全校师生面前讲话，不，是读诗。我把我的专栏写成了一首首美妙的诗，我觉得只有诗歌可以把我的情怀抒发得恰到好处。

站在这么多人面前读这些诗，我的心情就是紧张，但是不得不说，这种紧张其中还夹杂着极度的愉悦，让人觉得很享受。

至于不安，应该就是源于这本杂志到来时所带来的强大压力了。毕竟要在这样的杂志上写东西，意味着我一个字都马虎不得。

继我的专栏《让我们做朋友吧》发表以后，《中华少年》杂志没有辜负所有人的期望，把我的呼唤带到了全国各地。随后我陆陆续续收到了来自全国各地的读者的来信。信的内容很丰富。很快，胖叔叔带着主编的想法再次来到学校，胖叔叔跟我说："我们应该在专栏下方，或者其他页面增设一栏来专门刊登你给读者的回信……"

"这是不是就意味着我必须亲自去回复每一个人的来信？"

胖叔叔想了一会儿，摇摇头说："也不用，你只要单独抽出来几封回过去就可以了，我们只需要在专栏以下刊登出你确实看过了大家的信，并且也回过了就好，毕竟除了你自己以外没人知道你收到了多少封信，更没人知道都有谁给写过信。"

"可是这样的话，那些明明寄了信但是却没有得到回复的人该有多伤心！"

"哎呀，那些你不用管，他们一定会以为自己的信在来的路上被搞丢了，毕竟现在的通信手段还无法保证把信件百分之百寄到收件人手里。"

我忽然觉得这时候的胖叔叔很市侩。也许不是觉得，是他本来就很市侩。因为他还是一个商人。

我对他的话有些失望，不过出于礼貌，还是点了点头说："我知道了。"

我确实知道了，不过最后会怎么做，我还是可以支配的。我把从众多信件中挑选出来的比较有文采的来信跟我的回信交给胖叔叔，然后在课余时间认认真真地给每一个来信的朋友回信。

我不想让大家失望，就算我的回信会在路上丢失，只要我曾经很认真地写过、对待过，我就不会后悔。

事实证明，我并不会一无所获。

在堆成山的信件中，我真的跟一位来自宁夏的名叫小冉的女生和一位来自新疆的名叫雪儿的女生成了好朋友,并且和她们见过面。

　　小冉跟雪儿都出生于城市,但是所在地域不同,所以我经常能从她们的来信中知道很多我从前不知道的事情,有欢笑,有悲伤,有压抑,有激扬。她们的文字非常的生动,带着强烈的对生活的感悟。我觉得她们每一个人都应该有一段专属于自己的故事,那种很奇妙的故事……

27. 未熟之梦

"爱博啊……忙不？聊聊天啊……"老爸走进我房间时一脸春光灿烂。

看这表情应该是有什么开心事，我说："您先别说话，我来猜一下您想说什么。"

"好啊！"老爸笑容不减，拿起桌子上的苹果咬了一口，满嘴巴的果肉把他的灿烂愣是放大了无数倍。

我笑了笑，说："这事情吧，应该跟您这么多年以来的心愿有关……"

"嘿，别说，还真是。不愧是我儿子，聪明！"

我翻了个白眼，说："而且您要说的这事吧，是有年龄限制的，要不然，您早就去了。"

"嗯。嗯。嗯。对对对！"

老爸把头点成了啄木鸟，眼睛几乎笑成了一条缝。

"您想让我去当兵，而且……冬季征兵的通知已经下来了，我们学校就在征兵范围内。"

"对的。"

"老爸。"我拿起老爸手里吃了一半的苹果咬了一口,说,"这事情,您不用说我都会去的。"

"嘿嘿……我的种,就是有这股子往军营里钻的心思。好了,既然你也知道,我就不废话了。今年的冬季征兵,你去参加,而且我相信以你的能力,过五关斩六将杀出曹营绝对不成问题。告诉老爸,有这个信心没有?"老爸越说越激动,说到最后干脆直接从床上站了起来,然后一巴掌拍在我肩膀上,如同托付什么重大任务。

老爸的手很大,好像从小就是如此。我很小的时候,老爸的手就很大,能托起我跟妹妹,现在老爸的手还是很大,稳稳托起整个家。我看着面前这个刚才还满是和蔼笑容的男人转眼变得严肃起来,一瞬间觉得被托付在身上的不只是这个男人年轻时候的梦想,也是那个年代所有怀揣从军报国梦却被无情地挡在政审门外的一代人的梦想。而我则会尽自己最大的努力,不辜负老爸的托付。

初三开学的一个星期之后,征兵队伍浩浩荡荡踏进县民族中学校门。来的应该有一百多人,他们踏着整齐的步伐,喊着"一二一"。

那时候我们还在上课,我的心却早已飞到操场上列队训练的队伍中去了。

我应该是站在第一排左手边第一个位置,不知道带队的是连长还是排长,总之首长山吼一声:"报数!"我马上跟着爆喝一声:"一!"

"声音要从胸腔喷出来,要喊得有气势,要喊得让山那头的敌人闻风丧胆。"老爸在老家的院子里经常这样教我。

老爸在家喊我吃饭的时候,我的回答必须用"到"或者"有"

否则即为违反家规,是不能吃饱的。

那段时光真是美好,虽然老爸没能去军营里历练几年或者去参加保家卫国的战争,但是他身上的钢铁意志从未消失,他都不需要真的去接受军营中的整队或者拉练甚至是政治课,就已经是最正式的军人了。

受老爸的影响,似乎从小时候开始,当兵也成了我的梦想。虽然不是很强烈,毕竟出生的时候所有的动荡局势已经接近了尾声,可是那种希望深绿色军装加身、手持一把钢枪消灭敌人的心还是无比火热的。

征兵所要接受的检查很严苛,每一项都需要身体表现出极佳状态,不过应对这些我还是很有信心的。稍稍有点出乎意料的是,这次跟我一同报名参军的还有班上的小敏跟阿平。

小敏身材瘦小,个子跟我差不多,看起来有些弱不禁风。不知道是不是错觉,我觉得所有名字里面有个"敏"这么温柔字眼的男人,一般长相都很柔和,像我以前在县一中时候很照顾我的阿敏,像小敏!但是小敏有一个很厉害的特点,一双眼睛像探照灯一样,永远能杀人于无形,据此我偷偷叫过他"隐形的杀手"。

还有阿平,人如其名,平平常常、普普通通,很少会受到别人注意。偶尔吸引一次大家的目光,那一定是考试成绩发下来了,并且老师在讲台上读了:"李爱博九十七,齐小月九十九,齐小亮九十……何平十五……"

"幸好征兵不考试。"阿平拍着胸脯,一脸有惊无险。

我跟小敏递过去无奈的目光。

于是我像老爸说的那样一路过五关斩六将杀到了政审门口。小敏跟阿平也一路顺利地跟我一同站在政审这扇已经略显松动的门前。

对于这次的政审,我还是充满信心的。

政审被安排在下周二进行,凡是参与此次征兵的学生都获得了三天的假期。

这假期的得来,据说是因为校长觉得既然要去参军了,就意味着以后离家的日子可就长了,说不好三年五年回不了一次家,所以三十多岁才身为人父的校长让保卫祖国的孩子们跟家人热乎几天。

本着将要远去参军,一不留神还有可能顺便实现戍边的伟大梦想,我开始熬夜给我的全国各地的笔友们写信。我要告诉他们我可能要消失一段时间了,不过不要担心,我不是离家出走,也不是想不开跳楼。虽然我的心里深处还深深刻印着那个喜欢哲学并且喜欢把一切事情感情化的悲伤的小天使,但是这个小天使除了会感伤以外还是很理智的。所以这次我只是要去一个很美好的地方历练历练,等我回来,希望大家还记得我……

就在我花了两天两夜终于带着一双熊猫眼写完了所有的回信之后,一个看起来很憔悴的女人拦住了抬着信件箱子的我跟妹妹。

那是一个身材消瘦并且有着一双昏黄色眼珠的女人,长头发很随意地扎成一束马尾,不过可能是经常需要操心的缘故,她的马尾辫看起来只有细细的一小把。

她说她是阿平的老妈。

我跟妹妹暂时放弃了寄信的计划,把阿平老妈请进了屋里,就在我们刚要关门时,门被一双手拦住了。小敏也来了。他看了阿平老妈一眼没有说话,并且表情有些压抑,看起来似乎有什么心事。

妹妹去厨房给客人沏茶,我跟小敏还有阿平老妈三个人分别坐在沙发的三个方向,静默了很长时间。最后还是阿平老妈先开了口:"爱博,我来是想求你一件事。"

我赶忙摆摆手,说:"阿姨您这说的是哪里话,您一个做长辈的有啥事,直接说就好了,什么求不求的,这不是折煞我吗!"那时候我有一种不好的预感,但是出于礼貌我还是蹦出了那一连串冠冕堂皇的客套话。

这时,小敏忽然叹了口气,说:"阿姨,您不要说了,我来跟他说吧。"

阿平老妈犹豫了一下,最后也跟着叹了口气说:"好吧。"

我一看这两人之前估计见过面,小敏已经知道内情了。

我看着小敏,小敏说:"爱博,这次参军,我们放弃吧。"

我一愣,半天没反应过来,直到妹妹把茶递到我手上时骤然出现的灼热把我拉回现实。

阿平的老妈来我家之前曾经去过小敏家。"小敏,这次参军……一个班只有一个名额……你能不能退出,算是阿姨求你。"

"啊?为什么?我可是好不容易才有这次机会的!"

小敏说话可从来不会拐什么弯子,向来都是有什么说什么,虽然听起来会有些伤人。

"我知道这样很冒昧,可是我也没有办法……"阿平老妈说着说着就开始流眼泪,"你也看到了,阿平从小就不是读书的材料,他除了当兵以外想要活出个样子真的很难……所以,小敏,阿姨求你了。"

在那个女人的脆弱面前,小敏开始退缩,但是他还是想挣扎一下,"可是……"

"阿平的爸爸在阿平很小的时候就去世了,我一个人把他拉扯大,可是我也不可能跟着他一辈子啊,总有一天我要走在他前边的……"

"好了好了,不要说了,我退出就是了。"

"好了好了,不要说了,我退出就是了。"第一次我跟小敏说出了同样的话。

　　不知道老爸知道这个消息之后会是什么反应。

28. 殊途同归

初中四年,喜忧参半,但是过得很有意义。尤其是在县民族中学的这三年。

收获总是跟付出有关,我知道我的一切努力都不是白白消耗的。

初三下半学期,我暂停了《中华少年》杂志的一切活动,全力以赴地冲刺中考。

那时候的中考不像现在,只是一个转折点,中考几乎等同于高考。因为高等教育在当时并不普及,所以大家对于上大学的定义也并不像现在一样深刻。

这个初三下学期,有点地狱啊……

第一个月,英语模拟考试:成绩前五。

第二个月,语文模拟考试:成绩前五。

第三个月,数学模拟考试:成绩基本倒数。

我就觉得我这一辈子很有可能毁在数学上。

"咋还是不行呢?"在老妈请的第五个家教老师被我的数学

成绩单"赶走"之后,老妈最开始的热情也即将消失殆尽。

"我……"我偷偷向后撤了几步,以防老妈突然大发雷霆。

"唉,算了,可能真的不是学习数学的那块料子。好鸡蛋有个缝就得臭啊……"老妈说完之后,冷静地转身离开我的视线,只剩下最后那句"好鸡蛋有个缝就得臭啊"的余音环绕。

这是说我在她眼里已经变成臭鸡蛋了吗?"轰隆"一声,我的世界被这样一道惊雷劈中。我开始胡思乱想,觉得人生灰暗。

"老妈已经开始讨厌我了吗?是开始嫌弃我了吗?不,不是这样的,不能这样!"

好像一颗被大石头压住的地雷,突然有人推开了大石头,身体里积压到极致的炸药最终相互作用,轰然炸响。

我用了一个月时间专攻数学,把小学时候的课本都翻找出来重新学习。我虽然数学不好,但是语文很好,我可以把数字变化成文字,用最形象的方法记住每一个公式。然后把数字当成修辞手法,把计算当成文末总结,把整个数学运算过程变化成一整篇美丽的文章。这是一个别有新意的学习方法。

甲的心里满满的都是乙的音容笑貌,但是乙却并不属于甲,他还痴恋着丙,即便只有一个理由可以接近丙,他总是会义无反顾。这段话是一道关于集合圆的问题的答案。答案是甲属于乙,乙与丙相切。

也不能说我太艺术,只能说每个人有每个人的方法,就像隔壁的妹妹正在 8–5–18–5 地背着英文单词 here。

"我在 8–5–18–5——我在这!"

她对数字的敏感度简直让人痛恨得咬牙切齿。我就奇了怪了,既然我俩是兄妹,为啥她的数学就能碾压我那么多?

"你数学咋就那么好?"我咬着书角,一脸的生无可恋。

"那你倒是说说为啥你就能语文第一、英语第二,我语文倒数第十、英语倒数第三？"

我吹着口哨离开，觉得这个时候最善良也是最安全的做法就是离这个能笑得一脸刀子的小女生远点。古训有言，无妄之灾，莫及身。

全力以赴去做某件事情的时候，时间总是会过得很快，好像昨天我还跟妹妹争论早餐到底是吃黄油面包还是吃果酱面包，结果一转眼我俩分别从自己的考场里走了出来。

看着那一张张经过我身边的面孔，有的熟悉，有的陌生，但是无论是熟悉还是陌生，他们脸上的每一个表情都映射着刚刚考场之中的那一场大战的战绩到底如何。

忽然，面前猛地一黑，紧接着一件重物轰然砸在我的胸口。我没怎么站稳，跟着重物倒在地上。

"哥……"妹妹趴在我身上哭得撕心裂肺，一双杏核眼愣是哭成了水母泡。看样子考试成绩跟平时模拟考差不多啊，水平发挥得很正常，妹妹那半个多月的考神算是白拜了。

我拍拍她的肩膀，以仰躺的姿势安慰着伤心欲绝的少女。"没事的，没事的，就算考得不好也不代表未来不光明啊，是不是？我们还可以做其他的事情，不一定非要上什么重点，上什么师范，是不是？你不是喜欢旅游吗？这个假期哥陪你去旅游怎么样？"

那时候旅游可是很奢侈的事情，平时谁要是想出去玩，那得说是去出差，为了建设祖国大好河山而奔走于崇山峻岭、茂林修竹。所以当"旅游"两个字一出口，无数家长和考生都齐刷刷地射来严峻而鄙弃的目光，更有几个大妈对抱在一起的我俩指指点点。

不过，我把妹妹哄住了，那些外来的乱七八糟的什么眼光、意见之类的也就不值一提了。无论遇到什么事情，只要自己最爱的家人开心,那就是最重要的,只要他们开心了,那就什么都不顾了。

十天以后,考试成绩出炉。

"李爱博:市民族师范学校。"

"齐小月:市民族师范学校。"

"齐小亮、李淑芳:县一中高中部。"

……

妹妹并不在老师念的这些重点学校之内,她跟老妈商量了一下,最后报考了一所财会中专,去学最擅长的数学。

"这下你算是如愿了吧。"我扔给妹妹一个苹果,跟她一起爬到阳台上看着漫天繁星。

今天是我们一起在家里过的最年轻的一个月圆之夜了吧。

对于每一个明天来说,昨天已经不复存在,而我们所正在经历的今天将会是以后的日子中最年轻的一天。就像现在的我、现在的妹妹,现在的我们是以后的生命中最年轻的自己。

开学前的一个星期,回到老家的老爸老妈几乎给每一位乡亲都发了请帖。他们要为我跟妹妹办升学宴,更重要的是感谢所有给过我们照顾跟关怀的人。

升学宴办了两场,一场在县城的凤凰大酒店,一场在家里。大酒店里办的是请客的,家里办的是团圆的。

姥姥姥爷还有爷爷年岁都大了,坐不了长途车,所以老妈跟老爸一商量就决定请外人办一场有场面的,然后再在家里庆祝一下。

好长时间没有一大家子人聚在一起吃个团圆饭了,就算是过年,也都是爷爷一个人守着祠堂,姥姥姥爷老两口包几个饺子,我跟妹妹还有老爸老妈看看电视,很随意就过去了。现在回想起来,真的是觉得当初应该多重视团圆的时刻。

　　我开学比较晚,于是先送妹妹去了学校,而这一送居然碰到了我曾经日思夜想的人儿。

　　艳红还是那么朝气蓬勃,走起路来步步生风。她的头发更长了,脸蛋也比以前看起来柔和了很多,可是……她怎会在这里? 按她的成绩来说,在这里根本就是屈才!

　　我把妹妹送到宿舍,然后站在学校门口等了一个下午,一直到太阳在远处的楼顶沾了边,才等到艳红出来。

　　"艳红。"我喊住急匆匆的她,走到她身边,"为什么要到这里来? "

　　艳红渐渐低下了头,说:"不为什么。"

　　"是不是出了什么事情? "我扳过她的肩膀,让她看着我,"你这样是搭上了自己的前途啊! "

　　艳红朝后退了一步,说:"可是我也没办法,我家里等不了我出人头地! 我想继续读书,可是我也要赶紧出去工作啊。"艳红哭出来。

　　"那你为什么不来找我? 你觉得我会对你袖手旁观、坐视不管? "

　　突然一个长得像没进化完全的猴子一样的人从黑暗里蹦了出来,对着我就是一声大吼:"你谁呀? 敢动我的女人! "

　　那个"猴子"是一个"红顶商人"的儿子,他父亲权势非常了得,只是跟艳红父亲说了句话,艳红父亲便笑得老泪纵横。"红顶商人"说:"我觉得吧,虽然你家配我家很悬殊,但是谁让我儿子看上你女儿了呢……"

29. 民族师范学校

人这种生物，从很古老的时候开始就注定要从磨难中成长起来。无论是情感还是事业，没有波折的人生看起来一帆风顺，但实际上没有任何价值跟意义可言。我始终以此为人生信条。

去学校报到的前一天，家里来了一位客人。女生，年纪跟我相仿，留着齐眉长的刘海，眼睛圆圆的，看起来很聪明，也足够可爱，只是鼻子上的那副眼镜把那种可爱压制了。

"阿香！"我记得我从乡里走的时候她还是那个扎起冲天辫子的小女孩，现在已经出落成美少女了呢。

"爱博！"阿香跟我打了声招呼，然后朝我身后闻声而来的一家人看去，"叔叔阿姨好。"她恭敬地鞠了一个九十度的躬，然后走进了屋里。

妹妹已经去上学了，家里就剩下我跟老爸老妈，这时候阿香的到来完全弥补了妹妹走了以后老爸老妈情绪上的失落。

"阿香啊，这几年过得怎么样啊？"老妈拉着阿香纤细的小手，俨然成了阔别已久之后再次见面的温柔阿姨，跟她平时在家时的张牙舞爪大相径庭。我偷偷地撇了撇嘴,"切,装样子。"

"爱博,你说啥?"老妈带着杀气的目光赤裸裸朝我投射过来。

我赶紧摇了摇手,说:"没什么,没什么,说您越来越温柔了,嘿嘿嘿……"天知道我当时笑得有多么假,也幸好当时没有打雷。

阿香看了我一眼,没理我,继续跟老妈说着客套话:"这几年怎么说呢,还行吧,阿姨也真是,越来越年轻了。"

我对天发誓,那时候我真的是因为喝水的时候换气不均匀呛到了,跟阿香夸我老妈越来越年轻一点关系都没有;再说,有哪个儿子不希望自己的老妈被人家夸年轻呢!

只是事发突然,我根本没时间解释,老妈一只拖鞋丢过来,要不是我躲闪及时,估计第二天上学的时候会给新同学们留下一个满脸鞋印的印象。

"阿香啊,你爸爸最近在忙啥,前几天大家伙儿吃饭,他咋没来呢?爱博兄妹俩小时候要不是你爸爸救了他们一命,现在别说上学了,估计人都没了,我们一家还想好好谢谢你爸爸呢。"

可能是看到阿香心里太兴奋,我居然把一直挂在嘴边的事情给忘了问了,还好老妈记得。

阿香说:"哦,也没忙啥,就是最近身体不怎么好,从家里到这边也挺远的,就没过来。"

回答得有点勉强,但是人家这么说肯定是有这么说的道理,如果继续问的话,就显得我们有点不近人情了,于是老妈果断切换话题。

夜色渐渐地深了,稀稀疏疏的星星闪耀在那块巨大的黑幕之中,把世界照得影影绰绰。

老妈跟阿香亲切的交谈终于在午夜时分宣布终止,客厅里的四个人有二分之一已经陷入迷茫状态,若不是老妈的威慑力镇着,估计有一个枕头,我跟老爸立马就能睡着。

　　早上,老妈老早就把我从床上,不;是沙发上拎了起来,然后由老爸开车送我跟阿香去报到。我刚从院子里出来,门口的喜鹊就开始叫个不停。

　　"我有一种预感,今天会有一些不寻常的事情发生。"

　　"不寻常的事情? 你指的是什么? "

　　"刚才出门的时候我看到树上的喜鹊一直在朝我叫,好像是在跟我说话,或者是想告诉些什么。"

　　"哦,那只喜鹊啊,我想起来了,我觉得它有可能是觉得你的发型像它的窝,它只是在表示亲近。"

　　"阿香,你什么时候变得这么毒舌了? 你小时候也不是这样的啊……"

　　"我小时候? 切,小时候是小时候,谁还能一直五六岁啊? 如果有,那一定是智障。"

　　阿香真的变了,变得好看了,也变得更让人敬而远之了。

　　"不过说到小时候,你可还记得你曾经对我跟阿凤说过的话? "

　　我一直在刻意避开的话题终于还是被阿香再次提起,那种感觉真的犹如晴天霹雳,虽然不至于劈死人,但也能炸我个外焦里嫩。

　　"小时候的话……记得当然记得,不过那时候大家都小,是不是,小孩子的话嘛……"

　　"你的意思是小孩子的话不用当真咯? "

　　"不是,我不是这个意思。"

　　我的心好累,好想求求阿香姐姐放过我。我的祈求居然真的被神灵接受了,我求来了荣兵。

　　升学宴的时候我就知道这小子跟我一起被民族师范学校录取,这时候见到他真的如同见到亲人一般。

我一个箭步从阿香身边冲到荣兵面前,几乎双目含泪地看着他的眼睛,说:"你来得太是时候了!"

荣兵一头雾水,远远地看见了阿香,想过去跟阿香打个招呼。好不容易抓到个救命稻草,哪能让他就这么走了!我拉着荣兵的肩膀,说:"走走走,阿香你又不是没见过,打招呼待会儿再说,来得及。走,咱俩去看看分班情况。"在荣兵极不情愿的掩护下,我顺利逃脱。

在看分班结果的人很多,巨大的红榜下面人头攒动。

"荣兵,你不要动,肩膀借我一下。"

没等他挣扎,我双臂一用力,跳到了他的背上,然后在众多名字当中找到了我。"李爱博……还有……哎!荣兵,咱俩一个班!"我抽出一只手拍了拍身下的肩膀。

身下的小体格有点吃不消了。"我知道了,你快点下来!"

"你再等一下,还有,齐小月……刘香,啊?她俩居然一个班!"

"嘭!"荣兵的小体格再也撑不住我九十多斤的体重,两个人摔倒在地。

"你没事吧?"在我挣扎的时候,头顶忽然传来了一个很熟悉的声音,熟悉又带着点让人郁闷的感觉。

我赶紧从地上爬了起来,拍拍身上的土,说:"没事,没事,你也来了啊。"

小春香点点头,说:"嗯,成绩还算是勉强够到分数线了,在四班。"

小春香在四班,而我就在她隔壁——三班,班里一共四十五人,居然有三分之二是女生。于是,我们这少得可怜的十五个男生成了香饽饽,虽然说不上被女生们宠上天,可也是万花丛中一点绿的存在。我们都在心里高唱起了学校的赞歌,分得好啊!

至于阿月、阿香,她俩都被分在了六班。

新班新气象,铁打的衙门流水官。进了三班没多久,班委会成立,我是副班长、班长唐晓花、团支部书记马小莉。马小莉是我妹妹在县城一小时候的同班同学,说来惭愧,要不是我留级了一年,我现在的同学们都要称我一声学长的。

马小莉是体育特长生,可能是由于经常锻炼,那个曾经经常来我家找妹妹玩的小丫头如今已经亭亭玉立,身材更是健美,后来这小丫头还跟我一起加入了"常春藤"文学社,真是不简单。

由于文学功底好,再加上考试之前我的专栏风靡一时,所以"常春藤"文学社现任社长主动邀请我来做常务副社长,我觉得理所当然。这并不是我的骄傲或者傲慢,是我觉得我的能力足够胜任这个职位,所以对于社长的邀请我并没有推辞。后来马小莉当上了外联部部长,负责宣传等工作,我们两个经常一起讨论一些比较文艺的话题。

就在那段时间里,我用我的自身体会得出了一个结论:马小莉这丫头绝对是一个深藏不露的才女。

30. 第六届校运会

欢呼声跟掌声加在一起，绝对是世界上最振奋人心的一件事，不开玩笑的。

"能认识你，是我这辈子最大的幸运。"

跟马小莉分到一个班似乎是心灵之神冥冥之中的一个巧妙安排。可能前段时间抑郁的心情已经影响到了神明的业余生活，他急于把我调整到以前一样静如狡兔、动如疯狗的状态。该怎么把这小子的活泼劲儿给鼓捣回来呢？就在这时，马小莉进入了神明的视线。那个安静时如同一位折翼天使的女生，愤怒时的一声嘶吼足以震撼全世界的女生。

"李爱博！"隔了三条走廊外加一层楼梯，马小莉的河东狮子吼无情地撕裂了我脆弱的耳膜。

"荣兵，快快，马小莉回来了，帮我挡挡，我从窗户出去。"

"哎哎，马上就上课了，你还往哪儿跑？"荣兵一边在身后喊我，一边观察门口的动静。

其实这小子面对马小莉的时候也挺尿，但是马小莉会出于礼貌而不会为难荣兵,我就没有那种幸运了。

自从妹妹知道我跟马小莉一个班之后,她就特意从省城学校赶回来,把马小莉请到家里吃了顿饭,美其名曰托孤。

其实这倒没什么,毕竟以前这小姐俩也动不动就在我家聚餐、烧烤啥的,大家也都很乐意马小莉的到来。可是这次聚餐,对我来说还有点像"四方会谈"。

我是被审核或者说是被讨论的重点对象;马小莉一方被当成我将来的委托人;妹妹一方对于如何调教我而大放厥词;老妈一方为妹妹助威,摇旗呐喊;老爸一方用眼神救我,但是并没有什么实质性作用,对此我表示对老爸深深的不满。

"爱博。"

那时候马小莉笑得让人毛骨悚然,这笑容让我想起一次上课,我从窗户潜逃,我校服上高高的领子却被马小莉抓得死死的,当时她也是笑着的。

"嘿嘿嘿……小莉,我去找一下班主任,这不马上就要开'六运会'了吗,我要去跟老师商量一下人选跟节目的事情,你找我有事啊? 要不是急事的话能不能等我回来再说呀? "

跟马小莉的毛骨悚然相比,我的笑就有点像被饿狼盯上了三天的小绵羊在"咩咩咩"地求饶一样,不仅毫无力度可言,而且一点儿威慑力都没有,活脱脱被宰的料。而马小莉就是那匹凶光外露的饿狼!

至于我为什么会一听见她喊就逃,一看见她笑就觉得毛骨悚然,其实也跟我刚刚说的与这次的"六运会"有关。

作为一个纯文艺男,我的体育是蛮差劲的。就好像学校的各门课程,如果说数学是我的软肋,那体育就是我的脆骨,软肋还有点弹性,一个努力也就有可能升上去一点呢,可是脆骨,那一使劲儿可就断了。虽然我出生在农村,从小就在田地里摸爬滚打,可是一到赛道上,我就发怵。

"李爱博!你能不能有点志气!不就是让你跑个步吗,怎么还能跟要了你的命似的呀?!"

"亲姐姐呀,你那是要我跑步吗?你那真是要我的命啊!一万米啊,你怎么不让我去飞?"我整对眉毛弯成了八字,差不多眼泪汪汪地看着面前越来越气势汹汹的马小莉。我的心里是崩溃的,自从村子里搬出来之后,我就很少自己走路了,所以每次走路的距离基本不会超过几千米。

"小莉,要不然这样,你看荣兵怎么样?这小子从小就能上山抓野兔,能跟野狗赛跑,拔野狼尾巴上的毛,你看他现在活得精彩又健康,这足以证明他很擅长长跑啊,是不是?就荣兵了,我这就跟老师说去。"

"李爱博,你要是个孬种的话,你就去跟老师说吧,反正一听到一万米这个数字你就已经尿了,估计真要站到跑道上你不得尿了裤子啊,还是趁早不要去丢这个人的好。"说完马小莉转身离开了,走到走廊拐角处,马小莉似乎忽然想起了什么,说道:"我报了五项全能,呵呵,冠军肯定是我!"

不知道是不是我这个人天生禁不住激将,马小莉这话刚一说完,我头上突然蹿出一股邪火,身子一转朝教师办公室走去。"你不是要获五项全能冠军吗?那我就给你拿下两个长跑让你这个小丫头看看,我也不是好欺负的。"

"李爱博,男子五千米跟一万米……爱博啊,这两个长跑可几乎没什么时间间隔啊,你体力能行不?要不然一万米换别人吧,可别把自己累坏了。"何老师念完了手上的项目单,把头压低,从眼镜框上的孔隙把目光投射出来,看着我说。

我摇了摇头,说:"没事,我没问题,不用换。"

何老师重新抬起头,手上换回课本,重新恢复面无表情的状态,说:"那好,不要太勉强自己。"

"嗯,知道了。"说完朝马小莉的方向瞥了一眼,她也正在看我,我白了她一眼。

一个星期后,"六动会"在紧锣密鼓的筹备之后盛大开幕,江校长在主席台上讲了足足半个小时的话,笑得抬头纹都深了好几层。用江校长的话说,"这毕竟也算是一项校规允许的大型课外活动嘛,大家一定要利用好这样的机会,好好休息一下大脑……"但是江校长不知道这个大脑的休息其实很耗费体力。

学校作为一个多民族共荣的师范学校,第一点就是要绅士,而作为绅士,最基础的礼仪自然就是"女士优先",所以女子项目一律靠前安排。

"照这个架势,这运动会怕是一天开不完啊。"荣兵穿着长跑比赛服坐在我旁边小声说。

"哼,你以为我们女同胞都跟你们男生似的磨磨唧唧吗?切!"在荣兵头上敲了一记不轻不重的脑瓜崩后,马小莉扬长而去。

马小莉果真没有食言。女子五项全能项目,包揽了所有奖项。

"小丫头片子,不简单啊!"我在气喘吁吁的马小莉面前晃了几下脑袋,故意把脖子扭得卡卡脆响,以壮声势。

马小莉瞥了我一眼,说:"意料之中而已,倒是你,臭小子,你应该也不会让我有什么意料之外吧?"

我嘴角一阵抽搐,从牙缝里挤出了三个字:"走!着!瞧!"

第一项五千米,跑得比较辛苦,到最后三圈的时候,感觉整个天都在眼前转悠,眼前一阵一阵模糊,不过成绩还算是比较理想,得了个优胜奖。

大概休息了十分钟吧,但感觉只在眨眼间,我呼吸还没调匀又得冲上一万米赛场。

这时候已经是中午,初夏的大太阳把所有人的影子都变成了一个个小黑点,好像此刻的地球已经变成了第二个太阳,而正在奔跑的我们就是太阳黑子。我在心里默默数着圈数,几乎每过一圈我的心脏都会兴奋一下……还剩十五圈了……还有十二圈……

就在距离结束还有十圈的时候我忽然发现赛场上的人越来越少,被同学拖到休息区的人越来越多,到了最后五圈,我基本就是在孤军奋战!

眼前出现了十几个太阳,十几个马小莉在朝着我说"孬种,快跑,跑不完你不是男人!"耳朵里是大片大片的呐喊声和我自己粗重的呼吸声。

终点的红丝带已经拉开,我看到捧着"道德风尚奖"奖杯的江校长带着和蔼的笑容站在终点等我!还有马小莉,这小丫头现在是不是已经喊哑了嗓子? 我看到她一手捂住嗓子,一手在朝我挥着!

"我,我做到了……"

奖杯还没拿热乎,一句话刚刚结束,然后……

"然后,然后你就晕倒了。"马小莉说。

31. 这个女生

如果我是一个带着翅膀并且手里拎着一把弓箭的小天使，我一定会痴恋于高空，所以当我选择向哪一扇窗户里的人射出自己手里沉重的爱心箭时，我一定不愿意降低自己的高度。就算你的窗户没开，我也会朝更高或者旁边一点的窗户移动，降低姿态怎么对得起自己的"丘比特"之名？

第六届校运会结束之后，学校恢复常态，只是偶尔有人在体育课上奔跑时，我脑海里会闪出一个镜头，那是哪个女生在赛场上过五关斩六将的身姿。

阿月最近经常会以各种各样奇怪的理由跟我说话，说实在的，跟她在一起很尴尬。倒不是因为什么过于超前的话题，只是我觉得我们似乎并没有什么共同的谈资，即便是茶余饭后。

比如这次午饭后，我正在跟马小莉讨论如何在自家楼道里放鞭炮而不会被邻居举报。

马小莉笑得手舞足蹈，说："我跟你说，上次我表哥到我家来玩，我俩在楼道里扔了两个过年时候没燃响的小鞭，就听整个楼道轰隆一声,然后从一楼到六楼的狗全都撕心裂肺地大叫。我跟表哥跟着跑出来的人们一起满楼道找啊,他们在找是谁放的鞭炮,我俩找的是谁的表情最让人想笑!"

正在我俩笑得昏天黑地的时候,阿月绿着一张脸出现在马小莉身后,说:"爱博,你们在说什么?"

阿月说这话的时候,表情极其认真严肃,把我冲上来用来笑的一股真气直接打散在了胸口,只上来了一个响亮的饱嗝。我这个尴尬,马小莉倒是瞬间笑得更加疯狂,似乎完全没发现阿月的脸色已经越来越难看,马小莉说:"阿月啊,你……你看你把他憋的。哈哈哈……"

我的脸憋得涨红,干咳了一声,说:"咳咳咳,阿月,找我什么事?"

"也没什么事。"阿月说着,抬手轻轻撩起耳边散乱的碎发,"只是觉得有些题目不会做,想让你帮忙看看。"然后她继续着刚才一系列的温柔淑女一样的动作,拿出了一本数学课本。还是本压根儿就不应该出现在这所民族师范学校的高等数学。

我说:"阿月,你是想问我题目是吧?"

阿月看我望着她,赶紧点了点头,说:"是是是,这里有些题目我不怎么明白!"

"开什么玩笑?阿月,这是数学书哎!你是在要这小子的命吗?"马小莉用拇指跟食指提起高数的一个角说道,"这小子要是能把我们现在学的数学书里带着一个五角星的题目全都做出来,我就立刻趴下给他当马骑!"说完她朝我使了个眼色,那意思似乎是在说:"哼,就凭你,根本不可能!"

好吧,我认怂,我确实做不出来。我尴尬地笑了笑,说:"阿月,不是我不帮你,是我真的不会,小莉这丫头的话虽然听起来就让人想揍她,但她说的都是实话。要不你去问问荣兵……"

　　跟阿月说完,我朝荣兵的位子吼了一声:"荣兵,帮阿月看看她的几道数学题,她被难住了,帮帮她。"

　　荣兵回头瞥了我一眼,道:"你傻吗?阿月的数学可是全年级第一,你让我教她?你耍我啊!"

　　我突然有了一种自己被耍了的感觉。"阿月,我无能为力,对不起。小莉我们出去吧!"话一说完,没等马小莉反应过来,我拉起她的手跑出了教室。

　　那时候正是午休,大家能出去玩的都出去了,整个教室里有人在说话,并且说得那么大声,还笑得那么疯狂的只有我跟马小莉。现在我俩也走了,整个教室瞬间陷入死寂。

　　阿月似乎站在死寂的中心,可是我却并不能感到她的悲伤……

　　不只是她,我似乎再也感觉不到悲伤,阿月的、阿香的、小春香的……甚至是我自己的……就算还可以看到很多悲伤的眼神,写出很多悲伤的文章,但是如果此刻再有人问我是否还会流出悲伤的情感,我一定会笑着跟他说,不会了。

　　因为身边多了一个天使,一个笑得像太阳一样的天使。

　　"你真像个天使,你是爱与美之神维纳斯的孩子吗?丘比特是你哥哥或者弟弟吗?"

　　那是在初秋的一个下午,清爽的夏装换成了更能展现身材的紧身薄毛衫,马小莉在已经斜过教学楼的夕阳余光中跳着自己即兴而编的舞蹈,偶尔会有顺拐或者僵硬的情况,但是看起来依然很美。金黄色的夕阳给舞动着的她镶嵌上了一圈金边,于是我才说出了那句话。很美的话,不是吗?

　　马小莉一边自我陶醉在自己的世界中,一边跟我说:"天屎?什么天屎,鸟屎吗?哈哈哈,还天尿呢,你脑子里怎么总会想这些恶心的东西?难道你上完厕所之后在冲水之前还要回头看一眼吗?"

绝对不是错觉，那时候我很清晰地感觉到额头蹦起的三根青筋，撑得我头皮一阵阵发疼。我很后悔自己说出这种话。

这丫头或许真的不是天使，只是天屎！

"说得好像你不会回头看似的！"

"我就不看。"马小莉停下了动作，说完朝我挑了挑眉。

我把视线从她的脸上转移到远处夕阳上，说："你家的卫生间马桶冲水开关在你脚下还是在你面前，你不回头你怎么冲？"

马小莉愣了，她似乎完全没想到这个问题，刚刚只顾着跟我顶嘴却忘了常识性问题。

"绝对失误！"马小莉懊恼地一拍脑门，"我怎么把这事给忘了！"

有些时候有些人为什么会吸引另外一些人的注意呢？马小莉到底是哪里吸引了我？

那应该是在一个月后的一次班会即兴表演中，班主任何老师要求大家用最少的语言来表达最丰富的情感。

马小莉把手举得很高，何老师点了她的名字。她从上台到下台几乎没说一个字，但是我却知道她要表达的是什么意思。

她在何老师给的板子上写下自己要表达的意思，然后抬起头看向窗外落在窗台上的两只小鸟，翻了个白眼。

最后何老师让全班同学猜。大家比英语课上的朗诵还异口同声："枪打出头鸟！"

题板举起来，一个字不差！

马小莉是哪里在吸引我？是眼睛？

对！是眼睛！

马小莉的眼睛是活的，是有生命的。她的眼睛里藏了一个世界，一个跟现实完全不同的干干净净的世界。是我最向往的那种。那种大家与世无争、路不拾遗、夜不闭户、阡陌交通、鸡犬相闻的感觉。

从那之后我开始特别喜欢看她的眼睛。

还有她的自由,她的奔放。

毕竟她是从小生活在城市里的孩子,身上的那种大气跟豁达是我以前从未接触过的。

自从上了民族师范学校之后,即使每天都跟马小莉在一起,似乎也不会觉得厌烦或者生腻,每天的太阳都是新的。

32. 只需要保持优秀

当你的世界有天使闯入之后,整个天空都将会是金灿灿的。

时间的双脚似乎穿上了哪吒的风火轮,转眼间就到了民族师范学校二年级。入学仪式仿佛还在昨天,今天学校就迎来了一批新人,吵吵闹闹地叫我们学长学姐了。

"你看,他叫你学长哎,你这个老头子,太老了!"

在门口的时候有个小伙子喊了我一声"学长"以后,马小莉嘲笑了我一路。因为他又跟马小莉打了个招呼,说:"同学你在几班? 我是三班的,刚才没看到你,你是别的班的吧! 嘿嘿嘿……我叫……"

"去去去,你叫什么你叫! 这是你学姐,不是你们班的。"我从身后拍了拍那个小子说道。

"啊? 学姐啊! 嘿嘿嘿……没事,学姐也没关系,我叫……"

"走开!"我瞬间大发雷霆。我在你身后站了很长时间了,好吗?! 你除了刚才喊了一声"学长"让我丢尽了脸面之外,你还说了啥? 你怎么不问问我是哪个班的?!

　　我一把推开那个撅着屁股鞠躬的小混蛋，拉起马小莉的手飞奔向了教室。

　　那时候我才知道，或许吃醋就是会在意跟自己一样性别的生物去纠缠自己身边这个跟自己性别不同的天使。

　　那时候我甚至会在意一只公猫被马小莉抱在怀里，把猫咪拎走，然后被抓伤。马小莉一边帮我处理伤口一边笑得前仰后合说："看，你把猫咪惹生气了，哈哈哈……"

　　那时候就是会那么在意，也许只是想在意。

　　临近期末，学校里来了一批军人，每个人都穿得很正式，看起来应该是部队的军官。

　　在军人进驻学校之后的第二天，学校召开了一次别开生面的大型校会。全校几千人全部集中在操场上，真有种人山人海的感觉。

　　参加开会的军人一共三人，大会一开始，三个人唰地一下站了起来，朝台下的同学们敬了一个标准的军礼，引来台下一阵欢呼！从小就崇拜军人的我，更是把手掌都拍得酥麻泛红。

　　我一边拍一边朝马小莉所在的位置看去，没想到这小丫头拍得比我还起劲儿，辫子都快飞了起来。

　　大会开了一整个下午，对于不想上课的同学们来说，这是一次很不错的集体逃课。这样的逃课光明正大，不会有老师突然回班点名，然后小红册子写满一本拍拍屁股走人。接下来就会有某同学的家长杀到学校，当着学校老师的面给自己家熊娃子一顿海揍。这时候拿着小红本的老师还要充当和事佬的角色，拦着那个打他学生的老头子："哎呀呀，不要打啦，这是家暴，学校明令禁止的！"好像是说要打可以，不要在教师办公室或者在学校打。

　　跟学校领导的冗长大论相比，三位军人的阐述相当简洁明了。

　　第一位军人说："同学们好，我们今天来只有一个政治任务，希望大家都来申请入党！"

但是我觉得吧，这位军官说得过于简洁。也许跟我有相同感觉的还有三位军官中的另外两个人。

第二位军人说："同学们好，我们这次来呢，是想发展大家入党的。"

这位军官说得更温和些。

这时，第三位军官看不下去了，站起来敬了个礼，说："同学们，今年的发展党员已经开始，受上级委派，我们三人作为政治指导员给你们上政治课，明白党怎么指挥枪，枪杆子里怎么出政权，怎么保卫红色江山，希望大家踊跃递交入党申请书，将来成为一名优秀的共产党员！"

久违的掌声再一次响起，就像是雷鸣一般，经久不衰。

这之后的两天，我跟马小莉都很少接触对方，极其默契。然后第三天又不约而同地出现在书记办公室，递交一份很厚的入党申请书。

我们似乎知道对方心里的向往，好像跟她在一起完全不需要想她喜欢什么，我应该怎么做，她才会开心，我们只需要把自己变得更优秀，跟上对方的节奏。

这一路上，有她陪伴，我从未觉得孤单。

二年级假期，递交了入党申请的我跟马小莉幸运地走进了市委党校的入党积极分子培训班。

那是一个宏大的教堂式建筑，整个教堂的座椅呈扇形向外散去，把巨大的黑板半包围起来。

我跟马小莉坐在扇子中心的扇骨上，这是一个老师很容易注意到的位置，也是最不容许溜号的位置，选在这里无论是在客观还是在主观上，都是我们对自己的一种监督跟鞭策。

我没有问过马小莉要入党的理由，因为那是她自己的事情，我只需要知道我自己的事情！

　　我喜欢那面鲜艳的五星红旗，深爱我的祖国，还有一颗一直充满热情的从军报国的心，这就是我要入党的理由。各种原因中不乏老爸的愿望和第一次被迫放弃的不甘心。

　　我们每一个人都是独立的存在，没有什么是可以把两个人拴在一起的，除非只是不想离开。如果不想离开，就会给自己找很多借口，找很多理由。靠谱的，不靠谱的，可信的，不可信的，甚至是天方夜谭的。

　　我们是用什么把自己跟对方拴在一起的呢？我找过无数个借口，那马小莉呢？

　　她有想过，我们为什么会是这样"朋友之上恋人未满"的状态吗？

　　由于我跟马小莉积极响应，那次的市委党校入党积极分子培训，我们班很快被评为重点班级，我跟马小莉也很快成了预备党员。

　　其实对于我俩能成为入党考察对象，我一点儿都不感到意外，这是情理之中的，也是必然会发生的事情，但是能带动整个班级却有点儿在意料之外。

　　说起来，这事情还要归功于马小莉的"多管闲事"。

　　有同学上课睡觉，但是在何老师的视觉死角范围。只见此时咱们可爱的马小莉同学瞬间化身集美丽智慧与多管闲事于一身的临时老师，半截粉笔头就朝着那个已经梦见周公的同学脑门飞去。

　　最好笑的一次是在我们上课以后的第三周。那时候大家都熟悉了，也大都领教过了马小莉的厉害了。何老师讲道："毛泽东同志曾经说过，我们的国家基础是无产阶级，无产阶级是最伟大的阶级……"马小莉斜前方的桌子上传来了均匀的呼吸声，很微弱,要不是马小莉让我看我都不会发现有人在睡觉!这时,只见马小莉从桌膛里摸出下课时候偷偷准备的半截粉笔头丢去。不愧是女子五项全能冠军,这投射技术堪比国家队,粉笔头精准无比地落在了正在跟周公下棋的那位同学的脑瓜顶。

被砸了的同学从椅子上跳了起来,一边摸自己脑袋,一边狂吼:"不要吃我不要吃我,妈妈还等着我回家呢……"整个班哄堂大笑,连何老师都没忍住笑出了声,说:"陈同学,哎!陈同学,醒了没?什么东西要吃你?你妈在家等你吃饭吗?"哄堂大笑不断!

陈同学有些窘迫,道:"刚才梦见一只恐龙,它站在我头顶流口水,还啪嗒一声流我脸上了。吓死我了!"

"哈哈哈……"

33.《开拓者与弄潮儿》文学报

到了民族师范学校以后，我停掉专栏，因为时间比较紧张，实在没办法腾出时间写稿子和回信了。除了还会跟两个特别要好的女笔友小冉和雪儿经常通信外，我几乎不会再写什么信件了，也很少再去写文章了。

忽然有一天，马小莉一脸贼笑地找到我。我心想，坏了，这丫头肯定又有什么歪点子了。

我向后躲了躲，表情难免有些不自然，说："小莉呀，啥事情你就说，只要不犯法，哥哥我什么都能干。但是你可不可以不要这么笑着看着我啊！我，我害怕。"

马小莉翻了个白眼，说："瞧你那点出息！切，我能让你干啥杀人放火抢劫的坏事吗？我这么善……"

"有这个可能啊。"

马小莉还没说完，我立马补了一刀，结果不出意外地挨了两记重拳。

"哎呀，别闹了，跟你说个正经事。"

"你还有什么不正经事情吗？"

又一记重拳！这也不出乎意料。

"你在中学的时候不是办过一个专栏嘛，现在的影响力应该还是有的！"

说起来，我这个人吧，是一个停下就不要再提，一提就会心里痒痒的类型。

"应该有吧，你想怎么样？"我把椅子朝前拖了拖，让自己更靠近马小莉故作严肃的脸。

只是在那之前接连打了三个喷嚏，好难受。好像有人骂我……

"喂，后边有人想杀你。"

我偷偷朝后边一瞄，好家伙，吓我一跳。阿月、阿香和小春香全都直勾勾地看着我！那眼神还有一种要对我先杀之而后快的意思。我赶紧把脑袋摆正，决定就算是死，也不要被人扭脖子，那死法太难看了。

我赶紧拉回话题，说："问我专栏的事情干吗？"

马小莉又笑了，说："嘻嘻，大作家，当然是想沾点你的名气了。"

我的兴趣被彻底调动起来，说："哦，怎么个沾法？用献身不？不用的话带我一个。"

"唉？这话你可就说错了，不是我带你，是你带我。"

我好像抓住了一点儿苗头，说："你是想让我恢复出版文学刊物的工作？"

马小莉摇了摇头，说："也对，也不对。我们不是要恢复，是要自己办刊物。"

"自己办？"

"是的。"

"来说说。"

"听说了没有,现在基本所有的大中专院校都在争办自己的刊物,但是我们学校却按兵不动,一点儿都不怕被别人捷足先登,你知道为什么吗?"

"嗯?"

"哈哈哈,傻子,因为有你! 你可是比任何刊物的新造型还有力度!"

我恍然大悟,怪不得学校领导从来都不会对其他学校的刊物采取任何应对措施。自己被当成冲锋陷阵的主力居然还完全不知,我反应也是够慢了。

"那你今天来找我,是学校领导的意思咯?"

我突然有一点儿不开心,马小莉居然被学校领导指派过来跟我谈判。

"不,我才不会管他们呢。我是因为自己才过来找你的。"

"是吗? 说说看。"

"咱们文学社吧,虽说是文学社,可我总觉得缺点什么。我想了好久,后来才知道我们居然空有一个文学社的名头,但是从来没出版跟发行过任何具有代表性的刊物。你看看人家别的学校! 张三、李四、王二麻子的,是个人都去写一篇五六百字的小小说啦,散文啦,也不管到底能不能看,反正都发出去了,再看看咱们……空守着你,到头来一篇东西都没出来……"马小莉说完丢给我一个幽怨的眼神,"你就说,你是不是难产了吧?"

这丫头嘴够犀利,她话一说完,我半天缓不过来。

我长叹一口气,说:"得了,我难不难产,过几天自然就知道了。"

"真的?"马小莉腾地一下从座位上站了起来,要不是因为我是男的,她都有可能飞过来亲我一口。

我那时候如果不是个男的就好了。

自从跟马小莉谈了出刊物的事情以后,我开始努力挤出时间码字。虽然专栏不出了,但是我一直在保持着通信,文笔基本没有任何变化。就算是有,我也只是比以前更加成熟了一些,多了几分岁月的重量。

"从来不曾知道的一切,在岁月的手中我看到了他们的全貌。"

"天使从天空降落到人间要经过多少重天界?多少公里?多少日夜?我是在你决定离开天空的第几天后成了你生命中的过客?是过客吧?我们会这样一直一直'朋友之上恋人未满'吗?"

"……不要做恋人的好,也许我们都在彼此不曾知道的空间里圈养了另一个自己,与我见到的你和你见到的我完全不同,那时候我们还会这样包容,这样欢快吗?也许,不会了吧!也许不能了吧……"

马小莉拿着我的手稿,看得很仔细。阳光下,她的碎发都散发着金灿灿的光芒,像一条条连通着神界的丝网。

她是在跟神祇说话吗?

我问她:"感觉怎么样?"我承认我带着隐隐的紧张。

"很好嘛!哈哈哈……像情诗一样,写给谁的?哈哈哈……"她笑着走开了,"那个女生一定会感谢你的,朋友之上,恋人未满。"马小莉转头看了我一下说:"这样很好,不是吗?"

"是啊!"

后来我们把文学报命名为《开拓者与弄潮儿》,寓意很好,我们都是新时代的开拓者和弄潮儿,注定会翻起一股不一样的浪潮!

在我的名头之下的新刊物预发行场面很是火爆。各大中专院校都赶到了我们学校来征订。

学校的收益肯定不小。周二下午,学校领导轮番找到了我。

江校长意味深长地说:"爱博呀,你终于肯复出了。"

邹副校长意味深长地说:"爱博呀,你终于意识到自己的价值了!"

教导处吴主任说:"爱博呀,爱博呀,这刊物不能停啊!"

似乎险些就说出了学校的经济支柱以后就看你了呀的话!

刊物半个月之后正式进入印刷发行阶段。文学社一些职务也很快确定了。

我被学校任命为主编,马小莉为常务副主编,其他的职务都是由我们文学社一些比较有能力的骨干来担任的。

不知道是不是错觉,我觉得自从出版了《开拓者与弄潮儿》文学报之后,班主任何老师对我的态度都有了起码二百七十度的转变。以前看见我是扬起鼻孔等着我鞠躬,现在看见我,一溜小跑奔过来捧着我的手就不松开。这个嘘寒问暖,吓得我老远看见他就想跑!

销量上去了,曾经险些被读者忘记的我重出江湖啦,并且顺带着引起了一场"血雨腥风"。

"血雨"味道太浓,这年头每一个求才若渴的专家、大亨们都很敏锐。就像现在正坐在我对面对我一会儿严肃认真、一会儿嬉皮笑脸的著名教授。

黄教授是师大中文系主任,参与过很多现代文学巨著的编纂,他可是实打实的文学界泰斗级人物。我还是有些紧张的。

"黄教授……您好!"

"你叫李爱博是吧,呵呵呵,好孩子,我看了你的文章,可以说是你很忠实的读者啊。"

这老头好像完全没听我说话。我笑了笑,说:"我的文字能人黄教授法眼,真是晚辈的荣幸。"

"唉!这哪里话!三人行必有我师!生乎吾前,其闻道也固先乎吾,吾从而师之;生乎吾后,其闻道也亦先乎吾,吾从而师之。

吾师道也。"

　　我满脑袋问号，始终想不通这个满嘴"之乎者也"的老头来找我到底是几个意思。我还是决定敞开天窗说亮话，"黄教授，您这次来找我，应该不只是来跟我讨论《师说》的吧？您有什么指教，请尽管说。"

　　黄教授一拍大腿，叫了一声："好！我就喜欢你这样的爽快！谁说文人就要文绉绉的，爽快才是王道！"

　　我暴汗，这老头儿心态还挺年轻，"那，黄教授……"

　　"我是来向你学习的。"

　　晕，这可爱的老头儿！

34. 命运

其实人的一生很多时候都很平淡,想要扬起什么花儿来,跟自己的努力分不开,跟运气更加不可分割。

"时间过得好快,感觉前几天我们才来报了到,第二天另一批小崽子们就来了,紧接着,第二批,再过几天,我们就要走了。"

"你是不是文章写多了,怎么越来越多愁善感,跟个大姑娘似的!"

我看了一眼身边长发飘扬的女生。我还记得我们刚到学校报到时,她的头发才刚到脖子,现在已经快要齐腰了。

"你要是觉得我现在就很多愁善感,那只能说明你以前不认识我!"

"哟,这么说,我还得庆幸以前不认识你呢!"

"为什么?"

"我要是以前就认识你,那我现在不得患了抑郁症在医院里啊?"

"算你狠!"

　　马小莉看起来比一年前稳重多了,再不是当初那个一有情绪就嘟嘴酸脸的小娃娃了。看来这一年的磨练,确实很让人成长。

　　去年寒假,学校里运来的一批松柏被安排在了学校不怎么宽阔的甬道上。甬道左右两侧的松柏树下还栽了一排灌木,虽然不像城里的绿化带看起来很有气魄,可也别有一番风味。这些绿色的加入给学校增添了许多生气,很让人心旷神怡。

　　假期结束回到学校之后我就爱上了去这条甬道散步。起初马小莉也会一起来,但是她也就新鲜了一个星期就腻了。

　　"天天看那些一年四季都不变的颜色多无聊,我不去。"

　　其实只要用心去看,松柏的叶子是会变色的。就像我们一直认为我们永远不会变的感情,其实也无时无刻不在发生变化。

　　阿月跟阿香最近准备参加全国中专生作文竞赛,于是她俩一起结伴过来找我。

　　阿月说:"爱博,我们知道这次比赛你也报了名,也知道我们跟第一几乎不搭边,但是我们两个还是想参加,想去争一下那个第二第三……"

　　"快别这么说……"我有些不好意思,"大家都是同学,每个人的机会都是均等的,我又不是神,怎么可能总是第一呢!"

　　"好啦,谦虚的话咱就咽到肚子里去吧,如果你要是觉得你赢不了,就凭你的个性,你连参加都不会参加,而现在既然参加了,就说明你还是对自己很有信心的。"

　　我佩服于阿香对我的了解,但是也有些微微地脊背发凉,我的妈呀,这丫头不仅小时候跟我熟,现在好像还更熟了!她是不是知道我很多小秘密?真是想想就觉得可怕。

　　为了备战全国中专生作文竞赛,那一个月我跟阿月阿香走得比较近,她俩也经常会陪我去甬道上走一走,只是有的时候,或者说很多时候我都会以为身边走着的是马小莉,然后转头看看熟悉又陌生的脸孔。她的性格那么独立,一定不会介意我是不是在她身边吧,那么活泼的她也一定不会喜欢天天走在同一条路上吧。

"很多年以后,能跟你在一起的那个男人一定是一个很宽容、很开朗、很会玩的人。"

"我不是那个人……"

学期过半,全国中专生作文竞赛正式拉开帷幕。比赛分为三个阶段,海选——淘汰赛——决赛。每个阶段都是由竞赛组委会聘请以黄教授为主的师大中文系教授们拟出作文主题,参赛选手根据所给主题自由发挥。比赛不限定写作格式和写作风格,更不限定体裁。

我觉得这也正是这项比赛的难点所在。没有限制的自由发挥往往会让人掌握不住方向而摔得鼻青脸肿。所以,刚一过海选就刷掉了七成的参赛者,是在我的预料范围之内的。

不用看就知道他们的文字肯定是干枯的,没有活力、没有生命的。我觉得这样的文字只能活在小学阶段,甚至很多小学生都不再写那样的文字了。

阿月跟阿香顺利地通过了海选,并且都得到了八十多分的好成绩,两个女生乐得合不拢嘴。

"爱博,爱博,这次能过海选多亏了你,谢谢!"阿月说完之后,拉着阿香朝我点了一下头,我那股子羞涩劲儿顿时又腾地一下子冲上脑袋,整张脸羞得几乎成了绛紫色。

我把手摆得都快看得见残影了,"快别这么说,我只是做我应该做的,大家都是同学,相互帮助是应该的。"

"呵呵呵……爱博还是那么害羞,好啦,大家又不是第一天认识,跟你客气客气呗。怎么的,你还以为我俩要拜你为师啊?"

阿香从身后把背包取下来,一边翻找着什么,一边调侃道。

还别说,她这么一说完吧,我还真就不那么难为情了。不过为了防止她俩再说什么客气的话,我赶紧把话题转移了一下,说:"现在刚好放学,学校门口新开了家蛋糕店,听说很好吃,我们去吃点吧。"

"你请客吗?"阿香说。

"当然。"

"那能不能带我一个?"马小莉活蹦乱跳地从一棵松树后边蹿了出来,高高束起来的马尾让她看起来有些超脱于同龄人的妩媚。

我一时不知道该怎么作答,愣了一下。

"当然可以,正好我有东西要给你呢!给……"那是一张纸条,简单印着一个大写加粗的数字。

"我男朋友让我交给你的,是全省中专生体育运动会的参赛号牌,你拿的这个是女子项目的号码。加油哦!"

马小莉接过纸条,表情平静地说:"谢了,改天请你俩吃饭。"

"不客气,比赛的时候你可不能欺负我男朋友啊!"

"这是哪里的话!"马小莉笑了,像从前一样笑得爽朗干净,"你家男人我肯定得照顾,怎么还能欺负呢?"

"嘿嘿嘿,你说的哦,我可当真啦!"

"别说当'针','顶针'都行!"

"阿香有男朋友啦?"

我们吃过东西后,阿月跟阿香说是有事情先走了,只剩下我跟马小莉。

棕褐色眼珠如同一颗经历过无数岁月洗礼的琥珀,偶尔会反射出天堂的颜色。也许在我的心中,她的一切都是天使的存在。马小莉慢条斯理地吃掉了面前的巧克力蛋糕,说:"是啊,早就有了！你都不知道,上个月因为要参加比赛,阿香一直跟你在一起,可把她男朋友气坏了,天天拿着各种球撒气。有一次我们体育部的铅球差点让他拿去投篮,要不是篮球组组长发现及时,估计学校换一个铅球事小,一整个篮球架都要换掉才是最要命的!"

"她的男朋友,跟你很熟吗?"

"嗯……怎么说呢,还可以吧!我觉得她男朋友那个人挺仗义的,而且不容易翻脸。"

"哦,是吗?脾气很好呗。"

阿香的性子也确实需要一个脾气好的人来宠一下,那个男生应该很合适吧!我想。

马小莉像是想到了什么,扑哧一声笑了:"你觉得一个因为得知女朋友在参加比赛期间经常和别的男人在一起就发飙的男人能有什么好脾气?别闹了,那家伙的脾气……你应该知道火山吧!"

"嗯。"我点头。

"跟火山是没法比啦。"马小莉继续说,"但是在现实生活中那也是一绝。"

"可是你不是说他不容易翻脸吗?"

"对呀!"马小莉一脸理所应当,"脸大的人一般翻起脸来也比较困难。"

就在马小莉比赛的那一天,我早早地来到了赛场,占据有利地形。

比赛是在城郊的一处开阔场地进行的,这里是一座废旧的粮站。

这也能让今天在这里竞赛的选手们十分放心,这样他们就不用担心会不会把铅球扔到人家的窗户里,然后被人家一顿拳打脚踢了。

马小莉的第一项比赛是女子五百米，起初我还在为她紧张，毕竟一年多没有比赛了，她还能不能像以前一样健步如飞，她可不要摔伤呀。

砰的一声，发令枪冒出了一股白烟，紧接着就是赛道上嗖地一下蹿出去的几个身影。我还在赛场上找呢，终点处已经响起了一阵热烈的欢呼。

同样的场景几乎发生在马小莉参加的每一场比赛上。后来，我干脆买了一桶爆米花往看台上一坐，静等比赛结束。

体育比赛结束了！全国中专生作文竞赛的成绩也发下来了。

江校长宣布，获得全国中专生作文竞赛一等奖的李爱博和获得全省中专生体育运动会女子跳远等多项金牌的马小莉，保送去师大读中文系跟体育系……

我们获得了经久不息的掌声。

35. 临近毕业

民族师范学校的三年级下学期是要出去实习的。

我跟每一个三年级下学期的同学一样，被学校派了出去。

实习的学校是在市第一小学，它是我小学时代最向往的学校。结果我居然是以实习老师的身份来到这里，不能不说是造化弄人。

去报到的时候负责接待我们的应该是教导主任，他没有自我介绍，所以我是猜的，因为他有所有教导主任的特征——"地方支援中央"的传统教导处主任发型、自带游泳圈的传统教导处主任身材、一脸不怒自威但是非要让人感觉自己和蔼可亲的传统教导处主任面孔。

"他要不是教导主任，我请你吃饭。"我信誓旦旦地跟马小莉发誓。然而一个月后，我跟马小莉出现在了距离实习学校最近的一家饭店，我请马小莉吃了顿饭。这真的是一个令人伤心的故事。

那人不是教导主任，但他是副主任。

176

吃饭的时候我破口大骂:"发型身材加脸蛋儿,哪里都是主任的料,他居然只是个副的! 没出息。不长进。呸呸呸……"

"唉,你也别这么说。也许人家自己也因为只当了个副主任难过呢,这怎么算是不长进? 顶多是个没出息。哈哈哈……"

不知道副教导主任听到我们的对话会是一种什么心情。我觉得若不是自身的客观条件限制,他一定会怒发冲冠。

"你觉得我们的实习领导脾气怎么样?"马小莉一边剔着牙,一边假模假样地说着自己的顾虑。

"放心,肯定特好。"

"为啥?"扔掉牙签,马小莉喝了一口白开水开始漱口。

"因为他脸大,翻起脸来比较困难。"

"……"

鉴于我俩曾经办过《开拓者与弄潮儿》文学报,并且做得有声有色,于是市第一小学领导经过多次会谈,终于在吃了第四顿饭的时候打着响亮的饱嗝确定了我跟马小莉的实习任务。

校领导 A 说:"这俩娃子原来不是办过报纸吗,那就让他们继续干这一行好了,正好学校的印刷室空了好多天了。"

校领导 B 说:"这样也行,学校说不定还能赚点外快!"

校领导 C 说:"好了,就这么定了。"

校领导 D 说:"下次绝对不吃韭菜了,一打嗝都是韭菜味!"

结果,我跟马小莉带着实习学校领导们的一身韭菜味光荣上了岗。

当我俩看着一批批印刷出来带着墨香的《实习简报》时竟有些哭笑不得。

"咱俩是不是一辈子都要干这种编辑出版印刷的工作啊?"马小莉哭丧着脸说。

说到实习,我觉得最让我兴奋的应该还是去给孩子们上课。

当然,我俩的主要任务是编辑出版《实习简报》,可毕竟是师范学校的学生,不上一次课怎么算实习呢?

于是,在我跟马小莉的强烈要求下,领导们前思后想,语重心长地说:"好吧,既然你俩那么想去体验基层的苦难生活,我们也就不说什么了,也许真正体验过之后,你俩才会明白我们的良苦用心……"

编辑出版了三个星期的《实习简报》之后,距离实习结束还剩十天。调整备课一天,还剩九天。

吃饭鼓励自己一天,还剩八天。

倒数第七天,"走吧,上课。"

"你去呗,咱俩又不是教同一个班。"

我一紧张总想找个结伴的,分散一下注意力,但是这次似乎跟每一次开学一样,我的自我介绍,没人可以替我完成。

似乎马小莉也好不到哪儿去,她刚才说话的时候看似很放松,其实已经出现颤音了……

呵呵,我偷偷笑了笑,看到她也紧张我就放心了。

一共上了六天课程,这六天也算是让我真正体验了一次"折磨"!

站在讲台上,看着台下一双双求知若渴的眼神,有的坚定,有的锐利,有的看似慵懒,其实只是稍微有点近视眼。他们的眼神清澈透亮,似乎可以直通心灵,那是一种很能让人安心的力量。

原本想象中出现的紧张不安,在看到他们的那一刻全部烟消云散,飞得连点渣渣都不剩。再加上我要教的还是我最擅长的语文,一切都显得如鱼得水。

等我要离开的那天到来的时候,孩子们像失去了心爱的玩具般哭得稀里哗啦,晶莹的眼泪唰唰地朝我心里流。

班长阿媛抱着我的大腿,满脸哀伤地说:"爱博老师,你还会来看我们吗? 我们真的好喜欢你,不想让你离开。"

我摸摸她的头,轻轻地说:"我会的,只要我有空,我一定会来看你们。"

可是自从那次离开之后,我的空当全部消失……

实习结束,大家带着不同的心情返回了民族师范学校。

阿月跟阿香的实习应该很成功,因为她们的表情跟我一样,是很怀念或者说很舍不得那所小学的,跟其他一见到学校就好头疼的人相比,我们几个显然就是异类。

"喂,哥们儿,你们是不是没被那群小崽子祸害过? 看你忧伤满面的!"一个不认识的同学凑过来趴在我耳边说。

我说:"怎么讲?"

他叹了一口气,说:"但凡被小崽子们祸害的同学看到学校就想到了伟大的母亲。"

……

关于"对待",每一个人都是公平的。你温柔并且宽容地对待别人,别人也会宽容并且温柔地对待你! 事事如此。

我对待我的学生是充满了爱心跟喜爱的,所以他们才会爱戴我。有些实习生对待学生是不屑并且厌恶的,所以他们的学生自然会想方设法来修理他们。

我一直认为小孩子和大人间最大的不同只是身体,而不是思维。他们有的时候会显得幼稚、不成熟,只是因为他们还并没有接触到如何来表达自己心情或者情绪的方式。仅此而已。

还没从离开我第一批学生的烦恼中脱离出来,学校领导就再次召开全体入党积极分子会议。

我以为这次会议会像先前的会议一样坐满来自各个年级的精英,然而当我看到整个会场只有零零星星十几个人的时候大吃一惊!

陈书记坐在半圆形主席台上拍了拍话筒,刺耳的话筒声在整个会场响起,所有的人都尖叫了一声,这声音刺得人耳膜发疼。

"今天,在这里召开这次会议是为了宣布预备党员的名单。"

台下为数不多的参会人员拍起了稀稀拉拉的掌声。陈书记微笑挥手,示意掌声停止。

真不知道为什么学校领导总是能在一些明显敷衍的动态中找到属于自己的一丝骄傲。

"这次的会议注定了以下这些同学将要从祖国的花朵成长为祖国的栋梁了。让我们掌声祝贺他们!"

台下仍是稀稀拉拉的掌声。

"首先,让我们掌声祝贺李爱博和马小莉两位同学,经学校党委研究决定,批准二位同学成为预备党员!"

陈书记的话说完之后,大家先是愣了一下,紧接着掌声雷动!

很难想象,台下一共就坐了那么十几个人,居然能爆发出这么热烈的掌声!

上台一看,怪不得掌声热烈,很多知道自己没办法得到这次预备党员资格的同学完全把我们想象成他们的手心了。鼓掌只是为了借个地方解解仇恨而已。

"他们想把我俩生吞活剥了吗?"

"是呢。"

我跟马小莉悄悄议论说。

接收预备党员的会议结束后,便是我们的毕业典礼。说是毕业典礼,不过就是大家老老实实地坐在班里等着江校长或者教导处吴主任从黑板旁边的扬声器里传达一下可有可无的精神、告诫或者表彰。

"……借这次毕业典礼的舞台,经学校领导多次开会决定,授予以下同学优秀毕业生称号:李爱博、马小莉……"

刚说完我俩的名字,我们同时感觉背后一凉。

这大会是故意给我们拉仇恨的吗?

事实证明,是的。

36. 相逢、告别

真的吗?世上真的有很多事情都是无法在自己的控制范围之内的吗? 也许,不尽然吧。

认为人无法掌握自己的命运的人一定是一个很容易低头的人。不过不会是我。

作为民族师范学校的应届毕业生,我们要正式告别学校了。作为一所我们那个年代高规格的中等师范学校而言,我们毕业以后国家是会分配工作的。从这一点上看来,我们比现在很多的大学生们要幸福得多,因为我们不用面临什么就业压力,不用焦头烂额地跑什么人才市场。在我们那个各项人才都严重缺乏的年代,基本上有点文化的都有工作了。就算是成绩不好,只要能写得一手好字,也会被政府机关要了去做什么记录员之类的。可不要小看这记录员,那可是一个正正经经的政府公职人员。所以我们的工作问题都会得到学校及政府机关的妥善安排。如果选择继续升学的同学在毕业后也会有出路。

我跟马小莉被保送上师大可以说是整个学校里最重要的一

件大事了。毕业典礼结束之后,江校长等在学校门口给我俩戴上鲜红的肩带跟颜色鲜亮的塑料花。

"爱博呀,小莉啊,你们俩可以说是我们学校最值得骄傲的两位同学了,不仅学习成绩优秀,而且人品也得到了全校师生共同的赞誉。所以等到了师大之后一定要多为母校打打招牌,知道不?"

"知道了,校长。"

毕业到升学之间有一个说长不长、说短不短的假期,假期正值酷暑,于是全国各个学校都有暑假。于是幸福的小崽子们就可以正大光明不上学,撒着欢儿地在家悠闲了。

暑假存在的意义是什么?没有人探究。但是它的存在深得人心,也就不会有人去探究了。

暑假,我被老爸老妈再次派回老家的小山村。鉴于我马上又要升学了,这次的升学宴老妈老爸准备下血本操办,我回来自然要送请柬。

上次的升学宴上阿香老爸因为身体原因而没能参加,这次老妈说了:"你就是抬,也要把他抬来,绝对不能让村里人说咱们老李家忘恩负义。"这点我是同意的,但是看样子我应该不用抬。我去送请柬时,阿香的老爸正在家里的菜园里浇水,那一弯腰一抬头,一看就是身子骨硬朗得不得了。我把请柬送上,阿香老爸摸了摸我的脑袋,笑着说:"爱博长大了,哈哈哈……有出息啦!信叔一句,毕业以后一定要去当教书先生,不论哪一个朝代,师者都是不可或缺的。就算是太上皇还得给皇上找一位御前士大夫呢!当先生啊,错不了!"

其实我的心里憋了一句话,只是没敢说,叔啊,古时候流传的还有一句"百无一用是书生"。幸好没说,说了我可能都走不出村子。

　　我觉得最重要的是我要接爷爷、姥姥、姥爷一起出村,去参加我的升学宴。

　　本来我以为会是一件很难的事,因为姥姥一辈子没出过村子,更讨厌现代的交通工具,所以我已经做好了准备不抬阿香老爸而抬姥姥的准备。然而,想象终归是想象,这次的行动真是出乎意料地顺利。

　　每一家的请柬都顺利送达,阿香老爸答应得极其愉快,爷爷、姥姥、姥爷更是争着抢着要跟着我一起去参加升学宴。

　　这次的升学宴我还请了我的同学们:马小莉、齐小月、齐小亮、刘香、韩春香、荣兵、李淑芳等。

　　"爱博,这次去省城是不是就打算以后也在省城发展了?还会回来吗?"荣兵酒过三巡之后脸上开始泛起微红。

　　"你是想听真话还是假话?"我故意调侃了他一下。

　　荣兵被派回生源地,这对于离不开家的娃子来说简直就是幸福。

　　"当然是真话,切,小老师。"

　　"小老师"是荣兵单独给我取的外号。

　　"其实我觉得我会回来。"

　　荣兵一听哈哈大笑说:"就你啊?哼,我看悬,倒不是我想说什么不好的话,你自己的性子你自己应该清楚,你就像那即将飞到天上的雄鹰,一旦知道了天空的辽阔,你怎么还会甘于屈居一隅?"

　　荣兵说完之后大家一起点了点头,我一脸无奈。

　　这时阿月忽然端起了酒杯,站起身来,说:"爱博,反正现在大家也快天涯海角各自飞了,我觉得有些话吧,也到了应该说出来的时候。"阿月的脸上开始泛起潮红,"你应该知道现在坐在这张桌子上的女生中有多少个喜欢你,或者说喜欢过你。呵呵,我就是其中之一。其实我觉得我不说你心里也有数，不过……现在我要从喜欢你的行列里退出，祝你的未来一片光明！"说完，她一口干掉了杯子里满满的高粱白，转身先行离开了。

"爱博，快过来，你伯爷爷到了，快！"老妈顶着一张嘴角都快咧到耳根的大笑脸把我从座位上拖了出去。

伯爷爷虽然身居要职，却没有一点身为大官的架子。跟伯爷爷聊了几句之后，老妈扯了扯我的衣袖示意我赶紧走，给她和伯爷爷腾地方。虽然不怎么愿意，但是聊天时学到的道理也确实达到了我理解的饱和状态，我需要消化一下。

回头遇到了老爸的老朋友，那个在师大把我当亲儿子对待的胡伯伯。

如今已经是师大物理系副主任的胡伯伯看起来比以前老了很多，不知道是因为工作压力还是生活上的不顺心。想到这里，我的心里生出一丝愧疚，说实话，我那次从他家出走还给他造成了不小的伤害。

我举起装了饮料的酒杯走到胡伯伯身边，说："胡伯伯，以前……"

"哎呀，好啦，孩子，以前的事情还提它干吗！你好好的就好了。"

说心里话，我宁愿胡伯伯骂我一顿，这样我的心里还能好受点，真是愧对他对我的爱了。

明明走的时候精神奕奕的，但是回来的时候却无精打采的，一桌子的同学看着我就像是看着一个怪物一样。

阿亮跟阿芳对视一眼，摇了摇头。

阿亮跟阿芳也是选择继续上学的，他俩通过了高考，阿亮考取了理工大学，阿芳考取师大中文系。

阿香瞥了我一眼，说："爱博，以后再要看我，可就要去乡中学了,还记得门朝哪边开吗?"

我笑了笑说,"阿香,你就别调侃我了,刚才跟你老爸喝酒的时候,你老爸还说让我经常去看你呢。"

小春香默默地喝了一杯,似乎有什么话需要借助酒精才能说出来。"爱博,以后,不,不是以后,是从这次宴会结束以后,我们就不要联系了吧。"

"为什么?"

"知道为什么我能留校并且一毕业就可以去教导处干事吗?"

我脑子里忽然想起了一件事情,还有一个我以为我会忘记,却没有一天不曾惦记的人。

小春香被江校长的儿子相中,江校长让她做儿媳,于是小春香得到了一个全校毕业生中最高的一个平台。

我忽然想到了陈老师。

37. 距离

这个地方以前来过。现在,我又来了。只不过那时候的年少青涩已经被将近两千多个日夜洗刷殆尽。

上次居然是落荒而逃的。

师大。报到那一天,我跟马小莉朝着不同的方向走去。

她进了体育系。这对于把竞技事业当成生活中最重要的一部分的马小莉来说,是很幸福的。

我跟阿芳同时走进中文系教学楼。

不愧是中文系,几乎整座大楼都充斥着一种文学气息。那是一种不论天高海阔自是任我畅游的自在感。

我真想伸开双手跑到教学楼中间大喊一声,但是又觉得如果我真的那样做了,我很有可能被调侃为脑抽,搞不好第一天上学就直接"毕业"了。

所以我佯装镇定,一路上几乎目不斜视地跟着墙上的指向标寻找着自己的教室。

我跟阿芳说:"我们是一个班是吧?"

阿芳略显惊讶,说:"是啊,为什么问起这个?"

"啊,没什么。"

我是怕万一——我跟阿芳不是一个班的,阿芳走着走着就消失了,我也有可能消失。没有人在身边让我转移注意力,我一定会趴在大厅不想走的。

前面的画像是国内的著名大文豪鲁迅先生,旁边是国外的一位文学泰斗,想着想着我就有些神游天外。

"李教授,我是循着您的名望才把孩子送到师大的,您可一定要多多点拨啊!不求他以后能像您一样成为中国文学界的顶梁柱,至少能在您身上学习一些皮毛也是好的。"

"这位家长,您说的哪里话!教书育人本来就是我们的本分,您太抬举我了。"

我一边说着,一边双手抱拳朝面前的家长作了一个揖,但是丝毫没有打算弯下身子的意思。那时候我已经潜意识里接受了这个谦逊的女人对我的恭敬。

"啪!"后脑勺突然挨了一巴掌,把我那双作揖的手愣是打了下去。

阿芳看了我一眼,笑骂道:"傻做什么美梦呢?走了一路笑了一路。"

我的脸蛋儿腾地一下子红了个底朝天。我总不能说我刚才做了白日梦,并且梦见自己成为文学大家,被无数家长仰慕吧。那也太丢人了。

对于大学生涯而言,第一课永远是军训。

我们去报到的时候已经是九月天了,夏天已经接近了尾声,秋天的足迹已经踏进了我们的生活。

要怎么形容军训呢?

就像有人在很热的夏天或者阳光很足的秋天把自己的小孩

脱得光溜溜的放在屋外晒一样。用不上几天,那小娃娃一个个黑得像煤球似的,洗都洗不白。

我们就是那群娃娃。不同的是我们穿了遮羞的布,毕竟到了知道羞耻的年纪。

我一度非常担心我英俊的外表受到太阳的荼毒,还经常跟阿芳一起涂她从家里带来的防晒霜,虽然效果不是很明显,但是相比而言我黑得还不至于过于像煤球。

"你这防晒霜到底是不是真的啊,怎么觉得没什么效果呢?"

我一边往身上擦着黏糊糊的乳白色防晒霜,一边跟阿芳碎碎念。

阿芳抢过我手里的防晒霜瓶子,说:"没有用就不要用了!我还不想给你用呢,哼!"

"哎,不要这样子嘛!大家要一起分享啦!我们现在可是同一个战壕里的战友呢!"说完,我再次拿回防晒霜,继续涂。

说是防晒霜,其实就是国产的一种护肤品,乳白色小圆瓶看起来肉嘟嘟的,瓶上贴有一个深绿色商标——"中国制造,假冒必究"。我们把它叫作"雪花膏"。

那天我像以前一样跟阿芳抢着一瓶"雪花膏",马小莉突然出现了。

准确地说是马小莉班级的教官先出现了,然后马小莉出现了。

我从来没看过那么娇羞的她,从来没有。

作为跟马小莉近距离接触了那么多年的我来说,几乎可以从她的眼睛里看到她所有的小心思。

比如现在,她眼里的情绪,她脸上泛起的微红,还有她讲话时的小心翼翼,这所有现象都在说明马小莉的异常。

她恋爱了,或者说她有了喜欢的人——是那个教官,穿着一身军绿色军装的男人。

说实话,马小莉班级的军官长得英姿飒爽,外形上确实是属于会迷倒一大片小女生的大"黑脸"。

可是,明明应该替她高兴,为什么我会这么难过?就像是心里面有一个小孩子,躲在了一个不为人知的角落里面哭泣。

小时候,我很喜欢荣阿姨,可是后来荣阿姨调走了,跟着她那个当兵的男朋友。我偷偷恨过荣阿姨的男朋友很长时间,真的很长时间,要不是我也有个当兵的梦,我都有可能会恨他一辈子。

现在,这种被我遗忘了很久的情绪再次冲上头顶。所有支配情绪跟感官的大脑皮层细胞一片一片地兴奋然后一堆一堆死亡。

"喂,你傻了吗?"

"没有。"我挪开目光,我觉得他俩会让我的眼睛充血然后失明。

阿芳朝我刚才看的地方看了一眼,扑哧一声笑了。

"爱博,你是因为小莉喜欢她们班的教官而吃醋了吗?"

"吃什么醋?我为什么要吃醋?她跟我什么关系?真是的!"

"就是啊,她跟你什么关系?那你为什么还要这样?"

"我哪样了?"我嗓子突然亮了起来,把正在休息的教官吓了一跳。

教官拍拍屁股朝我们这边一溜小跑,道:"李爱博!你要是不想休息就出去!"

我那时候正在气头上,教官这一句训话就像加满了汽油的罐子碰到了带着火星的火柴,一下炸开了。

"走就走!"

离开操场之后不久,阿芳气喘吁吁地朝我跑了过来。

"你就是头小倔驴啊！这脾气是打算带进棺材里吗？"

"对啊！"我故意把阿芳的话顶回去。

"好啦，我知道你为什么心情不好。其实你不觉得作为朋友我们应该尊重彼此的选择吗？就像你喜欢文学，小莉从来没说过'爱博不要写东西了，跟我出去跑步吧'这样的话，你应该尊重小莉的选择。"

"可是……"我顿时语塞，忽然觉得我真的没有权力去干涉马小莉的私生活。

"朋友的定义并不是家人，也不是监护人。既然在民族师范学校三年里你没能打动或者说没能抱得美人归，就已经说明了你们之间并没有成为爱人的缘分。那就好好珍惜对方，做个好朋友不就好了嘛。"

"朋友之上，恋人未满。"

军训结束，阿芳陪我去看望了陈老师。我担心见到陈老师的时候会像以前一样控制不住自己的情绪，话没说上几句扭头就跑。

"我要是跑了，你就跟陈老师说我尿急。"

"你看你那点儿出息。"

阿芳对我的认尿表示深深的鄙视。但是我知道，她会记得我这个嘱咐的。

陈老师看起来比以前富态了一点儿，身材偏于饱满，但是并不会给人臃肿的感觉。原本清隽的神色现在看起来多了几分和蔼。相比于以前的精明干练，现在更像是邻居家刚生了宝宝的大姐姐。

我突然不知道该怎么开口，是聊过去还是敷衍地说"陈老师过得还好吗"。

小娃娃今年六岁，是个女孩，长得跟陈老师特别像，一双乌溜溜的大眼睛跟天上一眨一眨的星星似的。

"我叫阿宝,妈妈的宝宝。"小娃娃说话时一字一句,字音清晰,看来陈老师在她身上花了很多心思。

"陈老师,还在教学吗?"

说完,我就想抽我自己。陈老师刚下班回家,包还背在身上没取下来呢,我居然问出这种话,我都觉得我自己傻了。

"爱博,不要问了,我这几年过得并没有想象中的那么好。"

阿宝从椅子上跳了下去,跟阿芳一蹦一蹦地跳起了飞机格。

方方正正的格子里好像是陈老师不得不服从的生活,她逃不掉,也不想妥协。

38. 这干部

　　曾经听过一句话："没有逃过课的大学，就不算是真正意义上的大学。"至于是谁说的，时间久远，无从考证。

　　自从上了大学以后，我开始过上了"毫无意义"的大学生活，因为我一次课都没逃过。可能是我表现良好，我被全系团员一致选为中文系团委书记。

　　可不要以为团委书记这么好当，以为我没逃过一节课，加上小有名气，再加上人品就能被团员们一致认可了？

　　大错特错！

　　在师大中文系这个圈子里，小有名气的人不在少数，甚至大有名气的人也是不稀奇的。比如隔壁班的一个姓林的女生，是在省级文学杂志专栏中占得了一席之地的大人物。我在上民族师范学校的时候就经常能看到她发表的文章，并且自己还做了很多摘要去借鉴。这么说吧，说她是我的老师都不过分。

　　只不过见了偶像的时候那种心情真不是闹着玩的。就像我，我一见到那位心目中的大姐大就会心跳加速，有一种随时可能

193

"挂掉"的冲动!

为了自身安全,也为了保持自己身为男人的尊严,每一次路过她们班教室,我都会拉着阿芳陪同。

"看你那个贼眉鼠眼的样子!"阿芳给我换了一个新的形容词。

"你不懂。"我说,"这是我见到自己的偶像,并且还是还活着的偶像的感情,是很崇高的。"

"没看出来,就看到你很猥琐了。"

"什么叫猥琐,那叫谦虚!"

"你都谦虚到桌子底下去了,还谦虚呢?真不知道你要是骄傲一点儿会是什么样?"

"好了好了,停止这个话题,我们来说点别的吧。"

"别的?说什么?"阿芳喝了一口从门口小卖部买的冰镇汽水,问。

"咱们谈谈面貌吧。"

"面貌?我这么好看还用谈吗?也就谈谈你还可以,你看你现在这个样子,都快成神经病了。"

"去去去,别闹。我说的是政治面貌。没记错的话,您老至今还是团员吧,我亲爱的团员小姑娘。"

一提这事,阿芳一下子没了电,不跟我喊了,也不顶嘴了,小手指在胸前一点一点地开始萌起来,"我本来就是小姑娘,团组织有什么不好吗?"

"倒不是说团员不好,反正我是认为只要是祖国的一分子,让我当公民我都可以乐得屁颠儿屁颠儿的。"

"那就好了,政治面貌没什么可谈的,下一话题。"

阿芳又开始转移话题了。这丫头就这样,凡是自己不愿意提及的话题,全部一笔带过,能不碰就不碰,最好今晚回家睡一觉忘了才好呢。

可是这毕竟是逃避,总不可能真的解决。逃避永远都只是逃避,总有一天要面对的。

就像现在,以阿芳的才能,在普通团员中是有些屈才的,但是为什么我已经入党了,她依然是普通团员呢?因为这丫头害羞,她有点儿不敢递交自己的入党申请书。

"阿芳,其实你早就可以去递交入党申请书了。"

"可是……"阿芳还是有些没底气。

"没什么可是的。入党是对自己的一种鞭策和认可,如果你连自己都无法认可的话,那以后还要怎么认可别人。"

"我……"阿芳还想说什么,我赶紧抢了她的话说:"你别'我'什么了,我就替你决定了,下周正好有一个入党申请递交的机会,抓住啊!"

"哦。"阿芳终于愿意答应了。看样子她确实需要一个人来替她做出什么决定,而且还是那种有可能关乎她一生的重大决定。

从周一刚开始我就觉得阿芳在躲着我,下课也不等我了,放学更是急急忙忙收拾一下就跑,好像有什么事情要避开我似的。

这小妮子肯定又想把递交入党申请的事情避过去,我怎么会让她这么顺利得逞?盯准她放学要走的路线,我从旁边抄了条近路,迂回到了她前面,然后就是一个瓮中捉鳖。

于是我们用写作业的时间写出了一份声情并茂的入党申请书,并在第二天交给了系党支部书记。

第五周后,班团支部举行团干部选举。

老师给每个人发了一张小卡片,上面写着职位、姓名两个栏目。之后老师又在黑板上写上了班级需要的职位以及整个中文系需要的职位。

"同学们,这次的选举呢,其实有两方面内容。第一自然就是选举自己班里值得信赖的团支部干部,另外就是民选系团委干部。我们这次在班团支部里的选举中将会选出一名团代表,然后这名团代表会代表我们班团支部参加系团委干部选举,大家明白了吧。"

"明白了。"几十张嘴从来没有这么默契地异口同声,声势可以用"浩大"来形容。

"阿芳,阿芳,快跟我说说话,我紧张。"

台下有近千张面孔,陌生的、熟悉的,还有特别熟悉的!胡伯伯今天居然也来了,而且就坐在我们系主任黄教授身边,有说有笑的,看起来很是惬意。但是惬意的时候能不能不要总是指着我,我紧张,我真的紧张。完全没有开玩笑,虽然我也见过很多的大场面,但是我就是紧张,无法控制的那种。

"喂,你可是主角,能不能不要这么羞涩?我们亲爱的团支部书记,亲爱的党员同学。"

是的,上次很隆重的选举不仅把我扔上了班团支部书记代表队,还很荣幸地进入了系团委干部选举名单。就在前天,系里举行团委干部大选,每个班团支部的代表轮番上台发表演讲,我当时觉得自己实在是没什么可说的,于是就把我以前在《中华少年》杂志写专栏的时候积攒的一些关于大学生就业创业的东西组织了一下说了出去,莫名其妙地获得雷鸣般的掌声。

我真的是有些迷糊,因为紧张,说话的时候很是僵硬,并没有任何肢体上的表达和有活力的带动,所以我压根儿就没想过这次会选上什么系团委书记。而且我当时认为阿芳说得要比我好得多,甚至已经做了准备:如果阿芳当上了团委书记就让她请客吃饭。

然而,世上有句话叫作,人算不如天算,天算不如不算。算来算去,都不知道接下来的剧情会是什么样的。

当我知道自己被选为中文系团委书记的时候,我还觉得一定是搞错了。一直到现在,我马上就要站到几千人的大会场上发表自己的演讲了,我才算是缓过神来。

阿芳一边安慰我一边背她自己的演讲稿,卓越的组织能力跟精明强干的办事风格让阿芳稳坐组织委员这把交椅。幸好以后还是跟她一起工作,要不然我还真有点手足无措。没有什么是比工作伙伴是最了解自己的朋友更幸福的了。

系团委书记任职文件下发之后,我需要把我自己在班上跟在团员大会上吹过的牛付诸实际行动,要在最短的时间内让中文系赚点外快。

于是我们的文学社成立了。我把它命名为"一鸣",寓意一鸣惊人。

文学社有了,那出版刊物《一鸣》当然紧跟其后。我在学校招募了一大批热爱青春文学写作的同学,作为《一鸣》的专业写手,然后以商业化的形式跟每一位同学讲好了他们各自要负责的版面。当然,他们要写的东西都是自己最擅长的。

"一鸣"文学社刚刚开始招募写手的时候,最让我惊讶的就是那个曾经我很崇拜且现在依然很崇拜的大作家居然也来我的"一鸣"文学社填写了入社申请。

我很好奇,再加上工作一忙我的整个神经都是紧绷的,也就顾不得什么崇拜不崇拜、激动不激动了。我拿起"偶像"的入社申请说:"那个……我要是没记错的话,同学应该经常在我们省著名文学杂志社发表文章,并且还有自己的专栏吧?!"

"是的。""偶像"对此还是很坦诚的。

"我能冒昧地问一下你为什么要参加我们的'一鸣'文学社吗?"

"为了一鸣惊人啊!""偶像"原地转了个身,半蓬松的裙子被转成一朵含苞欲放的郁金香，"有的事情需要神秘感，都说出来就没什么意思了。"

39. 诗集《远方》

一九二一年五月的《新青年》第九卷第一号的文章中有一篇伟作,那就是鲁迅先生的《故乡》。我很喜欢,也很……怎么说呢,也很尊敬。在师大图书馆文献里读到的时候,我第一次知道故乡对于自己的意义。也是我第一次,这么深深地从未有过地思念着我的故乡,思念着那个虽然偏远,却有着我许多悲欢记忆的地方。

诗集《远方》是我真正意义上的第一部诗集,也是第一部公开出版发行的作品。诗集《远方》抒发了我对家乡的思念和眷恋,以及我对远方的一种憧憬。

这部诗集就像是我的孩子,虽然我也是个孩子,一个大孩子,但是我在写这些诗歌的时候找到了一种作为老爸的感觉。我会对自己的孩子宠爱甚至是溺爱,想把一切华丽的词藻全部用来修饰她。

不管是作为头发的起始,还是作为腰身的中段,甚至是作为脚趾的结尾,我都倾注了全部的心血。所以即便她并不完美,我也不允许有人来对她指手画脚。

诗集发行的那一天，客家出版社邀请我去一些城市签售，但是我拒绝了。倒不是因为学校课多或者家里有事情抽不开身，而是因为我不想看到我那么多的孩子，一个个被我写上名字之后再一个一个被人带走。

人家都说嫁闺女的时候是老爸一生中最难过的时候，而我不仅是嫁闺女那么简单，我嫁出去的，那是能当儿子又能当闺女的生命体，是我身体的一部分。我没有办法眼睁睁地看着它们从我眼前消失。

后来我用一张纸写了自己的名字，然后交给出版社。

"这是什么意思？"责任编辑在第五次来找我去签售未果后，得到了那张写着狂草式"李爱博"的纸条。

"编辑叔叔，你不用再来了。就算是你住在我们学校，我也不会去签售的。"

"可是你要是不去，我们的宣传怎么办？我的工作怎么办？"

"办法不就在你手上了吗？"

责任编辑拿起手里的纸条，说："这算是什么办法！爱博啊，算我求你了还不行吗，你就去吧！不就是个签售嘛，又不是上刑场，咱去了签几个还能赚点外快，何乐而不为呢？"

"我不会去的！我的意思也很明确。至于你手里那张纸条，我建议你可以拿去跟着诗集一起印出来，印在第几页随你们心情，这样每一本不就都有我的签名了吗？想要多少就印多少。"

"可是这毕竟不是你自己亲手写上去的啊。"

"怎么不是我亲手写的，这笔还没放下呢。"我晃了晃手里的签字笔，"编辑叔叔，我还要上课，我们就谈到这里好吧？谢谢客家出版社对我的支持。"

我站起身鞠了一个九十度的躬，给了责任编辑足够的面子，撒腿朝教室跑去……

　　上课的时候,我满脑子都是我的作品被印刷成图书的事,我已很久未见我已经离开过的远方。

　　"'远方'曾经是一个婴儿,我只能隐约见到她外在的轮廓,我并不确定她长大以后会是什么样子。我只知道,她很美。"

　　"那你知不知道,你也很美?"

　　"去去去,别闹。"阿芳不知道什么时候坐到了我身边儿拿起客家出版社发过来的样书,读了几句。

　　"真的,我是说,你真的很美。"我把样书从阿芳的脸上扒下来说。

　　"哈哈,是吗? 谢谢,可能是最近跟你在一起时间太长了,我也觉得我有点像一种萝卜。"

　　"萝卜? 什么萝卜?"

　　"心里美啊! "阿芳说完哈哈大笑起来。

　　是啊,她说得一点儿也没有错。看着自己的心血凝成的结晶,变成一个个肉眼可见的白纸黑字,被很多人传诵,确实很美。

　　我的诗集出版发行之后,师大专门召开了一次规模隆重的学校集会。巨大的横幅贯穿整个会场。每个人的脸上都是生动灵活的表情,有奇怪的,有疑惑的,有难以置信的,更有愤怒的,而且愤怒的表情占据优势。为了不耽误上课,大会选在了周末,这就导致很多人的周末外出、约会计划被腰斩,他们怎么可能不生气!

　　我真的不知道学校是想给我庆祝,还是想让我成为全校公敌,把我竖立在全校愤怒的学生面前,我怎么还会有好果子吃?

　　"咳咳……嗡……"会场四周巨大的音响里传来梁校长调试音质的咳嗽声跟音箱附和似的喘息声。

　　"同学们请安静……"

　　轰隆隆的嘈杂声只是稍稍降低了一个分贝,算是给梁校长一个面子。

"同学们应该知道学校召开这次大会的目的了。我呢,也就不多啰唆,首先自然是要祝贺我校中文系高材生李爱博同学的诗集首发顺利……"说完梁校长带头拍起了巴掌,紧接着台下就是稀稀拉拉的掌声,我无比尴尬的气氛中站起来,朝同学们深深一鞠躬。

忽然,体育系阵营中传来了一声爆喝"好!"那是个女孩子的声音,但是发音过于爆破,女生特有的音色中还夹杂着男人身体里都很缺乏的冲击力。马小莉果然不愧是我曾经的"哥们儿",关键时候就是能起到一个意想不到的作用。于是体育系阵营中掌声开始热烈起来。

紧接着,中文系这边又发出了一声跟马小莉差不多的喝彩声,只不过这边的声音明显就是一个弱女子,她的声音很尖细。阿芳可能怕自己表现得不够引得起大家的注意,喝过彩之后干脆站起身来用力为我鼓掌。

人总是有一种群居动物的向头性,是那种好像一群羚羊在草原上奔跑,忽然领头羊转了个弯,后边的羊也不管什么原因,立马跟着转头朝别处跑。

于是,我看到了整个会场陷入了瞬间沉寂之后,接着便是如同一股巨浪一般的掌声,这股巨浪一波接着一波,好像我一个站不稳就会被这滔天巨浪给掀翻。

"好啦好啦,同学们。"梁校长适时站出来制止了朝着骚动发展而去的会场动向,继续说道,"同学们,我们今天这个大会的内容不只有祝贺这么简单的一件事啊,重要的自然要用来压轴。好,现在让我们继续以热烈的掌声欢迎今天光临我校的省作家协会三位领导……"

说完,梁校长好像立马变了个人似的,刚才那种病恹恹的

"鼓掌"也没了,整个人就跟打了鸡血似的,一蹦一跳地冲向人家的怀里去。

然而三位省作家协会的领导似乎不怎么买梁校长的账,只是简单握了个手后就直接朝我走了过来。

"你是李爱博吧?"一个长得很斯文的高高瘦瘦的男人拉起我的手说。

这个人给人的第一印象很特别,感觉他不像是很喜欢写文字的人,他穿衣风格是那种正流行的嘻哈风,宽宽的牛仔裤,袖筒松开成喇叭状的衬衫,有些应付场面的意思,虽然从他的眼睛里可以看出来他还是很欣赏我的。

我点了点头,说:"是的。"

他说:"我是省作家协会主席,我也姓李,果然咱们老李家就是会出文人啊,哈哈哈……"这个男人还有一种很不一般的亲和力。

我笑了笑,说:"可能是吧!"

李主席拍了拍我的肩膀,停住了笑声,"爱博,其实今天我来这里的目的就是为了邀请你加入省作家协会,希望你不要拒绝啊!我可是听说你把客家出版社签售活动都给拒绝了。你可是出了名的有个性啊,还真是让我对这次邀请捏一把汗呢!"

我有些尴尬,总不能当着人家面说送自己孩子出嫁我不忍心吧,那也显得过于矫情了。我说:"我只是觉得我还年轻,那样的场面对我以后的发展也许会有影响,所以……"

"所以你就给拒绝了?你知不知道那个责任编辑是谁?你知不知道客家出版社的社长是谁?"李主席这一番话还真给我问住了。我把诗集寄给出版社的时候只是看重了那家出版社的口碑,还真没仔细研究过社长什么的。

"我……"我不知道该怎么回答。

"哈哈,臭小子,客家出版社是我们省作家协会旗下的'生产商'!"

"啊?"他们不会是来找我算账的吧,因为我没去参加签售影响销量了?

"哎!你别怕,我们不是打着邀请你的名义来找你签售的。"

听到这句话,我松了口气。

"我们是真心希望你能加入省作家协会,这么年轻就有如此才华。这样的人才,我们不想错过。"

就在我考虑的时候,我看到梁校长在李主席身后一个劲儿朝我挤眼睛,我没忍住,扑哧一声笑了,说:"好的。"

40. 乌龙

师大的生活在每天匆匆忙忙来回奔走的脚步中一点点变得充盈。

还没来得及跟学弟学妹们打个招呼，没来得及在《远方》诗集出版发行之后再继续写其他的东西，师大的学业眼看就要接近尾声了。

学校的实习安排紧锣密鼓地进行。在此期间，很多人都会感到紧张，一些人刚开始没有这种感觉，渐渐被影响，这可能是一个不可避免的常态，我也没有例外。

实习工作安排的时候，我被派往省第一高级中学，成为实习组组长。

我们这一组的分配还是比较均匀的，语文、数学、英语、外加理化生体艺各科的都有。相对来说，我这个擅长语文的人在这一组里算是个弱势个体。

"我可警告你们，大爷虽然是个偏文科的，但是我也是有练过少林武术太极跆拳道的。想当初在嵩山的时候那个方丈都想拜我为师学习武术精髓,但是那时候咱还小,还要秉承尊老爱幼的第一条'尊老',所以我拒绝了老方丈,他还因此伤心了好长一段时间,人都瘦了十几斤呢!"

我们在去往省第一高级中学的大巴车上唱过了以前学过的所有红歌之后,开始插科打诨。

"爱博,你就吹啊,你就吹,你看天上,那飞起来的牛都不能按头算了,那得按堆算!"阿芳坐在我身边笑骂道。

我摆了摆手,假模假样地憋着笑说:"唉!这你可就错了!我这可不是吹牛,我这是为了以后更加长远的战斗积蓄必不可少的力量,是不是呀,同学们?"

车厢里的同学们开怀大笑。

我们这一路来从来就不缺乏笑声,就像通往幸福的大道之上向来不缺少鲜花的衬托。大片大片金灿灿的油菜花在风中扭动腰身,像是迎风而舞的仙子。她们穿着金黄色的纱裙,一举手一投足间都洋溢着季节的味道。

阿芳特意挑了一个靠近窗子的位置,她将车窗打开,长长的马尾辫,被风轻轻地抚摸,那一缕一缕的青丝随着车子的颠簸一跳一跳的,像极了她生动的灵魂。

一时间我竟然看得有些呆住。

细碎的风擦过阿芳耳边,几缕碎发被吹得凌乱,阿芳抬手把碎发拢在耳后,我突然有种第一次见到阿芳的感觉。那是一种陌生的熟悉,如同我曾经见过但是并不曾了解过的人。

这样的女人会被年轻气盛的小伙子们喜欢,我认为是理所应当。

我们被省第一高级中学的校长交给教导主任。教导主任又把我们介绍到各班班主任。班主任们看着青涩的我们一脸无奈。

高中是一个很尴尬的阶段。高一摆脱了初三的初出茅庐,高二要迎接高三的牛刀小试，而高三就像是在所有人身后开了辆"解放牌"铲土机，逼着所有人不得不妥协，不得不坚强，甚至是变态地坚持下来。

就像我们现在面对的这个班级。按成绩来说，我们实习的班级并不是以学习成绩好著称的尖子班。不仅如此，相反，这个班还是出了名的问题班。有点像我初中时候的县二中，而且有过之而无不及。

第一天上课，我就面临着巨大的问题。本来就不擅长做自我介绍的我，居然很大声地说出了自己的名字。不是我突然开了窍了，而是就算吼，台下都会把我的声音淹没。

"喂，小李老师，听说你是大作家？在哪个家坐着啊？哈哈哈……"一个女生搓着指甲突然尖着嗓子说了这么一句。整个班顿时安静了，就在我想趁着这个短暂的机会立一下威时，瞬间陷入哄堂大笑。

我突然觉得这些年龄不比我小多少的孩子们是这样令人厌恶。

"……要不是我控制得好，我老早就一摔桌子扭头走了。"我气呼呼地坐在实习教师办公室里跟同学们说着我的遭遇，同学们听得心惊肉跳，隔壁的老师们则笑嘻嘻的。

这些幸灾乐祸的老师们跟那些学生比，也不会好到哪里去。不，也许他们比那些学生更让人头疼。

人说"师者，榜样也"。如果不是因为眼前的这些道貌岸然的家伙，那些刚刚脱离了稚气的孩子怎么就会如此市侩？对他们的态度我只能是嗤之以鼻。

听过我的遭遇后，下一个要去教数学的阿芳（中文系女生客串数学老师）显得有些紧张，手里的尺子拿反了都没注意到。

阿芳虽然胆大心细，但毕竟是女生，我怕她出什么意外，便在她去上课的五六分钟之后偷偷趴到了那个班级外。

班里很安静,安静得吓人,真的很吓人。我在没听到任何响声之后的一分钟之内,一种很不好的预感腾地一下冲进大脑。

"阿芳!"我突然大喝一声冲进班里。

我似乎看到了被全班调皮的学生们绑得严严实实的阿芳在喊"救命",可是嘴巴上贴了胶带,她喊不出声音。然而,事实是我看到被阿芳驯得服服帖帖的调皮的孩子们。

大家安安静静地做着阿芳早就准备好的数学测试卷,一副大难临头的表情。而在这样的环境中,我的一声暴喝如同马戏团里突然出现在驯狮表演中的猴子,别说那些娃崽子们控制不住笑得稀里哗啦,连我自己都忍不住脸一红,赶紧躲了出去。

那个乌龙,我以为只存在我幻想之中的事情竟然会真实地出现在了现实之中,出现在我的眼前,就出现在几个月后的下午。

我们来这里实习已经满三个月,离学校规定的一个学期虽然还有段时间,但也算是对我们每天都接触的环境有了一些了解。

我们组里唯一的一个女生阿芳,最近桃花运开始泛滥。平时时不时地接到神秘男子嘘寒问暖的电话不说,每天早上桌子上变着花样出现的极佳的美味让我们这些大老爷们儿都眼红了。

"阿芳……"我拿起阿芳桌子上的麻通,眼神暧昧地看着她,"说吧,大家都是自己人,有了新欢也应该公布一下嘛!大家又不是小孩子了,是不是?"

"你知道什么!"阿芳劈手夺过我手里的麻通,利索地收进装早餐的袋子里,然后抬手一个完美的抛物线,把早餐袋子喂给了垃圾桶!

"唉!不吃也不要浪费嘛!小时候老师没教过你'谁知盘中

餐,粒粒皆辛苦'吗?"

"这些日子的早餐跟神秘电话都是班里一个男生的杰作,我快被他折磨疯了,你知道吗?"阿芳一脸痛苦,似乎看到了什么令她毛骨悚然的画面。

就在那天下午,我们真的毛骨悚然了一回。阿芳不见了。平时上完课之后一定会出现在实习教师办公室里的阿芳,这次并没有回来。

"是不是临时有事出去了?"组里的同学说。就算有事,阿芳也一定会留下个纸条什么的,这么让人担心,绝对不是阿芳的做派。

就在大家像热锅上的蚂蚁急得团团转的时候,班里的一个学生气喘吁吁地跑到了我面前。

"李老师!不好了!小李老师被吴同学给绑架了,你快去看看吧!"

那一瞬间我从头皮麻到脚底,整颗心都悬了起来。

到了现场时,我们看到了这样的一幕:阿芳被绑在椅子上,吴同学跪躺在地上哭得撕心裂肺。

"为什么不能接受我! 为什么? 李淑芳,我告诉你,你今天要是不同意,我就死在你面前!"

"你死好了!"就在吴同学发着毒誓向阿芳表决心时,我赶到了。

那时候我不知道该说些什么,我只是一门心思想救两个人,这时候最好的办法就是划定阿芳的归属权。

吴同学最终被学校开除。走的时候吴同学抱了抱我,说:"李老师,希望你能照顾好李淑芳老师和你们的孩子。"

我笑得一阵尴尬,说:"嗯,我知道。"

那天为了救下阿芳,我跟吴同学说,我跟阿芳已经订了婚,而且阿芳已经怀了我的孩子。吴同学终于死心，一步一步失魂落魄地走出了教室。

惊险的事情已经发生，并且我作为师大派驻省第一高级中学实习组组长，居然没能在事件发生之前及时预判，自然要负领导责任。在其位却未能司其责，最后我对学校给我的处分没有丝毫怨言。于是我被分配回县里唯一的瑶族乡——西山瑶族乡，在龙湖希望小学做一名普通的语文老师。

阿芳本来可以在毕业之后继续等待学校的分配，由于受不了同学跟老师那种异样的眼光，最终放弃等待分配，一个人孤身南下广东，在一所私立高中里做起了数学老师。虽然生活清苦，但是也算活得自在。

41. 阿秋

古时候在女孩子的教育问题上,有一种思想很封建,但是却流传甚广。"女子无才便是德",这古老的观念被某些女孩子当成了不想学习、不爱学习的借口。

到底是你的教育观念让你如此认为,还是因为你如此认为,才要拿你的教育观念当作借口?对于这件事情,阿秋,肯定是后者。

阿秋是谁?阿秋是我在龙湖村"两委"(支部委员会、村民委员会)欢迎新老师的时候认识的书记、主任一肩挑的赵远方的独生女。

阿秋是什么样的女子?

阿秋是可以把所有的理性东西瞬间变成感性的女子。

阿秋喜欢什么,不喜欢什么?

阿秋喜欢玩,不喜欢学习。刚刚初中毕业,未满十六岁但已完成了九年义务教育的她便辍学回家。倒不是说阿秋家里条件怎么怎么不好啊,阿秋家里除了赵远方这个一心扑在群众身上的老爸以外,还有个年迈的奶奶。阿秋不去上学的原因再简单不过,因为这丫头从小性子就野,就像一位不理朝政的皇帝,成绩不好。

阿秋成绩不好是因为她笨吗?不,阿秋不仅漂亮,还聪明得很,一般人绝对奈何她不得。她只是真的不喜欢学习。所以,阿秋究竟是个什么样的人?

"我只能说阿秋是个标准的女孩……"

"……你怎么知道她是什么样的女孩?"

"……她有什么心思又怎么样?我又不能去教育教育一下……"

"……你怎么能这么消极呢?作为一名老师,你要把事情看得阳光一点!"

我跟经常通信的笔友雪儿一起调侃。

随着年龄的增长,我们认识和知道的事情越来越多,而很大一部分是在跟朋友面对面之时无法启齿的。这些不能够"启齿"的话,我就与从未谋面的笔友用文字交流,常常长篇大论,侃侃而谈。

我刚被分到龙湖希望小学的时候,刚好赶上三年级语文老师兼班主任回家生孩子,于是我被安排到了三年级去做语文老师兼班主任。

龙湖村算是一个相对来说比较偏僻的山区。整个村子占地很小,人口也并不很多,都是瑶族,所以每个年级只有一个班是很正常的,每个年级只有十几个学生也是很正常的。我就是用这种想法来安慰自己的。

实习的时候是在省第一高级中学。那里每个年级大概有十二到十五个班,每个班五十人左右。

我突然有一种从天堂掉进了一个大坑的感觉,有好一阵儿没有反应过来。

　　说起来，跟阿秋认识是在上一次迎接新老师的宴会上，可要说真的开始熟悉起来，还得说是在学校里。阿秋的表妹小雨，是我班里的学生。

　　跟阿秋不同，小雨是个很爱学习但是却不怎么聪明的女生。她学习明明很努力，可数学成绩就是上不去！看着就让人着急。无奈我一个教语文的，不得不经常找小雨的家长谈话。

　　起初小雨的老爸老妈还会来学校跟我聊聊小雨情况的，到了后来，估计这两位家长被我叫得烦了，干脆一不做二不休，换人去！那换谁呢？关于这事，听说小雨家里还开了个家庭扩大会议，什么远亲近邻、七大姑八大姨、姥姥姥爷全都被列入与会名单，而且据说小雨家这次开的会跟平时村"两委"召集党员、群众的大会规模差不多。想想也真是壮观！甚至还吸引了未被邀请只是纯粹想去凑个热闹的村民若干。

　　那时候正赶上农忙的时日，哪家的大人都没空因为个孩子耽误收成，于是乎，这个伟大而艰巨的任务，便顺理成章地落在了代替老爸去参加扩大会议的阿秋的肩膀上。

　　在那之后，每次我看到阿秋，我都会觉得她的肩膀上似乎挑着跟她体型差不多的小雨，然后从心里对阿秋生出一种很特别的感情。

　　"小李老师，你说吧！小雨又惹啥事了，怎么个收拾法？"

　　我没忍住，扑哧一声笑了。

　　阿秋自己还是个孩子，却在我这里努力装成一个大人。

　　"你不要紧张。小雨表现一直都很好，我们今天不聊小雨。"

　　阿秋似乎松了口气，可马上转念一想又觉得不对，连忙说道："小李老师，你这次把我大老远叫来就是为了聊家常？"

　　"当然不是，如果你们真要是对小雨有意见就直说好吧！"

　　"我们怎么会有意见？"阿秋翻了我一眼，"其实我就不明白

213

了,你们老师是不是都那么变态啊！啊？你说,孩子努力学习了,虽然成绩不好,但是至少她听话,她乖巧啊,那你就给家长们省点时间不行吗？天天这里有事那里有事的,动不动就折腾家里一次,好玩是吧？"

看得出来,阿秋对于我每次请小雨的家长这件事情有意见,特别是对我这一次将她叫过来有非常大的意见。

鬓角间的长发下有几道浅浅的痕迹,是睡觉时挨着枕头被压出来的纹路,看来我叫阿秋过来的时候,她正在睡觉！

"梦到什么啦？"我突然切换了话题,把阿秋问了一愣,紧接着那张笑脸腾地一下子红了半边天！

看表情应该是做了什么梦了,怪不得看见我就发脾气。

就像是偶然间买了一张彩票,偶然间中了奖,就在她高兴得手舞足蹈笑得都合不拢嘴的时候,我突然拍拍她的脑门,喊了句:"快起来,来学校一趟！"想到这里我都觉得自己可恨！

阿秋脸红了好一阵子,说:"我梦到我捡到了一张百元大钞,然后买了几十斤猪肉回来准备包饺子吃……"

"然后就被我叫到学校来了？"

"是的。"阿秋的俏脸一黑,直接转过身扭过头去不再看我。

"放心吧！我不会让你白跑这一趟的,吃肉去！"我看了看时间,又对了一遍课程。下午没课,我有充足的时间可以出去好好休息一下。

"真的？"阿秋一听说有肉吃,两只眼睛放光。

"……是,是的。"我不禁担心自己会不会被这小丫头片子吃破产！

我们去了村里唯一的一家火锅店,点了很多美食。

浓汤冒着带着浓郁香气的泡泡,咕嘟咕嘟翻出漂亮的水花。肉片在水花里翻腾浮没,像是一朵朵开在滚烫的青春的小花。曾经那样鲜明纯粹的个性,最终被年代跟岁月的洪潮变成了浅淡的无所谓。被学校领导批判——无所谓,被喜欢的女生无视——无所谓,被别人喜欢并且拒绝——无所谓……最终我们都会因为现实的风浪而变成不再惧怕灼伤、刀枪不进的个体。不是因为习惯了,免疫了,而是那颗原本热烈跳动的心已经完完全全地死透了。仅此而已。

阿秋吃得满头大汗,白玉般的额头上沁出一滴滴细珠,但是手上的动作还是没有停下来了,两个腮帮子被塞成鼓鼓的两个圆球,似乎连呼吸都很吃力。

"又没人跟你抢!慢点吃!"

我递了张纸巾给她说。

"你知道什么啊,切……"

阿秋又塞了一大块肉进嘴巴,说得有些模模糊糊:"你们这些城里的人啊,从来都不知道半个多月吃不到荤腥是什么样的感觉!"

"你就直接说你是馋了不就好了?"

"谁馋了,我这只是怕我忘了肉是什么味,万一以后别人问起了我连说都不知道怎么说!"阿秋突然放下筷子转身跑开了。

我看着她的夺门而出仓皇而逃的背影,嘴角一抿。是不是应该告诉她,这样的洒脱、自然、纯真,在这样纷杂的社会中是不会得到什么好处的。

之后再因为成绩的问题找小雨家长的时候,阿秋很自然地会冲在第一个赶到学校,然后气喘吁吁却还要强装镇定地问我:"叫我来干什么?我家小雨是不乖了吗?想见我就直说嘛!"

我竟然不知道该怎么回答,毕竟她是个心高气傲的小姑娘,如果我老实说我只是因为小雨的成绩下滑才请的家长,她会不会很伤心呢?我觉得她可能会在背地里给我扎小人。

42. 教师节

别看这个龙湖希望小学的规模小了点,可学校该给老师的福利待遇和节假日一次都没有少过。就像教师节。

这是我第一次以一个老师的身份过属于自己的节日。

以前教师节,首先想的就是要给老师送什么,送实用的? 不能太便宜,要不然老师会不高兴;不能太贵,要不然老爸老妈会不高兴。于是每一个教师节都是一场体力与智力的奋力厮杀! 体力获胜买贵的,老爸老妈怪罪下来撒欢逃命去;智力获胜买便宜的,老师怪罪下来可能得额外完成一份试卷,虽然我一次都没及格过。

第一次成为一个教师节的主角,我感觉到有些欢喜和意外,不过除了新鲜感以外更多的是一些意外的小感触。

如果我很爱我的学生,就算他们不送我任何礼物,我也会很开心,只要他们健康、快乐,然后见到我的时候能跟我说一句"老师好!",此生足矣。

"老师好,教师节快乐,这是我采的花。"

"老师好,教师节快乐,这是我妈妈早上煮的鸡蛋。"

"老师好,教师节快乐,这是阿秋姐姐昨天晚上蒸的花馍馍,送给老师……"

小雨把样式很奇怪的白面馍馍递到我手上,憋着笑跑开了,在下一个转角我看不见她的地方,一阵大笑带着一股子罡风砸在我的脸上。

"这是什么?"我把手里的花馍馍放到鼻子下闻了闻,又抛起来掂量了一下,好家伙,要不是小雨提前跟我说这东西是花馍馍,我都有可能把它当成武器了。

不过话说回来,馍一般都是拿来吃的,这玩意儿要是也能叫作馍馍,估计我的牙都可以叫作豆腐。

可是小雨已经送给我了,不管是经过阿秋的授意还是小雨自己做主,这都是一个礼物。扔掉的话,就太让人伤心了,然后我把那个"面粉防狼武器"揣进口袋里,真得想个办法解决一下。

晚上,村"两委"为所有在龙湖希望小学任教的老师们举办了一场别开生面的教师节庆祝活动。活动很热闹,在这个总人口不超过三位数的小村子里,其热闹程度甚至不次于过年。

活动的地点是村子东头的一处大晒麦场,家家户户都从自家拿来了美味干净的食材。孩子们分成两伙儿,一伙儿是男孩子们,另一伙儿是女孩子们。男孩子兴头足、胆子大又有力气,负责生篝火、劈砍木柴;女孩子们心细、爱干净,又有好多早当家的娃子能做得一手好菜,负责煮饭烧菜。

毕竟这样子的活动是很少的,大家都撒开了去玩,一副其乐融融的样子。

面对面的人互相看着对方的脸,脸被火焰烤成红彤彤的光照映着,嘴角边还有刚刚才从火架子上拿下来的烧烤味的油渍。看到这里,他们不免捧腹大笑。幸福的时光,不过是此时此刻的两眼相望。

　　就如同我们在县民族中学毕业后，相隔了七年，居然在这个陌生的小村子里再次见面。

　　文武跟七年前相比黑了许多，也精壮了许多。不愧是省人民武装学校毕业的高材生，举手投足之间都透着军人的英姿飒爽和钢铁坚强。

　　那年我们自县民族中学毕业后，文武便一个人选择了报考省人民武装学校的道路。

　　一个人的路是孤独的，也是坎坷的。看着文武讲述他从考试到进入省人民武装学校，再到摸爬滚打闯出点名堂时脸上酸涩的笑容就能知道，这些年他吃的苦要比我们多太多。

　　皇天不负苦心人，文武在省人民武装学校毕业后分配回老家西山瑶族乡武装部任干事。而现在，又正赶上老部长退休，上级宣布提拔文武担任副部长主持工作。

　　"爱博，其实有的时候做领导真的是特别容易衰老！怪不得我们原来五十多岁的老部长看起来像六十多岁呢，我现在也算是体会到了。你看你看，我头发都白了好几根了。"文武一边说着他"惨痛"的经历，一边把刚刚泛了白花的一根头发使劲朝我眼前送过来。

　　我装模作样地看了一眼他的头发，然后大惊小怪地一声惊呼："天哪！真的啊，你都老了。"

　　我心想，你老个头啊！在省人民武装学校那种"惨绝人寰"的环境中都没把你怎么样呢，你才坐了几天办公室就开始冒白毛了？

　　我又跟文武客套了几句闲话，忽然想起来了一件事：文武现在已是乡武装部主持工作的副部长，虽然大官算不上，但也算是一个能说得上话的老资历，那既然这样的话，是不是每年的征兵,他也可以说得上话?不用太多,三个字就足够。他只要征兵的时候能把我"李爱博"这三个字跟主要领导说一下就行。

"文武啊,你说咱俩也算是多年的老交情老同学了,哥们儿要是问你个事,你可不敢唬我哦!"

文武一听这话,直接直起身子一拍胸脯,道:"兄弟,你我还有啥信不着的? 有事尽管说,别管能不能帮得上啥大忙,只要是你的事情,那兄弟我肯定会尽力……"说着,打了个磕巴。

我就喜欢他这种一喝点酒啥实话都往外蹦的性格。

我又给他满上了一杯客家米酒,看着脸红扑扑的他把酒灌进肚里,说:"文武啊,其实也不是啥大事,就是想问问咱们乡里以后的征兵,你能不能帮哥们儿说上一句话啊。你看我家哈,从我爷爷那一辈开始就特喜欢这一身国防绿,只可惜历史原因耽误了。唉,就这一耽误,就直接耽误了两辈人啊。我老爸那一辈人就因为这个历史原因问题死活没当成那个兵,哪怕是个大头兵呢……"

"我听懂了。"文武打断我的话,一个大力就把我撂在地上,"不就是想去当兵嘛! 去。想去咱就去。保家卫国的事情不分成分,不分你我。我们伟大的中华人民共和国因为民主共和而共和,我们一心为了自己的国家繁荣富强而努力,而奉献自己最热血的青春……最热血的青春……下一句啥来着?"

"去到祖国最艰苦的边疆,去到祖国最需要我们的地方! 战斗吧,伟大的无产阶级人民群众,我们会代替太阳在明天的大地上熠熠发光!"

"对,就是这句!"

"我又不是来跟你对诗的。再说了,这首诗本来就是我上初中的时候写的。"

"初中? 初中你怎么会写出这样的文章?"

"文武,你忘了初三时我和小敏、阿平三人报名参军,最后我和小敏让给阿平去参军的事了吗? 因为那时候一心想要冲上前线保家卫国啊!"

"没忘,没忘。你特有理想,有抱负。但是你知不知道就你这首诗哈,我们教官让我们背了整整五天五夜,还得默写,错一个字罚写三十遍,这下可算找到正主了,大爷被你害惨了你知道吗?"

文武笑骂着把酒杯再次递到我面前,看着我把客家米酒倒满,再由他送进喉咙,"哈! 还是咱客家的米酒喝起来带劲!"

"哎,我说你别光顾着喝酒啊,哥们儿刚才跟你讲的正事你记住没啊?"

他这一爽我都有点急了,可别喝大了再把我这正事给忘了。

"哎呀,放心好啦。今年的冬季征兵,我一定会让你穿上军装。圆你军营梦,风风光光地在你老家里横七竖八逛上十来圈。"

"那我就提前谢谢兄弟啦。"说完我拿起那杯喝了十多次都没下去的一点点客家米酒一口灌了进去。

大概半个小时以后,不胜酒力的我渐渐不省人事。

我记得在我栽倒之前最后一句话还是跟文武说的:"一定要记得啊!"

有时候我也觉得自己把穿军装这事看得过于执着,可是没办法,谁让这是为年轻时候的老爸圆一个从军梦呢?我只是把梦想跟理想分开来实现。

理想中,我的追求是文字。在文字的编排与组合中找到属于我自己的表达方式,然后让全中国的人都能听到我的声音。

梦想中,我的追求是为老爸圆军人梦。在队伍的排列与整合中找到属于我年轻老爸的定点位置,然后让全世界的人都能看到军绿色。

第三部
军营男子汉
（1997—2000）

43. 参军入伍

冬季征兵的讯息传到龙湖这个偏僻的小山村的时候,时间正值隆冬季节的一个雪天,一个很美丽的雪天。

那场大雪是这个冬天的第四场雪。

雪很给面子,下了足足一个星期,但很快融化了,所以路上的积雪并不是很多。从门外传来叮叮当当像是拆迁一般敲门的声音,其间还伴随着大吼:"爱博,李爱博! 快给我开门,冻死我了! "

由于刚才隔着窗户,所以看得并不真切,这时候听声音觉得耳熟,好像在什么时候听到过,却怎么也想不起来了。

打开门,门口站着一个身穿墨绿色邮递员服装的年轻人。

"柱子哥? "

柱子哥是村里管广播的张大爷的孙子,我跟妹妹小的时候,他曾经是我们心目中的学问人,也是我从小到大都很尊敬的一个哥哥。其实就文凭来说,现在村子里不会有第二个比我高的了。即便如此,对于多年不曾见面的柱子哥,我的尊敬一点都不少。

在我家还是村子里最穷的一户时，除了因为我长得好看才跟我一起玩的四个女孩子外，柱子哥是真正从心里把我当弟弟的，别看他平时很不羁，可真碰到什么事，他绝对是能让人有安全感的人。

"知道是我啦？大名人！"

柱子哥嫌弃地把我推开之后很随意地走进房间，就像这儿是他家里一样。他脱下帽子掸了掸，把一个信封扔到刚把门关好一脸傻笑的我的怀里。

信封很薄，里面的东西应该不是很多。

"这是什么？"我问。

"打开看看就知道了。真不知道是你小子命好还是老天爷开眼了！哈哈哈……"

我把信封打开，把里面的一张薄纸抽出来。我有的时候觉得自己是个很奇怪的人，一般人碰到很好奇的事情一定很着急，而我却出奇的平静，甚至有些磨磨蹭蹭，这倒是把柱子哥给急坏了。"怎么几年不见，你小子变得这么磨唧了？赶紧的啊！"

我的预感果然没有问题，信封里面的内容还真的就只有那么一张薄薄的纸。纸张虽然单薄，承载的分量却一点儿都不轻。那五个加粗的宋体大字"入伍通知书"，就足够我乐半年了。

"哇！中奖了！"我简直不敢相信。

"我也觉得你是中奖了。"柱子哥拿起我桌子上阿秋送来的苹果干扔进嘴里，"这信是早上我在爷爷的信箱里看到的，应该是寄到你老家的，但是你老家那边就剩下你爷爷了，给他也没用，我就给你送来了。"

"柱子哥，你太帅了！"我冲上去给了他一个大大的拥抱，"幸好你想着这事，你看……"

我把"入伍通知书"递给柱子哥,他拿在手里仔细地看了一眼,说:"嘀,下周就走?"

"是的,幸好你给我送来了,要不然我就错过了!柱子哥你真是活雷锋!"

"去去去,少恭维我。"柱子哥满脸嫌弃地把我推开说,"看样子你这通知书来得很突然啊。不会是假的吧?"

"怎么会呢?"

这时候,院子里走进来一个人。

"文武!"

我看了看文武,又看了看手里的"入伍通知书"。突然之间全部明白了,除了感动和激动,似乎真的找不到其他的词语来形容我现在的心情。

一个好兄弟,能把我多年来一直要替父亲圆从军的梦想变成现实;一个好哥哥,不远百里冒着雨夹雪给我送来去实现那个梦想的天梯。

经常听到这么一句话,人类永远无法满足自己的欲望和追求,但是我在这一刻深深觉得,其实人还是很容易满足的。

我的心情非常激动,真真正正地体验到了一种无法用语言来形容的心情。

我曾经一直以为所谓的幸福,就是我能以写作为生,并且身边有一个我爱的人。然而当我准备放下梦想做一个普通群众,过一辈子不曾碰过国防绿的普通日子的时候,上天给了我一个奖励。

那天我去县教育局人事股递交了参军入伍申请书,廖股长看过之后开心地说:"爱博呀,这是个大好事!其实县里早就有让你带职到部队当兵锻炼的想法了,可就是不能确定你本人的意思,所以这事情也就搁下了。嘀!正好,就在前段时间,你们乡武装部的文武副部长把你想参军入伍的想法带到了县征兵办公室。我们叶局长拍案叫好啊，叶局长还说了，'好男儿就要当兵去。'你在部队好好干，给我们教师长长脸，可不能让人家看咱们的笑话！"说到这里，廖股长突然顿了一下，"爱博呀，这三年当兵期满，一定还要回教育系统工作，我们可舍不得你这个宝贝疙瘩呀！"

"我代表叶局长预祝你梦想成真。"走出廖股长的办公室，他最后的那句祝福在我耳边久久回荡。

感谢他们对我的器重，我决心一定不能辜负他们。

跟着接兵部队走之前，得到了消息的爷爷、姥姥、姥爷拖着佝偻的身体赶到县人民武装部大院来送我。

"爱博啊，到了部队一定要听话，可不要再要小性子了啊。"

姥姥紧紧地拉住我的手，说着说着眼泪就如同断线一般的珍珠掉下来，眼神中充满着不舍。

虽然搬到城里的这几年，我和爷爷、姥姥、姥爷见面的机会变少了，甚至也只是逢年过节才会回去一趟，吃完团圆饭，又快赶慢赶往城里跑，距离毕竟不是很远。实在要是想见了，坐个车就见着了。一旦进了部队，再想见面可就不是坐坐汽车就能见一面那么容易了。

我把姥姥脸上的泪珠擦干净，笑了笑说："姥姥，您外孙是去当兵，保家卫国是好事，甭哭。"说着说着我的喉咙就好像被什么给堵住了。

不得不说，有的时候，女人的眼泪是最能影响情绪的。老妈早就已经躲在一旁哭得不成样子。相比之下，家里的三个男人则要坚强得多。

"爱博。你这算是两个人一起去的啊，一定要给老爸挣点面子，可不能半途而废当逃兵啊。"老爸拍着我的肩膀，整张脸笑得好似盛开的百合花。

我点头说："放心吧，我知道。"

作为家里唯一一个真正扛过枪上过战场、跟敌人拼过性命、见识过血雨腥风的长辈，姥爷把我拉到他枯瘦却坚实的怀里，只对我说了四个字："好好拼吧。"

爷爷看着穿上一身军装的我，什么话都没说，只是静静地看着。他表现得很平静，就好像是往常在家里面闲来无事点上一支水烟，然后吞云吐雾一样，水烟壶发出呼噜呼噜的声音。我似乎可以听见岁月流淌过的声响，如同一条小溪，从老一辈身边流过，再朝着他们的下一辈继续流淌。

这是一种血脉的延续。

柱子哥、阿春、阿香、荣兵、阿月、阿亮他们都来了，最让我感动的是，在外地高中教体育的马小莉不顾路途遥远，转了好几趟车，终于在我上车之前赶到县人民武装部大院为我送行。

"爱博保重！"

"谢谢你们！谢谢！"

阿秋冲进县人民武装部大院的时候惊动了警犬基地的十多条警犬。"爱博……"这声呼喊甚至可以被称为嘶吼，因为它的分贝实在巨大。据说最后这声嘶吼还被载入了龙湖村史册，称之为有史以来"最豪迈送军人"。

"爱博，我等你回来，我等你回来娶我。"

44. 一个馒头

你知道吗?不管你的家乡是什么样的,是山野乡村还是穷乡僻壤,不管你以前有多少不好的故事在这里发生,在你离开家乡的那一刻,家乡的一切在你的眼中,都会变成世界上最美的风景。

是夕阳,是朝霞,是门口的那棵老槐树,是曾经常跟自己吵架的邻居家青春期叛逆的"野"孩子,或者是乡土地里还没长成的麦子的嫩芽香,或者是已经开始漫天飞舞的会融化成水珠的雪花。

那时候我甚至觉得连最讨厌的小学数学老师"孙秃子"都开始变得可爱起来……

"小时候,乡愁是一枚小小的邮票,我在这头,母亲在那头……"

参军之后的很长一段时间里,我深深陷入乡愁之中无法自拔。

明明是期待了很久的从军梦,我应该时刻带着兴奋,不是吗？还是说，我的心里有太多的牵挂……

一九九七年十二月一日，在我出生的那个小城市的火车站月台上，几百个身穿国防绿的年轻的男子汉带着各自的梦想踏上军用列车。

我所在的新兵小组一共三十人：邓大勇、邓小勇、古劲松、何树远、何世宇、何石来、黄林鸿、黄诚福、黄国斌、李松忠、李爱博、李道勇、李平卿、梁界才、赖会斌、秦宝驹、屠苏东、王叙周、韦占枫、韦厚鹏、韦家邦、韦求本、韦心顷、杨孙科、廖祖富、张达志、张山锋、张廷春、周小茂、曾吉林。

我一直保存着这份珍贵的名单，这些名字我一生都不会忘记。作为一个身份特殊的新兵蛋子，我被接兵首长委以"临时负责人"的重任。

"是不是说没有我的允许他们不能上厕所、不能吃饭、不能喝水甚至不能随便说话？"

我瞪大了一双眼睛，简直不可思议自己有了这么大的权力。

"你在做梦吗？"接兵排长瞪了我一眼，眼白都快翻出来了，"你要是能管那么多，重点是还能管得住，我估计别说什么班长排长了，就算是团长政委都有可能。"

果然在做梦！如果真让我管，我还是会有点心虚的，虽然咱是人民教师、共产党员、大学毕业生，而且是个有学士学位的人，还是省作家协会会员，但是咱毕竟年轻。

二十四岁的年纪在当时的军队里来说真的是偏大的，县征兵办公室上报省、市两级征兵办公室才特批入伍，尽管这个"临时负责人"是接兵部队首长亲自指定的，可是有的时候在某些方面缺少经验，还真的是会产生很多问题。我虽然有管理人的经验，但是我管理的都是学生，最大的也就是高中生，跟这里的一大群成年人有很大的不同。

当接到"临时负责人"的任务时我心里是拒绝的,但是我并没有说出来。人嘛,要学会知趣,这是责任。于是我前天还在带十一二岁的小学生,现在就开始带十八九岁的半大小伙子了。

我们这批新兵要被送往野战部队服役。也就是说我们要在这列五十多米长的绿皮车里待上二十多个小时,如果不巧赶上晚点,就有可能在这里面待上好几天。

火车经过一个个大大小小的站台,月台上来来往往的旅客都会朝着这列挂着"八一"军旗的军用列车行注目礼,从小孩到老者。

那是一种当兵的时候才会有的骄傲。

值得一提的是,在这次行进中,我所管理的新兵小组发生了一起乌龙事件。真是怕什么来什么!

那是我们在一个中途休息的兵站。军用列车刚刚驶进月台,接兵首长就在车厢里的广播中开始一阵阵山吼。后来我知道了,那种从丹田发声。经过胸腔喷出去是所有军人的"职业病"。

"全体起立,出站休息一小时,一小时后月台五号上车口集合,解散!"

大家稀稀拉拉地起立,懒懒散散地走出车厢,伸伸腰踢踢腿,干什么的都有。

我们进站的时候正是午饭时间。不知道是不是接兵首长故意的,他说解散的时候并没有说吃饭的事,在哪里吃饭,吃什么。而对于这一车的新兵们来说,食物补充又显得刻不容缓,好多人的肚子都开始正大光明地抗议了,月台上新兵们肚子咕噜噜的响声此起彼伏……

完全可以想象出,如果出现一个馒头小摊时,会呈现出一种怎样的情形! 就像现在,那个卖馒头的大婶被一大群蜂拥而至的新兵们吓呆了。

　　幸好，大家参军之前都是接受过政治教育的，知道解放军战士绝不会白拿老百姓的一针一线，所以虽然拥上前的新兵们看起来很吓人，却没有少给一分钱，等到大婶发现摊子上只剩下一个馒头时，一数手里的毛票，还多出了一块多钱，这可把大婶激动坏了，"谢谢啊，谢谢小伙子们！"

　　嘴巴里塞得满满当当的新兵们，一个个咧着嘴巴开始呵呵傻笑。

　　吃完了手里的一个馒头之后感觉还是很饿的人看似不止我一个。跟我一同冲向最后一个馒头的有七个人：阿古（古劲松）、阿忠（李松忠）、阿本（韦求本）、阿锋（张山锋）、占枫（韦占枫）、小九（何树远）、小茂（周小茂）。

　　我一看，这怎么还就是我们这个新兵组的食量大呢？算了，管不了那么多了，不填饱肚子怎么有力气跟手底下的二十九个新兵斗智斗勇！于是，在所有人的面前呈现了一场毫无面子、职位可言的食物争夺战。不知道的，还以为我们是在抢夺什么齐天富贵呢。说实在的，那时候什么涵养、学识，跟吃饱了肚子相比简直不值得一提。

　　我算是这几个抢馒头的人里面离馒头最近的一个，拿起白馒头就开始往车厢里跑。紧跟在我身后的是阿古，听说这小子小时候在山里是猎户的徒弟，身手绝对有两下，我自知不是对手，就在他的手马上要够到我肩膀的时候，我一个矮身蹿到了他身后，然后哦的一声撞到阿忠怀里。这小子瘦得不像话，真想不通这样的体格怎么会有这么大的食量。被阿忠的骨架子撞得生疼，但是还不是歇息的时候，我就地一个打滚儿撞倒了跟在阿忠身后的阿锋，在阿本准备抓我的时候机智地抬腿就是一脚，一个大脚印子印到阿本脸上。这时候不幸的事情发生了，我被后来有所准备的小九跟小茂左右包抄了，这俩小子差不多把整个身子都压到我身上了，当时别说反抗了，动都困难，甚至有一种快要窒息的感觉。

我心想，为了一口吃的，这几个小子也是够拼的。

就在我心灰意冷的时候，一声"滚开"划破天际冲进我的耳膜。

那气势！我从来都不知道我还可以那般豪放，看来人的很多潜力果然都是在一定的环境下才会迸发出来的。

就在我们准备摆开阵形继续厮杀的时候，接兵首长出现了。

"都干什么呢？干什么呢？"

"没事，首长，我们在切磋切磋。"阿古突然站在我身前，挡住了我手里的馒头解释道。

"是的，首长。在车厢里闷坏了，我们活动一下。"我赶紧把馒头塞进口袋说。

有时候，男人之间的默契，还真是与生俱来。

45. 初进军营

不知道你有没有经历过,经过几个日夜的颠簸,当你的双脚站到土地上的时候,哪怕只是简简单单地站着,你都会觉得无比的幸福。

而这样的幸福,就在我们登上这列大绿皮车之后的第三天夜里十一点降临。

那时候我们正以各种稀奇古怪的姿势释放自己的压力跟疲劳。阿古把双腿放在座位上,而身子则平躺在过道上;阿锋更是在一米八的车厢里练习倒立,一米八五个头的他还得缩着腿了。我算是正常的,趴在桌子上,用一种生无可恋的眼神看着眼前乌漆墨黑的夜景。

火车以均匀的速度穿梭在陌生的山区、城市以及叫不上名字的烈士陵园。之所以知道那些地方是烈士陵园,是因为凡是经过没有任何标志的烈士陵园的时候,我们敬爱的首长的声音就会突然从车厢里的音响里传出:"注意,前方(后方或者我们正在路过的地方)曾经是我军与敌方部队热烈激战过的战场。在这里,有无数的战友们抛头颅洒热血。"

听他讲的时候我就很崇拜他。不知道是不是我的错觉,我总觉得,我们敬爱的接兵首长似乎就是从这一片片的死人堆里爬出来的英雄。当我问起他这件事的时候,他以一种很沧桑的语气跟我说:"唉,往事不堪回首,不提也罢……"

就在我的眼前飞过第五十六棵长得跟夜游神似的奇怪的树时,命令声在整个车厢里炸响。

"全体集合!"声音洪亮,丝毫听不出来这是接兵首长在半夜吼出来的。

我们这群新兵蛋子像是一大堆不会滚破的鸡蛋,从各个车厢以各种姿势火速奔向第一节车厢。

接兵首长说过,"以后听到'集合'命令时,全部都有,不管你是什么人,一律连滚带爬地到第一车厢去,反应都不要反应,要把这条命令当成你们最基本的条件反射。"当时我还对接兵首长刮目相看。听说接兵首长只是初中毕业,竟然连"条件反射"这种名词都用得如此恰到好处,真不简单。

这时候,队伍里忽然有个可爱的新兵同志问:"瘦长(西北人),咋个是条件反射咧?"

接兵首长说:"奏是你小子饿了,肚子一叫就知道逮食儿咧一个理儿。"

"噢……"

"知道咧不?"

"知道咧!"

"那是咋个理儿?再跟俺念叨一遍……"

"就是瘦长一吼'集合',俺们就该逮食儿咧!"

整节车厢哄堂大笑……

这次的紧急集合让已经大半天基本没怎么移动过的我们有

些措手不及。阿古还没从地上爬起来,我亲眼看到一个激灵结束倒立的阿锋扑通一声就坐在了阿古撅到半空的腰上,然后两个人滚作一团,难分彼此。

"同志们……"

火车本就不快的速度在接兵首长说话的空当突然变得更慢。

"收拾好自己的行李,我们马上就要到目的地了。解散……"

接兵首长说完这句话,我默默在心里抱怨:我在很靠后的车厢好吗?我跑到这里险些被挤成饼干好吗?你就是想说我们到站了让我们准备好行李,那你直接在广播里喊不好吗?

我们急头白脸又回到自己的车厢,拖出自己鼓得跟炸药包似的行李箱,然后没有好脸色地排队等在车门口。

曾经,夜幕在我的眼中总是带有一种深沉并且神秘的感觉。就像小时候我看着阳光里明亮的国防绿,我似乎可以感受到那种其实并不存在的肃杀。我崇拜他们,膜拜他们,我认为他们是保卫祖国的铜墙铁壁,是我能感受到的夜空中遥远的神祇。

直到有一天,我自己置身其中的那一刻,我并不觉得自己是一个高高在上的神,只是把责任融入骨子里的平常人,平淡得就像是我生来就有的。

也许很多年以后,穿着军装的我也会成为陌生的,像小时候的我一样的孩子的神祇,但是那时候我已经知道了,所谓的崇高、所谓的肃杀都是一种可以把责任承担起来的坚强。

我们到达了一个陌生的地方,至少对于我来说,它是陌生的。

夜里十一点。距离首都北京二百多公里的南大门 H 省 B 市。

我们随即登上部队派来接新兵的"解放牌"军用汽车继续北上,然后抵达我们最终的目的地。

至于后半段为什么不继续坐火车而改成了汽车,据说,那里是一个相对封闭的地方。虽然有水电,但是不通民用车,我们的军需物资都是三天一次靠部队的军用汽车来运输的。那里还不能通信,更不要说打电话了。

"你要是觉得你无法跟外界联系了,那就对了。我们要去的就是一个'野人'生活的地方。而你们,都将是新一代的'野人'。如果你非要跟外界保持联系,那里倒是有很多鸟,你要是有这个本事,可以去训练'飞鸽传书',只不过就是飞出去的不是鸽子。那里的鸟基本都是吃肉吃骨头的! "

接兵首长的话一说完,多半的人心都凉了半截,包括我。虽然从小到大我离家很多次,但毕竟这是第一次离开家里这么远,我还想着到了部队立马给家里去一封信或者是去一个电话报个平安呢。

不过现在看来,我要暂时"失踪"一段时间了。

汽车行驶在严重板结的土路上,偶尔遇到一个深点的沟壑,汽车就会有很大的倾斜,是那种大家一感觉倾斜了立刻就会下意识移动身体的倾斜度!

更要命的是,车厢里还有几个晕车的人,这一晃不要紧,那几个晕车的人当场就不行了,差不多把胆汁都吐了个干净。

我们一边捂着鼻子躲避车厢里的秽物,一边自以为很努力地帮助汽车保持平衡。当我们的汽车停下时,接兵首长打开车门,先是被冲天的酸臭熏得皱眉,然后很惊讶地看着躲在一个角落的我们说:"你们干啥呢? "

我战战兢兢地说:"刚才车子朝那边歪来着,我们压着点……"

接兵首长跟赶过来的一个军官模样的人一起哈哈大笑。

"这批新兵蛋子还挺好玩! 好了,赶紧下来吧,留几个人把里面收拾干净了再下来。"

我跟阿锋被分到一起,在三连新兵排。

迎接新兵的虽然只有连长、政治指导员、排长和班长,但是不得不说,掌声足够热烈。其热烈程度不亚于我在其他任何场合听到的掌声。

"欢迎新兵同志光荣入伍!"

炊事班班长端来一碗碗热腾腾的炸酱面说道:"快来,快来,小伙子们饿坏了吧,来尝尝咱们连的'扎根面'。嗬!扎根面扎根面,吃了面就扎了根啊!"

说实话,我们确实饿坏了。面一上来根本就顾不上其他,一人抢过一碗开始狼吞虎咽。

政治指导员趁着我们吃面的空当,开始介绍部队的历史:"我们所在的这个集团军是全军有名的'万岁军',那可是我军王牌中的王牌!"语气里的骄傲真是一点都没掩饰的意思,"我们所在的师,又是咱们王牌军里的'飞虎师',你听听,'飞虎师'。会飞的猛虎啊,我们可是无敌的。高手中的高手!再说咱们团,咱们团是'红军团','平江起义上井冈,铁流向北方……',看看,团也是英雄的团!再说咱们连,哎哟哟,那可更有的说了,我们三连是'卫国英雄连',一大批英勇保卫祖国的钢铁战士可都是从我们三连奔出去的……"

46. 新兵班长

提到我的新兵生活,就不得不说一下我认识的兄弟,也就是我的新兵班长。

用一句很俗套的话说就是,没有我的新兵班长就不会有我李爱博能撑得出去的军事素质。

新兵训练第一部分,在你任何想象不到的时间里以各种姿势随时应对紧急集合。

就在某一天晚上,我正睡得香甜,而且做一个美梦的时候,突然一声紧急集合号,带着一股子你不起来我就撕裂你耳膜的震慑力量。

我们在一个偏西北的地方。这里似乎一年只有两个季节——冬季和夏季。冬季大半年,夏季三个月。

我们那次紧急集合是在冬季,还是三九天,是那种穿着棉大衣都会冻得哆嗦的天气。或许我在做美梦的时候受到了惊吓,再加上突然从温暖的被窝里冲进冰天雪地,鼻子一直痒得不行,但是首长说过,"队列里不准有任何不和谐的声音。打嗝、放屁、打喷嚏全都给我憋回去。"于是我努力把喷嚏憋回去。

我的新兵班长姓全，单名伟。标准的山东大汉，感觉一说话都是一股子煎饼味。

"煎饼咋了？煎饼是杂粮，健康，吃多少都不生病！"就在班长说完这话的第二天，由于前晚上吃了馊了的煎饼，拉肚子拉到我们休息了一天，等再见到他时，整个人有一种虚脱的感觉。声音也不亮了，喉咙也不刷啦刷啦响了，说一个字都费半天劲。

全班长，可以说是让我有一种突然之间多了一个兄长的感觉。无论是他的严厉，还是他的爱护，都让我感到有一种慈爱的气息从呼吸里传出来，让人觉得温暖。

全班长是一个标准的部队"扛把子"，军事素质硬得跟特种兵有一拼。我问全班长："班长，以你这素质进集团军特战队绝对没问题，可是你为什么还是选择留在团里呢？"

全班长看了我一眼，眼神里有一种说不出的惆怅，说："臭小子，我要是有你一半的文化水平，你以为我还会待在团里吗？"

后来我才知道，想进集团军特战队，光是军事素质过硬还不够，还得有一定的文化知识，甚至是较深奥的生物、化学、数学、物理知识。因为在有些时候，特种部队是要去战场的，并且还是战场里一些比较危险的区域，在那样的区域里想要活命，就要靠那些文化知识。集团军首长虽然知道全班长在军事素质上绝对顶呱呱，但是并没有打算破格让全班长进特战队。

"也幸好集团军首长没让你去，要不然这么好的班长上哪儿找去。"

全班长拍了一下我的脑瓜门，笑着说："贫嘴！"

全班长对我的严厉绝不是说说而已，全班训练结束的时候，我总是比别的战友多练习起码半个钟头。

冬天还好，一静下来就冷得要命，多动动可以促进血液循环,至少不会感觉冷。但是在夏天,那可真就有一种被太阳晒得差不多脱了层皮的感觉。这么说吧,我原来的肤色就是那种站在女生堆里都显白的,甚至会因为肤色被人叫作"小白脸"。而现在,我就是一张可以移动的加了古铜色滤镜的照片。

练习投手榴弹的时候,我好像得到了一个新玩具。手榴弹模型的手环是可以拉开的,而且拉开的时候还会伴随"嗖"的一声看着是挺唬人。没见过的人肯定会以为是真的手榴弹,然后在拉过来开关的第一时间卧倒或者往外跑。

而我就是属于后者。

第一次看到全班长带着那玩意儿出现的时候,我的整个心脏咚咚咚地跳个不停,等到全班长毫无征兆地一拉手环,全班反应各不相同,有愣在当场完全傻了的,有电视剧看多了学到有效动作的直接趴地上,最让人难以理解的居然是还有突然躲到别人身后的!我属于撒腿就跑的那种。全班长说:"刚才我看了一下你们的反应,对趴在地上的同志提出表扬,如果遇到真的手榴弹爆炸,你们比较有活下去的可能。至于那些站着不动的,还有就是撒腿就跑的……"说到这儿,全班长特意看了我一眼,"你们这些人可能第一波就会被炸死!"

真正开始练习的时候,全班长总是会时不时地往我这里看一下,一旦我有不对的地方,隔空就是个石子飞弹。小石子不大,但是打到脑袋上也是一个包啊,不到半天,我一整个脑袋就已经被打成了波波头,疼得我龇牙咧嘴就是不敢叫喊。要是碰到我屡教不改的时候,全班长就会亲自上阵给我示范,恍惚间我似乎回到了求知欲最旺盛的小学时代。

投手榴弹练习之后,就是大半夜突然袭击全副武装五公里越野。

"你手榴弹都扔了,敌人又不傻,还能老实地在原地待着吗?

240

他肯定跑了呀，对不对，那这时候我们要怎么办？"

"跑啊，敌人都跑了，我们还在这里干啥！"我说。

全班长瞪了我一眼，说："看你那点觉悟！"

我吐吐舌头。

第一次全副武装五公里越野的前半部分还是比较顺利的，正当我跳过一个矮崖准备跟上队伍的时候，我背后捆着被子的背包绳崩开了。然后我的被子从一个被压缩的小方块一下膨胀得不像话！但是我还在急速越野的路上，眼看着队伍已经越来越远，我不能再停了，再停的话早餐又要没得馒头吃了。

于是在早餐的鼓舞下，我双手抄起散落的被子接着跑，终于在离这次全副武装五公里越野结束前的半分钟内赶到了终点……

全副武装五公里越野结束后，全班长特意找了我说："爱博，你打背包的方法还存在些问题。"然后全班长开始耐心地教我怎样才能把背包打得结实牢靠。

用全班长教我的方法之后，不论是跳弹坑还是过障碍，我的背包再也没有松散过，我再也没有拖着"降落伞"满世界跑了。

新兵训练的每一天都非常充实：学唱队列歌曲，饭前一支歌，晚上看《新闻联播》、学习政治，还有随时可能的紧急集合。在部队过的第一个春节，自己包饺子，吃得倍儿香。

我们学唱队列歌曲的时候，由于缺乏军人气势，气得全班长暴跳如雷："你们这群王八羔子，唱不好不许开饭！"然后我们饿了一整天。

在第二天一大早，全班长终于忍不住了，说："谁会唱谁去吃饭。"然后全班长面前呼啦啦一下子围上来一大片身穿国防绿的大小伙子，唱得此起彼伏，恨不得把自己知道的一切都用军歌唱出来，唱得委屈点，搞不好等会儿还能多捞一个馒头。

每天晚上七点钟,中央电视台《新闻联播》准时开始,这里有跟我们关系很大的国家大事。我们必须看,我们需要通过《新闻联播》学习政治。

我们在高强度的新兵训练之后,很快便迎来了在部队的第一个春节。

运送物资的"解放牌"军用汽车运来了新鲜的面粉跟猪肉,还有一些青菜。我们这些大男人在部队第一次亲手包了饺子。

饺子下锅,跟着翻腾的水花,一个个晶莹剔透的小白肚皮很快便接二连三地翻了上来,我们像一群恶狼一般疯狂抢食,然后指认这些饺子分别是谁包的。

新年的钟声敲响了,我们在遥远的军营中长了一岁。

47. 新兵考核

新兵训练结束前的考核就像是上学时的毕业考试。

"你到底有没有底,你的底有多深,考试一摸,一清二楚。"

我记得那是我在民族师范学校上学时历史老师的名言。他说这句话的时候,我正在桌子下吃早上带来的面包。等老师说完,同桌饿得不行,准备在我这里讨点吃的,台上说"摸底",我就感觉我的手被人摸了,瞬间毛骨悚然。嘭的一声从座位上跳起来,大吼一声:"什么玩意儿?"历史老师当场暴怒,扬起教鞭怒发冲冠就飞奔过来:"你什么玩意儿?"然后噼里啪啦就是一顿暴揍。

我正在回忆当初是怎样在历史老师的教鞭下仓皇逃命的时候,脑门上挨了重重一记脑瓜崩儿,疼得我龇牙咧嘴;眼泪在眼眶里打转转。

全班长用一双鹰隼一般的眼睛盯着我说:"瞎寻思啥呢,不想考核了是不是?"

我突然意识到自己刚才思想溜号了,说话都开始磕磕巴巴:

"没……没……没,没有。"

"李爱博!"

全班长突然提高嗓门,粗犷的声浪吹得我额前的头发都跟着哆嗦。

"到!"

"出列!"

"是!"

"向右转!"

我规规矩矩地向右转。

"起步……"

我做好任何跟起步有关的姿势。

"退!"

我刚想朝前跑,猛一听到"退"字闪得我一个趔趄,差点没来个狗吃屎,愣是不知道该如何是好。

全班哄堂大笑。

"好了!"笑过之后,全班长适时制止。"同志们!"

没记错的话,这是他第一次这样称呼我们,平时都称小崽子们。

"新兵当了这么长时间也该腻歪了吧!下周三,你们将接受团首长的考核,你们要在考核之前做好充分的准备,打起十二分的精神。你们不能有任何的失误,知道吗?因为你们是我们卫国英雄连的兵,你们是英雄三连的娃子们!明白了吗?"

"明白了!"全班长吼得山响,全班战士回答得盖过了山响。

"现在我来告诉你们,我们考核的主要内容……"

考核的主要内容大致分为两项:一是投手榴弹,二是实弹射击。

"这次我们要投的手榴弹是实弹,绝对能炸死人的那种。别说是人,就是大象也能炸他个灰飞烟灭。任凭谁有多么坚强也得跟阎王爷来上一局军棋!我们把被炸死的人叫'天灯',炸弹一点,天灯起!"

"全班长,我们只是考核,就要用到实弹是不是有点太……"

"太严厉是吗?你错了。"全班长忽然变得严肃起来,"考核时候的严厉是为了以后真正奔赴战场时,你们不会轻易付出自己年轻的生命。你们不会想象到什么是战场、什么是战争,如果考核的时候只是走走形式,草草了事,你们永远都不会知道,如果有一天你在战场上牺牲了,你是怎么牺牲的!现在的严厉,是为了以后的活命……"

全班一片安静,没有任何人再发出异议。

一周的时间,在紧锣密鼓的训练中过得比往常还要快得多,几乎就在转瞬间,全班长告诉我们,考核时间就在明天。

"明天第一项考核投手榴弹。第一个李爱博,第二个张山锋……"

当全班长说我明天第一个上场的时候,我瞬间就感觉到似乎有一座巨大的五指山轰隆一声压到了我的身上,我紧张得有些呼吸困难。即便如此,当全班长再次问还有什么要求的时候,我依然跟着所有的人一起喊道:"没问题!"

全班长走后,阿锋默默地走过来拍了拍我的肩膀,说:"兄弟,保重。"

第二天,天气晴朗,微风。第一项考核因为新兵单位太多,我们新兵三连被分在了下午。

时值仲夏,最舒服的时间再也不是阳光普照大地的正午跟日头初斜的下午。相反,在这样近似戈壁的北方,下午的阳光把大地烤得如同铁板烧的铁板,没人愿意在下午,尤其是一两点钟的时候出现在任何被日光直射的地方,军人也不例外。只不过就是军人的意志比一般人更坚强,仅此而已。

下午两点,前几个单位考核结束。成绩并不是太尽如人意,有的人因为第一次碰到实弹太过紧张,干脆就忘了拔掉拉环,抡起胳膊一个大力就把手榴弹甩上高空。虽然力度很大,但是上抛的角度太大,水平距离不够远,所以手榴弹离自己的距离并不在安全范围之内。

"幸好他忘了拉掉拉环!"阿锋在我耳边轻声说道。

"就是走的狗屎运,要不然炸得他缺胳膊断腿也不是没有可能!"

当我们知道那个没拉掉拉环的竟然是新兵五连阿古的时候都不说话了。

"新兵三连一排一班李爱博。"

突然听到我的名字,我吓了一跳,赶紧深呼吸调整了一下情绪,起身朝考核场地跑去。

本以为这次的考核就是给我们一个实打实的手榴弹,然后看着我们这群菜鸟自己发挥,到最后不管是投到靶场还是扔到脚底下全靠自己。事实上,每一个新兵连连长都会亲自教授每一个新兵投弹技巧,亲自! 手把手! 这根本就是光明正大地吃小灶啊! 这么好的学习机会居然还能有人过不去,我就奇了怪了!

当连长踏着正步出现在我身边的时候,我简直就像是追星族看到了自己魂牵梦绕的偶像一般,激动得不知道说什么好了。我当时只有一个念头,就是一定要好好表现,一定要让连长认可我。

"投弹的时候一定要双眼直视自己的目的地,看着你要把手榴弹投过去的地方,拔手环,投! 注意,投的时候不要投得太高,那样的手榴弹不是对付敌人而是对付自己的了,你可能死得比敌人还要快还要惨,并且还有可能被当成卧底!"

我一蒙,问:"为什么?"

连长乐了,拍了一下我的脑袋,说:"你小子不去炸敌人还炸自己人,你不是奸细谁是奸细?"

"还有,"连长补充道,"手榴弹的弹片也有很强的杀伤力,曾经我们有很多的同志都是因为没来得及避开弹片,最后受了伤的。你把手榴弹扔出去,在它还没落地之前就要把自己拍平在地面上,要跟地面完全零距离的那种拍平。明白吗?"

连长说完等我点了头之后便一个人朝后走去,我按照要求拔手环,瞄准远处的一片空地,使出吃奶的力气,狠命往前一投,然后在手榴弹落地之前趴在地上。

我们所站的位置处于高地,所以只要我们按照投弹动作要领投,手榴弹的弹片绝不会对我们造成任何伤害。

"第一项,李爱博,成绩优秀。"

第二项是实弹射击。在投弹考核的第二天上午进行。

打靶场离部队营地大概四十公里,坐在汽车上也许不会感觉很远,但是一旦要是换成跑步或者步行,那可就不是闹着玩的了。尤其是在这戈壁一样的地方,四十公里完全可以遇到很多意想不到的危险,比如野兽。

"实弹射击考核如果有人不合格,哼哼哼,那可就对不起了,你来的时候肯定是坐着汽车来的,但是回去,你就有可能跟着汽车跑回去。而且你跑的速度一定要让你时刻保持在我的视线范围内……"

不过还好,我们的实弹射击考核成绩优异。没有一个人拖了新兵三连一排一班的后腿。在我们准备回去的时候,好多人表示没打过瘾,还想再来几发子弹,但是最后都被连长的脑瓜崩儿给打消了念头。

"新兵一排一班李爱博,投弹成绩 97,实弹射击成绩 99,优秀。你们看看啊,这才是我们卫国英雄三连的骄傲。臭小子们都学着点。"

我腾地一下满脸通红……

48. 决定

前一天的新兵训练考核,对我们来说,体力消耗还是蛮大的,好在当晚首长大发慈悲没有搞什么紧急集合,战友们在九点熄灯号一响就齐刷刷地爬进被窝。

我梦到我退伍回到了家乡,但是却发生了很尴尬的一件事。

我回到了学校,全体师生热烈迎接,我看到了我最喜欢的小崽子们,还有我,我心心念念牵挂着的那个女人——阿秋。我高兴极了,我飞扑过去跟他们拥抱,然后所有人都开始问我,"李老师,这几年在部队过得还好吧? 学到啥了? 给我们展示一下啊!"然后我就展示了我学到的军体拳,大家看得如痴如醉。这时候,我老爸突然走到我面前说:"爱博,别的呢? 还学着啥了? 以后能不能用上?"然后大家一起附和:"是啊是啊,能用上的。"显然我的拳法在别人看来,除了好玩以外并没有任何实际价值。

我被问得一脑门冷汗,忽然发现我虽然退伍了,但是我还是我,唯一的一技之长是写文章,最大的优势是教书,离开教师行业,我依然寸步难行。

夜里零点左右,我顶着从做梦就开始流的一脑门汗霍地从被窝里坐了起来,大口大口地喘着粗气。

在黑暗中我好像看到了老爸老妈,还有每一个人失望的眼神。他们似乎都在说,退伍以后啥都不会,除了岁数涨了以外跟以前没有一点变化,这样的兵当着有啥意思。

然后我就看到陈老师教育她的孩子说:"妞妞,以后咱可不嫁当兵的,不要跟你爱博叔叔似的浪费时间。"

越想越觉得不对劲,最后一点睡意也没了。

我睡在下铺,靠窗的位置,晚上想家睡不着的时候我总是会生出一些文人的习惯,偷偷打开自己从家里带来的充电式手电筒,那是显示自己家境优越的家用电器,然后写写信、写写诗,信封上没有收信人,诗的左上角没有标题。当然这些习惯被我的战友们批为"酸溜溜的秀才病"。

当兵的那几年,我用诗歌跟信件的形式记录了很多生活感悟,退伍之后我没有把文稿寄给出版社,只是单独打印了一册放在家里的书架上,想让它成为百年之后的大作家李爱博"不外传之作"。

这个梦让我明白了一件事情,我需要明确我以后要走的路、要成为的人。

若不是这个梦,我还真的没有发现,原来太过于享受身处在一件事情当中的时候,自己的眼睛跟心思会被蒙蔽,让我连个看清楚全貌的缝都找不到。

"你们有过这样的感觉吗?"我看着黑漆漆的宿舍,轻声地问道。回答我的只有六个战友均匀的呼吸和一个战友尖锐的磨牙声。

看来他们并不会因此而烦恼。

我就这样一直坐着发呆,等我缓过来的时候,团里的起床号已经吹响。

我收拾了一下洗漱用品,准备出去洗漱,然后把想明白的事情重新理了一遍。

正当我准备走出门的时候,全班长高大的身体把门口堵了个严实。

全班长应该是跑过来的,额头上湿淋淋的汗水还有上气不接下气的喘息让他开口的第一句话就是:"大爷我以后一定要把电话线拉到新兵连,谁要找谁,自己打电话! "

我完全是傻愣愣地看着这个自言自语的山东大汉,一时之间竟然不知道我是该出去还是该放下脸盆立正敬礼。

"李爱博! "全班长终于缓过来了,一声暴喝。我啪的一声放下脸盆,立正敬礼道:"到! "

就这么两句话,吓得全宿舍噼里啪啦全都起床,从出被窝到穿衣服整齐划一,连着"豆腐块"叠好一共用了三分钟不到。说实在的,新兵连第一次内务检查的时候都没有这成绩。

"营部电话,通知你马上去营部一趟! "

"是! "

我向后转,抓起衣服,准备立刻出发。前一脚刚跨出门,忽然想起来一件事,猛地收住脚步,朝着全班长喊道:"报告班长,我还没有洗脸,去营部不能就这么蓬头垢面! "

班长一想也是,回答道:"两分钟时间洗漱! "

"是! "

五分钟后,我一溜小跑出现在营部门口,营长坐在门口的石台阶上抽着最流行的烟丝卷烟。

天气特别好,一丝风都没有,再加上又是大清早,太阳刚刚在海平面以下沐浴结束,明亮的光线带着清亮的温和,气温是那种所有人都喜爱的样子。

　　我看着乳白色的烟圈从营长的嘴里面吐出来,变成一圈圈的圆,一圈一圈地萦绕在营长的头顶上。

　　似乎西方的神祇都有那样一个光环。就像是天使,说到天使,我又想到了马小莉。

　　"营长!"排长小心翼翼地走到营长面前,喊了一声。

　　"嗯,来了。"相对于排长的拘谨,营长看起来是那么随意洒脱,似乎他并不是什么军营里的干部,只是邻居家的叔叔,时而严厉,时而慈祥。

　　"是的。"排长回答道。

　　"李爱博!昨天的考核表现得不错,以后继续努力哈!进去吧,有人找你。"说完,营长扭了一下头,示意有人在营部办公室里,并且一大早就准备见我。

　　那个中年男人,乍看很是眼熟,好像在什么地方见过。

　　"报告首长。"

　　"嘀……不叫首长,这里又没有外人,叫伯伯。"说完,那个男人乐呵呵地笑了起来。

　　他这一笑跟这一声"叫伯伯"让我突然想起来了,怪不得看起来眼熟,我们以前见过,而且是很早之前就见过。那时候我还在民族师范学校上学。

　　当时上级派三位军官来学校作为入党政治指导员。我作为入党积极分子代表去见三位军官。由于之前他们一直穿着军装,我就以为他们会一直穿着,可是没想到当天只有两个人穿了军装。我这人天生有些脸盲,不熟悉的人很容易记不住他的样子,所以当时我并没有认出那个没穿军装就站在门口的那位军官。我上前跟他打了声招呼,说:"伯伯早上好啊。"他一愣,笑眯眯地说:"好啊,好啊,哈哈哈……"

　　"您……您是……"我被吓得不轻,心想:这人不会是因为我当时没认出他来被他记住了吧,难道他这次来找我是为了报我的不敬之仇?栽了栽了,栽他手里了!想着想着,突然觉得身体好像被电了一下,然后身上开始一层一层地噌噌冒起了汗。

"哈哈哈,小伙子,不要紧张,我早就知道你来部队了。"说着,首长转了个身,坐到椅子上。

刚才他站着没啥感觉,他这一坐下威严的味道马上就上来了!

"是的。"我有一种反正逃不掉的感觉。

"李爱博是吧?"

"是。"

"新兵训练结束以后你有什么打算吗?"

话题转换得太快,完全没有我的反应时间,几乎是脱口而出我昨晚想了一晚上的话:"我想去学一门技术,当技术兵。"

"哦!说说看,你想学什么?"

等我反应过来自己正在说什么的时候,我的前半句早就已经甩在地上无法收回了。我只能继续接着说:"只是觉得来当兵就要考虑到自己的以后,不能没有一点目标地埋头干,再加上在地方我是做教师的,很清楚学习的重要性,所以想趁在部队当兵的这几年学点技术。"

首长点了点头,眉宇间似乎对我的想法极为认可,说:"嗯……有道理,你等一下。"说完,首长拨通了电话。

"喂,技术处吗?我是李志强。"

"伯伯"刚报上名字,就听见电话那头原本有气无力的声音立刻提高了八度:"团长好!"

"哦,你好,叫你们处长跑步到一营部办公室来一下,五分钟。"

"是!"

　　三分五十秒之后，技术处处长气喘吁吁地出现在一营部办公室。

　　"这是李爱博，三连新兵，我觉得是个可造的人，你看看给他指条学技术的路子。"

　　"李爱博？噢！我知道，就是昨天考核的时候一个人刷新了新兵考核两项纪录的小子吧！哈哈哈，有出息！这样吧，我觉得你要是想学技术，正好师长分配一个外出学汽车驾驶跟修理的名额给我们团，全团仅此一个呀！"

　　团长听完之后看了我一眼，"你觉得呢？"

　　我说："坚决服从团长分配！"

49. 列兵授衔仪式

团里安排我为期一年外出学习汽车驾驶及修理。具体出发时间等通知,团里安排好后立刻出发。

我有点不舍,刚刚才熟悉这里的生活,马上就要离开一年。令人欣慰的是,在我离开之前,我们新兵的授衔仪式展开了。

就在见到团长之后的第二天。汗流浃背的我们听到结束训练哨声准备列队回宿舍的时候,全班长再次吹起集合哨。

于是刚刚还是雄赳赳气昂昂昂首阔步的年轻小伙子们,现在都像是受到了什么天大的打击一般,跟霜打的茄子似的,有气无力地耷拉着脑袋,一点儿精气神都没有。

"都咋了?霜打了?"全班长一看这样当时就怒了,大嗓门吼得山响。我站在第一排正对着他的位置,他一喊,我的脑门都跟着嗡嗡嗡地加速运动。

"没有……"身后则是一堆听起来没有一丝力气的回应。

"小兔崽子们,年纪轻轻的一点儿热情都没有!就这样的银样镴枪头,还拿啥子枪支弹药,还要啥子军衔,我现在就去跟连长说,我们班不参加授衔仪式。好了,解散!"

全班长这话一出,全班瞬间炸了锅。好家伙,原来叫我们回来是要说授衔仪式的事情啊!磨磨唧唧的老全,关键时候给我们来这一出!你以为我们就没什么办法修理你了吗?

阿锋突然从队伍里冒出来大喊:"全班长,你要是不让我们参加授衔仪式,我们就把你私藏的小人书烧了,一本不剩。"

阿锋话还没说完,全班长一个健步冲回班队列前,喊道:"立正!今晚七点半团部大礼堂举行授衔仪式,全班准备……"

"是!"

"小兔崽子们,你们要是让我知道你们碰过我的小人书,看我不剥了你们的皮!"

"是!"

全班以一种沸腾到无以言说的状态准备参加这次的授衔仪式。

夏季,六点半的太阳才刚刚开始下落,刚刚好擦到了山头边上,太阳的余晖依旧无私地照耀着整个大地,金光闪闪。

这是我们生活了那么长一段时间的戈壁景象,也就这一次,我用最专注的眼神去凝视它。

不得不说,心情的好坏是真的可以影响到眼睛里面看到的景象的。就像在从前,我眼里的戈壁只是戈壁,一处迟早要变成沙漠的板结化平原。缺水缺植物,一大群忍饥挨饿的野兽时不时会袭击落了单的人类。然后不知道在什么时候、在什么地方就会再次多出一具残缺的人类尸骨。

戈壁是极其危险的,在我的印象之中,它是一片充满狼性的区域。在这里,我除了学到部队里的军事技能以外,还学到了如何生存,如何在绝境中给自己蹚出一条血路。

然而就在今天,我知道我即将离开这片戈壁,与它做一个暂时的告别时,我居然惊奇地发现,这片戈壁也是这样的美丽。

夕阳的余晖洒在大地上,带着不再炙热的温度,笼罩着远处清风吹动的扬沙,这样的景象,像是被镶嵌在精致的画框之中,就像是我们曾经在艺术展上见到的沙画。风过,画成。

全班长说我们这次的新兵授衔仪式,算是历年以来举办得最隆重的一次。

原因是我打破了集团军新兵考核项目的纪录。

我有点不好意思,好在全班长说的时候光顾着高兴,笑得见牙不见眼,没看见我满脸通红的样子。

给我们新兵代表佩戴军衔的是"伯伯"李志强团长。

他今天穿了一身军常服,深绿色整齐军装配着和蔼的笑容,显得既威武又亲民。这样的团长,这样的微笑,那么的亲切,让每一个参加授衔的新兵们都觉得无限自在,没有半分拘束。

团长走到我面前为我佩戴好列兵军衔,把象征革命武装的全自动步枪交到我的手上,说:"李爱博同志,从今天开始,你就是一名真正的、光荣的中国人民解放军战士了,你要时刻牢记祖国和人民的利益高于一切,牢记人民军队的宗旨,成长为雷锋式的好战士。绝对不能对不起'八一'军旗和你手中紧握的钢枪,明白吗?"

"明白。"我向团长敬了一个标准的军礼,心底突然升起无数种感想,每一种感想所带着的情绪都在告诉我,绝对不能让这个"伯伯"失望。

授衔仪式结束,整个红军团的数百名新兵正式成为光荣的中国人民解放军战士。每一个新兵都感觉到了无上的荣耀。

列兵是一种军衔,肩上佩戴着列兵军衔,意味着军旅生活真正的开始。

当晚,连长吩咐炊事班加菜,我们趁着夜色举办了一个小型的篝火晚会。

木柴在烧得炙热的篝火堆里面蹦出了噼里啪啦漂亮的火花。赤红色的火光映照在每一个战友的脸上，笑容都是灿烂的、真实的，让人铭记于心。

从遥远的地平线上传来落单的狼的嚎叫，很快被淹没在我们的欢歌笑语之中。

唱累了，跳累了，我就把自己藏在红彤彤的火焰之后，看着战友们的身影，听着一首首熟悉的军歌，想着以后离开这里的日子。我不知道自己会在多长时间内适应，但是至少就现在而言，我很舍不得这里，舍不得班长、排长、连长、营长、团长，舍不得战友，舍不得营房……

"想什么呢？"团长忽然坐到了我的身边说道。

"没什么。"我说，"就是一想到刚适应团里的生活，就要外出学习一整年，真是有点舍不得。"

"哈哈哈，小子。"团长摘下军帽放在腿上，"这就是我们军人才有的战友情，有的时候战友不需要在一起很长时间，就能结下坚不可摧的情谊。"

团长回头看看我，说："知道为什么吗？"

我摇头。

"因为我们在一起经历的都是我们来军营之前不曾了解的。不管是苦还是累，在我们第一次尝到这种滋味的时候，在我们身边陪着的不是父母，不是同学，而是我们亲密的战友！"

我们有同甘苦共患难的情谊！我看着团长的眼睛，忽然想到作为团长的这个男人是不是也曾经有过这种离不开、放不下的感觉呢？一定有过，眼睛是不会骗人的。

团长忽然抓紧我的手在我的手背上大力拍了拍，说："爱博，我觉得你这个兵带起来让我很舒坦。"

"谢谢团长。"

"啊呀,私下你也别叫团长了,我还是愿意听你叫我伯伯。部队不能饮酒,我就用这碗白开水代替了。来,祝你学有所成。我干了!"说完,团长端起大碗,把满满一碗水一饮而尽。

"我会的。"我跟着团长的速度把满满一碗水喝得一滴不剩,那种感觉真是豪迈。

自从团长在我这里以水代酒,全排战友紧接着就呼呼啦啦地拥挤过来敬"酒"。

"爱博,好好学。不能给我们丢人啊! 干了啊!"

"爱博,可不要忘了我们啊! 干了!"

接二连三地喝下去之后,虽然没有酒精,我却有一种晕晕乎乎的感觉,感觉眼眶都是水汽朦胧的……

50. 前往司机训练大队

一整夜的狂欢,让每一个战士的身心都沉浸在一种迷离的状态中,大家很顺利进入深度睡眠。

清晨,出操的号声还在跟着宿舍里均匀的呼吸声沉睡,窗外树上鸟窝里没睁开眼睛的小鸟们,也似乎带着昨晚梦中的眼泪。不知道它们是不是梦到自己的老爸老妈提前去南方过冬了,而自己的翅膀还没有完全长出来,它们只能眼睁睁看着霜雪降临,眼睁睁看着自己在这寒冷中冻死或者饿死。

如果我没有任何一技之长,在老爸老妈年事高了以后,我就是那鸟儿梦里的自己。眼睁睁看着老爸老妈走远,而自己只能停留在原地,又因为自己连基本的走动都不会,最后被社会残忍却也公平地淘汰……

但是,好在事实并非如此。

昨晚篝火晚会临近结束的时候,团部通讯员一溜小跑赶了过来,凑到团长耳边说了些什么。团长听罢点点头示意他可以走了,然后转过身扯了一下我的衣角,说:"爱博,你跟我过来一下。"

"是。"

团长带我到相对安静的地方,说:"爱博,师长对于你外出学习的批示已经下来了,明天早上出操之前你到炊事班领些馒头,然后到团部大礼堂门口等着,会有车送你。"

"是!"我心情有些激动,连立正的姿势都有点不自然。

"爱博!这次外出学习的时间是一整年,中间也不能回部队。你要时刻记住,你是红军团的兵、卫国英雄连的兵,是英雄连出来的优秀战士。你所做的每一件事情都将代表着红军团、英雄连的颜面。所以绝对马虎不得,记住了吗?"

"记住了!"

我第一次看到一直笑呵呵的团长如此严肃,也算是第一次知道了尊严跟荣誉对于一个士兵甚至是一支部队的重要性。

有的时候,一名军人拼命维护的,正是那看不见摸不着却处在一种绝对位置的尊严。作为一名军人的尊严,作为祖国边疆的守卫者的尊严,祖国的尊严,任何一种尊严都是神圣而不可侵犯的。

我在炊事班领了十多个馒头,都包在一个布包裹里。馒头蒸得很软,很蓬松,装了十几个之后,体积已经快赶上我的行李大了。这可不行,我不能把有限的空间用在馒头上啊!于是我把布包裹扎严实,使出全身的力气朝布包裹使劲碾压。馒头在炊事班余班长一声惊呼之下变成了面饼,并且还散发出一股浅浅的酵母粉味道,让人闻起来就很有食欲。

"你个败家熊娃子!锅里就有大饼,你非得把馒头鼓捣成那个样子做啥!"

我吐了一下舌头,做了个鬼脸。"谁让咱炊事班的馒头这么好吃呢!余班长,走啦!"然后挥挥手,跟余班长告别,跟老远之外偷偷探了个头出来的全班长告别，跟墙壁上趴着的阿锋告别，跟我的卫国英雄三连告别。

去学汽车驾驶及修理，到底是个什么概念，其实我的心里也没有底。

这次团里派来送我的是汽车连一名有十几年驾龄的老班长，是真正上过战场的志愿兵。

"您是什么时候上的战场？那得多小？"我一听说他上过战场，疲乏瞬间烟消云散，迫不及待地追问道。

"上战场那时候我还是个小娃娃咧，个头儿还没床沿高，蹦起来也就勉强够着个树枝。"老班长想想往事，不禁有些感慨，"其实战场并不只是在战争的时候才会有的，战场在每一个年代每一个地方都有，只是形式不一样。"

前面出现了一条窄得吓人的傍山战备路，右边是高耸陡峭的崖壁，左边是深不见底的悬崖。我不自觉地朝汽车右边坐了坐，似乎想要用我的身体来压住汽车，以免汽车一个不留神掉下去。但是这傍山战备路并不简单，它不是一条笔直的路，如同一条蜿蜒在这座高耸入云的山峰上的一条蛇，而且还不是一条很粗壮的蛇，看起来有点营养不良。

"解放"牌军车在瘦弱的"蛇"身上用一种难以置信的速度迅速并且平稳地行驶着，老班长还时不时地给我讲他在战场上的经历，兴致来了还会哼上几句，好像就算我被这条战备路吓死，他连眉头也不会皱一下。

"小子，你以为想开好车很简单吗？"老班长突然换了话题，说道。

"没，没有。"我吓得话都不敢大声说，生怕哪里说得不对影响了老班长驾驶。

"老班长，咱开车能专心点吗？"

"哈哈哈,小子,让你看看什么是真正的军车司机!"

这句话说完之后,我深刻地感觉到我的心瞬间被揪紧,而且有一种心脏血管被堵塞的感觉,还有一种被重重地捶了一下的感觉。这些感觉很奇怪,真的无法用语言来形容,但是我可以很肯定地说,我的心真的很堵。

为什么老班长突然想要炫技?难道他觉得生在部队死在部队是理所应当?那能不能不带上我啊?我还是美好青春正年少,我还有老爸老妈、妹妹要养啊!我在内心咆哮。

"老班长,咱能不能慢点?"为了不露怯,我假装想吐,说,"我晕车!"

谁知道,不说还好,这一说可坏了菜了,老班长当时就来情绪了,说道:"你作为一名光荣的无产阶级革命战士,怎么能晕车?又怎么能被晕车这样的小事打倒?"然后就是一个急转弯,我的脑袋由于惯性咚的一声撞到了扶手上。

幸好晕过去了,要不然我都不知道我的小心脏还得接受怎样的考验。眼睛睁开的时候看到一束光,我的心总算是平静了,我还活着,真好,我的老爸老妈和刁钻的妹妹还有人养,真好。

"喂!醒了?"突然有人拉了我一把,把我从刚才躺着的地方直接拖到了地上。

脑袋还疼着呢,屁股又受伤了,现在好了,一上一下哪都钻心疼。

"这是哪里?"我疼得都不知道该揉哪里好了。

"这里是司机训练大队。"

回答我的是一个身穿迷彩训练服的年轻战士,似乎是派来看着我的,很显然他并不喜欢这份差事。

"我什么时候到的?"我扫视了一下,这间应该是医务室的房间,"那个老班长呢?"

"你三十分钟之前到的,老高他已经回你们红军团了。"

还真是问什么答什么!他说的老高应该就是送我的那个老班长了吧。看看时间,我们在路上起码用了两个多小时,再想想那车速,我不自觉地全身一个激灵,我现在离团里也是够远的了。

"你是?"我看着那个穿着迷彩训练服的年轻战士问。

"司机训练大队一营一连一排一班班长李志军。"

我脑子里嗡地一下,一种很不愿意接受但是又不得不接受的感觉瞬间蹿遍全身。我第一次跟班长见面居然是被抬进来的昏迷状态。这也太丢人了吧!以后可怎么混啊?!我的一世英名就这么一文不值了!我陷入一种欲哭无泪的状态……

"你叫李爱博吧?"李班长站起身说。

"是!"我赶紧从地上站起来敬了个军礼。

"能走的话就跟我来,带你去宿舍。"

"是!"我心想,你好像压根儿就没觉得我不能走。

宿舍没什么好说的,全军的部队都是一个样子,唯一不同的是海军蓝色、空军白色、陆军绿色。

吃过午饭,下午是例行的训练动员。晚饭后,七点钟,电视机打开,以班为单位排排坐,看《新闻联播》。

这些跟以前一样,那时候我出现了一丝恍惚,觉得我还在卫国英雄三连呢。

当然,如果李班长没有安排我站凌晨一点的大门岗,那么我会非常爱戴他。

51. 初学汽车驾驶

三个月的汽车驾驶，从一个什么都不懂、连刹车油门都分不清的汽车小白到一个开着汽车可以满世界乱窜，甚至开着司机训练大队的"解放"牌军车在蜿蜒的羊肠战备路潇洒逛上一大圈，这一切都要感谢司机训练大队李志军班长的"温柔"教导！

至于教导都有什么，很简单，也就是基础，每天早上要比以前早起半个小时，然后为了训练耐力，这早起的半个小时用来跑步。不要小看这跑步，一点儿都不简单。那可是一直要保持匀速的。

刚开始练的时候，李班长说："李爱博，你是师长特别要求要多多照顾的兵，所以奖励你半个小时长跑，没意见吧？"

"没……没，没意见。"我心想，看你年纪轻轻，怎么会这般"狠毒"。你怎么不直接说要了我的小命呢？

半小时长跑这种特种部队训练的科目，让我一个刚刚参军入伍才三个多月，而且还是列兵军衔的菜鸟练习，他真的不是在玩我吗？

连续长跑一个礼拜之后，我的身体比新兵训练时候更加结实，洗澡的时候一照镜子，我都会为自己的身材着迷。

我被李班长训练长跑的第八天。我认为，在那个时间除了我以外这个操场真的不会再有其他人了。人嘛，总是会自以为是，那是一种物种天生的劣根性，就像我。既然没有人看到我是不是在练习，那我就直接一不做二不休，找个地方歇息一下，等到大家都集合的时候再跑过去。就算是那样，也是一种跑了几千米差不多的反应，理论上来说，不会被揭穿。

但是只是基于理论。理论上来说，李班长是不会出现的。

"李爱博，你干吗去了？"

李班长出现的时候我完全被吓傻了！

"我……我上大厕。"我脸色煞白，那是一种我从小时候就有的特性，我不善于撒谎，一撒谎我的脸就白。

"哦，是吗？厕所不是在宿舍方向吗，你往大门那边走什么？"

"我去别的地方上大厕。"

"我在这里都快两年了，大门旁边那里有厕所，我怎么不知道？"

"新建的！嗯，昨天别的班长告诉我的。"

"告诉你个大头鬼，滚回来！"

"是！"我准备趴到地上滚一圈。

"跑步——走！一二一……"

我再也没有偷懒过，李班长也是，他再也没有把我一个人放到外面过。

大早上，我早起半个小时，李班长就要早起一个小时，再跟着我长跑半个小时。

"你不把自己的耐力锻炼好，怎么做一名合格的汽车兵？你学驾驶学修理还有什么用？你知道什么叫合格的汽车兵吗？那是要忍受得了连续十个小时以上驾驶时长的钢铁战士,你不把自己的身体锻炼好,你怎么把车开好?怎么能保证那一车军用物资的安全?就算你以后终究要退伍,那你可想过以后乘车人的安全?"

偷懒被抓的当晚,李班长把我叫到连部办公室一顿狠批,甚至让我觉得自己如果不学好汽车驾驶就是对祖国、人民、军队不忠。

政治大课上完后,我当然还要做每天最重要的课程——驾驶!

刚刚接触汽车这个大家伙的时候,我还是很紧张的,甚至连刹车都不敢使劲踩,生怕哪里出了问题或者踩错了。当我知道离合器可以在有些时候减缓速度并且停车时,我一度把离合器当刹车用,因为我觉得这样的停车方式平稳安全。直到有一天我把速度加到五十公里每小时,然后离合器完全失去刹车的作用,我慌了。车上除了我,连个鬼影子都没有,我一下陷入一种莫名其妙的恐慌,手上握紧挡杆,右脚离合器猛踩到底,左脚刹车飞快跟上,手上紧跟着就是一连串动作,然后……我的车漂移了。

从外面看,那真是异常惊险刺激并且漂亮干练,从里面感觉,真的跟酒驾似的,有一种喝多了一起去飙车的感觉。

过了一两分钟,胃里一阵翻江倒海,我赶紧推开上前围住我的激情满满的战友们,吐了个稀里哗啦。

不过,还好,第一场驾驶基础考核顺利通关。

"小子,这次算你走运。"

"可是班长,有时候运气也是实力的一部分。"

"哈哈哈……说得好。不过你也不用贫啊,你来部队之前是教师,还是个写书的作家,说起话来那一套一套的,别以为我没有防备。"

"我说真话,您防备啥?再说,我一说假话就露馅,我这人天生诚实,没办法。"

一个脑瓜崩儿响亮地落在我的脑门上,疼得我龇牙咧嘴。

李班长乐呵呵地跟着一句:"让你贫。"

好像这是我第一次看到李班长笑得这么自然。没有一个上级不希望自己的下级是个能干的、能够培养出来的人才,除非这个上级不是一个有眼光的人。好在我碰到的每一个上级都不是那样的人,能被这些伯乐赏识,是我最庆幸的事情。

第一次汽车驾驶考核,成绩九十六分,似乎从前达到了这个分数的人会被称为连里的奇才,而且那个奇才一向严肃,只是昨天居然笑嘻嘻地弹了我一个脑瓜崩儿。

第二项考核,理论知识答辩。这次是由李班长及连首长出各种各样的突发情况或者常规情况的题目,我来回答。

就像李班长说:夜晚,距离驾驶前方五百米处有村庄,此刻应该怎么办?

我回答:减速到四十公里每小时,过村庄时不得鸣笛,交替变换远近灯光,以做到提醒夜间有可能出现的行人。

当然题目的难易程度完全凭借首长们"一拍脑门"用的力度。拍得好了,那题目就出得有质量跟实际贴边,需要思考;拍得不好了,那就凭着经验,想咋说咋说,意思对了就行。

结果全对。

不过这项考核就算是全对也没什么值得惊讶或者高兴的,因为全部答对的人比比皆是。

考核结束后的第二天,我大半夜被李班长从被窝里拎出来,他选了一辆车,说:"明早把你送走,选选吧,想让谁送你。"

李班长是说选哪辆车。

跟李班长待得久了,就越发了解这个年轻男人的一些想法。他是真的用心在爱护每一辆车,或者说他对汽车的爱是真正发自内心的。根据对它们的感觉，他把汽车分了男女，并取了相应的名字。比如他自己的专用座驾叫作炼魂，是个"男生"。

这一次出发我们继续南下，行程两个小时，中途除了上厕所以外没有停顿休息。

我一直在看李班长的侧脸，感受"炼魂"的律动。

李班长说，每一辆车都有它自己的节奏跟律动，就算是行驶在同一条路上，它们的反馈都是不同的，你要学会去感受，去了解，这样才能在修理汽车的时候知道它哪里出现了问题。

有的时候，觉得李班长教给我的不只是他的驾驶技术，还有他认识事物的态度。

52. 王存班长

我对城郊还没有什么概念,印象里除了城市就是农村,所谓的郊区就是我来到了军区汽车技工训练大队以后才了解的。就是地广人稀,没有村子里那么密集的人口,没有城市里那么便利的交通。所谓郊区,就是把我放在那里我都不知道东南西北的一个地方。

我被分配到一中队二区队八班,班长王存。

关于这个班长,我最大的印象就是这小子很帅,都快跟我有得一拼了。

我忽然想到了一篇文章《邹忌讽齐王纳谏》。我觉得王存班长应该也会有这样的烦恼,不然他为什么总是把自己的眉毛竖起来,明明看起来很和蔼可亲的一个小伙子非要把自己弄得跟门神一样严肃。难道他不知道这样的自己看起来很是搞笑?

他就是我们班的"邹忌",总有一大群小兵鞍前马后地说:"啊呀,班长好严肃,我好怕怕,我都不敢不好好学习了。"然后转身就跟别人说,你看他那傻样!

我是普通士兵,碰到自己的首长便会想着敬而远之,但是似乎并不包括王存班长。可能是以前的班长看起来都比较年长的原因,我觉得我跟他们并没有什么共同话题,便本能地跟他们保持一定距离。可是王存班长给我的感觉不同,他本来长得就年轻,还有一种想让人靠近的亲和力。不知道他自己注意到没有。我总是会有意无意地把他当成兄弟,甚至在我自己不怎么留意的时候还会来个突袭一样的勾肩搭背,等我清醒了,马上就会被自己的举动吓得一激灵,搭在王存班长肩上的胳膊如同触电一般一下子被弹开,之后就是一副见了鬼的表情……

"你小子故意拿我开心是吧?"

在我第三次因为聊天聊得兴起,一时间再次忘了这个人是我班长,然后给他肩膀来了一拳时,班长不想忍了。

"我错了……"

"李爱博,我看你是越来越大胆了吧,先是跟我勾肩搭背也就算了,现在居然还敢跟我称兄道弟了。说吧,你想怎么样?"

"班长,班长你先冷静一下……"我从区队办公室搬了把椅子,请王存班长坐下。

"臭小子,既然那么想跟我当兄弟,那就当我副班长!"

"啊?"我一愣,一时没反应过来。

"今晚班务会上宣布,经区队、中队同意,任命李爱博同志为八班副班长,负责战士管理及任务课程安排,还有你这碎碎念的功夫,都给我用到思想政治教育上去。"说完之后,班长起身,拍了拍屁股走人了,一副大爷的模样。不过在平时,他确实是个大爷。

说到底我还是年轻,总是意气用事。比如,碰到我看不过眼的作风、习惯,甚至是思想的问题,我都会比较较真。就像我学习汽车修理技术一样,就算在实际技术上不存在成立的理论,但只要我认为它可行，我也一定会说出来甚至是去实际行动一下。这是我的习惯，或者说是我的做派。

就因为这样，从我进入八班以后，我已经对思想觉悟不够高的同班战友们上了无数节思想政治课。现在还当了副班长，我又有了更加正当的理由去教育他们。

"碎碎念怎么了，我碎碎念教你们东西还不是为了你们以后走出军营有一个正确的思想，做一个对祖国对社会有贡献的人？难道你们还想改行做打手？那还当个啥子的兵，赶紧回家种地瓜算了！"

"李副班长，其实我们不担心你的碎碎念，我们只是担心我们自己。你说万一一不留神，我们以后跟你一样，只要一开口一说说一宿，可咋办？关键是我们还没有你的文采，半路还得卡壳，那我们不是连女朋友都没得找了。"

说话的是跟我住在一个宿舍的瑷珲。这小子贼皮实，天天晚上都得被我狠狠收拾一顿。

"你小子，皮痒痒了是吧？"

"嗬！班长要爱护自己的兵哦！"

"那你知不知道一句话？"我朝瑷珲坐着的地方靠近了一些。

"什么话？"瑷珲很识相地往后挪了一下。

"那句话是这么说的——打是亲，骂是爱，爱到极致用脚端！"话音未落，我一个猛扑把刚想逃跑的瑷珲逮了个正着。

业余生活那么热闹，专业学习自然也差不到哪去。

我现在所在的大队是军区专门用来培养汽车专业人才的单位。这里的每一个学兵如果在退伍之前选择继续留在部队，都会得到一个发展前景一片光明的职位。有可能从大队毕业直接留队，也有可能以后由部队转业进入地方行政事业单位等，反正不管是哪一条路，都将是实打实的铁饭碗，扔地上都摔不碎那种。

我有时候也会想,如果我当初没有离开部队,而是选择继续留队,那么现在我是不是也还在部队继续发光发热?

我们经常把很平常的东西跟经历淡忘化处理,就像我们每天都要吃饭,因为每天都会有米饭出现,于是我们不再会注意今天的米饭跟昨天的米饭有什么不一样。

部队生活也是一样。我们每天都要出操、吃饭、上课,看《新闻联播》。你能说出来昨天的《新闻联播》跟今天的有什么不一样吗?

是不是今天的女主播换了一身正装?不,是今天比昨天播出时间长了五秒钟。

正式上手修理汽车是我到大队以后的第二个月。

第一个月主要学习理论知识跟汽车框架结构认识。每天看各种各样的车型图,认识各种各样的零件,然后分析零件与零件之间的差异。两颗螺丝钉,一颗十厘米,一颗十一厘米,一颗用在汽车上,一颗用在火车上,我要学会怎么操作,甚至是要知道这两颗螺丝钉是哪个位置的!就像一个医生要知道每一块长得差不多的骨头分别是人体的哪个部位一样。他不能把手指骨安到脚趾头上,我也不能把任何一个零件的位置想当然就给换了地方。

在一次野外突击训练的时候,我们班被分配成几个小组进行跟车拉练。我运气还算不错,抽到跟班长一组的签,然后……被现实上了一大课。

我们的车队在拉练途中抛锚,班长要下去修理,我自认为已经学业有成,于是毛遂自荐冲了出去。车子抛锚的地方比较特殊,我们被卡在半山腰,上下都很尴尬。我搬了一堆工具钻进车底,该检查的检查该拧紧的拧紧,就在我准备换个地方继续操作的时候,意外发生了。

卡车忽然"咔嚓咔嚓"动了起来，而我还在车底！我脑子瞬间嗡地一下，心底当时就是一凉，班长曾经千叮咛万嘱咐的一句话如同破空而出的一声惊雷，光已炸裂可声音却姗姗来迟！刹车拧开之前没有检查轮胎动向，我命休矣！

汽车的刹车已经被我完全拧开，我直挺挺躺在车底下一动不动。不是不想动，只是我到底还是个列兵，遇到这样的事情完全不知道该怎么办！就在我似乎已经绝望的时候，肩膀突然被什么勾住，然后整个后背贴着地面被拉了出来。

刚才坐在旁边的战友们从山上搬来了坚硬的石块放在了卡车的轮胎下，我看看自己被拖出来的时候留下的痕迹，也许再晚一秒钟，我下半辈子就提前过完了。

"一瓶子不满，半瓶子晃荡。"班长抓着我的肩膀说。

53. 悲如此

从参军入伍到现在,十个月的时光似乎是一道流星,从我的眼前飞驰而过,转瞬即逝。

中秋节,我们终于可以有一个跟家里人通电话的机会,每人限时三分钟。就为了这短短的三分钟,中午一点钟,军人服务社喊到我们八班的时候,我第一个就冲了过去,然后活脱脱排队等了三个多小时。

那时候真正切身体会到了等待的焦躁,甚至想到了二战时期那些在敌方阵营一守就是好几天的战士们是怎样度过那难熬的每分每秒的。

等待的时候实在是闲来无事,于是预演了好多次怎样跟老爸老妈说话,怎样说才会让他们觉得我确实如他们想得那样过得很好,用怎样的语气问候爷爷和姥姥姥爷。

"老妈,我是爱博,您……最近还好吧?"不行不行,这么说太没劲了。"老妈,我是爱博呀,家里都挺好的吧!妹妹跟老爸都在干什么呢?爷爷呢?姥姥姥爷呢?"还是不行,这么说很快就会没有下文的,再说,万一接电话的是老爸或者妹妹呢!"老爸,我是爱博呀,老妈在家不?"这不还是得回到老妈接电话嘛。

也许我们都已经习惯了遇到事情首先想到老妈,"老妈,我书包呢?""老妈,晚上吃什么?""老妈,我明天要洗的衣服洗了吗?""老妈……"我们都会得到我们想要的答案。

即便是我问了老爸,得到的答案也永远会是这个样子:"老爸,我书包呢?""问你老妈去。""老爸,我们晚上吃啥?""问你老妈去。""老爸,我明天要洗的衣服洗了吗?""问你老妈去。""老爸……""问你老妈去。"所以如果选择一个人询问家里的情况,脑子里自然而然地就会蹦出老妈的形象。

老妈慈祥而勤劳地处理着家里的每一件琐碎的事情,脸上生出的皱纹里记录下了生活和成长。也许不知道在哪一条皱纹里藏的,就是我们很小的时候的样子,老妈偶尔照镜子的时候,看着看着,就笑了。

"喂,你傻笑什么呢?该你了,你不打我可打了。"

"我打我打,马上。"

在我发呆的时候,排在我前面的人已经带着各种表情打完了电话。不过不管是什么表情,那扬起的嘴角都可以说是幸福和开心的。

"快打,回来请你吃饭,我媳妇生了!哈哈哈……带把儿的……"

不认识的老班长带着幸福的泪水拍了拍并不认识的我的肩膀说。

我在想,是不是过一会儿,我的表情也会跟他们一样。

电话接通了,听筒里"嘟嘟嘟"的声音,带着我的心跳一路飙升!只是给家里打电话,我竟然比上战场还要紧张。

好久没有听到家人的声音了。

"喂,谁啊?"

是老妈。电话接起，我竟然半天没反应过来要怎么说话。

"说话啊！"老妈焦躁的脾气一点儿都没变。

"老妈，我是爱博。"

"……"

电话那头安静了几秒。

"爱博呀！哥！儿子！"

电话那头瞬间炸开了锅，好像妹妹、老爸跟老妈一下子变成了一个人，让我的整个思维都处于一种混乱的状态。

"哥，你在那边怎么样啊？部队苦不苦啊？有没有帅哥啊？给我留个联系方式啊！"妹妹大呼小叫的，还像小时候一样对她哥永远那么放心。

"哈哈哈，好的好的，我知道我知道。"我笑得像回到了小时候，见牙不见眼的。

"爱博呀，在那里冷不冷啊？热吗？穿得还保暖不？别中暑！"

老妈关切的话说得前言不搭后语，但是我居然都听得懂，听得明白，听得暖心。

"我知道了，老妈也是啊，别太累，注意身体。"

"是是是，知道了，你在部队好就行，家里不用担心，哎呀，你别推我，我再说一句，照顾好自己啊！"

看来老爸又开始跟老妈争夺主动权了，"儿子……"

"老爸……"

"那个……我也不说啥没用的，在部队好好学习，别给老爸丢脸啊！"

"当然了！哈哈哈……那个，爷爷身体还好不？"

"好着咧好着咧，前几天还去隔壁村子给人家看病呢，你爷爷啊，老了老了还歇不住脚了呢！"

"那敢情好，多活动活动身体好啊！姥姥姥爷呢？身子骨还跟以前一样硬朗吗？"

"呃……"

电话那头忽然陷入沉寂，突然我的心里涌起一股强烈的不安。

"怎么不说话了？姥姥姥爷怎么了？他们还好……不……"

"哥。"终于，妹妹说话了，却带着哭腔，这丫头很少会哭的，除非是让她伤及内心的事情，比如亲人的离去。那是我们以前从未经历过的。

"哥，姥姥姥爷已经走了。"

"走了？去哪儿了？是出去住了吗？"

我不想承认，在自欺欺人。

"已经……不在了。"

"妹妹，咱可不能这么说话，老人家都一把年纪了，可不能说这么丧气的话。"我忍住即将夺眶而出的泪水，心底还在苦苦挣扎。

"哥，别说了！"

电话那头隐隐传来老妈压低的哭声。

我不记得我是怎么回到宿舍的，怎么躺在床上的。被子盖过头顶，眼泪一大串一大串噼里啪啦砸进枕头里。棉絮吸了过多的水分，似乎已经达到饱和，我看到眼前有一汪眼泪怎么都沉不下去。

也许我早就应该知道的，我当兵离家的那天就应该预计到的。如果过去的一切是一条记录了太多故事的长河，那我当时一定是已经深沉河底，松软的河床已经吞噬掉了我将近一半的身体，我开始变得呼吸困难，开始眩晕。

我离家的那天，姥姥姥爷来县人民武装部大院送我，他们的面色竟然是我出生以后见到的最好的一次。

姥姥摸着我的短发说："哈哈哈,男孩子,还是剪成这样的头发看着利索。"

我乐呵呵地看着姥姥原本浑浊的眼珠突然变得神采奕奕。

还有姥爷,他一个劲儿地对我说："到了部队要听首长的话,不能再任性耍脾气!"

我被说得不好意思,扭扭捏捏地说："知道了。"

姥爷的眼神跟姥姥一样,一样神采奕奕。

"姥姥姥爷是在你离家后的一个星期之后走的,没有遭罪,晚上睡下,早上就走了。……那天不知道为啥,从来不会在那么不年不节的时候回家的,可是那天就想回家了,好像脑子里一直有人在说'回去吧'。"妹妹说这些话时极力克制自己的情绪,可最终还是没忍住哭了出来,"你还记得你走的时候姥姥在车后边喊的什么吗?"

"什么?"我已经完完全全丢了自己的思维,丢弃了所有能够思考的能力,整个人如同一个没有了灵魂的提线木偶一般,甚至连提线都快要断了。

姥姥说："怕是再也看不着我外孙爱博结婚生子了,那个钟声响了。"

"钟声。"

姥姥曾经跟我说过,当人快要死的时候啊,阎王爷是会提前敲起丧钟的,让把还没了的心愿赶紧了了,投胎的时候带着怨气的话孟婆都不安生。

姥姥神采奕奕的眼神在我的眼前一遍遍地回放着,那种到了很久以后才知道的回光返照,让我的心脏就如同被一只无形的大手紧紧地攥住,感觉到一阵阵的疼痛。

我甚至不敢呼吸。骤然面临死亡,突然觉得那句"世事难料,变化无常"果真是人生真谛。

战友们陆续回到宿舍,然后走到我床前问我怎么了。我好想跟他们说,我没事。可是我真的有事,我骗不了自己,我甚至说不出来那句很基本的谎话。

我刚想张嘴,眼泪就跟着噼里啪啦地使劲往地上砸,好像我可以凭借一己之力跟无限的悲伤,在这坚硬的水泥地上砸出一个坑来。

那天晚上下了一整夜的大雨,在雨声之中,我似乎听到了另外一个自己的声音。

他说:"好好活下去,不要让姥姥姥爷担心。"

我用力地说:"好!"

54. 堂姐李小琳

说起来,距离我最后一次办升学宴已经过去好多年了,我有好多年没见过伯爷爷了。

升学宴之后我一直记得那个头发花白的老人,因为他上知天文下晓地理,他的话会让我在无意识之中了解一些从不曾涉及的领域。

我说:"孔子曰,朝闻道夕死可矣。是孔子说早上学到了一些道理,晚上死了都可以吗?"

"哈哈哈,当然不是。孔子说这句话的意思是年轻时学到了很多人生的道理,那么年老之时即便行将就木也会觉得很知足。"

"我们每天都在学习,那这样是不是可以说我们老了的时候都会觉得不枉活一场?"

"这个也不一定。因为有的人在二十岁的时候就已经'死'了,只不过是在七十几岁才入土为安而已。"

当时还不是很明白这句话的意思,直到后来见到的人多了,看到的事情多了,不得不面对的东西多了以后,我才深刻地体会到这句话的意思。

是的,有些人活到二十几岁就已经"死"了,只不过是在七十几岁才入土为安。

好久没有见到伯爷爷了。

部队里的生活永远是紧张而忙碌的,并且时不时还昼夜颠倒。冬天的时候偶尔天亮得晚一些,我们习惯性地一睁眼都会觉得,我的妈呀,怎么还是今天。

那是我到了军区汽车技工训练大队的第八个月。

先前从野外拉练的意外中捡回了一条命的我突然间如同佛祖悟道升天一般开了窍。回来以后,我更加珍惜生命,开始懂得享受生活,当然,是在训练学习允许的范围内。我会在一周仅有的半天休息时间,在中队门口支起一把椅子,脸上盖一顶草帽,舒舒服服地晒一下午太阳,就像一个安逸的老头子……

"叔叔,请问八班在哪里?"

"你问哪个八班?我们大队好几个八班!"

我听出来问我话的是一个女生,但我还是没把草帽拿下来,而且还有点莫名其妙地生气。我心想,叔叔,就算你是几岁大的小女娃子也应该叫我一声哥哥吧。我有那么老吗?真是的!何况一听声音就知道肯定不是小娃娃!

"这样啊……"女生听起来有些失落,"那您知道李爱博在哪个八班吗?"

嗬!我心里一颤。还真是树林子里放屁——凑巧(臭雀)了,居然是找我的。

我依旧贯彻"敌不动我不动"的军事战略政策,准备把游击战继续打下去。我说:"你找他有什么事啊?"

女生说:"我是来探亲的。来得冒昧,不知道部队里可不可以探望啊?"

我喷了一下,说:"哎呀,丫头啊,这部队可不是随随便便能进来的地方啊,你先来说说你是李爱博的什么人啊?"

其实我就是想知道这个听起来很陌生的声音到底是谁的。是以前的朋友声音变了,还是我从来没说过话的只是通过书信联系的笔友小冉、雪儿?

不应该啊,小冉、雪儿如果来探望我的话一定会提前通知的;何况自从我换了部队以后,一直都没有动手写过除了随笔以外的信件之类的。

"我是李爱博的姐姐,李小琳。"

话音一落,我腾地一下从椅子上跳了起来,由于动作幅度太大,椅子也跟着我起身后又翻倒在地上。

李小琳是我伯爷爷的孙女,伯爷爷的大儿子也就是我的大伯,李小琳是我大伯的女儿。怪不得声音听起来陌生。因为我们从来没有见过面,只是我听伯爷爷提起过他的这个宝贝孙女。

"你琳姐姐啊,长你一岁,那丫头鬼机灵着呢!她要是想干什么啊,嘿嘿嘿,那可真是没人能拦得住。"

伯爷爷刚刚说话时候字里行间的威望,一下子化成了大海一般深沉的溺爱。那是一种在我那个年纪完全领会不到的情感,应该就是老辈人常说的"隔辈亲"。原来是可以爱到这个程度的。

那时候我没有想琳姐姐是个什么样的人,而在想我在爷爷的心里是一个怎样的孙子,爷爷会不会也在我不在家的时候,跟我不认识的他的老哥们儿一起抽着水烟壶说:"嘿,我那个鬼机灵的孙子……"

我面前站着的是一个一脸惊讶表情,简直有些花容失色的女生。纤细的双手半掩住微微张开的嘴巴,水灵灵的大眼睛一眨一眨,似乎住着来自"山的那边,海的那边的蓝精灵"。

"琳姐姐?"我一把甩掉草帽,迅速站到琳姐姐面前,"我就是爱博呀！"

· "本来以为你能装到把我赶走呢！"琳姐姐突然放松表情笑了起来，"我到这之前就知道你是谁了。"

"啊？"我被说得一愣。

"我们毕竟是近亲，有些东西还是很相似的。"琳姐姐从包里拿出了《远方》诗集，在诗集的扉页，一张很清晰的我的生活照片被印刷在册，"你可是个名人哟！年纪轻轻就是省作家协会会员！想找你，简直轻松加愉快。"

我有些不好意思，红着脸说："没有啦，没有啦。"

"哈哈哈，看你跟个大姑娘似的，脸皮还挺薄啊，跟家里人一样。"

中午我跟中队长请假，中队长说什么都不肯放我走。

"不年不节的不许请假！姑娘你也不能替他说话。"

说实在的，中队长说这话的时候，我看到了他一脸的羡慕嫉妒恨，凭啥这好事让你小子摊上了！

怎么办？姐姐给办。后来琳姐姐终于提出了伯爷爷的名号。中队长在犹豫到底是信还是不信，琳姐姐说："这样吧，中队长，你也不用为难。电话借我一下，我给大队长打个电话就好了！"琳姐姐依旧笑靥如花。

不知道是不是心理作用，似乎自从那个电话打通以后，整个中队，上到中队长下到学兵，对我的态度来了个一百八十度大转弯，好像我才是大队长一般。

第一次到大伯家，我跟这一大家子人相处时还是显得比较拘谨。尤其是看到伯爷爷的时候，那种自身散发出来的气场让人不由自主地不敢直视，过了好长时间我才逐渐适应。

其实伯爷爷老早就到了离休的年纪，但是因为伯爷爷的能力所在，他的离休时间愣是给延后了好多年，一直到今年，国家才不得不让伯爷爷离休了。

晚饭是大娘跟琳姐姐亲自下厨烧的一大桌子美味。别看琳姐姐生得一副娇滴滴的样子,表面上看是被娇惯的公主,实际上是上得厅堂下得厨房的文武全才。

"琳姐姐,你以后还会经常来看我吗？"

说这话的时候幸亏天色已经变得昏暗了,不然的话我通红的脸就要被发现了。

"当然,"琳姐姐耸耸肩说,"你现在可是我唯一的弟弟,我一定会经常来看你的。还有啊,这次也算是知道家在哪儿了,一旦部队放假了就要回来看看啊,你伯爷爷在家也很想念你的。"

"嗯,我知道。"

由于部队规定,我只能出来半天。是中午出来晚上就要回去的半天,不允许在外面过夜,所以很匆忙。我看着琳姐姐钻进车里,再看着汽车在眼前消失,感受到了亲人就在身边的幸福。

55. 女兵方队训练场

距离一九九九年十月一日,中华人民共和国成立五十周年国庆大阅兵还有一整年。

吃过午饭的我们躲在训练大队巨大的雨棚下,躲着要把大地晒出熊猫纹的阳光。

"李副班长,你说我们如果把车胎扎了,下一次拉练是不是就可以不去了!"

我把军帽盖在脸上,知道又是瑷珲这小子,他的话还是那么幼稚,幼稚得让我想笑。

我说:"你怎么不上天? 还把车胎扎了,你可以去试试。虽然我不确定这车胎的型号跟品牌,但是我确定如果你这么干了,那我们去拉练场的那百里山路肯定要徒步了,而且万一中队长一个高兴,我们都不一定是徒步,估计还得越野!"我懒懒地翻了个身,感受到身边的瑷珲倒吸一口凉气,我的话居然可以收到这样的效果,真是不简单,我都开始佩服自己了。

就在这时,隔着军帽,忽然感觉到头顶的光线暗了。

"呀,李司令官还会知道我的心思呢? 不简单啊! "

周身骤然变冷,感觉好像声音的到来还伴随着一座冰山,让刚刚还沐浴在温暖中的我瞬间坠入冰窖,一下从椅子上站了起来。由于动作太大,军帽被甩出去老远,不过也顾不上捡军帽了。

"中队长好! "我敬了个军礼。

军队规定:三人成列,头发不允许露出帽檐。看看现在散乱在各个角落的战友们,无一不是战战兢兢地站成立正姿势,只有我因为刚才突然弹起来把军帽弹飞了,所以是光着脑袋的! 也就是说,我以几乎是百分之百的光亮度,使得中队长把矛头指向了我!

我紧紧地盯住中队长的眼睛,就像盯住一根针尖立起来的缝衣针,那种刺痛让我知道了什么叫作"针眼"。

"中队长,好! "我赶紧赔笑,虽然在部队不兴那套,但是有句老话说得好,伸手不打笑脸人。

"啪",我肩膀上挨了狠狠一巴掌。

还有一句话在部队里流传甚广,叫作军规不可违。

想要什么待遇,首先要看自己是在什么场合、什么区域。在山里的时候,你永远都不可能在树上摘下新鲜的活鱼;在海边的时候,你永远都不可能在沙滩上挖出一小块红薯。在部队,就算你嚷破天,说什么"伸手不打笑脸人,中队长您不能那么对我啊",最后还得看中队长对"军规"二字是做何理解的。

"全体都有! 立正! "中队长深吸一口气,山吼般的口令脱口而出。

经过几百天的磨合,我们早已把每一套动作做得整齐划一,就算是做梦,我们都能跟着某个已熟睡的战友在梦里的口令,在床上莫名其妙地做着整齐化一的向左转和向右转。动作激烈的时候,住在上铺的战友大半夜也会"噼里啪啦"往墙上砸,而且还砸不醒，一直到第二天集合号吹响，他们才会一脸迷惑地揉着身上青一块紫一块的肌肉问住在下铺的战友："昨晚谁又喊跑步走了吧？"

"向右——转，跑步走——"

排着列队，在雨棚下偷懒的一百多个战友顶着中队长的愤怒，喊着口号走进阳光里。

太阳越来越大，阳光越来越毒，就像是对我们刚刚躲避它的惩罚。我对落在我们八班身上的阳光要比落在别的班身上的阳光要毒得多这事儿深信不疑！似乎人家身上的阳光是杀菌除害有益健康的，而我们身上的阳光是直往毛孔里钻，想要杀死我们皮肤下纤维组织的。

"全体立正——"中队长拿起六班班长用绿铁皮给他改装成的手持扩音器，对着我们集结而起的几个方队喊道。

"明年的今天，就是中华人民共和国成立五十周年，虽然我们作为修理部队不能去天安门广场参加阅兵，但是我们也可以为国庆五十周年大典做一些贡献的。"说到一半儿，中队长调整了一下拿手持扩音器的姿势。

那绿铁皮是从以前的报废汽车上拆下来的，虽然看起来不大，但起码得有三四斤重。

其实我们大队的配备并不差，那种麦克式音响老早就已经配发过来了。因为有的时候一个姿势不对，那设备就是撕裂耳膜的一声尖响，所以他宁可用嗓子喊，也不碰那个稍不注意就"嗡"死人的玩意儿了。这样的结果就是一周之内，我们中队长成功失声三次，第三次的时候甚至连脖子都肿得大了不止一圈。

各区队长和班长看在眼里急在心里，于是这个三四斤重的大绿铁皮成了中队长的新宠。

"经军区首长批准，我们汽车技工训练大队将在一个月内建成一个作为国庆大典阅兵女兵方阵训练场。"

"好……"中队长话音刚落，队伍里顿时传出一声比"立正""稍息"还整齐划一的呼啸声，真算是把"异口同声"这几个字诠释得惟妙惟肖。

"肃静！"各区队长、班长赶紧出面"镇压"。

"在女兵方阵进场之前，我们绝对要高质量完成训练场的建设任务，时间紧、任务重，大家有没有信心完成任务？

"有！"

为女兵们服务，是每一个男兵的义务和责任，这是自古以来雷打不动的真理，虽然这个"古"不知道是从哪里来的，但事实如此。

我们如此认为。

直到我们修建训练场的最后，那句话竟然成了我们的动力。

"为女兵服务是我们男兵的义务！"班长带头大喊。

"义务！"

搬着各种工具的我们，在太阳暴晒的磨炼之下挥汗如雨，无尽地呐喊，似乎有发泄不完的力量。我们知道，这些都已经是为自己加油鼓劲的口号了。尤其是当工期临近结束，而我们的工程进度才只进行到三分之一的时候，那种潜藏在军人内心深处的潜力瞬间爆发。

我们开始不计后果地透支体力，白天晚上连轴转。昨天我休息半天，今天你休息半天，我们的休息时间，到了最后已经开始按小时算了。就算是吃饭，也是炊事班把饭菜送到施工场地分发到每个战友手里，大家在自己的位置上用馒头、咸菜、白开水果腹。

短短一个月，白的变黑了，胖的变瘦了，而我，据瑗珲说我变得又黑又瘦。手里抡工具磨出来的水泡，一个破了第二天马上就会有第二个长起来，一直都是使劲握拳，手钻心得疼。

手抬肩扛，起早贪黑忙活了整整三十天。汽车技工训练大队的学兵们真正发挥了一种不怕苦不怕累的革命精神，在规定的时间内高标准完成了军区首长下达的任务。

那时候，从没上过战场的我们第一次知道了什么是真正的强敌。其实强敌不一定非要指人，有可能只是我们要面临的一种挑战。它或许强大，或许看起来无法战胜，但是当我们把力量凝成一股"水柱"，并且有足够压力的时候，那就会生成一把无坚不摧的"水割枪"，"金刚石"也照切不误。

梦里，我们似乎看到了前来训练的女兵们意气风发地挥舞着手里的国旗，高唱祖国赞歌，我们在训练场边叫好，女兵们给我们送来比赞扬更让人兴奋的拥抱。

56. 学兵毕业

我们付出了一个月的艰辛为女兵建造了一个标准训练场,女兵们又花了十一个月的努力训练队列。女兵方阵正步通过天安门广场,仅仅用了几分钟的时间。

十一月下旬,老兵即将退伍。

每当回想到这些让人伤感的离别场景的时候,我都会有一种"窗外月圆人不圆""月有阴晴圆缺"的感触。

有的时候老哥们儿会说是因为我长时间跟文字接触,所以变得太矫情了。其实我自己知道,矫情,不能说没有,更多的还是一些被深埋在内心深处的记忆。

我时常会想起当初在汽车技工训练大队发生的很多事情,苦涩的,惊险的,温馨的……

在我刚得知姥姥姥爷去世的消息时,毫不夸张地说,我真的一个星期都没有任何精神。班长让我拿扳手我拿了一把锤子,班长说去把轮胎拆了,我给每一个轮胎打气打到爆。

"轰"的一声巨响,前面三个轮胎已经完全毁掉,无法继续使用,就在最后一个轮胎也因为充气太满而要爆掉的时候,我面临着会被歪斜的汽车砸死的危险,几乎所有人都凭着本能反应向后退,班长却从旁边的安全地带奋不顾身地朝我扑了过来。

我们两个滚摔在很远的地方,班长为了护我,头撞在了大铁门的角上,脑袋直接划出一个老长的口子,鲜血顺着头发流进脖子里溅在地上。我吓得张大嘴巴却喊不出声音,后来我被战友们粗鲁地拖走,我听到他们在骂我,骂我不想活了也不要拖累班长。

我没有不想活,我也没想拖累班长,心里面聚集了无数的悲伤和委屈,这些情绪足够撑裂整个世界,也足够让我的世界一点点崩塌。我本来想要继续忍着不哭,到最后我终于还是没有忍住。我哭了。

那天我哭得撕心裂肺,一直到嗓子都喊哑了,眼里布满了红血丝,压在我心里的所有悲伤,终于随着班长救我而受伤喷薄而出。眼泪顺着眼眶盘旋,沿着鼻梁滑下,砸在地上,溅起了灰尘。

我在那一天的情绪爆发,吓到了每一个人。

"你是我的兵,你就是我兄弟,说句不好听的,总不能看着兄弟在自己面前被车砸死!再说,自从那天接完了一个电话之后你就跟魂飞魄散似的,我听瑷珲说了那天的情况,也想帮你走出那种情绪,但是我是个大老粗,你们文人心里的想法跟我肯定不一样,我是想破了头都没想出来咋办,嘿嘿嘿……"班长忽然咧开嘴笑了,"没想到,我这头真的破了,你还就走出来了!哈哈哈,破得好,破得好,嘶……"笑得嘴巴都快咧到耳根的时候,可能牵扯到了头上缝了十一针的伤口,班长疼得龇牙咧嘴。

"班长,我错了。"我在班长床前低下头。

透明的液体顺着透明的管子一滴一滴流进班长体内。

班长递给我一瓣橘子,说:"战士不是不能脆弱。你知道战士跟常人有什么不同吗？"

我看着手里的橘子摇摇头。

"其实战士就是从常人走过来的，但是战士跟常人之所以有不同，是因为作为战士要在自己脆弱的时候认识到眼前的现实，并走出来。"

在军区汽车技工训练大队第三十四期学兵毕业典礼上，军区联勤部派女兵前来慰问，还带了很精彩的演出。我们看得如痴如醉，心潮澎湃了好一阵子。

之后就是大队长和政委的讲话环节。

大队长说话时的沙哑嗓音，听起来就像沙漠里好长时间没喝过水的骆驼。

"同志们，九个月的时间到了，你们终于要回自己的老部队了，开心不？"

没有一个人回答。

我们不说话不是慑于大队长的威严。就我自己而言，我是真的没有想象中的那种高兴或者兴奋，所以我沉默了。

前天我还因为有一颗螺丝钉没有拧紧而被大队长骂了个狗血淋头，当天晚上我就在想反正我马上要回老部队了，就再忍你一次。于是，今天大队长继续用他粗骆驼嗓子问"开心不？"的时候，我竟然一点儿都开心不起来。

"你们也许会恨我，因为我经常骂你们。一颗小小的螺丝钉没有拧紧都要发一通脾气，呵呵呵……"

大队长说完这些话，我看到好多学兵脸都红了，看来被骂过的人不在少数。

"其实我也觉得我的脾气挺暴躁的，但是，你们要记住，你们在这里一天，就是大队一天的学兵，以后不论你会不会用到所学的技术，你们都曾经做过大队学兵。'兵'这个字，就要求你们做的每一件事情都要对得起自己,对得起责任! 不要小看那一颗螺丝钉,你要是连最小的事情都做不好,你很有可能会毁了很多人! 你要知道将来会有多少个人、多少个家庭在你的车上……"

我看到更多战友脸红起来,然后眼睛跟着一起红起来。

政委讲话的时候,讲的多半都是我们曾经一起经历的事情,或喜或悲或感动。

是的,我们都是一起经历过艰难困苦的"孩子",我们把这段情谊看得无比重要。

最后,三三两两的战友抱成一团,哭得像孩子一样。我们哭得稀里哗啦,我们都从心里希望战友可以在以后过得很好,以后遇见的时候,大家相互打个招呼,说:"嗨,汽车技工训练大队的!"

大队长过来给我颁发"优秀学兵"和"中级汽车修理工"证件的时候,我把大队长抱得紧紧的。一直抱到大队长快要呼吸不过来,在我的怀抱中狠狠地挣扎,说:"我喜欢的是女人!"我才讪讪地把大队长松开。

班长原本利索干练的短发不见了,现在都成了光头,头顶上一道狰狞的疤痕是我一辈子都忘不了的印记。

班长说:"战士可以脆弱,但是重点是要从脆弱中走出来。"

我现在可以脆弱,但是在我确定我可以走出来的前提下,请让我表达出来。

其实人经历过同样的磨炼以后就有了相同的记忆,然后这样的记忆在脑海中交织成一份不可磨灭的情谊。在军区汽车技工训练大队集训期间,这种情谊自然就是战友情。

我们毕业了。

我再一次毕业了。

这次毕业典礼是我经历过的毕业典礼中最难忘记的。

汽车行驶在那条来时的羊肠战备路上，旁边依然是深不见底的万丈深渊。来时的心惊胆战早已消失得无影无踪，一边走一边回头看看，偌大的汽车技工训练大队很快就会迎来新学兵了吧！

以后的学兵一批一批，若干年后除了班长头上狰狞的疤痕外，也许我们终将都会被忘记。

57. 给养员

认识小慧的时候,我刚刚从军区汽车技工训练大队毕业返回红军团不久。

团军务股把我分配到了团修理所。接待我的指导员姓宋,是山西人。说话的时候粗声粗气的,竟然还有一个爱摸脑袋瓜的小动作。

宋指导员似乎在思考什么,扬起来的大手在脑袋瓜上一来一去摩擦着。大约过了有一盏茶的工夫,宋指导员一拍脑门,说:"就这样!那个,李爱博是吧,你去炊事班吧。"

我当场愣住,简直不敢相信自己的耳朵。"我去……炊事班?"

我故意把"炊事班"三个字加了重音,提醒宋指导员是不是说错了。

"对啊,炊事班,那里正好可以锻炼你一下,去吧。噢,出门把门带上。"说完,宋指导员坐到了办公桌后边的大椅子上,上半身朝后一仰,从上面基本就看不到人了。

"炊事班?"

我走出宋指导员办公室的时候有点失魂落魄,脑子里好像正在煮一锅浓稠的粥,大勺子在锅里搅拌搅拌,看起来跟糨糊差不多了。

我真的想不明白为什么会被分去炊事班,还美其名曰"可以锻炼人",他在逗我吗? 如果这里不是部队的话,我一定立马回家,行李都不收拾。但这里没有如果,所以我只能无条件地服从。

你能明白那种曾经把扳手、方向盘握在手里的"优秀学兵"如今却要开始抢饭铲子的心情吗? 我的妈呀! 这句话是我内心最深处的咆哮。

炊事班班长是一个内蒙古人,所以我很奇怪他姓刘。

"不是说内蒙古人都有一个很长的姓氏吗? 你怎么姓刘啊?"

"怎么的,我姓刘碍着你了?"

炊事班班长是一个特别古板、不喜欢开玩笑的人! 实话讲,跟他在一起,从脚底到头皮没有一处是自在的。那种必须要小心翼翼干活的感觉比在军区汽车技工训练大队还要惨太多,相比而言,我无比怀念我的八班班长、区队长、中队长、大队长,就算是再被他们骂几次都比这里感觉舒服。

可能是我真的在厨艺方面不怎么灵光吧,在我参与烧饭的那几天,全所官兵对于伙食的反应很大,甚至都快闹到炊事班门口了。

"你们这是啥玩意儿? 这是给人吃的吗? 馒头都能当凶器了!"

"这菜是怎么回事? 盐都不要钱吗?"

"菜里还有沙子,你怎么不把沙子直接炒了呢?"

我被这阵势吓得有点不知所措,拿勺子的手上也不是下也不是,整个人站在厨房中间,尴尬极了。

"吃不吃? 不吃别磨叽!"高大的刘班长操着一口内蒙古马奶

酒味的普通话外加一把钢锹，瞬间镇压住了整个单位的"暴动"。

原来炊事班的班长可以指着某人的鼻子叫嚣的！我如此认为。那次"暴动"之后，刘班长的形象在我心中无形之中提升了一大截。

"刘班长。""暴动"压下去后的一个下午，我找到刘班长，"班长，我觉得我真的不会做饭。"

"我知道。"

刘班长削着手里的萝卜，一尺多长的大菜刀在他手里居然跟水果刀没什么区别，甚至比水果刀用得还要灵活。紫红色的萝卜皮顺着刀刃转着圈褪了下来，晶莹雪白的萝卜肉展现在眼前。

"明天你还是先从给养员开始做起吧！"

菜刀一抬一落，萝卜"喀嚓"一声被拦腰斩断。

"好。"菜刀好像切到了我的尾巴，我一个激灵赶紧答应一声，然后夺门而出。

我对这个内蒙古汉子有一种说不出来的忌惮，真的不知道为什么会有这种感觉。

什么是给养员呢？给养员都干什么呢？其实给养员就是采购员，负责去市场购买油盐柴米菜。

真正开始做了我才知道，原来在部队还有这样的美差。我居然可以正大光明地拿着司务长发给我的"给养员证"从大门哨兵眼前经过，然后大摇大摆地走上通往部队外面的"康庄大道"。

第一次这么出去还有点小紧张，毕竟凡是"私自"踏出部队大门的现役人员皆属逃兵，最基本的惩罚就是终生不得入党，已经入党者也将被开除党籍。所以我心里的那种紧张可想而知。

"我出去买菜。"

"请出示证件。"

　　我哆哆嗦嗦地拿出"给养员证"递到哨兵手上，眼睛盯着哨兵的眼睛一动不敢动，直到哨兵说："放行。"我才有一种"幸福来得如此突然"的感觉。

　　因为有了第一次的先例，我已经不再惧怕踏出部队大门，还有一点儿走顺了腿的感觉，有事没事就会跑出去溜达上一圈儿再回来。

　　跟小慧认识是在我出去采购的菜市场里，那时候小慧在帮奶奶卖菜。

　　刘班长下令说："明天晚上要做雪里蕻，今天你要把雪里蕻买回来，要不然明天买的话肯定来不及。"

　　"是！"

　　我拿着班长给的菜单，开着部队的生活车去买菜，满市场转悠找雪里蕻，可居然没有。

　　我看了一眼整张菜单上唯一没有画五角星的雪里蕻一栏，有点焦躁。

　　刘班长可不像其他的班长，凡是他要定下来买的东西，你就是跋山涉水、上刀山下油锅也得给他买好，重点是他还不接受任何理由，就算市场没有也不行。他要的东西最好想尽一切办法，给他买到。不然……哼哼，个把礼拜估计是吃不上饱饭了，那可是比上刀山下油锅还让人难以接受啊！

　　我焦躁地绕着菜市场转悠，真有一种越转越绝望的心情，而就在我万念俱灰时，小慧跟她的奶奶出现了。

　　她们是后来才到菜市场的，刚刚把菜摆上，而在最显眼的地方摆放的，正是可以"救命"的雪里蕻！

　　我飞快地跑到了她们面前，高兴地说："小姑娘。"

　　那是我跟小慧第一次见面，她给我的感觉就像是一个邻居家的小妹妹，看起来很亲切。当然，这是在抛开我急需一批雪里蕻"救命"的客观审视下的认识。后来据小慧说:"你那表情让我真想上去一拳打扁你。"

"你们就在这里啊?"

小慧跟奶奶带到市场里的雪里蕻实在有限,并不够我需要的数量,于是我开车带着她跟奶奶回家取了一趟。回来时小慧说想要看看部队是什么样子,想跟着我去看看,我很痛快地答应了。

"对呀。部队就在这里。"

"哦,那我也算是见过部队的营房了,这样就可以跟我的同学们讲部队的故事了。"

小慧笑得像个孩子,我一时间竟然挪不开目光了。

"你还是学生吗?"我问。

"是的,我在市师范学校读一年级。"

58. 晋升下士

　　我总是会在老兵退伍的时候知道一些我以前不知道的事情。比如我们的刘班长,那个高大威猛的内蒙古汉子,居然有着跟我一样的历史,我们都是毕业于司机训练大队、军区汽车技工训练大队的。只是他要比我早八年。

　　在这次老兵退伍的契机中,刘班长被调到了汽修班任班长,真正实现了一个中国人民解放军战士的十项全能。

　　"班长,你以后绝对会有一个很幸福的媳妇。"我满脸严肃地跟这个五大三粗的汉子说。

　　"为什么?"刘班长问。

　　"因为你会开车、修车、做饭,如果我是女人,我一定会毫不犹豫地嫁给你!"

　　"是吗?"刘班长似乎若有所思,说,"如果你在五年前说这些话,我一定会很感动。"

　　"嗯?为什么?"

　　"我四年前离的婚,女儿今年五岁。"

我马上识相地闭嘴。

"你这小子除了嘴贫一点以外,的确是个好苗子,不要辜负了自己的天分跟运气,好好学习。"

刘班长走的时候第一次在一句话里说出了这么多字,说实在的,我真的很感动。如果刘班长走的时候能多告诉我一些菜谱的话,我也许还会更感动。

老兵退伍,按正常军衔晋升,列兵晋升为上等兵。

那时候真有一种小学第一次选班干部的感觉,大家欢呼雀跃、热情洋溢。这一晋升基本是全班晋升,在小学可不会让你一个班的学生全都当班干部,除非班里只有四个人,班长、副班长、学习委员外加一个体育委员。

眼睁睁看着一个个战友被叫到名字,走上队列前方,领到属于自己的上等兵军衔,而我却一直没有被叫到。

一直到班里除了我以外的最后一个人都领到了军衔,我不淡定了。

"报告!"我大踏步上前喊道。

"说。"

"为什么没有我的军衔?"

"你的啊,晚上再说。解散。"

我还想继续说话,宋指导员大手一挥,在空中画了个闭嘴的手势,转身走回自己的办公室,留我一个人在风中凌乱。

我也不记得我做错过什么啊,难道是跟小慧说话的事情被上级发现了?不可能啊,我们一共就在周末见过几次,而且说的话也基本就是她说:"两块。不讲价。"我说:"一块五,不能再多了。"小慧继续说:"得,不跟你磨叽,自己装吧。"然后扔给我一个巨大的袋子让我自己装菜。

仅此而已!

我看了一眼别人的军衔,暗自吞下一大口唾沫。说不眼馋那是不可能的!没有哪个当兵的会拒绝军衔的晋升。虽然晋升幅度不大,可好歹也是个上等兵了啊!

刘班长走了,整个炊事班瞬间群龙无首。

如今作为神之首领的刘班长干汽修去了,导致采购单子从最开始的一张变成了现在的十五张。

每个炊事班的战士都想买些曾经一直想买但是忌惮于刘班长的威慑而不敢买的东西。我翻看着手里的一张张各式各样的菜谱,脑袋大得足以装得下一头牛。然后……我还真看到了一头牛。

那是一张草绿色的信纸,看样子应该是从家里带来用来写家书的信纸。

“这群小子为了能买自己想要的东西还真都豁出去了!”

我觉得有些好笑,如果只是草绿色的信纸还没有那么大的魅力可以吸引住我,关键是上面的字!

“一头牛、一捆葱、一公斤粗盐和一公斤花椒粉。”这是要做烧烤吗?可是这一头牛……

我震惊了,还惊得不轻!我心想:你怎么不上天!还一头牛,我给你买一架飞机算了!当我是大老总啊,想买啥我说了算!真是的,自己下笔的时候也不动脑子,分明就是给我添堵嘛!如果写这些的时候动了脑子,估计这家伙的脑子长不长也没啥用了,牛也不用买了。

心里骂了那么长时间,为了让自己心安理得,我看了一眼署名——卫国英雄三连张山锋。

不是炊事班的人乱冒什么泡泡,等我回来收拾你。

把那张写着“一头牛”的绿色信纸折整齐地塞进包里,开上生活车出发。

这一次我要买我想吃的,虽然我也很想吃烧烤,不过那头牛……还是算了吧。

生活车穿过市场里大大小小的角落,看到了每一个我熟悉又陌生的脸孔。

今天是周三,小慧应该在学校上课。我看到了小慧奶奶把车停了下来。

"奶奶,今天生意怎么样?"我拿起一把雪里蕻放在鼻子下边闻了闻。已经不是很新鲜了,似乎是昨天挖的,被滞留了一整天。这几天的生意看起来并不是很好。

"生意还好的。"奶奶操着一口地道的方言说。

眉眼间的慈祥让我想起了我的姥姥。姥姥也经常是这样笑的。不管我们是问今年收成怎么样,还是问身体是不是舒服,姥姥总是会说:"还好的。"

我不由自主地愣住了,眼眶里开始变湿,感觉到有一股控制不住的眼泪开始打转才赶紧起身,说:"奶奶,您这些雪里蕻我都要了。"

"你是不是跟卖雪里蕻的是亲戚,买了这么多,是承包了吗?"炊事员小马看到这小半车的雪里蕻顿时傻眼了,"这得吃多少年啊!"

我一拍他后脑勺,顺手把外套扔到车座上。"看什么,赶紧搬下来啊,今晚就吃这个。"

我自己没有感觉到,那时候我似乎已经成这个炊事班的头儿了。

当晚,全所官兵打着雪里蕻味的饱嗝参加修理所奖罚大会。

"今晚的大会主要有两项内容:奖赏、惩罚。"

这不废话嘛,奖罚大会,开的就是这两个字。净说些没有用的话。

自从宋指导员跟我说，我的军衔的事情被放到了晚上，我对他的意见就老大了。然而作为一名合格的中国人民解放军战士，最基本的就是要理智，要控制住自己的情绪，绝对不能够以下犯上，于是我只能忍着。

"我们先来说说惩罚，炮修二班……"

光是关于惩罚的事项就说了半个多小时，其间包括对每一项处分和听那个人声泪俱下的忏悔书。其实不是我没有同情心，我对他们的眼泪还真没什么感觉。毕竟这里是军营，是部队，居然还会犯那种明令禁止的错误，我倒是觉得他得到什么惩罚都是应该的，谁让他没事找事地给自己添堵呢！

我如此心安理得地嘲笑那些声泪俱下的战友们，完全不知道自己也会有需要遮遮掩掩的一天。

惩罚事项在我打了第十五个哈欠的时候宣告结束，然后就是激动人心的奖赏环节。

"让我们用热烈的掌声恭喜李爱博同志晋升下士军衔。"

我第十六个哈欠刚打到一半，便硬生生被我憋了回去。

整个大厅回响着那句"下士军衔"，感觉颇有一种余音绕梁的架势。我旁边的战友用手肘捅了我半天，我一脸木讷地站起身，看着台上被灯光照得恍惚的宋指导员的脸。

我好想拥抱他。我跳过了上等兵军衔，直接晋升下士军衔，同年兵唯一的一个。

幸福来得太突然了。如果宋指导员没有说让我负责炊事班的话，我觉得我会兴奋地飘起来。

"考虑到你的实际情况……"

说是实际情况，我觉得就是考虑到我除了办事很可靠以外，我还有做饭很难吃的"优点"，而且这一点对炊事班来说很重要，势必需要被考虑的！

　　"所里决定,爱博呀,你做这个副班长只需要管理就好,像做饭这样的细致工作,还是交给有经验的老兵好了。"

　　"好的。"

59. 接生

新兵训练结束后,分配了两个新兵和三个老兵到修理所炊事班。

相对于新兵,在部队第二年的我确实算得上是老资历了,但是,作为一个接受过高等教育的老兵,我比常人多出来的一个特征,就是我会站在别人的角度思考问题,或者思考对待人以及被人对待的问题。

我也做过新兵,其实每一个老兵也都是从新兵一步一步走过来的,谁都知道当新兵的滋味。被班长训,是理所应当。新兵能做的,只是尽量避免。

"不揍他他就不知深浅,还以为这身军装穿着好玩呢!"跟我同年兵老乡阿古在一次中午吃饭的时候跟我说。

阿古现在已经是上等兵,是五连的一个加强班的骨干!其实在阿古告诉我这件事情的时候我还真以为这丫在逗我,我老远丢过去一个馒头砸在他肩膀上,看着充满弹性的一团柔软在空中滑出一道优美的弧线落在阿古手里然后被一口咬掉大半。

　　"我劝你最好不要拿我开玩笑,我可是个认真的人。"我端着菜汤,拿汤匙优雅地搅拌几下,看起来颇有几分小资的味道。

　　"我骗你?"阿古看我这副样子露出了很不屑的表情,"骗你有没有小灶吃?我说你那地主老财儿的熊样子能不能给我收收,不要仗着现在祖国政策开放就助长你的不正之风啊!小样,信不信我代表党、代表祖国、代表人民消灭你!"

　　"是吗?可吓死我了。为了'贿赂'你,我决定请你吃猪肉丸子。"

　　"真的假的?"阿古两只眼睛开始放绿光。

　　"你先告诉我,你当了加强班骨干这事,真的假的?"

　　"骗你是孙子。"

　　"哟,这想当年三天不挨班长一顿修理就全身痒痒的阿古同志,今天算是咸鱼翻身了。"

　　"就知道你这肚子里有点'洋'墨水的人说不出什么好话,"阿古瞪了我一眼,"狗嘴里吐不出象牙来!别磨磨唧唧的,猪肉丸子呢?"

　　"后厨找新兵小韩,现在赶紧去,待会儿肉丸子就掰成肉馅了。"

　　话音没落,阿古已消失不见了。

　　关于阿古当了五连骨干的事情,后来我在见到我们新兵班全班长的时候问了他一句。全班长并没有带过阿古,因为同在一个营,所以大家都还是比较熟悉。

　　"阿古这孩子,你要是一定让我说为啥五连连长让他当骨干,我还真说不上来。就像你现在要是问我们连长为啥当初让我当你们新兵班长,估计他也说不上来。我就是觉得阿古跟以前的我很像,调皮、不听话,还总是惹事,虽然大事情没有,但小麻烦没断过。我们总是会挨班长训,也因为这样跟班长的接触最多,最知道他想要什么样的兵，就算自己做不到那样……呵呵呵。"

那时候，我被全班长和阿古给上了一课。

我被上课了，我手里新来的两个新兵蛋子可就享着福了。我对待他们简直跟对待自己家孩子一样！

全班长走的时候跟我说："新兵有的时候跟自己的娃子一样，你得想办法教育他们，让他们原本没有规矩的生活变得有规矩来，不能让他们做任何出格的事情，这是对他们负责，也是对部队对人民负责。"

对待他们像对待自己的孩子一样？我思考全班长话的时候估计有些断章取义了，我只记住了前半句"新兵有的时候跟自己的娃子一样"。

虽然我还没有孩子，但我可是一个作家，是一个充满想象力的人。就算我没有孩子，那就想出来一个呗。于是我在二十岁刚出头的时候多了两个只比自己小几岁的"儿子"，还是那种不是省油的灯的类型。

喂！看到那两个分配来炊事班的小崽子时，想到了刚入伍时的自己，今年过年，咱们回老部队看一下怎么样？

对新兵都是宠爱，对老兵的尊重，又怎么会少呢？在部队里能做到老资历，那一个个都是"妖精"。

如果你不信，把他们关进雷峰塔试试，我保证不出三年，雷峰塔塔底就能修出一个排污口，然后老兵们继续在雷峰塔下待着。他们永远都在贯彻着一条死令，雷打不动的一条死令，这条死令就是军令如山。无形的军规可以把每一个企图跳跃到规矩之外的思想统统杀死。

"班长，班长。"新兵小韩急急忙忙地跑到我的采购车门前，一脸天要塌陷雷要劈人的惊慌失措。

"立正！"我一声怒喝，"有什么事情不能安安稳稳地说，你急急忙忙是想去投胎吗？"

"是！"小韩这一声喊得有些突如其来，我感觉整个人都有点凌乱。

我一瞬间不知道该说什么好了，好像有千万头羊驼在心里奔腾而过。

"你这个'是'……什么意思？"

"是去投胎！"

我吓得险些爆了粗口。这可是爷们儿的世界。整个红军团似乎连团长养的猫都是公的，小韩说他要去投胎。

"好好说！"

"我们炊事班养的那头母猪，快要生了。"

我一拍脑门，怎么把它给忽略了。班里唯一的雌性生物，我们班的那头母猪嘛！

"大概什么时候生？"

"听送菜的奶奶说，就这个星期。"

送菜的奶奶就是小慧的奶奶，为了照顾她家生意，我私自做主，以后她家有什么菜我们要什么菜，奶奶帮我们带到部队门口，由我派给养员去接她。于是小慧的奶奶就成了炊事班的常客。战友们基本都认识这位热心肠的老太太，也都相信这位老菜农关于一切食材的说法，包括活物。

"在这个星期……那不就是快了吗？"我脑子飞快转起来。

都说母猪生崽子脑子不转悠，有时候会把自己的孩子压死，再不就是给咬死。

这可不行！每一头小猪都是我们的希望，再不济还能拉出去换些钱，可不能就这么给败扯了。于是，就在这一瞬间，我计由心生，对小韩说："我知道了，你先回去吧。"

当天晚上报告司务长后，我就卷着铺盖出发了。我直接搬进了猪圈,跟母猪住在一起。说不上是同寝,可也八九不离十。为了杜绝一切可能发生的意外,这也算是最有效的办法了。

当时脑子里只有一个想法——为了保住小猪,拼了!

正值春季收尾,天气从潮湿转向干燥。湿漉漉的猪圈里大片的屎尿散发出犹如生化武器一般的恶臭。刚进去待了一个小时,我就被熏得有些迷迷糊糊。

母猪可能也知道自己临盆在即,所以对一切都展现出了一种难以理解的亢奋。比如现在,它正做着后腿刨土的动作,并且瞪着一双眼睛,一动不动地盯着我。

我心想:我是来给你接生的,不是来跟你玩西班牙斗牛的,畜生就是畜生,你对它再好,它也不会对你有一丝一毫的感恩。

我用被子把自己裹严实,堆在墙角。

天气闷热,这里又是蚊子跟牤虫的乐园,我不把自己捂严实,就很有可能在小猪出生之前被这里的一堆吸血生物直接血祭。

深夜,就在我迷迷糊糊的时候,母猪忽然发出一声惨绝人寰的叫声,吓得我一个鲤鱼打挺从地上一蹦三尺高。

等我渐渐适应了周围的光线时,我看到母猪的肚子下面出现了一个粉嫩的小肉球。

"早产了?"

没时间说那些乱七八糟的了,我一个大男人,第一次接生就这样献给了可爱的母猪。好在接生成功,母猪顺利产下了九只小粉"团子"。

这小猪刚出生的时候还是蛮可爱的。我抱着最后出生的一只"团子",看着另外八只已经在母猪的乳头上跃跃欲试的"团子",竟然觉得有些舍不得吃了它们。

"爱博!"猪圈外突然有人喊了我一声。

　　"辛苦了。"宋指导员手里拿着把手电筒看了看一身血污的我跟一家十头其乐融融的猪,说道。

60. 三等功

其实对于我来说，全团大会上被团长授予三等功，并且由团长亲自颁发军功章这都不重要。真正能让我为之一振的是我有了三等功之后的附带福利——二十天的探亲假。

参军来到部队已一年半了，五百多个日夜，一万三千多个小时，可以说除了学习，其他的时间我都在想家。

想家是人之常情，尤其是出门在外的人，更觉得回家是尤其的珍贵，用真金白银来换都不换。那些常年离家，多年不回家却一点都不惦记着家的人，我真的觉得他们才是真的有问题。

"慈母手中线，游子身上衣。临行密密缝，意恐迟迟归……"

老妈是不是也在想我，是不是会像我一样思念到极致，食不下咽、夜不安寝？

临放假前先给家里打了个电话，接电话的是妹妹，我问她最近有没有想我，或者一直在想我，老爸老妈有没有想我。

"没有啊。"妹妹一边吃着水果，一边漫不经心地跟我说。

我那个伤心，就甭提了。我想要不要给妹妹买的礼物打折扣,或者干脆不要买她的那一份。那丫头会吃了我吧。从这么多年跟她朝夕相处的经验判断,想让她在我离开家的一年多改变心性,有点痴人说梦。

"你知道吗? 你的眼睛,就像可爱的兔子的眼睛。"

"为什么? 是想说我的眼睛充满真诚,看起来给人一种亲切的感觉吗?"

"不,是你看起来真好骗。"

上车之前我又给妹妹打了个电话,以上就是我们的通话内容。

关于我的三等功,可不是因为亲自接生了九头粉嫩嫩的小猪仔儿的俗事。

那算是一件比较有意义的事情。

"为兵者,拉练乃家常便饭也。"脑子里时刻谨记这句并不是很励志,但是却很真实的话。这样可以让我面对危险或者疲乏时在最快的时间内恢复体力。

六月,天上会下火球的日子。

"你说后羿是不是在今天射的太阳?"我一边保持匀速前进,一边把疲惫带来的眩晕通过转移注意力的方法稍加减缓。

今天拉练的内容是"单兵山地越野",时间为二十四小时,目的地是三座大山之后的一片混浊的仿佛泥潭一般的沼泽。所谓"单兵山地越野",就是整个拉练过程必须独自完成,不得借助任何战友的力量。

为了防止同一连队的人相互扶持,全团官兵被整个打散。但是赶巧了,我跟一个不知道是哪个营的小战士偶然走到了一起。即便如此,按照军规,我们不会给对方任何援助。

说实在的,我觉得团长跟政委熬了三天制定出来的拉练项目,其实一拍脑门也能想到。毕竟是二十四个小时,毕竟是三座大山。

　　这里可是北方丘陵地带,山不仅用"高"来形容,而且还很绵长。也就是说,我们在挑战高度的时候,无形之中已经挑战了长度。在这样的情况下,就算让我们相互扶持,我们也没那个体力。

　　"嗯!"估计小战士把所有的体力都用在不要倒下的劲头上了,对我的话题也只是生硬地应了一声。

　　我讨了个没趣,索性还是闭嘴的好。脑袋越来越沉,呼吸的时候连带着整个喉咙都是火辣辣地疼,我开始出现体力透支时候的恍惚。

　　我忽然想到了给母猪接生完的第二天。当第一缕阳光照进猪圈的时候,刚生过娃的母猪突然发现身边躺了个带着两个巨大黑眼圈的"熊猫"时,几乎一脸的难以置信。

　　那一刻我有一种感冒了去医院看病,结果医生给我做了个心脏搭桥手术,还顺便把我的阑尾给切了的感觉。

　　真是崩溃!我赶紧起身,一跃飞过低矮的栅栏夺路而逃。

　　"当我傻吗?"

　　一边跑一边喃喃自语的我很快被宋指导员逮了个正着。

　　"爱博!"隔着老远,宋指导员带着山西口音,带着空气的共振,一路过关斩将冲进我的大脑皮层。

　　"到!"我赶紧一个急刹车,停出了一道漂亮的漂移线。

　　"你在干吗?"

　　"我,我要去洗衣服。"

　　接生的时候弄得一身屎尿血污,我要是穿着这身衣服进宿舍,保证还没到宿舍,立刻就会被战友狠狠痛扁一顿。

　　"你洗个衣服急急忙忙跑什么?有人追你?"宋指导员朝我身后瞥了一眼说道。

　　"没……没有。"

我想说有猪追我来着，但是怕内容过于惊悚以宋指导员的经验怕是很难理解，于是磕磕巴巴换了内容。

"哦，你去洗吧。"

恍惚间，我似乎看到了宋指导员的脸，他在朝我微笑说："爱博，你们九八年的兵，我最喜欢的就是你！你可不要让我失望啊！"

"是，指导员！"

我动动嘴，想要回答，但是我似乎连张嘴的力气都没有了。

就在我为回答不了宋指导员的话而懊恼的时候，一匹骨瘦如柴却在双眼里透出一股凶悍之气的狼突然出现在我模糊的视线里。那匹狼紧紧跟在那个小战士的身边，但是小战士似乎由于体力透支得过于严重根本无暇顾及身边。

现在距离终点还有一个下山的缓坡，但是看这狼的眼神，似乎它并不想让我们下那个缓坡。至少不想让身边的食物从自己的口中溜走。

我从不会怀疑山地狼的凶残之性，所以我也不会怀疑即便它骨瘦如柴，蓄力之后的一个飞身猛扑也是会瞬间咬断人类脆弱的脖子。

刚刚还迷迷糊糊的脑子如同打了一针兴奋剂，瞬间清醒过来，观察了一下小战士身边的地形，决定还是不要出声，万一惹恼了那家伙，我们俩都得玩完。

我悄悄改变跑步方向，从小战士正身后偏移到了侧后方，确定这匹狼果然单枪匹马，并没有狼群的跟随。对敌方法从脑子里冒了出来。

距离缓坡还有五百米。我从小战士身后转移到狼的身后，拼尽所有力气猛地向上一扑。

狼从我的动作中看出了危险，一个转身从背对我变成了面对我，小战士也终于意识到了危险性，吓得一屁股坐在地上，完全动弹不得。

我没空去管他,把十公斤的背包朝身后一甩顺手抽出平时从不离手的一把磨刀杵。

杵身早已被菜刀千万次的打磨成了亮银色。狼龇牙咧嘴地朝我吼叫,它的动作竟然让我想到了狼肉会不会很好吃。

一狼一人的打斗瞬间,在生存与饥饿之间刀光剑影、不死不休。

那时候我觉得狼牙就在我面前放大,放大。我都闻到了这匹狼身上的腐臭味。

"砰!"一声枪响。

最后,我看到团长一把拎起躺在我身上已经断了气的狼。

我笑了,指了指印象中倒在我身后的小战士说:"安全了。"

"下面有请团长颁发三等功勋章,同志们掌声欢迎!"

台下响起战友们热情并且真挚的掌声。

想想那时候的感情,那时候的单纯,大家一定是振奋了精神真心鼓动手掌。

"同志们好!"

"首长好!"

"同志们辛苦了!"

"为人民服务!"

"好!同志们可能不知道,就在刚刚,我们的一个小同志也跟我讲了同样的话。他是顶着满身的膏药味跟我说的,说句实在话,我很感动。"团长说着,从主席台站了起来,"他以炊事班副班长的职务做着让我这个做团长的都敬佩的事情。来,让我们欢迎李爱博同志!"

我坐在台下的时候不会有很大的感觉,一旦到了台上,这种轻飘飘的无所谓荡然无存。

"感谢团长,感谢政委,感谢全团的战友。其实我并没有团长说的那么……那么伟大。我只是一个普普通通的士兵,只是心里时刻都把自己定位在战场上,我面对的每一天都是战场上的一天,我们需要争分夺秒,需要团结互助,只有这样才能在有限的时间和有限的生命中做无限的事情。这些事情有的时候也许正好可以帮助到别人,既然如此,我们何乐而不为呢?"

一席话说完,我紧张得开始脸红了。糟了,老毛病又犯了,得尽快结束讲话,不然一会儿忘了词可就出丑了。

"在这里,我再次感谢首长的悉心栽培跟教导,我一定会多去做服务于人民、服务于集体的事情!谢谢大家对我的照顾!谢谢!"

"哈哈哈,还是个腼腆的小同志,来,让我们掌声祝贺李爱博同志荣获三等功,经团部开会决定,特批李爱博同志探亲假……"全团深吸一口气,等着团长说出那个数字。"……二十天!"

更加沸腾的掌声经久不息。

61. 探亲

不管目的地是何处,经过长途跋涉的人总是避免不了筋疲力尽。就算我是一个军人,在连续坐了几天的火车之后,我还是发誓以后再也不坐这大绿皮车了。

然而,事实是十几天后,我还是买了一张绿皮车的车票。

所谓"这里的山路十八弯,这里的水路九连环",要是不想被那左一个十八弯右一个九连环的山路给活活绕死,我最好还是乖乖跟现实妥协。

列车长说得好:"兵哥哥,规规矩矩坐车,老老实实做人,如果连这一点折磨都经受不住,哪还能对得起你胸前的军功章?"

回家探亲的假期刚刚开始,下车后的五分钟内,我的人生观就开始出现颠覆。

国防绿自成一体的颜色,永远不可复制的光荣感。自从我穿上这一身军装开始,那种萦绕在内心深处的自豪就已经牢牢刻在我的每一个细胞里。

"姥姥姥爷,爱博没有让你们失望。"我把三等功勋章从左胸口摘下来,放在两位老人的墓碑上,点上一炷香,重重跪到那一片黄土前。"我回来晚了,爱博不孝。"

那天我拼命让自己忍住,忍住,不能哭,姥爷一定不喜欢看我哭得那么丑的样子。但是哪一个长着血肉之心的人面对这样的场景可以控制得住呢?反正我不能。

直到我哭得险些晕倒,才被妹妹迎着哭腔拖走。老爸老妈收起我放在墓碑上的军功章,回来的时候四个人哭了一路。

我们去挑选给乡亲们的礼物的时候,我的眼睛肿得如同两个灯笼。

"好啦,不要哭了,收回你的眼泪,待会儿还要去给乡亲们送礼物呢,哭丧着脸像什么样子。"老妈抹了一把脸上的泪痕,不知道她是在安慰我,还是在说服自己。

"我们的村子,我记忆里的山林,我从来都不曾忘记我的乡亲们。"

"你这是要准备发表衣锦还乡的演讲吗?哼哼哼,省省吧,别到时候一见到叔叔婶子连叫什么都得吭哧半天,我可不会替你解围哦。"妹妹熟练地驾驶着老爸去年给她买的生日礼物——一辆价值不菲的深红色轿车说。

要我说老爸就是太娇惯她了,三句话顶得我差点没咽过气去。"老爸,您觉得您女儿能嫁得出去吗?"

"当然能!"老爸说这话的时候想都没想,直接丢过来一脸的宠溺加上胸有成竹,即便妹妹投过去的是一个几乎没什么黑眼珠的大白眼。

"我就奇了怪了,重男轻女可以说比比皆是,为啥在咱家我这么不值钱呢?"

"因为你……"妹妹从后视镜里朝我微微一笑,"本来就不值钱。"

我觉得我受到了伤害。不过没关系,谁让我跟老爸一样,不论我这个毒舌妹妹变成什么样都会一如既往地爱她呢!

村里还是跟以前一样,一样的平静安逸,一样的悠远祥和,亘古不变的,还有山路崎岖。

"老爸,这里的路您能不能修一下?"

"为人民服务"的宗旨似乎已经在我身体里根深叶茂,"路见不平一声吼"的事情也做得极为顺手。

"我早就已经联系过工程队了,还有你原来任教的西山瑶族乡通往龙湖村的盘山公路,我都要一并修的。"

"那条路怎么了?"

"那条路在上次山洪暴发时被冲断了,现在里面的人出不来,外面的人进不去,唉……"

那就是说,我看不到阿秋了。真是可惜!

再次跟妹妹挨家挨户送礼物,感觉似乎比以前刚刚搬家的时候更温馨了许多。

莫寡妇家新翻盖的房子,炊烟在没有风的时候直直钻进云霄。妹妹说莫寡妇在去年就已经招郎入赘,跟小美结婚的日子就差了不到一个星期。

"她们俩结婚就像是在比谁更拼命似的,也不知道是有什么深仇大恨。这家摆了十个盘子吧,那家就一定要摆十二个,这家都已经结完婚了,一听这事,立刻又加了一场宴席,说是什么庆祝怀孕!哈哈哈,距离庆祝怀孕的那场喜宴已经过去九个月了,谁的肚子都没动静。"

回来探家时我曾答应去几个战友的家里看看,然后告诉他们的父母,他们很好,而且很想家。

几乎每一家都是一样的回应。如果我把那么多清澈或混浊的眼泪收集起来的话,也许我可以许下很多个愿望,实现很多次。

这些人里面也还是有特例的。比如阿古家。

到阿古家的时候,我闻到一股很浓重的中药味,当时我吓了一跳,还以为他家有人病了,还赶忙快走了几步。

"你是阿古那小子的战友?"一个男人站在院子前的一堆簸箕架子后面,看起来五十岁左右的样子,黝黑的皮肤,眼睛跟阿古一样微微凸起,带着一股凶戾之气。

他手里抱着一捆我在山里经常能看到的植物,但是看这个男人对待这些植物的态度,似乎我曾经以为那些只是杂草的认知有误。

"我是阿古他爹。种药材的。"

"伯父好。"我很礼貌地鞠了一躬。

"别给我鞠躬,我就是个药农,你们大户人家的躬,我受不起!"阿古爹没打算把我让进屋里,也没打算说点什么,哪怕是客套话。

"我……我是来跟您说说阿古在部队的情况的。"

"在部队的情况?咋地?那小子犯错误了?"

"没有没有,他……"

"没有就行,你还有事吗?没事可以走了,我很忙。"

说完,阿古爹把最底下一筐"棉絮"一样的东西取出来,很快装进一个袋子里丢给我,说:"拿去,里面是蚕蛹。"然后便转身回房间了。

"我老爸以前是种药材的,他一直很讨厌有钱人。"阿古说。

继老爸老妈之后,我喜欢摆宴席的习惯似乎在我师大毕业以后也没有改过。于是在我返回部队之前,我再一次成了一个宴会的主角。

从来不知道一场宴会之后会是这样的心情。

从到家到返回部队,我们在一起的时间只有那么十几天,十几天真的眨眼即逝。

在县城的客家大酒店里,我宴请了我的好朋友、好同学们。

真开心,大家并没有什么变化。

阿春、阿香、荣兵,我们说起了上学的事情,那时候大家一起抄作业,一起被老师骂,一起逃课。说话说得有点急,想说"从前"结果说成了"昨天",好像是在昨天吧。

齐小月跟齐小亮长得越来越像,倒不是说小月变丑了,我觉得小亮变帅了很多。

文武比原来又壮了不少,相比之下他倒是更像从部队里出来的,我有些自惭形秽。

艳红、阿芳跟马小莉的到来,说实话让我很意外。她们都生活在很远的地方。可以说她们才是实打实的不远万里来相聚,除了感动之外,我也对我自己的人格给予了充分的肯定。

大家这么其乐融融地坐在一起喝酒、吃饭、回忆展望,还有什么比这更激动的吗? 可是今天,我竟然出奇的平静。

似乎就在这一刻,时间静止了,永远静止在了这一刻。

62. 归队

我一直以为"狼多肉少"这句话是用在人极度饥饿的时候，但是有的时候它还可以用在你想了、盼了很久的食物突然出现在面前的时候。你会发现那不光是狼多肉少，有的平时看起来很温和的"伪狼"，也能瞬间突破人类的认知局限，化身超强斗争能力的狼族勇士。

"这是家乡的米糕啊！"那个号称有着犬科类动物嗅觉的顶级吃货阿本，应该是闻着味道过来的。

"走走走，炊事班食堂见。"

赶紧把这狗皮膏药轰走，坐了三天多的火车之后，我现在就想安安静静洗个澡，休息一下。

"班长，这就是米糕？跟我家过年时候吃的米果子差不多。"

小韩是安徽人，是新兵训练结束后调到修理所炊事班的两个新兵中我最喜欢的一个小子。他办事机灵，会变通，而且还不耍诈，不会做那种挂羊头卖狗肉的事，很实在。

"对啊，在我老家这就叫米糕，就是用稻米磨成粉然后烘干

324

成米粉再揉成粉团上锅蒸的。"

"真好吃。"

小韩吃得一嘴的米粉渣,干净的小脸上透出一种莫名的戏剧感,很像流行的一种搞笑艺术——一个人在椅子上坐着,把眼睛跟嘴巴都用白面粉或者化妆用的粉涂成白圈,椅子后边蹲着一个人,负责配音,也就是配合前边人的口型说搞笑的段子,似乎是叫"双簧"。

小韩吃过一个米糕,很知足地擦擦嘴角,转头之后很快又转了回来,捅捅我说:"班长,你看……"

"看什么?"我顺着小韩的手,往外边扫了一眼,只见阿本带来一大帮老乡,在短短三分钟之内把我千里迢迢从家里带来的米糕瞬间瓜分完毕。场面如此激烈,尤其是在最后,米糕眼瞅着就见了底,那几个家伙居然开始上演苦肉计。真是让人啼笑皆非!

"不要抢,我们是战友对不对?是能一起吃苦、一起扛难的兄弟对不对?怎么能因为这么几个米糕就把关系打破呢?"阿本说这话的时候,抓着最后一块米糕的手上一根根青筋正在剧烈地跳动。

"阿本说得是,大家松手好不好,我们坐下来好好说话。"

其实把这件事情回归到最简单、最原始的感情上,他们幼稚得又有点可笑的执着中,带着对家乡深深的思念之情。

在这个军纪即为天的部队里,有些细微的感情是不允许也是不能够被表达出来的,倒不是因为这样的情感表达出来以后会有人嘲笑,而是因为你表达也没有用。

"不会有任何一场战争因为士兵想念家人而终止。他们只能努力地拼命,因为只有这样才能暂时压制住那种在心里汹涌的情感,或者就是让自己四面楚歌。歌一响,那可就是破釜沉舟都挽救不了的一败涂地。"

宋指导员激昂铿锵的话还在心里时隐时现,突然一股热流涌进眼眶,那些在为最后一块米糕征战的执着的老乡,看起来真的很让人心疼。

小韩知道我曾经是一个作家,有些事情很容易让我情绪波动,所以他很理解我。就像现在,看到我流眼泪,他没有上前安慰,只是默默离开,带上门,有人过来他就说班长不在。

修理所炊事班的操作间里,那时候没有所谓主持工作的副班长,只有一个会忽然回到作家身份的李爱博—— 一个为了老爸的从军梦而从军、现如今已经实打实爱上部队的年轻人。

晚饭时间到了,炊事班开始点上炉灶忙碌起来,洗菜、摘菜、切菜……

"等等,小韩,去把我包里的那块砧板拿出来。"

小韩听了一愣:"砧板?"

"对啊,就在我们宿舍班用柜里,刚刚光顾着看老乡们抢吃的了,把这茬儿给忘了。你去拿来,咱们炊事班这块切肉的砧板都快成祖师爷级别的了,咱们也得人性化一点不是?也该让它退休安度晚年咯。"

小伙子们被我说得面面相觑,虽然疑惑我为什么会对一块砧板说出那样的话,但是马上就要有一块更好的砧板可以让切菜更顺手了,这还是挺让人高兴的。

"爱博。"宋指导员不知道什么时候出现在我的身后。

"指导员!"我回身敬了个军礼。

"这次回家,感觉怎么样啊,爸妈身体还好吧?家里一切都好吧?"

"指导员,家里一切都好,谢谢指导员关心!"

"那就好,哈哈……"

宋指导员应该只是来看一下我的状态,说完这几句客套话就转身走出了炊事班。刚到门口,正好与举着砧板迎面而来的小韩撞了个满怀。

"谁这么不……"小韩刚想破口大骂,放下砧板一看是宋指导员,到嘴边的两个字愣是活生生给憋了回去。

"小伙子年纪不大,火气还不小!"看来宋指导员今天心情不错。

"指……指……指导员!"

"这砧板,你拿来的?"

"报告指导员,这是我们班长从老家带来的。班里原来的砧板已经不能再使用了……"小韩话没说完,宋指导员转过头看了我一眼。

"好同志啊!"

这是一种极高的荣誉,因为我记得团长曾经在说到雷锋同志的时候说过同样的话,他也说:"好同志啊!"

虽说当兵的人不会计较什么功名之说,但是又有谁可以真的不计较?犯了错误被班长骂会伤心,然后努力改正下不为例;做了好事为整个班争光,为整个班贡献自己的微薄之力后得到班长表扬,哪怕只是一个眼神、三个字,都可以让一个人的心境发生很大变化,让人觉得爱护集体是应该的。

我承认我有些虚荣,但是有的时候,虚荣并不是坏事。就像我认为,我的班一定是最好的,就算不是,我也会为了让这个班成为最好的而努力,并且带着所有战友一起努力。

如果问为什么那么努力,因为团长、宋指导员对我的器重。这与"滴水之恩必当涌泉相报"是一个道理。

63. 大阅兵

天安门广场,永远给人一种庄严与肃穆的感觉,庄严之中,万千变化纷扰,肃穆之气自是岿然不动。

九十年代的时候,彩色电视机的屏幕上播放着国防绿的方阵阵阵震动天地的口号,还有整齐得似乎可以带着整个天安门广场共振的踏步声。

是的,是一个一个方阵。方阵已经把所有单独的个体全部融汇到了一起。没有单独的士兵张三李四,只有一个整体的一班二班!

同隔着屏幕观看外国国庆阅兵不同,此刻一切如此真实、感动。

"你看,女兵!"

忽然方阵中口号的声音从粗犷渐渐转为悠扬。她们虽然是兵,但是她们是女生。女生特有的嗓音,如同广袤的森林中偶然响起的小溪之声。泉水叮咚,似是在山林中歌唱,又似是山林才是真正的听众。

即便是在千里之外,即便只是听到声音,我们也能够清晰地感受到那种振奋,无法控制的振奋。

平时收看《新闻联播》和政治学习的俱乐部里在此刻响起了整齐并且激烈的掌声。尤其是为女兵训练场劳动过的我,两只手拍得红肿,可就算是这样,我还是有一种未能尽兴的感觉。似乎胸腔之中氤氲着一股豪迈之气,我需要用一种视觉刺激作为引子,然后再以一种身体的动态能量作为发泄的形式把那股豪迈之气发泄出来。我觉得如果不这样做,我一定会因为气血淤积,第二天厌食到只能吃半个馒头。

整个俱乐部除了呼吸声就只剩下呼吸声,有的时候甚至连呼吸声都几乎可以忽略不计了,使使劲儿就能够听到身边人眨眼睛的声音。

电视机里传出机器轰鸣的声音,每一个阵列中都有一个嘶哑但又洪亮的指挥声瞬间盖过一切杂音。我想那就是一种能够出现在每一任班长心中的信仰的力量。

这样的阵容,这样的场面,我忽然想起了女兵们还没进入训练场的时候战友们夜以继日为建设训练场奋斗的场景。

在大阅兵结束后,听到阅兵总指挥宣布女兵方阵获得了"优秀方阵"称号时,我的眼眶湿润了。奔涌而出的泪水让我觉得我们的一切努力都是值得的。虽然我们只是修建了一个训练场而已。

从小时候开始,我的梦里总是会出现很多白天只是看到但是却没有注意的画面。上学的时候就是这样,所以我从不会担心自己的复习时间不够。现在到了部队,我依然还是这样。

我的梦里会出现白天自己没理解的训练项目,甚至可以做无限制射击练习。在学汽车驾驶跟修理的时候,我凭着这样的天赋一路过关斩将,毕业了还获得了"优秀学兵"的称号。在梦里,阳光依旧火辣辣地烫得人焦灼急躁。

64.《澳门,等你百年》

"你觉得我们可以参与这里的一切,不是很幸运很幸福吗?"

"不。"

我有些惊讶地看着小慧,月光里,她仰望着墨蓝色星空,纤长的睫毛扫过空中一片光影。

小慧发现我在看她,抿起嘴唇笑了,说:"我觉得我在这个时候出生在这个国家就是幸福的,不早不晚。"

我问:"为什么这么说?"

小慧说:"你听过唐玄宗的故事吗?"

"唐玄宗李隆基。"

"对,就是他,但是我不想说他的治国之策,因为历史已经证明了他是一个什么样的帝王,我要说的是他跟杨玉环,'君生我未生,我生君已老'。"

"额……小慧,部队马上要开澳门回归庆祝大会了,我要赶回去,明天见。"我落荒而逃。

回到团里准备开澳门回归庆祝大会的大礼堂,战友们已经开始准备各种各样的道具。

就在我刚准备去帮小韩搬桌子的时候，一个穿着整洁的女军官从我旁边横冲直撞走了过去，把我撞了个趔趄，一个桌角猛地砸在了我的脚上！

那感觉应该怎么说呢，就像是不小心把牙签插进了脚指甲里，这时候迎面飞来一个高速旋转的足球，我想都没想，抬脚上去就是一个抽射，于是牙签瞬间齐根没入。

"你怎么回事？没长眼睛啊！"我疼得一头冷汗，话都说不出来，就更不用说跟那女军官讲什么道理了。小韩把一切看在眼里，腾地一下子就飙起火来了，指着那个女军官就开始骂。

"哟，怎么了？砸到你尾巴了？"女军官一回身，连点道歉的意思都没有，开始冷嘲热讽起来，"你一个小兵还敢跟我吵吵，信不信把我惹生气了，你们今晚就得跟着西北风大唱北大荒啊？"

女军官回身的时候，我看到了她肩上的少尉军衔，还有耳挂式耳麦，看来是团里借来的主持人。

作为野战部队，我们团是没有什么文艺特长兵的，也只是一个习惯于舞文弄墨的我了，更不要提什么唱歌跳舞编排表演的，这几个大老粗能把台词念出来就算是胜利了，所以每逢重大节日有什么大型联欢会的话，团长一定会从别的部队里借个把人才来热闹热闹。

千禧年来临，还有澳门回归祖国的重大事件，这场庆祝大会自然要朝着高规格来办。所以请来集团军最高傲的文艺人才也不算出乎意料。

小韩还在跟那个女军官吵架，而且声势越来越大，周围的人闻声停下了手中的工作，开始相互劝说争吵中的两个人。

我虽然嘴上说不出来，但是心里还是分得清轻重缓急，在这样关键时刻，我绝对不能因为自己的事情而影响到整个庆祝大会。

"小韩!"我几乎用尽刚刚积攒起来的全部力气。

"班长。"

小韩听见我叫他赶忙跑过来,说:"班长,你等着,我一定让她道歉。"

"不用了。"我赶紧抓住又想继续往前冲的小韩说。

"可是……"

我知道现在小韩吵架是为了我,但是现在这个时候不是计较个人恩怨的时候,作为一个班长,我要明白这个事理。

"没有可是,干活。"

小韩带着一脸不甘心,但是看到我已经有些生气,只能狠狠地瞪了那个女军官一眼。

"哼!"女军官扬长而去。

为了这次在千禧年之初的大事件,团长特意在庆祝大会开始彩排之前的一个月找到我。

"爱博,你知道这是个大事,不光对于我们红军团,对于整个祖国也是大事。澳门的回归是全体中国人的心愿啊……"团长说得有些激动,眼泛泪光。

"我知道。团长这次来是为了……?"

"是为了让你来写一篇文章。"

"文章?"

"对,一篇关于澳门回归的文章。"

"您是想让我写一篇文章在庆祝大会上朗诵?"

"嗯。你是作家,是诗人,即便是在部队以外的地方也不会有几个人能写得出足够好的文章来的,何况你在部队里,对一切都足够熟悉,所以……"

"好的,我写,这是我的责任,也是我的义务。作为一个作家,如果在祖国需要自己的时候不能站出来展现些什么,还怎么对得起祖国对自己的教育跟培养!"

"好!"团长的大手一挥,带着喜悦气息砸在我的肩膀之上,像是一个烙印,一下子狠狠地砸进了我的心里面,让我至今铭记。

那是一首长诗——《澳门,我等你百年》。

……我不记得那时你离开的模样,可我记得你每一天的模样,你的喜怒哀乐……

等你的每一天都在变得漫长……

站在舞台上,我第一次没有怯场,并且把我所有的感情全部都融进这首长诗之中。

因着我抑扬顿挫的嗓音,台下的人情绪越来越高涨,从平缓到激昂,就像是看着自己的孩子,聆听孩子长大的声音。

他还小的时候我们爱护他,心疼他;然后,日子久了,他长大了,变得有些叛逆,这时候竟然还有心怀不轨之人来破坏我们的关系,最终把我们那不懂世事的孩子带走,让我们经受了长达百年的分离之苦;现在,我们的孩子长大了,成熟了,我们不愿意再有任何隐忍,我们都在做着不懈的努力,最后,我们的孩子终于回来了。

抱着他,心疼与悲愤交织不已。

"孩子,这么多年,你过得还好吗?"

"孩子,你知道,母亲有多想你吗?"

"孩子,我们永远在一起好不好?永远都不要分开。"

澳门说:"好。"

台下此起彼伏地响起战士们浑厚粗壮的声音："好！好！好！祖国万岁！澳门万岁！"

"祖国万岁！澳门万岁！"

一首长诗结束，我和战士们声泪俱下。

"在这里，我要说一些题外话，希望大家可以给我这次机会。"女主持人带着闪亮亮的泪光扶正麦克风说，"我要向刚刚朗诵长诗的战友致歉，对不起。"

女主持人深深地朝着我退场的方向鞠了一个九十度的躬。

"大家可能不知道，就在我们开场之前的一个小时，我撞到了这位战友，并且害他的脚受了伤。真是惭愧，那时候我没有道歉，甚至一点道歉的意识都没有。但是现在……"女主持人泣不成声，"对不起！"

小韩在接应我的时候朝着那个女主持人的方向扫了一眼，然后深深地低下头。

"怎么了？"我问他。

"我错了！"

"哦？为什么这么说。"我故意说一句，我要看看他是不是真的意识到自己的错误。

"我当时不应该跟她吵架。"

"不，"他似乎还是没意识到，我说，"你错在没有认识到自己是一个兵，要学会顾大局。"

65. 学雷锋标兵

二〇〇〇年三月一日,红军团全团集会。团长宣布命令:"李爱博同志军衔由下士晋升为中士,担任修理所炊事班班长职务。"

"是! 谢谢团长。"

"不是谢谢我。"

"谢谢全体战友的帮助。"

团长说:"傻小子,你应该谢谢你自己。"

"谢谢我自己?"

我留恋地摸着肩上的肩章,和昨天不一样的肩章,中士军衔肩章。我跟小韩坐在炊事班后院的台阶上,看着一个又一个熟悉的场景,一个又一个走过的熟悉而又陌生的脸。

"要我说,团长他说得很对。"

"为什么?"我抬起头看着小韩的眼睛。

"班长,你难道真的没发现?"

"发现什么?"我被小韩这么突如其来的一问弄得一头雾水,都开始有点分不清楚东西南北了。

小韩说："能在仅有的二十天假期之中不光想着自己的家，还想着部队，记得部队的砧板不能用了，还千里迢迢背了一块砧板回来；在全团庆祝澳门回归大会上，明明知道自己有很重要的节目要表演，结果被人撞伤了脚，这要是放在别人身上老早就勃然大怒，管她是不是女军官，但是班长你那时候居然第一个想到的是集体，是大局。你说不要把事情弄大，然后忍着剧痛坚持上台表演……不说别的，就单单是这两件事，你就应该好好感谢你的奉献精神。"

那天虽然不是我第一次被人当面夸奖了，但是面对小韩那么直白的、毫无余力的夸奖，在一瞬间，我的心里升起了一股热浪，轰的一声冲进脑门，险些掀飞了我的天灵盖，让我差点在那一瞬间出了窘相。

与此同时，小韩在说话的时候几乎是与我一同面红耳赤起来了。两个兵，还是上下级的关系，坐在一起红着脸，那个画面不是很诡异吗？

"快别说了！"就在和小韩聊天的这段时间里面，我在庆祝大会上好不容易学会的那点不怯场的本事，瞬间崩塌。

原本小韩的脸是挺红的，但是在他看到我红得快要滴出血来的脸，一下子来了乐子。"班长，我还有事，要先走了。"然后心急火燎地冲了出去。

没等他冲出五百米，冲天的笑声突然从门外传来，险些击穿我脆弱的耳膜。

"小韩！"我在身后卷着微笑怒吼一声。

有这么一句话叫作"福无双至"，起初我不信，但是现在，我信了。

二〇〇〇年三月五日，各部队响应中央军委号召，举行为期一天的大型学雷锋活动。

既然是部队的大事,修理所炊事班又怎会甘居人后。

"同志们! 这次学雷锋活动不仅是中央军委对我们每个军人的要求,更是我们对自己的考验。从现在开始,用你们的每一件事告诉自己,你们是兵,是战士。无论在不在战场,都要像我们伟大的雷锋同志一样,随时做好为了祖国跟人民的利益而牺牲的精神。"

"是!"炊事班班务会,响起了一声气壮山河的回答。"我们是兵,是战士,是为了祖国随时可以牺牲的军人。"

早上开饭前的班务会,很成功,这里的每一个人都充满了斗志,充满了热情,似乎只要一声呼喊,就算是立马去前线,我们也能在最短的时间内打好背包出现在开往战场的征途上。

感谢祖国,世界和平,所以我们现在并不需要上阵杀敌。

"同志,你怎么了?"这样的问候几乎一天内在同一个战士的口中会重复十次以上。差不多只要有任何状况出现在我们的视线范围内,我们都会上去问一句。

就是靠着这句话,我们帮了不少人,上到七八十岁的老者,下到刚刚学会说"回家"的小娃娃。当然,也遇到过一些尴尬的事情。

"全体注意。"午饭过后,广播里突然传出团长雄浑而激动的声音。由于太过突然,据说当时蹲在茅坑里的新兵小海吓得一个激灵,提上裤子出溜一下蹿了出来,在团长雄浑的声音中兔子一样奔跑到训练场上,直到团长最后一句"……今晚 7 点 35 分,大礼堂集合。完毕。"小海拖着还没系好的腰带,一脸迷茫地站在空旷的训练场上,然后面无表情地回到了茅坑,继续伟大的"事业"。

好像自那之后就好久没有看到小海自己一个人上茅坑了吧? 不过也好,要是万一再遇到这种事情,也算是多个人多个照应不是？

其实部队并没有传说中那么的枯燥，每天也不是除了训练就是训练，每个年代的战士都有着他们自己的乐趣。我们在枯燥中找到了快乐，找到了我们可以为之精神一振的感悟。战士，军人，或者说……仅仅只是一个普通的群众，似乎不管怎样，快乐永远都是人们乐此不疲的追求。

这种感觉就像在帮助和学习之中，快乐并不单单地只是看到了一个笑话，也有可能是帮助了一个需要帮助的人之后的那种满足。

晚饭过后照常是观看《新闻联播》，《新闻联播》结束后的五分钟之内，全团官兵集中到大礼堂。

"今天召开这个会议并不是突然情况，众所周知，今天是全国学雷锋活动日，那么我们也就借着这个活动日，来颁一颁学雷锋活动的奖嘛。"

颁奖？学雷锋活动奖？这么大阵仗还真是不容小觑咧。

"现在，让我们请获得全师学雷锋标兵的……"说到这里，全体官兵瞬间屏住呼吸瞪大了眼睛，虽然目视前方，但是眼角的余光已经把所有有可能获得这一殊荣的人扫了个遍。

我被扫了好几眼，因为就在我也开始搜索的时候刚好跟几个人的目光撞了个正着。

"修理所炊事班班长李爱博同志！"

我一时间没有反应过来，在底下鼓掌鼓得还挺起劲儿。直到身边所有人的目光声集中到我身上时，脑子里"嗡"的一声。

"经师首长批准，授予我红军团修理所炊事班班长李爱博同志'全师学雷锋标兵'光荣称号，号召全体官兵向李爱博同志学习！"

脑子里无数只小蜜蜂嗡嗡嗡，绕得我有些天旋地转。我试着用尽全身的力气在脑子里回想自己今天都做了什么,然而事实上我在今天这个特殊的日子里并没有做什么特殊的事情。我觉得这个奖项我受之有愧,我应该跟团长说清楚。

"报告团长。"走上领奖台,我先是敬了一个军礼。

正当我准备说话时,团长先说了话:"李爱博同志在修理所炊事班,勤勤恳恳,乐于助人,时刻以集体为重的精神值得我们全体官兵学习。"

"谢谢团长。"就在那一刻,我的大脑只能支配自己说出这么一句话。因为在那一刻,我的大脑一整片都是空白,我突然忘记了要说什么。

"一九九七年十二月,李爱博同志光荣入伍,新兵训练结束后选送到师司机训练大队和军区汽车技工训练大队集训,在集训期间以优异的成绩和出色的人品赢得了一致好评,是我红军团外出集训的杰出代表和榜样。并且,在李爱博同志荣获三等功被批准二十天探亲假时,他依旧心系部队,代未能回家探亲的战友探望他们的父母……"通讯员在此时送了一打信纸递到团长手中,"这些都是李爱博同志探望过的战友的父母给部队寄来的信,这里面的字里行间对李爱博同志的所作所为给予了高度认可和深沉的感激,我为我们红军团里有这样优秀的战士感到无比骄傲和自豪。"

团长脸上的表情突然开始变得激动起来了,我看到台下有很多战士的眼睛也开始泛出泪花。

当时,我只是觉得大家都是战友,都是儿子,他们的父母自然也就是我的父母。儿子回家了,回家看看父母,这就是天经地义人之常情嘛。

一直到此刻,我看到在团长手里的信件,我依然觉得我所做的一切都是义务,我不知道会有这么一天。

"……爱博,你知道吗? 其实给你颁奖也是一件挺累人的活呢!"团长取过奖章走到我身边小声说道。

我被说得一愣,一下子没有反应过来。

团长拍拍我的肩膀,乐呵呵地说:"小子,你的事迹太多了,我就是挑挑拣拣地说,也得说上一两个小时,你说我要是都说完整了,那还不得说到明天天亮啊。"

66. 批准退伍

天下没有不散的筵席。我从来不认为离别是一件让人难过的事情。既然流水，自然不会有永远的冰冻，我们不离开部队，又怎么能给新兵同志机会呢？

只是有的时候离别来得实在是太突然，让原本习惯了平静的心突然受了一记重锤，着实是让人招架不住。

"李爱博，经过团里研究讨论，一致希望你可以留在部队继续服役。你这块好苗子，我们真的舍不得你退伍啊！"临近退伍，政委忽然叫我去办公室一趟，对我说。

说实话我真的动心了，毕竟在部队苦过累过笑过，留下了太多太多的记忆和感动，可是，有的时候理性与感性的较量中，我还是会在身后流着眼泪帮助理性一把。所以，对于政委的一番话，我也只能选择回绝："感谢首长对我的厚爱，这几年来，也辛苦首长对我的栽培。对于部队，我有着非常深厚的感情，可是，对不起……我还是不能留下。"

"为什么啊？你也说你对部队有着非常深厚的感情，那就留下来啊。在部队好好干,我们相信凭你的本事,在部队能干出一番事业的,难道你就不想为国防事业贡献自己的力量吗？"政委有些激动,竟然从座位上站了起来。

"我……对不起,政委。"

这几年里,政委对我的照顾跟关爱我记在心里,也无比地感谢他,可是我不能忘了我是带着龙湖希望小学所有师生的希望,是为了完成老爸的军旅梦才走进军营的。

我深吸一口气,后退了一步,敬了一个军礼,说:"政委,我不能继续留在部队,我要回去继续从事教育工作,履行当初的诺言,我要用自己的行动为祖国培养出更多的人才。我要把有限的力量投入到无限的教育工作中去,还请政委理解。"

政委愣了一下神,半晌之后,叹了口气,摇了摇头,坐回到了原来的椅子上,说道:"罢了,罢了,流水的兵,你去跟团长说一下吧。"

在那一瞬间,政委似乎一下子老了好几岁,就连坐下的动作都像极了一个迟暮的老人。这一刻,我好像有点体会到了当年爷爷离开老中医身边时候的那种心情。他那一句"流水的兵"就好像是一把尖锐的利剑,深深地刺进了我的心底。可是即便如此,即使我的心中有无限的不舍,我也依旧没得选择。毕竟一个人的情绪跟一个学校、一个家庭,甚至是一个区域的期盼相比,真的是太过渺小。

"算了,不让你为难了。但是你要记住,只要你当过一天红军团的兵,你就永远是红军团的兵,一辈子也不要忘了你当兵的经历。"

"是！团长。"

虽然过程很曲折,也很让人心痛,可是结果终究还是离开。

"鉴于红军团在本年度军事训练中表现出色,集团军首长签署飞虎师红军团荣立集体二等功通令,所以我们红军团就是二等功团。"在退伍老兵誓师大会上,飞虎师师长宣读集团军命令。

这道军令就好像是一个巨大的光环笼罩在红军团的上空,它永远守护着这里,为它爱的人驱散了冬天的寒冷,驱散了一道道迎面而来的利剑。在那之后,功成身就化成一个个小小的荣誉,轻轻地落在每一个红军团官兵的头上。

荣誉这种东西,在我的眼中不是用来炫耀的资本,而是一股用来催人奋进的力量。在我临退伍之前红军团可以获此殊荣,虽然并不是个人荣誉,但是这样的需要靠团结才能获得的军功章,真的是实打实地刻印在每一个红军团官兵心里的光辉。

在那个时候,我们的心脏是热的,血液如同烧开的水一般翻滚着、沸腾着,即便是在努力的压制当中,也会带着一种所向披靡的冲劲、一股不留余力的干劲。如果不是被铁一样的部队纪律约束着,我们一定早就跳起来拥抱并且喜极而泣,哭得特别丑的那种,因为那样子哭得最痛快、最淋漓尽致,最能够表达我们的喜悦。

"经团部研究决定,授予修理所炊事班班长李爱博同志军衔为预备役上士。"

团长在我们离开部队前一天又召开了一次全团集会。我从座位上起立,向全场首长战友敬礼。我努力控制自己不流泪,可是从眼眶里面流出来的咸湿的液体还是如同倾泻的洪流一般一发不可收拾。同年兵退伍服预备上士仅有的一个名额后落在了我身上,不激动是不可能的。

"感谢首长的关心,感谢战友们的支持! 我……"

马上就要离开这里,我还能说些什么? 我不知道我该怎么表达我自己的心情,喜悦的是自己获得了三等功、全师学雷锋标兵、预备役上士的荣誉,悲伤的是再也见不到的每一张脸。

　　心情这种东西,一旦变得复杂多样起来,还真的不是说想要控制就能够控制得住的。因为在那一刻,心已经彻底地乱了,所有的情绪混杂在一起,无法控制,横冲直撞。

　　也许,团长跟政委就是看到了我在那次大会上的眼泪才劝我留下来继续服役。然而古代花木兰替父从军之时也终究只是带着无法推卸的责任,就像现在的我。

　　为人子,完成父亲最大的心愿就是我的责任。现在,任务完成了,我要回去兑现自己的诺言——赡养父母,教书育人。

　　身为战士之前我还是一名人民教师,三尺讲台是我为教育事业奉献的地方,为我的学生,为祖国的未来。

　　也许,最终也没有什么对不起,只是选的路不一样,报效祖国的方式有些差别,只要心里想着同一个方向,即便在不同的舞台,也依旧可以发出耀眼的光。

　　来的时候只是带了一小包生活品,现在要离开部队,结果装了一大包满满的回忆。当兵这几年,也算是收获颇丰。

　　"小韩,如果有机会一定要去我家那边玩,班长招待你!"

　　小韩哽咽了半天,呜里哇啦说了些什么,说的什么我到现在也不知道,所幸我还真跟小韩再次相聚。

　　两年后小韩退伍,在他的家乡开了一家饭店"老兵面馆",门口还立着一座半人高的铜雕像。

　　"嗬!小韩啊,你门口那雕像,怎么看着那么眼熟呢?"我喝了一口清酒,顺手指了一下门口说道。

　　小韩扑哧一声笑了,说:"能不眼熟吗?你也不拿着照片看看,那脸上的一颗小痣跟你的是不是一样?"

　　好家伙,合着这小子把我当"门神"了。"你小子!"我笑了笑说。

　　"班长,你知道我为什么要在门口立一座你的雕像吗?"

"我哪知道？你小子满脑子稀奇古怪的想法，想跟上你，哈哈哈……饶了我吧。"

"在我的老家这里有一个习俗，就是把自己最尊敬或者崇拜的人的样子做成雕像立在门口可以保生意兴隆。因为你尊敬的人身上一定有可以吸引人的优点，他们吸引你，那他们就能吸引更多跟你有相同观念的人，所以……"

"所以你就把我放在门口风吹日晒？"

我夹了一口菜放进嘴里，不错，真不错，小韩的手艺这么多年真的是又精进了不少，比我的厨艺好多了！

"哪有，我可是天天都有好好照看那雕像的……"

自那之后，我们就再没有见过了，不知道他现在过得怎么样，估计也从"小韩"变成"老韩"了。

临上车之前，小慧终于还是赶到了火车站。她应该是赶了很远的路，脸上的汗珠像是被雨水打湿一般。

"不是说不要来了吗？"我站在她面前，掏出手帕擦过她鬓角的汗水。

"你说走就走，我还不能送了？你这人怎么这么不讲理？"

鬓角的汗水擦过，脸上的泪水确实却越聚越多。

"爱博，你说，你这次离开以后还会回来吗？"

小慧的眼睛像北方最晴朗的夜空一般，清澈干净。

"也许不会了。"

我不想骗她，既然不能实现，就不要留下任何希望。

"好！"小慧也算是冷静，"那你能不能记住我，至少，不要忘了我。"

"好的。"小慧伸出双手抱抱我。

这时，列车员喊了一声："老兵快点上车，准备开车了。"

我从她的怀抱里撤出来,小慧依旧伸着双臂,哭了。

"不要忘了我!"小慧在我身后喊道。

"回去吧!"我登上列车,朝立在原地流泪的小慧说。

列车开动了,火车的鸣笛声震得我听不见小慧在远处的呼喊和歇斯底里的哭声,也可能是我故意选择不听,因为我的心中有了太多的不舍,我害怕如果我一心软,我就留在了这里。

在华北偏西北的小城,那所军营,是我常常在梦里回去的地方……

第四部

回归

（2000—2016）

67. 回乡，我是预备役军人

退伍之后，我再一次站在了家乡的土地上。这一刻，一种特殊的感觉油然而生。

我曾经是一名人民教师，是一个可以写出漂亮文字的作家，而现在，是一名退伍军人，但仍会选择做回一名手持教鞭的人民教师。

也许有人会问，既然终究要回到教师的职业上，那你还当兵干什么？就因为替父圆梦？

当然不是，替父圆梦只是一个方面，如果我本身不喜欢当兵的话，我还真不一定会去蹚这一趟河，可我最终还是进了部队，为了我自己，也为了老爸。

归根结底，我对部队有一种解不开、放不下的情结。

从部队退伍回家，第一件事自然就是到县人民武装部报到。接待我的是军事科罗科长。

罗科长是部队转业军人，上过抗美援越战场，头发浓黑，脸上有些皱纹,但是这些皱纹让他看起来更像是经历过沧桑的人。一双眼睛不大,却透着一股子豪气。

我觉得证明一个人是否当过兵,眼神是很重要的。一般当过兵的人的眼神,不论是慈祥还是严肃,都有一种可以直抵人心的力量,如果面对他的人是善良的、坦诚的,自然会发出"怎么会有人的眼睛可以传神到这样的地步"的感触,可如果面对他的是坏人,或者做过坏事心虚的人,那也一定会惊讶于为什么从这双眼睛里竟然可以看出"审问"的感觉?

说实话,第一次看到罗科长的时候,我还真有点心虚,倒不是说我做过什么坏事,毕竟在部队的时候跟当地的女青年有书信联系,只这一件事,就足够我在一双洞察秋毫的目光中如赤身裸体一般不知所措。

"罗科长好。"我先问了一声好,先卸掉心里的尴尬。

"嗯,你好,你是李爱博?"

"是的,罗科长。"

"小伙子很年轻嘛,哪年兵?"

"九八年。"

"学技术的?"

"……是。"

我当时很惊讶,从进门到现在为止,我可一句未提我在部队里的事情,罗科长居然一下子看出我是学技术的。真是神人!

"在过炊事班吧!"

"是的。"

"过来填一下表格。"罗科长抬头打量了我一下,随手递过来一张表格跟一支笔。

"哦!"我乖乖上前按照要求填好。

罗科长在我的退伍证上写下"服预备役",下面跟着一个鲜红的"荔州县人民武装部"公章。从那一刻起,我已经是一名正式的预备役军人了。

"你去县退伍军人安置办公室报到吧!"罗科长指了指门口,"出门右拐,走过三个门口,向后——转,齐步——走!"

我跟着口号,向后转,齐步走,出了门口才突然想起来我已经退伍,手里的退伍证上刚刚盖着公章。

神奇的老兵。除了"神奇",我真的找不到任何一个可以用在罗科长身上的形容词。

在县退伍军人安置办公室接待我的是李主任。她是一个看起来很慈祥的阿姨,齐耳短发,带着些许花白,跟罗科长相比李主任似乎要年长一些。

"李爱博,你参军前做啥的?"

"在西山瑶族乡龙湖希望小学教书。"

"哦,那边的条件很艰苦啊!"

"也算不上很艰苦,教书育人,重要的还是在育人,又不是为了享受。"

"呵呵呵,小小年纪,看不出来觉悟还是蛮高的,是党员吧?"

"是的!"

"好啊,这样很好。"

"嘿嘿嘿……"我有些不好意思,脸上的温度开始升起来。

"在部队的时候是在哪里?"

"在……万岁军飞虎师红军团。"

"哟,红军团,就是今年万岁军的二等功团?小娃子,就凭你这红军团当兵的经历,有前途啊!"

"谢谢李主任夸奖!"

上个月的消息,现在就已经传得沸沸扬扬了,这消息的传播速度还真是不容小觑。刚刚的羞涩瞬间化为骄傲之情。

"请李主任安排我的工作。"

"小李同志，你得知道国家现在正是用人的时候，就算是把你分配到别处，你也要接受。这样吧，你去县教育局人事股报到吧！"

前半句话说得挺吓人，像是要把我发配到边疆似的，可是后半句话居然要让我去县教育局人事股接受分配，这算不算是无形之中的巨大恩惠？

李主任潇洒地回到了椅子上，拿出纸笔挥毫泼墨，好一副文人风范。

看得出来，李主任年轻的时候一定很严谨，轻轻铺展开信纸的动作，拔出钢笔时端坐的脊梁，还有每写一个字都集中全部注意力的态度。这些习惯一定是从年轻的时候坚持才能在年长的时候自然表现的。

我吃过午饭，稍稍休息一会儿，直接驱车赶往县教育局人事股报到。

我记得廖股长曾经就是在这里工作，几年没见，不知道他家女儿最近还好不好，是不是又懂事了些。

"廖股长去年就已经退休回家，安享晚年去了，哈哈……真是，他也终于可以好好休息一下了。他刚接任股长的时候正是改革开放初期，可以说是百废待兴，每天都能看到他忙得脚不着地，如今也算是可以好好休息一下了。"

"是啊，廖股长也是该好好休息了，忙活了那么多年。"我跟着附和了几句。

现在接任股长的是曾经廖股长的副手——陈副股长，大中分头，特帅。

"……其实你现在能来这里，都是江局长安排好的。"

"江局长？"这又是哪个大人物？

一时想不起来太多姓江的人，印象最深的就是我在民族师范学校的语文老师江百川。

"就是你原来在民族师范学校的语文老师江老师啊！"

天下竟然有这么巧的事情！我稍稍震惊了一下，震惊于我又能再次见到我的江老师了，不，现在应该叫江局长。

"你说，江局长安排好的是什么意思？"

虽然震惊，但是鉴于我在部队之中的训练，我还不至于因为震惊而糊涂，基本的思考和追问还是有的。

"在你退伍回来之前，应该说在你回来的列车上，江局长就已经得到了你退伍的消息，于是召开局班子成员紧急会议，就你的分配问题做了讨论。"

"那结果呢？"

"结果就是决定把你分配到你的初中母校。"

"您是说……县民族中学？"我的内心剧烈地跳动了一下，没想到时隔那么多年，我还可以回去，而且是以教师的身份。

"你要去县民族中学办公室任办公室副主任，同时是周校长的专职司机，十天之内报到。李爱博，回家好好休息，调整一下心态。"

我确实需要调整心态。在我以为我会重新站上三尺讲台的时候，那个地方却没有我的位置。我会到更高一级的位置，并且工作轻松，去做周校长的专职司机吧，从事你在部队里的对口专业。

说不上来是什么心情。不拒绝，不欣喜。

不拒绝是因为在部队里学到的面对分配的态度，不欣喜是我以为可以重执教鞭，结果给了我一把方向盘和一张桌子。

我是办公室副主任，不是班主任。不是可以跟同学们说"上课，翻开课本第二十页看注释"的语文老师。

我确实需要缓一缓心情。

68. 阿秋要嫁人了

回家休息了三天,其间被妹妹当苦力一天,回家乡看望爷爷、祭奠姥姥姥爷一天,睡到昏天黑地一天。

三天过后醒来的时候,差点忘了我安排在那一天的行程。

这要是放在当兵前,我还在龙湖希望小学教书的时候,肯定是天还没亮,公鸡都在做梦的时候我就会被准时叫醒了。然后那个小女生会喋喋不休地在我耳边说"你今天要去哪里哪里,要干什么什么……"

应该整整有三年没有见到她了吧?我睁开蒙眬的睡眼开始回忆。

是的,上次那二十天假期的时候正好赶上通往龙湖村的路被山洪挡住,我们没见面。这次一定要去看看她了,并且看看我的学生们是不是在好好学习,又有多少个人已经考上了中学走出了大山。

"是时候回去了!"

"哦。"咬了一口马上就要化掉的冰激凌,用一种"你爱说啥说啥,我该干啥干啥"的语气意味深长地回了一句。

"哦?你就一句'哦'?"我甚是惊讶于妹妹的处变不惊,在部队做了那么长时间的班长跟优秀士兵,这似乎是我退伍之后第一次遭受这么大的挫败。

"我说……"我有些微微愠怒,"你就不能有点求知心吗?就算没有,那一点羞耻心总该有吧,别人说你文盲,你还很骄傲怎么的?"

"哦……"我庆幸于妹妹突如其来的醒悟,看来她还不是无药可救。没想到接下来她说:"不知道。"

算了,无药可救就无药可救吧,反正我不想救了。救她,我心累。

老爸出资新修了从西山瑶族乡政府驻地通往龙湖村的山路,原本泥泞不堪、蜿蜒曲折的山路如今一马平川,汽车行驶在平坦的水泥路面上,心里有一种难以言说的安宁。

上午九时二十分,一辆车抵达西山瑶族乡龙湖希望小学门口。

三年了,学校并没有多大变化,两棵卫士一般的垂柳依然在风中摇动自己纤长的柳枝,就像我刚来的时候看到的一样。我看到的一直都是它几十年或者是十几年前的样子,带着浓重的民族特色和历史韵味。即便是这里的孩子们毕业了、富裕了,只要想想家乡,想想这所学校,就会在脑海里出现门口的两棵垂柳。

学校里面传来一声高过一声的读书声,带着对春天的憧憬、现实生活的憧憬和对未来的憧憬。

"人间四月芳菲尽,山寺桃花始盛开……"是在想桃花吗?也许是在想桃花盛开之时那个可以从自己的手中高高飞上蓝天的纸鸢吧。

"……儿童散学归来早,忙趁东风放纸鸢。"

妹妹第一次如此诗情画意地朗诵诗句,一时之间我还有点没能接受。"你刚刚说什么？"我带着一脸的希冀看向她。

"刚才他们读的那首诗的下半句啊。"

"一记重锤"在我欣喜过后毫无征兆地把我打晕掉了。真有一种想要拎起头发把自己甩上高空的冲动。

"你是想在这里等你的宝贝学生们下课，还是怎么样？"妹妹朝里面望了一下，似乎并没有人注意到门口突然开来的汽车和从汽车里下来的两个看起来"鬼鬼祟祟"的人。

"不等，我们去村委。"

学校隔壁就是村委，我们把车停在了学校门口，走路过去。

"赵书记在吗？"我站在村委大门口喊道。

"赵远方书记！"妹妹在完全毫无征兆的情况下突然发挥了她在家发脾气时用的"狮吼功"，吓得我条件反射般向后退出一步摆出格斗姿势。

妹妹像看怪物一样朝我翻了一个白眼，"就你这点胆子，切……"

我瞬间尴尬了一下，心想，你哥哥我算是镇定的了。

这时，办公室的青绿色木门吱呀一声打开了一条缝隙。

"谁啊？"书记办公室里冒出来一个脑袋，紧张兮兮地问。

一看是我，那人顿时松了一口气："吓死我了，我还以为山上的野狼下山了呢，差点就报警了。"

赵书记把我们迎进了办公室，专门泡了一壶清茶，茶香瞬间溢满了整个办公室。浅碧色的茶汤、浓郁的茶香，那味道，是地地道道的家乡茶！

从部队回家之后，我们就光顾着忙，连以前最喜欢的家乡茶都没有来得及喝上一口。幸好今儿个算是补上了，也是不虚此行。

"你们来怎么也不提前知会一声，万一我要是去乡政府开会可咋办？"赵书记揉了揉太阳穴，似乎经历了什么惊心动魄的事件似的。

"哎呀,我们又不是什么大人物,自家人还客气什么。"

我打着哈哈,跟赵书记有一搭没一搭地聊着这几年村里发生的事情,大大小小,桩桩件件。上到谁家又给村里添了新苗子,下到谁家的母猪生了几个猪崽子,几乎什么鸡毛蒜皮的事情都会扯上一把,毕竟在这个巴掌大小的地方,每天会发生的也就是这些事情。

"……阿秋最近还好吧?"我扯到我最熟悉并且赵书记也最熟悉的话题上。

出乎意料的是,这时候赵书记竟然选择了沉默,气氛一度陷入尴尬。

过了小半晌,赵书记终于叹了口气,说:"那丫头,要嫁人了啊。"

"啊?"我有点惊讶,倒不是说因为阿秋说过要等我回来,毕竟缘分这种东西向来可遇不可求,我总不能因为年轻时候的一句话就夺下人家的一辈子,但是心里的失落还是有些在所难免。

"阿秋在你走后的三天里一直把自己反锁在屋里,不吃不喝,醒着就是哭,非说你去当兵是因为要躲开她,她当时的心情……唉……"

我能想象得到这个倔丫头一旦钻起牛角尖,那真不是闹着玩儿的,可是我没想到我的离开给阿秋带来了那么大的伤害。

"唉!造孽啊。"我低下头,不再说话。

"其实你也不用这么说。你走了以后第二年春天开学,为了补你的空缺,乡政府又给我们这里调来了一个老师,也不知道是不是上天的安排,这次调来的这个老师,竟然跟你有很多相似的地方,不管是外表还是什么,哪儿哪儿都透着你的影子。"

"真有这么巧的事情?"

我脑海中闪现了很多青春偶像剧的剧情,并且在赵书记的描述中——被证实。

阿秋开始关注那个男老师,只是远远地观望,并不采取主动,因为她的心里留着我的位置,并且毫不动摇。可那个男老师却并不想只是被单纯地关注。于是他对阿秋展开了猛烈的爱情攻势。

各种浪漫和小惊喜开始不断出现在阿秋的生活当中,比如会有不认识的小同学带着一束新鲜的野花敲开她家门,比如她在田里干活饥肠辘辘的时候,恰好送来过年才能吃上的肉夹馍……

半年后,阿秋终于说服了自己,从我的影子里走了出来,开始重视这份专门为她而来的爱情。

新老师姓朱,相比于我,朱老师是一个更加有定性的男人,至少在感情方面已经很成熟,他愿意给阿秋一个幸福并且温暖的家。

真心祝愿两个人可以白头偕老……

69. 第二次参加工作

十天的休息时间说长不长,说短也不短,眨眼间就过去了。

到县民族中学报到那天,场面阵仗看起来完全不像只是欢迎一个新来的办公室副主任。

周校长老远看到我后马上回头朝身后招了一下手,紧接着,一阵喧天锣鼓齐声而起,树上的鸟儿吓得仰天大叫,振翅远飞。

"校长!"我激动地上前握住周校长温暖有力的双手,泪珠子啪嗒啪嗒直朝地上掉。

再次回到县民族中学,回到改变了我命运的校园,我真的是百感交集。

十一年前要不是来了这里,我的一辈子,估计早就在县二中交代了,交代得彻彻底底,连点余地都没有。

你尝过绝望堕落的滋味吗?你闻到过那种味道吗?你知道那是一种怎样的体验吗?我知道,我都知道,所以在县二中时候的记忆,是我最不愿提起的往事。每次谈起那段光景,我都希望能极尽语言之所能地一语带过,到了后来更是干脆不提那段往事,只对别人说我从县一中转学到县民族中学的。

"感谢你,爱博,感谢你愿意回来。"周校长激动地说。

那一刻我在为我自己刚刚接到这个分配时抵触的情绪感到自责甚至是羞耻,如果当时我就想到,我回到母校会给我的恩师和校长带来美好的心情,那我一定心甘情愿。

明知道教育工作在任何地方都可以开展,明知道母校给了我机会,明知道那所年轻的学校需要年轻的人……

"校长,我回来了。"我真的是不知道该说些什么,不知道该怎么面对这位比我老爸小几岁的周校长。

"欢迎回家。"周校长带着一脸的欣慰说。

我说:"这次回家,我就不离开了。"

周校长用力地拍了拍我的手背,说:"好好好,全校师生欢迎你回家。"

周校长的话音一落,刚刚停歇的鼓乐声再起,就像是排练了无数次一样熟练。

那一刻我第一次体会到自己如此被需要,即便是在部队,那种被需要的心情也没有如此强烈过。

"这是你的办公室,就在我办公室旁边,以后也好有个照应,有什么事情可以直接问我,工作累了,还可以去班里听听课。想当年你小子可是特别喜欢上课的,你还记不记得,哈哈……"周校长拍着我的肩膀,对我在县民族中学的那点癖好居然如数家珍,看来当年我的那点底子老早就被他摸清楚了。一阵羞怯突然从心里蔓延开来,那感觉就像是小时候尿床被老爸发现一样。

我不再说话,低下头一脸羞涩,但是有一种幸福感也在那羞涩中迅速扩散。

"校长……"

那时候年轻,囧事还真不少,被周校长这一件一件抖出来之后还真有点挂不住了,再不制止一下,估计周校长有可能说到明天早上去。

"哦!哈哈哈……害羞了?上学那会儿就跟个小女生似的脸皮可薄了,这都当了好几年兵了也没改掉!好啊,好啊,这也不是坏事,哈哈哈……"周校长开心地说。

第一次发现他一个数学老师竟然也这么能说会道呀!

中午吃饭,周校长本想请我到学校外面的酒楼,但是我迫切想尝一尝食堂的味道,于是在我的坚持下,午饭的地点定在了学校食堂二楼一个新增加的炒菜排档。

菜里是浓浓的家乡味道。也许经常吃的人不会有什么感觉,但是对于我这个在部队吃了三年天南海北味道的人来讲,家乡的味道不仅仅可以代表一个区域的饮食特性,更能代表一个地域祖祖辈辈的饮食传承。品尝菜系,吃出感情,这是部队炊事班的基本功课。

自然,跟谁一起吃饭,也会对这食物的味道有着极大的影响力。

"爱博,你知道为什么我今天这么开心吗?"

"为什么?"我把面前的菜送进嘴里,跟着周校长的话一起细嚼慢咽。

"你知道,你们是我们县民族中学建校以来的第一届毕业生。"

"这我当然知道,我还记得我们毕业的时候补开的那场声势浩大的毕业仪式呢!"

毕业的时候,根据上级教育部门的规定,学校不允许召开大型庆典活动,于是我们的毕业仪式只能用"简单粗暴"四个字形容。而等我们正式拿到毕业证以后,我们又接到了一个特殊的邀请,那还是校长亲自发出的呢。

"你小子,总是能记住这些事,不要以为你后来写的那篇登到《荔州报》的文章我没看到啊,哈哈哈……"

"那就是写给您的,您要是没看到,我得多伤心呢。"

"行了,你也不用逗我开心了。话归正题,其实你今天能回来,真是给我最好的礼物!"

"为什么这么说?"

"你是第一届毕业生,也是第一个回来工作的!"

"嗯,跟我同届的……没有回来工作的吗?"

周校长摇了摇头,叹了一口气,说:"没有,不光是跟你同一届的,后来的几届,也没有回来工作的……"

"他们……也许只是忙自己的事业吧!"

我想替同学们和学弟学妹们打个圆场,但是我突然发现这个圆场真的无力。没有时间,忙自己的事业——烂大街的借口。

"哎,算了,不提了,你能回来工作,我就知足了!"

"我们以后的学生还会有很多的,保不齐就会有人再回来,机会还多嘛!"

"就你会说话。不过爱博,这次你退伍回来,县教育局没有让你去一线教书,你怎么想?"

我心里一惊,周校长看似无意的问话直抵我心底,并且连点余地都没留。

"这个……"我一下子有些答不上来。

"上级规定从本学期开始,校长就不能自己开车了,原因嘛,就是安全第一,江局长知道你在部队里学的是汽车驾驶跟修理,所以做了这个决定。"

也许周校长是一个怀旧的长辈,他希望他得意的学生能在他身边工作,江局长也看到这点,便把我留在周校长的身边。没想到这个决定对我今后的人生道路有着重大影响。

"不过你也不要以为做我的专职司机就是受限制,我一般都是待在学校里的,所以你可以用办公室副主任的身份开展日常工作,如果想上课就去替请假的老师上课,知道你喜欢学生,我也不是那么不近人情不是?"

"校长这是说的哪里话!"

从我抵触回到母校开始,我的心就一直备受震撼,一直到早晨握住校长那双温暖有力的手开始,我的自责已经不允许自己再做出任何拒绝的事情。周校长说得对,这里是家,县民族中学就是我的家!不管我在外面漂泊多久,最好的归宿依旧是这三栋教学楼的范围。

自第一天报到以后,我就开始了扮演起学校办公室副主任兼校长专职司机的角色。另外我还给自己添了个任务——负责周校长的人身安全。

也就是一个不怎么专业的保镖。说不专业只是因为在部队里练习的擒拿格斗一般都是用来对付身手比较不错的敌人,这样的结果就是如果有普通人想要袭击周校长,那我的下手很有可能失了轻重。

不过我也算是有点杞人忧天,就这么和蔼可亲又带点执着倔强的大叔,有什么人忍心去找他的麻烦呢?除非那人是实在闲着无聊想找周校长下下棋,比如我没见过的差点让我摔成骨折的新任副校长。

70. 周学姐

二〇〇一年新春伊始,浓浓的年味弥漫在城市上空的每一片云层之中。

周校长家里的电话突然在一天的早晨打了个喷嚏。接县教育局的工作通知,周校长要到县教育局会议室参加开学工作会议。我作为学校办公室副主任、周校长的专职司机护送周校长去参加会议。

我没想到,我家新换的按键式电话也在第二天打起哆嗦,还没习惯新电话铃的妹妹一听到这个声音,直接就从丹田深处冲出一股真气,然后瞬间冲破任督二脉裹着劲风就吼了出来。本来我是没有被电话吓到的,但是妹妹的尖叫却把我吓得手里的杯子一歪,刚倒进去的满满一杯滚烫的开水全洒在了我军绿色的睡衣上。那可是流行的绒毛睡衣,很吸水的那种,洗的时候倒进去一盆水,结果有一半都被衣服吸收了的那种料子。

"啊!"

我跟妹妹的尖叫声在家里此起彼伏。

结果,我们家在一天之内被邻居投诉三次,被社区居委会警告两次,甚至被治安警察调查一次!

"这个年开始得——热闹啊!"我跟妹妹相互看着对方,同时翻了个巨大的白眼。

"老妈!周校长叫我去接人,我走了。"

"老爸!我待会儿要去找同学,车给我!"

老爸揉了揉太阳穴说:"你们俩都出去才好呢。"然后把车钥匙一人一把丢给我跟妹妹。

周校长电话里说要我去接一个叫作周海燕的女出纳员。听说这位周老师是由县教育局办公室调到县民族中学办公室的。相比于周海燕这个人到县民族中学的职位,我更在意的是她这个人怎么样!

周校长跟我说:"周老师在县教育局门口等你。"

我原以为需要举个小牌子在县教育局门口的人山人海中扯开嗓子喊周海燕老师,甚至为了防止这样的事情发生,我还用妹妹的鞋盒子做了一张小纸板,亲笔书写"周海燕"三个大字。没想到,县教育局门口相当冷清,门可罗雀,而站定等人的更是只有一个人。我心想:那我还喊个什么劲儿!就是她了!

那个女人裹着一件浅灰色风衣,黑色的条绒裤子搭配一双黑色高筒靴,身材应该属于偏瘦的类型,因为尽管她穿了很多,但是丝毫没有臃肿的感觉。她的脖子上围了一条很厚重的棕色围巾,看起来很突兀,好像一条黄鼠狼挂在脖子上一样,几乎遮住了大半张脸。说句实话,如果说她在衣服的搭配上能得到九十五分的话,那这一条"黄鼠狼"直接就可以把一切归零。

我下车试探性地朝那个女人走过去,怕说话的时候太突然,先干咳了两声,说:"请问是周海燕老师吗?"

那女人看了我一眼,点点头,然后根本没打算跟我搭话,直接朝我停在门口的车子走去，打开副驾驶的门，驾轻就熟地坐了进去。

不知道是不是我出现了幻觉，我刚刚似乎在周海燕老师的眼神中看到了一丝如火苗般跳动的光。

有的时候这突如其来的桃花运并不是一个好兆头。

"周老师，你原来是从哪个学校毕业的呀？"车里的气氛有点尴尬，作为一个男人，尴尬带来的燥热让人觉得有点难受。

"我？民族师范学校，李副主任！"周老师很随意地脱掉了罩在身上的巨大的"黄鼠狼"，露出整张脸。别说，长得还是挺标致的，如果不是眉宇间若隐若现的愁云，周老师绝对算得上是县民族中学即将到来的校花级人物。

"嘀，你也是在民族师范学校毕业啊？真巧，我们还是校友呢。"

"是吗？李副主任你是哪一届的。"

"我是……"

原来我入学的时候正好是周学姐毕业的时候，怪不得连当时在民族师范学校闹出那么大动静的我她居然都不知道！

"学姐，那毕业之后你回过母校吗？"汽车转入通往县民族中学的小路，从原本的水泥路突然转到了在寒冷的天气中板结成块的土路。随之而来的颠簸让没有丝毫准备的周学姐开始左右摇晃。

"没有！李副主任，我毕业之后就没有……再回去！啊哟！"话刚说完，路面上的碎石在车轮下被碾了一个滚，接着车轮跟着就是一个毫无预兆的侧滑，周学姐坐不稳，倾斜在车门右侧。

"我毕业以后就直接分配到县教育局了，呵呵，然后就留下了，事业很顺利，不是吗？李副主任！"周学姐整理了一下散乱的头发，看着我认真开车的侧脸说道。

"是啊,刚毕业就到县教育局,真的很让人羡慕,学姐!"

我从倒车镜里看一眼后边没有其他车,便打开左转向灯左转。

"不想知道为什么吗?"周学姐忽然露出一丝苦笑。

"如果学姐你不介意分享的话,说实话,我很好奇。"

没有人会不好奇别人的成功之路,这是人之常情。

"因为局长的儿子喜欢我,李副主任你看,我并不是很难看,不是吗?"

"然后,你们在一起了?"我继续接上话题说道。

周学姐很轻蔑地哼了一声:"哼,在一起了。本来我还没有留在县教育局的打算,以为那个地方很难进,结果居然被局长给执意留下了。留下就留下吧,怪就怪我当时年轻,光顾着想什么事业,被留下的时候居然还对那老头千恩万谢! 真是,如果我能回到过去,我一定给当时的自己一个耳光!"

"那个,学姐,恕我冒昧,你似乎对自己的那段感情很抵触啊。"

"不,不是抵触,我简直恨透了那对父子,李副主任。"

话都说到这份上了,我除了乖乖闭嘴听着,似乎没有别的选择。

"留在县教育局半年之后,我跟那个陌生的男人结婚了,然后跟所有的女人一样,希望结婚以后的日子是幸福甜蜜的,然而事实呢? 事实就是那个男人,不,是那个畜生时不时地对我非打即骂……"话未说完,身边传来低低的呜咽声。

"学姐?"

"后来也算是老天爷开眼,他老子病故,他没了靠山,而那时我也算是有了自己的一席之地,然后果断跟他离婚。"

离婚之后周学姐依旧在县教育局工作,但是无奈她的那个前夫对县教育局也很熟悉，时有时无的骚扰也着实让她很是苦恼。就在这时，"教育系统财务改革"的消息裹着清冽的寒风吹进了这座县城，周学姐毅然决然参加了这次改革，并且完全服从上级领导的所有指派。

"……这次的财务人员委派制还真是救了我一命，呵呵呵，李副主任，也幸好我在民族师范学校读书时选修了会计，还考了会计证。"

周学姐拿出会计证在我眼前晃了晃，说："县教育局委派财务人员到各学校的前提就是要有这小小的证书。"

学姐周海燕，大我两岁的同一所学校毕业的学姐，曾就职于县教育局，如今在县民族中学任出纳员。从第一次见面我就确定，周学姐喜欢我，而且还不是一点点。

我无数次暗示她我们只是同事，办公室恋情会影响工作……

有句话说得好，恋爱之中的女人智商为零，但是我坚信不疑地认为，准备要恋爱的女人智商完完全全为负数，她只是一味地看上了一个男人，却不知道那个男人的感受。

因为她的不理智，不但影响到她自己的工作，而且影响到了我的工作。

且不说周学姐离异而我还是未婚青年，就办公室恋情对工作的影响，我就对这份桃花运一万个不愿意。

有多少次我都想跟她郑重其事地说："学姐，你很好，但是我们真的不合适。"可是我是一个容易心软的人，当我面对一个女人的眼泪时，到嘴边的话最后还是在她的水光盈盈之下缩了回去，我就是这么尿，虽然我也很想要改变，但还是改变不了。

71. 结婚

　　三年！把学姐周海燕老师接到县民族中学三年了。这期间发生的事情如果周学姐可以写成一本自传的话，肯定会有无数的新青年女性疯狂购买，阅读并背诵全文。

　　周学姐简直就是邓文迪翻版，不同的是，邓文迪是公认出众，而我可爱的周学姐则是那种自认完美的人。

　　面对一个可以使出浑身解数去对付一个被她看好的男人的女人，我，李爱博，第一次那么没有自信。我甚至在担心，我担心自己会不会在哪天下班回家路过某个草丛或者街道的时候被她一棍子打晕……

　　"爱博，你最近看没看电视新闻？"

　　那是二〇〇三年六月的一个晴朗的周末，我跟周校长去城里新开的客家海鲜店吃饭，周校长突然没头没尾地问了我这么一句话。

　　我一边剥着螃蟹一边回答说："看了啊，我每天都会看新闻的，部队养成的。周校长您尝尝这个螃蟹……"

"那你知道前两天在县城里发生的那起骚扰案吗？真是可怕，一个离婚的女人喜欢一个比自己小的未婚男孩，男孩家里坚决反对，那个女人居然天天潜伏在男孩单位和家附近，男孩家人受不了报了警，那个可怜的女人都快成花痴了！"

周校长的话一说完，我突然就感觉到了一股寒气从脚底穿透了我的全身，最后汇集在我的脊梁骨上。

半年后，又是在新年伊始，周校长接到上级领导通知，周校长在县民族中学的工作成绩出色，经组织研究考虑决定，提拔他到县民族局任局长，由教育系统事业单位直接进入政府机关，职位上升一级。而我，作为学校办公室副主任、周校长的专职司机，外加各种优秀素质，也一同被放在了升职的考虑范围之内——县民族局办公室主任。

对于我突然要调到县民族局这件事情，周学姐的表现显得有些极端。她竟然辞了职，不顾任何人的挽留，毅然决然地做了这么一个决定，远嫁到了东洋。

临走之前的一天，周学姐找到我。

天气很冷，漫天的雪花落在人的脸上。

周学姐站在学校门口那棵已经裹上一层白纱的松树下，对我说："李爱博，我问你……"

"我从未喜欢过学姐周海燕。"未等她开口，我抢先一步说出了她想问的话。

"哼！好，说得好，你以后不要后悔今天说的话。"

周学姐扭头跑进了大雪之中。

"祝你在那个我未曾踏足过的土地上，欢声笑语浪漫一生。"

在县民族局报到的那天，接待我的是阿梅。县人事局局长的宝贝女儿，跟我一样毕业于民族师范学校。

真是好巧，不管是那个对我有着偏执狂一般热情的学姐周海燕还是现在这个集智慧与气质于一身的阿梅,居然都是我的校友。前一个高我三届,我来了她走了;这一个低我三届,我走了她来了。我不禁哑然失笑。

"你毕业以后就来这里工作了吗?"

正式报到的那天中午,周校长(无论这个长者官至何级,我还是会在私下里习惯性地叫他周校长)被领导班子的成员们以相互增进感情为由去参加饭局了。我一来不喜欢热闹,二来我还要开车,不能喝酒,所以便没有去,而是随便在滨江路找了一家看起来比较干净的饭店点了几个菜,这时阿梅出现了。

这个女生有一种独特的气质看起来大方得体。即便只是在简单的言谈举止之间也可以让人很快跟她熟络起来,并且不会感到丝毫尴尬。

"你好,李主任,我可以坐在你这里吗?"

"当然。"我伸出右手,做了个"请"的手势。

这个手势,在结婚之后被她一脸鄙视,教育我碰到女生要跟自己坐在一起的时候应该站起来,微微弯腰,面带微笑地说"请"。

"李主任,你一个人出来的?"阿梅端起面前的茶,很端庄地抿了一口,动作优雅娴熟,似乎手里端着的并不是饭店里免费供应的茶水,而是经过九九八十一道工序烘焙而成的茶汤。

"不是,是跟着周局长一起出来的。"

"那周局长呢?"阿梅放下茶杯环顾了一周,问道。

"周局长跟局里的其他领导们吃饭去了。"

"哦,这样啊。对了,李主任也是民族师范学校毕业的吧?"

"是的,高你三届。"我眼睛注视着阿梅。

"我听说过李主任你,文坛新星!呵呵呵……"

"不敢当……"

我们的对话一直很微妙,不轻不重,无关痛痒,似乎双方都在讲话之前拿捏好一个度。

"你毕业以后就在这里工作了吗？"

阿梅说："不是的，我毕业的时候在县城第一小学教书，那是我的母校，后来是托了父亲的关系才调到民族局的。李主任你会不会觉得我是个官二代，性子有点娇惯不好交往啊？"

"哪里哪里，怎么会呢？为了自己的前途借助自己可以借助的力量，这本身就是很正常的一件事。"

周校长晕晕乎乎倒在我身上的时候，我们正谈笑风生互聊理想，周校长露出神秘而诡异的笑容，我猛地打了个激灵，然后周校长就吐了。

"爱博，昨天的饭局上后来又来了一个人，知道是谁吗？"

我心想，我哪知道是谁，我又不是监视器，但是嘴上还是做做样子，说道："是县里分管领导吗？"

"当然不是！"周校长白了我一眼，"是阿梅的父亲，人事局毛局长。"

"哦，这样啊。"我应了一声，然后继续吃饭。

"我们说到了你跟阿梅的事情。"

"咳咳咳……什么？"一口饭呛进嗓子，差点没把我噎死。

"说到了你跟阿梅都老大不小了，也该考虑一下个人的问题了。"周校长这话说得语重心长，居然跟我老妈说的一样。

我有点感慨，也许我真的应该考虑一下自己的终身大事了，毕竟是三十岁的人了。我说："好，我今晚回家跟我爸妈汇报一下。"

周校长笑了笑说："我已经跟你家里通过电话了，就今晚，客家大酒店。"

九个月之后的二〇〇四年国庆节，我跟阿梅在客家大酒店大摆结婚宴席，风光无限。

72. 生子

结婚以后，我老妈开始有意无意地给我灌输一些怎样尽早生孩子的办法。真是，那感觉就像是打开了人生中的另一扇大门。

我偷偷问过局里另外一位已婚同事："你爸妈也那么着急抱孙子，想着法让儿媳妇怀孕吗？"

这家伙可好，面带轻蔑微微一笑，说："我们结婚的时候就已经怀孕了，结完婚第八个月，也就是下个月，孩子就足月了。"

我目瞪口呆，简直不敢相信自己的耳朵，但是看他的样子又不像是在骗我，于是朝着那魁梧的背影默默地竖起大拇指，说："算你狠！"

一个月后，在我们的不懈努力之下，阿梅终于在早饭之前开始了干呕。

由于太过突然，我都没来得及换衣服就被激动得语无伦次的老妈抓起来，开车送阿梅去医院检查身体。

结果是意料之中的，可家人依旧激动得仿佛中了几百万的彩票。

不,那个小生命可不是彩票可以形容的,因为这个生在新世纪的小家伙将会在我们李氏家族里添上浓墨重彩的一笔。

"念娇,你知道吗,在老爸知道你快要出生的那些日子里,老爸简直激动得睡不着觉。我会抱着你老妈圆鼓鼓的肚子傻笑,会对着已经可以感知到外界的你唱五音不全的催眠曲,会想着你未来的样子,然后激动地跟你老妈说,我们的宝宝以后一定是最好看的。因为那时候还不确定你是男孩还是女孩,所以关于你的名字,我们也没有准备,但是似乎那时候就已经预感到会是女儿了,也许是你在老爸心中的位置早已到无法超越的地步了吧……"

女儿三岁生日那天,我给她读了这封在她刚满一周岁时写的信。

回忆起来,似乎只要是跟女儿有关的事情,总会伴随着很多情感,美好的、温馨的、无奈的,有各种各样的,但是总归来说都是好的。我很欣喜,我可爱的宝贝从未让老爸觉得爱她是一件很累的事情,反而是一件特别美好的一件事情。

因为产假在政府机关只有不到四个月,阿梅即便怀孕,也要继续上好几个月的班直到孩子出生前。于是,那半年我化身为一个全职保姆,只要阿梅稍有风吹草动我就急忙出现在任何地方,包括女厕所。我自己都觉得我几乎有点草木皆兵的疯狂了,但是没办法,老妈说现在阿梅是我们李家的头号保护对象,并且扬言说就算是饿着我,也不能让阿梅饿着,就算是我跑断腿,也不能让阿梅累着一点点。起初我还试图挣扎着抗议,我说:"老妈,我到底是不是您亲儿子啊?您怎么能这么对我!"说这句话的时候,我刚刚从楼下方圆五公里之内的所有水果店走了一圈,最后终于在离家六公里范围内买到了阿梅想吃的话梅。一点儿不夸张,我远远看到那些话梅的时候,简直都快泪流满面了!那样子把老板都吓了一跳，以为我对水果过敏还一个劲儿跟我道歉呢。如果那时候有人从这里路过，一定会看到很奇怪的一幕——两个大男人，相对站立，衣衫不整地对着鞠躬，嘴里还一边念念有词。

"你都不知道我都累成什么样子了！"

"你是不是我亲儿子我已经不在乎了，我只要知道我的亲孙子或者亲孙女好不好就行！"

关于男孩女孩的问题，我老妈的观念还真是很开明的，她不会像有的老人一样一门心思只要孙子，甚至为了能要到孙子不惜求神拜佛。我老妈说了，我们家不兴那个，男孩女孩都好，再加上又都是受过教育，在政府机关供职的人物，谁还不知道男女平等这个事。

我跟妹妹一边看电视一边嗑瓜子，点头说："嗯嗯。就看您这儿子女儿就知道您能做到男女平等。"

老妈一个抱枕丢过来说："还有心思在这看电视，今天周六，带着阿梅去检查！"

"好好好，知道了！"我抱着脑袋赶紧回房间去找阿梅，然后带她去医院。

"念娇，你还没出生的时候，家里已经因为你的到来有了一种非同寻常的欢乐。"

新生命诞生的时候，任何曾经冷漠的人都会笑脸相迎。何况我李家从来不曾冷漠，不仅不冷漠，还欢脱得好像一群天使！

"你不觉得现在更像是一群疯子吗？"

妹妹被老妈折腾着去超市选购各种婴幼儿用品已经三天了，任凭这丫头平时如何欢脱，此刻也像是没了电的闹钟，到了该响的时间了，可就是一点儿力气都没有。

过了数月这样的日子后的一天深夜。

"爱博！我肚子好疼！"

"啊,怎么了？是不是要生了？"

"阿梅你别怕,我们马上去医院！"说完,我立刻抱起阿梅开车奔向医院。

在去医院的路上,我开始焦虑,责怪自己怎么没让阿梅提前住进医院。如果那样的话就不用现在如此手忙脚乱。

老妈握着阿梅的手,一边帮她调整呼吸一边跟我们每一个人说:"没事的,没事的,生孩子都这样！"

其实我看得出来,最焦虑的,恰恰是老妈！这可是她盼了很久的新生命。

值班护士把阿梅推进待产室,阿梅一声高过一声的呼喊声穿透医院厚厚的墙壁,传进我们每个人的耳朵里。

老爸忽然走到我身边,把我带到医院走廊的另一端,说:"爱博,今天借着阿梅生孩子,老爸得跟你道个歉。"

我心情慌乱得紧,老爸的这句话说得没头没尾,我说:"为啥要跟我道歉？"

"你肯定不知道,你出生的时候老爸没在你身边,唉！这个遗憾,我一直都记在心里。"

"好了,老爸,都过去了,还说这些干啥？您看,眼瞅着您孙子都要出来了。"

老爸干笑两声,说:"说得对,说得对啊！我都是要当爷爷的人了！"

就在这时,一声嘹亮的哭声从走廊那边传来。

我终于忍不住哭了出来,第一次明白了什么是喜极而泣。

"恭喜,是个女儿。"

"太好了,我有女儿了,我要当老爸了！"

我激动的泪水带着难以抑制的情绪,如同堤坝垮塌的洪流,一发不可收拾。

"长得真可爱。"老妈摸着小不点的脸蛋说。那一脸幸福的样子，如同蒙娜丽莎的微笑，当然是上了点年纪的蒙娜丽莎。

小家伙笑了，有两个小酒窝。

"叫李念娇吧！"我抓着宝贝的小手说。

"念娇？为什么？"

"女孩子嘛，要让她心心念念地告诉自己，以后要做一个女娇娥啊！是不是啊？小念娇！"

73. 二○○八

二○○八年,注定是不平凡的一年。

说它不平凡,就凭年初那一场百年难遇的不平常的大雪。被大雪拥堵到出不了门的我们,在家里一边看雪景,一边百无聊赖地喝着咖啡。

"雪景很美,是不是啊?哥,你看外面那雪,来,到了你诗兴大发的时候了,快来吟诗一首吧。"

我白了妹妹一眼,把手里的咖啡杯握得更紧了,说:"你天天除了调侃你哥就没点什么别的事情做吗?"

妹妹挤到我身边,往沙发上一躺,说:"好像还真没有了。"

天哪,我怎会有这么个妹妹!

"姑姑,你看,那里有雪人!"念娇突然出现在面前,柔嫩的小手指着远方。

"哪里哪里?"

"就在……嘿嘿嘿……"念娇突然把手里捏成一团的雪球,一咕噜扔进她姑姑宽松的睡衣里,然后爆发出银铃一般的笑声。

"熊娃子,你在哪里拿的雪球? 啊呀,冰死了! "

"哈哈哈,我在窗台上捏的啊! 姑姑欺负老爸,我就欺负姑姑,替老爸报仇! "

小念娇迈动着双腿飞扑过来抱住我。

我们一家,就像是电视剧里或者新闻中的"十佳幸福家庭",祖孙三代同住在一间二百五十九平方米的大房子里,房间内装修以暖色调为主,家里的女人们没有小说里写的那种婆媳争执。妹妹在去年也结了婚,不是跟柱子哥,而是单位里的一个从武警部队退伍的小伙子,小伙子家境虽然比不上我家,但也算是殷实。从妹妹现在一点儿也没有收敛的样子看,小伙子对妹妹也真的是好得可以。

幸福吗? 当然!

春节过后,大雪足足下了一个星期。雪过天晴,第一件喜事就是周局长,他给我打了个电话,告诉我:"爱博,我升了。"

"啊? 生了? "我如同经历了一个晴天霹雳,"周局长您怎么了? "

"我要调去交通局了,还是局长! 你继续跟着我,办公室主任。"

我渐渐从惊讶中缓过神来,忙说:"哦,恭喜局长! 哈哈哈……"

"你明天回局里收拾一下东西,我们后天就去交通局报到。"

"好的。"

印象中的县交通局,应该是一个跟部队差不多的地方,到处都会有军人元素。事实上也差不多,只是部队是分男兵女兵的。这样看来,县交通局就像是一个女兵团,只是中间合法化地插进了几个男人而已。

县交通局的女神们长得都还是不错的。

自从报到之后的每个早上,我都像打了鸡血一样,半个小时之内梳洗穿戴完毕,五分钟解决早饭,十分钟之后出现在周局长家门口,一边摁着喇叭,一边心急如焚地盼着早点去上班。

有一次,周六早上我竟然一如既往地穿戴整齐开车来到了周局长家楼下。按了几下喇叭,然后等了半个小时。周局长的儿子揉着蒙眬的眼睛敲敲车窗,说:"爱博哥,今儿周六,你回吧!"

那种尴尬,真是!从此以后我再见到周局长儿子都想绕路走。

74. 文学协会主席

"我去上班咯,你今天休息就在家里带孩子吧!"

不知道从什么时候开始,阿梅跟我讲话时偏向于命令的语气。

以前至少还是以一种平等态度的, 可现在……也许从那时开始,我们一家人开始有了隔阂。

老妈看到阿梅时的眼神,让我的心里很不是滋味。

这样的情况持续了大概两年的时间,我跟阿梅吵架的频率越来越密集,吵架的理由更是大大小小、千奇百怪——大到念娇要上的学校,小到今晚的饺子馅是用青瓜还是用四季豆,彼此的感情本来不够深厚,如今更是淡如水。

人人都说君子之交淡如水,但是等到夫妻之交淡如水的时候,真的能看到将来的暗无天日。

有一些人,明明跟自己的另一半已经没有任何感情可言,甚至还相互厌烦,可他们依旧生活在一起,哪怕十平方米不到的卧室里摆了两张单人床,一张在门口,一张在窗边。

只是因为孩子。

那个由两个人创造出来的小生命身上实在是牵扯了太多的情感,任你铁石心肠也终究不忍隔断。所以,有了孩子以后,为了他们,什么样的日子都要忍!

老话说得好,夫妻本是同林鸟,大难临头各自飞,我倒是希望可以各自飞,可是就有这么一只鸟,她不愿意与你同甘共苦,可也不想要轻易地飞走。这样的话,我也只能说随意。

今年的年,过得并没有什么年的味道。说起来,最让我觉得欣慰的应该是在去年。

二〇一〇年春节后半个月,眼看着去年的年假见了底,我的领导居然送了我一个大礼。

"爱博!"门铃一响,一声浑厚的嗓音紧跟着就穿过了厚重的实木门板传进客厅里每一个人的耳朵。

"周局长?"我一个激灵,从沙发上站起身来,赶紧整理了一下皱巴巴的睡衣。老妈刚要起身去开门,阿梅突然就从房间里冲了出来,三步并作两步跑到了门口,那一脸笑容真是从她嫁到我们家以后我就没见过。

"妈,您看您,我都说了我来开门,您还起来干啥,快回屋坐着!哟,周局长!快请进!"

看得出来,阿梅突然的热情把我老妈吓了一跳,愣在门口,不知道是该站着还是回去坐着好了!

"老妈,您快回来坐。"我朝周局长点了一下头,说,"局长过年好啊,家里乱,您可别见笑啊!"

"这是什么话,你就跟我的孩子没差多少,我还能嫌弃怎么的。老姐姐,我这么说,您不会生气吧,哈哈哈……"周局长说着,扶了门口的我老妈一把,乐呵呵地走进了家门。

老爸特意从酒柜上拿出了珍藏多年的"刘伶醉"准备跟周局

长喝几杯。不过周局长谢绝了我老爸的好意。他也算是上了年纪的人，身体机能大不如从前了，喝几杯就会醉这种事情是次要的，喝醉一次需要三天来醒酒，这就很麻烦了。

"行了，老哥哥，我也就不跟你们绕弯子了，长话短说。"周局长把目光转到我身上，"昨天县里领导开了个会议，县文联孔主席提出了要恢复县文学协会的提议，并且得到了一致认可，最后全票通过。"

周局长停顿了一下，看着我的目光陷入深思。他说："爱博，这个县文学协会主席的职位，就交给你了。"

我的文学梦！

我以为我已经成了现代版的"伤仲永"，即便年轻时如何风华绝代，步入中年之后也会变得那样平平，再也不会有人记得我。

原来还有人记得曾经轰动一时的那个最年轻的省级作家。

这是我在二〇〇八年以后听到的最激动人心的事情。

我激动得险些热泪盈眶。

"周……周局长，您是说……"

"哎呀，你看你，经县领导决定，恢复县文学协会，李爱博出任首任主席，执掌文学协会大小事务，这是任职文件。这下可有得你忙咯。"

"谢谢局长！"我激动得语无伦次。

"嗬，哪是谢谢我！"周局长赶忙一个侧身避过我那一鞠躬。

"哦，对，谢谢组织对我的重视，谢谢各级领导对我的信任。"

"呵呵呵，这孩子，还是那么耿直。这样好，这样把工作交给你，县领导才能放心，我负责传达到位。"

"嘿嘿嘿……"我有些不好意思地低下头。

不管我的年龄如何增长、容貌如何变化，似乎在这些长辈的面前,我永远都是那个不谙世事、需要提携的孩子。但是一旦把我放在需要挡住大风大浪的位置上的时候,我还是可以把事情做得有条有理。

　　在我们说话期间,阿梅一直站在周局长身后,眼神中可以看见一丝正在燃起的火光。

75. 出任校长

自二〇〇〇年后，似乎每一件有意义的事情都会发生在春节刚过的时候。

二〇一三年刚过，周局长再次被提升了官职。

"你真是我的幸运星！"在一次送周局长去县里开会回来的途中，周局长面朝着车窗外面说道。

贴着全反射玻璃膜的汽车在去年加宽了的马路上孤独地行驶，漆黑的车窗上映出如同电影一般一帧一帧的画面，单调而美好。现在的一切看上去都是欣欣向荣的，充满了生活的朝气。

"自从你退伍回来之后我一直都是顺风顺水，接连升迁……"周局长转过头看着认真开车的我，"很多时候你给我的建议，还有我们相互扶持时候的动力，都是我要好好工作的理由，呵呵呵……然后，我还真就开始平步青云。"

"局长不要这么说，能升迁是您自己的工作能力强。"

"哈哈哈……我自己心里有数！你就不用拍我马屁了，就你那点拍马屁功夫，保不准一不留神就拍马蹄子上了。"

在这次市委考核中，周局长由正科提拔为副处，由县交通局长提升为分管文教卫的副县长。重要的是，该提议在此次会议上是唯一一项全票通过，没有任何人提出任何异议。

周副县长会对我说那些话，并不是对自己的工作能力不自信，而只是他在这时候需要一个宣泄的出口，让自己不会因为这次升迁而骄傲得目空一切。

这也是我佩服他的一点。

骄傲的情绪就像从一杯已经满了的水杯里溢出来的水，它是因为那个容器已经无法满足对自己能力的收敛与禁锢而产生的一种情感。世人皆有七情六欲，这是从根本上无可避免的，毕竟没有人是真正的活佛转世或者菩萨再生，所以高明的人不会刻意去回避自己的情绪跟欲望的到来，但是他们之所以被叫作聪明人，就是因为他们会在自己有那种情绪时找到办法宣泄，或者说是宣泄会产生的负面情绪。这就是常人与可以站在高处而"抵御严寒"的人的不同。

就像我与周副县长的不同。

我认为自己是一个寄性情于五行六界的凡人，而我眼中的周副县长则至少在一个层面上已经超越了五行六界中的一行或者一界。这不是盲目崇拜，这是向偶像致敬。所以对于继续担任周副县长专职司机一事，我表示无条件同意。

这年四月，从周局长成为周副县长之后的第二个月。也是在开会回来的途中。

那天的天气因为回温而格外温暖，大街上已经有人穿上了夏装，让人产生了一种夏天已至的错觉。

"海军部队决定将你原来任教的龙湖希望小学改为海军希望小学，要求县里挑选一位从部队退伍，是党员，有大学学历，瑶族，有教师资格证的人出任校长。"周副县长坐在后座上看起来一脸忧虑地说。

听完周副县长的话，我开始在脑海中动用所有关于人际关系的内存搜索这么一个人，但是很遗憾，筛选失败，我并不认识能同时具备"退伍军人、党员、大学学历、瑶族、有教师资格证"这么多条件的人。

战友里面有是瑶族的，有是党员的，也有具备大学学历的，教师资格证这种东西虽然比较专业，但是我战友里还是有人有的，至于"退伍军人"……那就太多了。但是听周副县长的意思，这个校长的人选要同时具备以上所有条件！

怪不得周副县长一上车就开始愁眉不展。

"我刚才想了一下……"

周副县长忽然眼睛亮了一下，说："你想到什么了？"

面对这样的周副县长，我说话有点底气不足，我说："我的战友跟同学里还真没有能同时具备这些条件的人。"

不出所料，在我说完那句话之后，周副县长的表情很是失望，说："唉，真不知道该怎么说你好！"

"可是周副县长，你不觉得那几个条件很苛刻吗？退伍军人、党员、大学学历、瑶族、有教师资格证！上哪儿找这么变态的人去！"

周副县长扑哧一声笑了，说道："你最好不要这么快就下定论，当心车到三号圆盘一路红灯。"

我一愣，还没反应过来这话是什么意思，就听周副县长说："先不回家，拐弯，去你家。"

"啊？去我家？"

"对，怎么的，不让我去啊？"

"不是不是。"我立马变更方向在十字路口处向东开进，朝我家的方向行驶而去。

　　我一边开车,一边犯嘀咕,这周副县长今天是怎么了? 神秘兮兮的!

　　十分钟后,我们来到了我家。阿梅去上班了,念娇还没有放学,家里就只有老爸老妈在看冗长的肥皂剧。

　　周副县长的突然造访,把两位老人吓了一跳。不过也都是老关系,这三位长辈凑到一起倒也不至于太过拘谨。

　　周副县长喝了一口老爸冲的雨前龙井后乐呵呵地说:"我今天来呢,其实也是'无事不登三宝殿',嘿嘿嘿……就是这个事情吧,可能有点大,爱博这个乖娃子一个人可能做不了主。"

　　老妈一听这话一下就开始着急了,她向来都是在跟我有关的问题上不能保持冷静的性子。老妈说:"周副县长,爱博是不是犯了啥错啊? "

　　"嗬,老姐姐你可不能一说跟爱博有关的事情,第一个就想到这小子犯错了啊! 哈哈哈,不是坏事是好事! "

　　老妈脸色终于缓和了一点,但还是有点紧张,说道:"那是……"

　　"是这样,海军部队决定将龙湖希望小学改为海军希望小学,要求县里挑选一位从部队退伍,是党员、瑶族,有大学学历、教师资格证的人选出任校长,能同时符合这么多苛刻条件的好像除了这小子以外也找不到第二个了,所以县里的意思是让爱博来担起这个重任。"

　　周副县长话音一落,我才对今天的一切恍然大悟,怪不得呢。

　　刚刚在车上把别人想了个遍,到头来咋就忘了自己呢! 能符合那么多个变态条件的不就是我自己嘛!

　　这么一想,那一阵尴尬瞬间化为汹涌而起的血液,从心脏开始,如同摆脱了地心引力一般加速冲进大脑,然后轰的一声撞开在脸上,一张脸涨得血红血红的。

"这小子还不好意思了！哈哈哈……"周副县长回头时看到了面红耳赤的我，一时没忍住笑出了声。

老爸老妈很支持我回学校从事教育教学工作。虽然离开父母和周副县长，多少会觉得有些不舍，但是周副县长说得对，我是为了祖国的下一代，即便孤军奋战也是值得的。

阿梅对于我要回山区任教这件事表现出了很激烈的抵触情绪，在她看来，夫妻之间聚少离多的日子是难以接受的。

然而这次我们并没有吵架，彼此心里都很明白，这样平静的语气其实比激烈的争吵更加残忍。

我们终于在当年八月底，学校开学前办理了离婚手续。也许我爱过她，但是已经不再爱着她了。

争取到了女儿的抚养权，把未满八岁的女儿托付给父母，我以海军希望小学校长的身份回到了阔别已久的龙湖村。

可喜的是，当年我的学生小雨放弃在大城市工作的机会回来做了特岗教师。

小雨说："您说过羊羔跪乳、乌鸦反哺，这都是生而为人应该学习的。"

我笑笑，点了点头说："能有你这个学生，我很成功啊！"

76. 不惑之年

离开家的前一夜，我站在高大落地窗前，一眼望下去，看着马路两旁如同轨道一般延伸到远处的路灯。心里充满了不舍，但是也有期盼。

我似乎是处在一个看不见来时路的端点上，前方依旧看不清将要面对的是什么，而后方，我只记得我这一路走来没有做一件后悔的事情。

老爸不知何时走到我的身后，拍了拍我的肩膀，说："不管年轻时走得多远飞得多高，一定不能忘了根，因为那是老祖宗留下的东西。"

老爸很少跟我说这样的话，而如今双鬓斑白的他跟我讲起来的时候，说句实在话，我心里真不是个滋味。

我回头看了老爸一眼，没有说什么。

曾经不懂父爱到底是什么样子，是讳莫如深如大海，还是高山仰止高过山？我只知道从记事开始，老爸的话就很少，跟我在一起时，说得最多的也不过就是对部队如何如何向往。

现在我自己也成了一个父亲,虽然我不知道站在念娇的角度我是一个什么样的父亲,但是我跟阿梅离婚后,念娇以后要跟着她父亲生活了。可是现在,我也要离开了。

突然明白了以前老爸为什么很少跟我交流沟通或者努力用些什么办法增进感情。在所谓父亲之前,我们首先是一个男人。

念娇,希望老爸不在你身边的时候你也可以幸福快乐地长大,老爸会经常回来看你,而且老爸还有一个很自私的愿望——希望我的念娇长大以后也会喜欢教育行业,就像老爸,就像你名字里的你所不知道的那个阿姨。

回到龙湖村那一天,天空如同倒转过来的长白山天池,纯净圣洁,没有一丝被俗世污染的痕迹。成群飞起的鸽子是村里新开的养鸽场的成员,它们会在每一个早上自动卷帘门拉起的瞬间腾向高空,用脚上的鸽子哨唱起一天中最早的一支欢歌。

我还记得第一次到龙湖村报到时赵书记接我的场景,那超越了过年一般的场面成了我人生中最精彩的一幕。

离村口还有段距离的时候我看到了一个熟悉又有些陌生的身影。熟悉是因为大脑皮层里对于过去感情的最基本记忆,而陌生……

"阿秋,你是不是瘦了?"

这次来村口迎接我的是阿秋和小雨,没有什么"锣鼓喧天鞭炮齐鸣、红旗招展、人山人海",小雨因为下午有事跟我打了个照面就匆匆赶回去了。

自己已经不再是年少气盛的小伙子,也没有了活力十足,"时间可以改变一个人"这句话一点儿都不错,时间沉淀着我的性情,也陶冶了我的性情。因此,我在很多形式上的东西已经看淡了,觉得那只是可有可无,甚至无胜于有。

"我瘦了吗?是说我变好看了吗?这些年也确实变了不少。"

阿秋苦笑一声,摇了摇头。

"是啊,一晃都这么多年了,对了,你那位在家吗? 我还没有见过呢,是不是给引见一下。"

"引见?"阿秋忽然垂下头。

那时光顾着目视前方的我,完全没有注意到阿秋情绪上的变化,只听到她并没有回答我的话题。我还故意笑了一下,说道:"怎么,还舍不得啊? 我虽然离婚了,可又没有断袖之癖,你还怕我跟你抢怎么着? "

"你离婚了啊?"阿秋答非所问说道,"你离婚了,真好⋯⋯"

"哦! "我回过头看着错后一步的阿秋。

"我也离婚了。"阿秋抬起了头,一双漂亮的杏核眼被蓄满的泪水,折射出比海洋深处还要汹涌的悲伤。

眼泪就在阿秋说话的时候被狠狠地摔在了地上,一摔六七瓣,滚出一片混浊的失望,却又像是绝望。

"阿秋⋯⋯"我愣在原地,不知道该怎么去安慰她,或者我连安慰她的资格都没有。

当初她深爱的人是我,当初她要嫁的人是我,结果她在没有等到我的时候嫁了一个像我的人,说起来我在阿秋的生命里所扮演的角色,似乎是一个十恶不赦的大反派。

"⋯⋯对不起! "

哭了一会儿,阿秋深吸一口气走到村中间路边的大柳树下坐了下来。

正午时分,大家都在午休,所以村子里除了偶尔从谁家院子里传来的狗吠外几乎没有其他任何声音。

"不用道歉的。"我在她的旁边坐了下来。

"那个男人在城里认识了一个狐媚子,被勾得没了魂儿,不顾家不说,还三天两头嫌我这嫌我那,甚至连自己的亲生儿子他都看着不顺眼,哎!这样的男人留着干吗……"

"然后你就跟他离婚了?"

"对!"阿秋双眼突然一亮,一道寒光一闪即逝,"但是我在离婚之前用实力接替到了因病提前退休的老爸的职位。嗬!他们不是想在一起吗?那就在一起好了,他那个校长自然也就不用当了。"

"你把他辞了?"

"没有啊,我还没有那个权力,但是他在这位置的工作做得不好,我就有权力向上级反映换人!"

"他被调走了?"

"对,调走了,好好的校长他不愿意当,那他就跟那个狐媚子走,去城里做个普通老师好了。哼哼哼,一个是月收入五六千块,一个是除了花钱什么都不会,我要祝他们俩幸福。"

"那你们的孩子呢?"似乎是出于条件反射,我还是比较关心下一代的。

"儿子当然留在我身边,我可不能让他有那么个'东西'当后妈,再说,他们俩现在养活自己都费劲,把儿子交给他们,当我傻吗?"

那时候有一瞬间,我想到了阿梅,我在想她会不会也因为把念娇交给我抚养而像现在的阿秋一样怀着种种情绪而寝食难安呢?但是那样子的思考只是一瞬间的事情,很快我就否决了,这两个女人我都是知根知底的,阿梅不是阿秋,阿梅是一个过惯了养尊处优生活的公主,不知道柴米油盐生活俗事,不知道生活的意义,而阿秋深知。

接任海军希望小学校长的我把一切生活的重心都落在了这里的孩子们身上。每天都能够看到他们可爱的笑脸跟满是求知欲的双眼,这成了我最大的乐趣,因为我似乎看到了我的当年。

学生并不多,我几乎可以记住每个年级每个孩子的名字,甚至是他们的家庭住址。

他们并不喜欢"校长"这个称呼,因为原来的校长并没有给他们留下什么好的印象,在那个校长身上,他们只看到了阿秋书记满满的愤怒跟深深的失望。他们喜欢阿秋书记,讨厌那个校长。

"你在孩子们心中还是很有威望的嘛!"

中秋节过后的一个晚上,跟阿秋坐在她曾在那里流了很多眼泪的柳树下,看着不再圆满的月亮,想起了孩子们看阿秋的目光。那种崇拜真是让我这个大男人都好生嫉妒呢。

"是吗?你这酸溜溜的语气,是吃醋了吗?"

"当然了,吃醋啊!"

两个人月光下相视一笑。

突然,阿秋从坐的地方跳了起来,绕到了树后,紧接着,一阵悦耳的歌声轻轻在小村中响起。

"祝你生日快乐,祝你生日快乐,祝你生日快乐,祝你生日快乐……"

一首歌,四句话,六个重复的文字,却是我四十岁生日收到的最好的礼物。

阿秋手里端了一个不是很大的生日蛋糕,没有西餐甜点店里那种厚到让人觉得全身都黏糊糊的奶油。

"没头那么大的,吃不完也是浪费。"

看着阿秋映在烛光后忽明忽暗的脸,我想到了曾经阿秋为我做的那些事,那些疯狂的举动,如果她那时候像现在一样展现自己最真实的一面的话,也许就算她不想等我回来,我也会让她等我回来的。

四十岁了,不惑之年。

77. 视察

二〇一四年元旦,海军部队首长亲临海军希望小学视察,看到学校建设成花园式样,特别高兴,给学生们送上海军样式的校服,捐赠了十五台电脑给老师办公。

我以前是陆军战士,并不是很明白海军的军规制度,但是我觉得既然是中国人民解放军的兵,那就一定不会相差很多。

在面对海军部队首长的那一天,我穿上了退伍之后一直保存完好的旧军装,虽然只是预备役肩章,但胸前挂着的三等功勋章依旧在那阴郁的天气里反射出太阳穿过云层时的一丝光线,虽是一丝光线,依然很耀眼,至少在我的眼中。

光线被放大,然后投射在每一个人的眼睛里。

每天放学时走在阡陌之上的孩子们,从衣衫褴褛到现在衣着整洁,在缩小版的军装里,我似乎看到了缩小版的自己。

其实他们比我小时候还要幸福。站在通往村外的田垄之上,我想起了自己小的时候。那时候我还是一个穷得连同村人都看不起的小孩子,受尽大人们的白眼不说,那种很难交到朋友的苦涩埋在心里,无处诉说。所以在小的时候我才会跟住在隔壁的阿英小美走得那么近,就算她们爸妈见我一次赶一次。

那种贫穷,真的再也不想去经历。

"……所以才要当一名老师,到最边远的学校教书,孩子们能走出去一个就走出去一个,见见大城市,见见这广阔的天地。"

"是陈老师说的吧! 你们还是年轻的鸟儿,你们的翅膀应该在得到更好的锻炼之后飞得更高。"

"哈哈哈,就凭你现在的性子,估计小时候就是块拈花惹草的好材料吧。"

阿秋陪我一起站在田垄上迎着夕阳,目送孩子们回家。

"还真被你说着了,想当初我除了穷一点儿,还真是风流倜傥、英俊潇洒。"

"你就使劲吹吧!"阿秋瞪了我一眼,眼睛里蓄满笑意,如同今天上午接待那些海军部队首长时一样……

清晨六点钟。

山里的阳光与城市里有很大的不同,山里的阳光永远会带着一种大海一般的清新,能在任何时候舒缓人的身心。明亮、干净、纯洁,就像陆陆续续走进学校的孩子们的心。

今天海军部队的首长要前来视察,所以我一大早就等在了学校门口。

孩子们带着笑脸走到我面前,右手高高扬起,敬了一个个标准的少先队队礼,大声说着:"校长好!"

我摸摸他们的头,从心里发出欣慰和喜悦,笑着说:"上课去吧。"

"嗯!"

以前有一个女人,也是这样站在学校门口翘首看着孩子们来时的路,然后说一声"上课去吧"。很久之后,我终于活成了她原来的样子,我最喜欢的样子。

太阳升到旗杆之下一寸的位置,远处有汽车飞速行驶而来。太阳升到了旗杆的位置,汽车停在了学校门口。

三位身着海军军装、表情严肃的首长从车上走了下来。

"欢迎首长前来我校视察。"我一边说着,一边上前迎接。

看得出来,三位首长对于没有得到想象之中的夹道欢迎一事表示疑惑。如果我还不想离开这所学校的话,就需要给几位首长一个很合理的解释。

"几位首长请不要介意,对于各位首长来我校检查一事,我并没有事先通知同学们。"我站在"海军希望小学"的牌匾下,把每一个字都说得不卑不亢。

三位首长听了我说的话,相互看了一眼,眉间的褶皱简直已经成了沟壑。其中一位佩戴着少将军衔、个子不是很高的首长走到我面前,说:"我们只是想知道,为什么在海军希望小学,你一个被委任的校长,可以理直气壮地说出这样的话?"

"三位首长既然是援建海军希望小学的负责人,自然是希望在海军希望小学看到学生天真无邪的样子,如果我们派了很大的阵仗去村口迎接的话,岂不是显得我们太过于追求形式,并没有做什么实事吗?与其有一个那样的印象,倒不如让各位首长看看学校最真实、最平常的场面来得切实,相信各位首长也不想被小孩子们拍什么马屁。"

"你……"站在少将身后的一个膀大腰圆很是魁梧的中校军官一听完我的话,顿时就沉不住气了。

少将赶忙挥了挥手,制止了那位中校军官粗鲁的行为。"好,我就看看你这个校长能不能让我们满意。"

"请！"我抬起右手做了一个"请"的手势。

学生们正在上课,小雨正操着一口标准流利的普通话教孩子们朗读汉语拼音。

原本荒凉的校园此刻被栅栏式的花圃隔成一块一块菱形的活动区,活动区内简单的娱乐设施,像跷跷板、小木马之类被摆放在它们应有的位置。

昨晚连夜擦拭干净的门上反射着阳光,被这阳光照到的人整个身心都是暖暖的。事实证明,就连刚刚还在脸上结了一层冰霜的首长们,在阳光的沐浴之下,也融化出了温柔。

学校本就不大,里里外外走了几圈之后,刚好到了学生们下课的时候。

孩子们一个一个很有秩序地走出教室,碰到老师鞠躬问好,碰到他们从来没见过穿着威武军装的叔叔,也有礼貌地敬一个少先队队礼,说一声:"解放军叔叔好。"

从刚来的时候一脸阴郁到离开时一脸不舍,这一切变化只用了不到一个上午。

"李爱博是吧?小子,不愧是万岁军飞虎师红军团的功臣!我记住你了!"少将走之前,重重地捶了一下我的肩膀。

少将说:"老师们这样手动办公,效率还是跟不上的。这样吧,我回去以后批给学校一批电脑。还有啊,孩子们的校服我也会安排好。"

"谢谢首长。"

"哟,从我来到现在为止,就现在这声首长叫得最真诚!你小子!哈哈哈……"

78. 乡庆

二〇一四年秋天。按照时令来说的话,这就是普通的秋天,普通得不能够再普通了,粮食正常地长大成熟,树叶也正常地由绿变黄,缓慢飘落。

那这个秋天又不是普通的秋天——西山瑶族乡成立三十周年了,举办"海军希望小学庆祝西山瑶族乡成立三十周年文艺会演"的意义重大。

"校长,你说这次的庆祝活动会有什么样的反响?"小雨一边吃着午饭一边一脸期待地跟我讨论三天后将要举行的庆祝活动。

为了这次的庆祝活动,整个学校可谓是全体出动。从老师到学生,从上到下,全部都参与进去,甚至连刚刚开班的学前班都没有缺席。

放学时孩子们看着已经收拾好的书包和天边通往家里的小路,默默地咬了咬牙,带着"一定要让爸妈看到我表演"的情绪坚持排练。

会演一天一天临近，每一个人都处于一种紧张又幸福的状态，这种状态不分年龄大小，不分程度高低。

会演前最后一个晚上，我激动得睡不着，手机突然响了。电话屏幕在没有灯光的夜晚发出刺眼的青白色，我眯着眼睛看到几年之内从校长到局长再到副县长的名称和一直没变过的号码，愣了一下，紧接着赶忙清了清嗓子，划开接听键说："周副县长，您好。"

"我明天会带着县慰问团到你们海军希望小学慰问，你负责安排具体事宜。"

"我……"

那头已经响起了跟以往一样挂断电话的嘟嘟声。

周副县长一直都是这样，他决定的事情，就算是天上下刀子都不会改，而且最不愿意听的就是别人的解释。周副县长有了一个习惯，打电话时只要自己的意思表达清楚了，就不再听别人接话。

一个人的脾气大多是建立在能力基础之上的，像周副县长，他有能力把经过自己手里的每一件事或者是自己想做得每一件事做好。

说句大言不惭的话，我的脾气也不小。我要做的事情，也一定抱有一种不撞南墙不回头的决心。南墙很硬，撞一下势必头破血流，但是我已经做好了一切准备。我不会因为首长苦口婆心地劝我留在部队我就忘了初衷，更不会因为有人说那个村子成不了气候我就会换个"气候"好的村子，再继续教学。我跟周副县长一样，实质上我们都是不撞南墙不回头的人。

第二天，秋高气爽。一大早我就等在了村口，翘首望着进村的唯一一条路。

周副县长只要定好哪一天后，那一定要在那天大早上就要抵达目的地,就算是我跟着国旗一起等在他们的必经之路上,他们也一定会在国旗升起之前抵达。

"感谢周副县长率团前来慰问。"我跟在周副县长身后。在他面前我似乎感受到了在部队时跟在团长身后的那种感觉。不是压力,那是一种由内而外的崇敬。

正午,"海军希望小学庆祝西山瑶族乡成立三十周年文艺会演"活动如期举行。

小小的校园操场上里里外外挤满了前来观看的家长,和其他村民。原本计划应该有六十平方米左右的表演场地,因为人来得太多,竟然缩小了一圈,甚至连学校的围墙上也都是前来观看的人们。

被我委以主持任务的六年级女生小虹手里拿着一张节目单。

"首先让我们有请尊敬的周副县长上台讲话。"

小虹的声音因为紧张有些颤抖,毕竟是她第一次面对这么大的场面。她的表现还是很优秀的,至少比以前的我要强得多。

台下掌声雷动,还没有官阶概念的孩子们把"周副县长"只是当成了一个名字,那只是一个看起来和蔼可亲的伯伯。

"感谢大家允许我占用一点开场的时间,谢谢。"说完,周副县长朝台下深鞠一躬,于是大家对这个周副县长的印象从陌生提升到了尊敬。

"其实今天我来呢,是带来了演出团给大家伙儿助助兴的,但是在看过这些孩子们之后,我觉得我们演出团不及孩子们表演得纯朴!"

"哈哈哈……"朴实单纯的村民们被周副县长的幽默逗得发出了直爽的笑声。

"今天来到这里,最重要的目的还是在我们海军希望小学的李爱博校长身上。"

突然被提到名字，我完全没反应过来，甚至还跟着村民一起傻笑鼓掌，直到无数双眼睛齐刷刷地集中到我身上时，我才意识到。

阿秋跟小雨站在我身后，一左一右朝两个方向拧着我腰上的肉，突然间的疼痛一下子把我的思想全部唤醒了起来。

"周副县长言重了。"我咬紧牙关说出了几个字之后赶忙朝前走了一步。

"我要代表县委县政府向李爱博同志表示由衷的感谢，感谢他愿意舍小家顾大家，感谢他愿意为了教育事业孤身驻扎在边远山区。同时，我还想鼓励李爱博同志，教育事业不是一朝一夕的打卡签到，是要通过每一个日出日落、每一课勤学苦读积攒出来的。你既然选择了这条路，就要做好在这条路上挥洒汗水、呕心沥血的准备。只有这样才不会辜负人民教师的光荣称号，只有这样才对得起学生，对得起家长！"

"请领导放心，李爱博必不辱使命。"我用军礼回答周副县长，就像在部队接受首长命令一样，表示坚决完成任务。

那是我今生看过的最精彩的一场表演，无论是稚嫩的学生们，还是成熟的演员们。

于人生而言，既然活着就应该活到死亡，不要在人还活着的时候，提前把自己杀死。

"有的人活着，但他已经死了；有的人死了，但他还活着。"

生命的意义，不过这么简单的几个字，但是能做到的却太少太少……

79. 二〇一五

时间这东西太不禁唠叨，说着说着半辈子便都化成了文字。

我经历了的，我彷徨过的，我舍弃了的，我决定过的，一桩一桩、一件一件，当它们历历在目的时候，我却只能自己回忆，然后说给自己听。

虽然已经过去的事情最终是绝对不会因此而重新来过，但是我们完全不用去懊恼、愤恨，我们可以在那一个时间之前加上这么两个字"假如"，以此来完善自己不曾完美的人生，这颇有一种自欺欺人的感觉，不过有些时候，我沉迷于这种感觉。

假如我可以在更年轻的时候写出更优秀的诗，也许我会成为一个专职的作家。但是我在接触了诗歌之后我又接触了教育，于是假如最终成了假如。

假如我可以在更成熟的时候遇见你，也许你也不用活在别人的身边，为他人妻。但是我们相遇的时候我还是个乳臭未干的孩子，即便心智先于身体成熟，可我终究无法跨越世俗伦理的鸿沟，你也如此。

假如……太多假如,但是那些假如都是客观存在的,并不是在主观意识中可以消除的,所以我对我在那些事情上做出的抉择并不后悔。不仅不后悔,我还认为我做得很好。如果人生可以重来一次,那当我再次遇到这些假如之时,我依旧会做出完全一致的决定。

二〇一五年暑假。

城里的学校对学生的学习抓得特别紧,要求每个学生在暑假期间必须留校补课。对此,女儿的班主任还特意找我谈了一次话。

班主任姓沈,是个女的,三十岁左右的样子,短发,身材偏于消瘦,看起来很干练。

我们的见面是在一个下午,刚好我回家取换洗的衣服,被老师一个电话逮去了学校。

"李大校长。"沈老师端坐在纯黑色革皮转椅上,脊梁骨挺得笔直,"我想知道作为一个校长,对于女儿数学成绩没有达到班上平均分这件事情您是怎么看的。"

我当时脸一红,心想:念娇数学成绩没有达到班上平均分并没代表数学成绩没及格呀!但是话可不能那么说。

我赶紧满脸堆笑地说:"沈老师,其实这孩子数学成绩不好我也挺着急,可就是找不到对症的办法啊。"我做了一个很痛苦的表情,继续说道:"我在山区学校,也没办法把她盯得那么牢,可她奶奶也没少给她请家教买习题什么的,哎……估计这孩子在数学方面并不是很擅长啊。"

"说实在的,李大校长,其实我并不认为你家念娇在数学上不擅长。如果说她是没找到学习办法,倒是有可能的,"说到这里,沈老师突然开始两眼冒光,"你也许还不知道,这小丫头已经可以在五分钟之内解开高二的重点物理题了……"

那次交谈持续了大概两个小时,换来的是念娇起码一个多星期没搭理我。因为我被她的沈老师说服,欣然同意让她去参加暑假补习"套餐"项目。

之后我在她通讯录里的那个"暴君"名称就再也没换下来。

把女儿安排妥当,我又回到了海军希望小学。

农村的孩子们因为要帮家里农忙,学校并不会在暑假期间安排什么课程补习,学校里除了渐渐长出的杂草以外,四处都是空荡荡的。

我跟小雨把学校里里外外收拾了一遍之后,终于发现无事可做了。

我抬起头,看着天上偶尔飞过的鸟拖着被太阳炙烤得仿佛快冒出烟来的残影,脑海里突然出现了一个孩子的面孔。

那个刚刚穿上海军希望小学校服的孩子曾经说过,如果有一天他可以选择去当兵的话,那他一定去当海军。

我很诧异,当兵为什么要当海军? 陆军空军都可以选择的啊!

他说,他想看到大海,然后一直住在海滨,这样就可以每晚听着海涛声入睡了。

我摸摸他的头没有直接说什么。

因为在当兵之前我也曾经认为在部队就可以过上世外桃源一样的生活,除了偶尔的训练以外,我可以把自己整个放空,想怎么诗意就怎么诗意。然而事实是我进了部队以后每天都在过一些"提心吊胆"的日子,没有一刻诗意过。因为我要随时准备被班长、排长、连长、营长、团长中的任何一个在大半夜一个哨声惊醒,然后惊魂未定地连夜出发去跑五公里。

"小军啊,过几天我们去海军部队参观学习怎么样?"

那是在我接到海军部队首长电话之后的第二天,我找到了阿秋和她的儿子小军,准备带着这个有着一颗当海军之心的孩子去实地参观一下。

我穿好佩戴着陆军预备役肩章和军功章的旧军装,带着小雨和小军来到海军部队的时候,部队正在搞一次海军陆战队抢滩登陆的实战演习。

与陆军在荒郊野外实战演习不同,海军的实战演习是在一片沙滩之上。

"这三天的火车没白坐,可算是看到大海了……"

我们站在海军部队首长特意为我们准备的移动高塔上,在不打扰到战士们演习的地方远远地看了一下午海,还有那些在沙滩上一会儿出现一会儿冲进海里的战士们。小军努力地抬高自己的身子,瞪着自己的两只小眼睛,如同小太阳一般。

从那时候开始,我对小军会去当兵这件事已经没有任何疑问了。

眼睛是一个人心灵的窗口,如果一个人的眼睛里反映出了对某一件事情最原始的渴望时,那就可以肯定他对那件事情是多么执着多么强烈了。

我们在海军部队参观学习了一周时间。其间我们参观了海军战舰、"蛙人"训练基地、海军仿真投射场和海军历史陈列馆。从实战到理论,从当代到历史,从一颗鱼雷的拆解图到一个救生圈的多种用法,每一件事物似乎都有自己的生命一般,如电影画面,有规律并且瞬息万变。

我刚从海军部队参观回来,还没等歇脚,县文联孔主席的电话就打了进来。

县文学协会换届暨县诗词协会成立大会将在今年冬天召开,孔主席代表县文联希望我继续担任县文学协会主席并兼任县诗词协会首任会长。

"你先准备准备,召开大会之前,我会再和你联系的。"

提到诗词,我发现,我真的有很长一段时间没有拿起笔来好好地写写自己喜欢的东西了。自从当了海军希望小学校长之后,我几乎就是一门心思扑在工作上,自己的私人时间快变成"压缩饼干"了,没有任何弹性可言。所以刚听到这个消息的时候还真有点紧张,紧张自己这么长时间没有写东西会不会有些生疏了,会不会再也写不出曾经充满激情的文字了。

在看完挂断电话之后写出的第一篇文字,我的紧张瞬间烟消云散。其实有些东西从出现开始就注定会深入骨髓,牢牢地刻在骨子里面,抹不去,想拿也拿不走。也许,我也从来没有想过要拿走。

就像我的血型,就像我的心脏,就像我能写出来的文字。

从夏天到冬天,虽然说起来很长,但是真正放进日子里来算的话,其实很短。在我还没怎么感觉出哪里有需要而紧张的时候,棉衣已经悄然加身了。

"下面,有请县文学协会主席兼县诗词协会会长李爱博。"

我记得那是我第一次没有在众人面前怯场。

当我全身心地投入到文字的海洋的时候,我真的不会去关注在我的面前有多少双眼睛看着我,也不会在意身边有多么嘈杂、恶劣的环境。

"我们在座的大部分都是接受过高等教育的知识分子,所以自然也都知道教育对于一个人的重要性。这个社会需要教育行业,因为有那么多的孩子。在座的各位都是在文学界内举足轻重的人物,所以希望借大家的影响力,可以为边远山区的孩子们集结到更多的师资力量。我承蒙诸位信任可以继续担任县文学协会主席并兼任县诗词协会首任会长,但是在这些头衔之后,我首先还是一名人民教师,所以请允许我呼吁,希望大家能大力支持教育事业,谢谢!"

这段话完全是我读过致谢词之后的一段临场发挥,因为就在我说的这些语言中,有我的学生们的影子,还有我的故乡的影子,甚至是我自己的影子。

我能够有今天的成就,能够站在这里,要感谢所有我接受过的教育,与此同时,我希望更多的孩子可以像我一样,能够有广阔的未来。于是我成了荔州县唯一一个在文学集会上为教育发出呼吁的人,而且也是唯一一个呼吁成功的人。

大会结束的第二天,省市县三级报纸出现了"荔州县文学协会主席兼诗词协会会长向全社会发出对于教育事业的呼吁"的头条消息。

80. 功成名就

　　说到现代教育，我们首先想到的无外乎什么"全面发展""创造全能型人才"等看起来就很高端的课题。我认为那是要应用在云端的知识产业。很不幸，我们只是普通人，我们首先需要基本技能和基础知识。

　　我们不能教孩子首先想到的是海洋污染，而是要他们知道从零花钱里拿出一块钱去门口的商店买回来一包盐。这样的孩子，不才至于"高处不胜寒"，甚至完全脱离生活实际。

　　我只是在师大毕业，然后去部队待了几年，学了些跟教育事业没什么关系的汽车驾驶修理技术，平时写一些文字。从一个教育者的角度出发，我会教给我的学生们最本真的东西，教他们学会做真实的自己。

　　"因材施教"这句话是老祖宗留下来的，我做到了。

　　《现代语文教学方法研究》的样书寄到海军希望小学的时候，我正在给孩子们上语文课。

　　本来校长是不用亲自上课的，但是教语文的莫老师前几天检查出怀孕了，除了恭喜她之外，我还给她放了三天假。这是在正式产假之外的福利，听阿秋说女人在知道自己怀孕的时候最是幸福，所以这三天假就送给这个兢兢业业坚守在乡村小学十几年的优秀老师吧。人性化教育不单单针对学生，老师也是一样。

虽然并不是第一次拿到自己的著作了，但是这次的感情却跟以往有着大大的不同。以前都是写些什么散文随笔、诗歌、书信体小故事，而这本书可是代表了另一个层面。如果说曾经的文字是主打娱乐和思维，那现在就是以系统性的批判跟教育方式为主要方向。

其实这本《现代语文教学方法研究》投稿之初，我并没有现在这么坚定的信心，毕竟从事教育工作的时间不长，也不是专门研究教学方法的专家。书稿内容只是我这几年通过教学接触了这么多个学生之后积累下来的经验总结。

由于书的主题是针对整个教育系统，所以在这本书的出版上，并不是那么顺利，在原稿审核上就经过了很多的关卡。

从县教育局到市教育局再到省教育厅，一层一层审核，光是批注跟修改意见，我就收到不少于五十份，但是真正为我所接受的只有一份——那是周副县长在一天晚上 11 点 35 分发给我的电子邮件。没有主题，没有署名，要不是看到号码是他，这封邮件很有可能被我当成垃圾邮件而石沉大海。

点开预览，电脑屏幕上只出现了三个大字"不需改"，仿若周副县长就在我的身边跟我声情并茂地现场说教。

也许周副县长不知道，在收到他这封邮件之前，我的邮箱里已经收到了无数封批判性邮件。最让人心寒的是其中一封谩骂信，竟然是我曾经接受过教育的一所学校发来的。

"你的作品就像你的孩子，你不能就那么看着他被人家欺负,何况他的存在并没有任何错误。"

就在这三个字当中,我似乎又看到了周副县长正在我的面前,做着双手背在身后那个熟悉的动作,焦虑地在我的面前踱着步子。

"关于教育,有的时候就是要掌握教育教学的方法,而且还要对这种方法充满自信。这是要用到孩子们身上的,你一个研究者自己先没了底,那你怎么面对孩子们迷惑的目光。

"还有,不管这个方法在别人眼里是什么样子,他们会多么不屑一顾,但是当他们知道自己一直以来固执坚持的东西并没有什么效果的时候,他们一定会选择去尝试那种新的方法。不过,在这之前,他们需要时间。而他们在思考的时候,就是你要给自己更多坚持的时候。

"师者,所以传道受业解惑也。新事物的出现,往往会伴随压力。"

"我理解。"

不想,不看,不放弃。一直坚持,一直等待,并且一直关注并付诸实际行动。

我的孩子们,他们在每一次语文考试中的成绩都是很高的。

他们在六年级毕业之前已经学完了初中的语文知识,并且是在自主求学的基础上。我不能对任何一个人"强学强教",就像我不会在任何一个应有的节日中给同学们补课。

童年本就应该是快乐并且多彩的。孩子有兴趣是好事,只要能坚持下来,我们自然要全力支持。

二〇一六年夏天,县文联孔主席推荐我参加市文学院签约作家选拔。

仲夏时分,热浪可以把路面所有的水分全部蒸发。大片大片蒸腾而起的热,扭曲着我们赖以生存的空气。各所学校之中,午睡这项唯一广受好评的"项目"开始在孩子们身边展开,并且做到了人人参与、无条件支持。

"真是不容易啊。"

小雨擦了把头上豆大的汗珠,坐回到办公室的电风扇前。

"校长,您先歇会儿吧,您这么个忙法身体是吃不消的,再说天气这么热……"

"那也没办法啊,天气这种事情……"我一边继续整理手里的稿件,一边抹了一把头上的汗水。

这个签约作家选拔,还真会选时候啊。几千字的稿件要是放在两个月前,几乎就是一天的事情。但是天气一热,就感觉时间都跟着热胀冷缩了。那种一分钟比十分钟还漫长的生活节奏,让我很难静下心来。于是很多表达都处在一种难以言说的焦灼状态,就像是生活中被人倒进了一大桶黏合剂,由于天气太热,还不能一下子整合成块,于是就那样一点一点地把所有可以思考的范围全部变成黏稠状态。

直到我看到了学校高年级的孩子们对于未来的追求。

他们在消了暑气的夜晚成群结队地出现在村子中央唯一的路灯下。拗口的英语被他们说得有模有样,数学公式已经可以演变派生成很多的代入式,古文诗词歌赋、之乎者也信手拈来。

那是一次无意中的发现,却如同一针清醒剂,注入进我的脑海。之后,无论白天有多高的温度,我的思维都能摆脱焦灼,始终保持清醒。

我要写以儿童小说为主攻方向的文章。有了目标,自然一切都很明了。我找到了我要描绘的方向跟轮廓,那么只需要润色文字,添加生动的修辞。

那种感觉就像是有了一个孩子,但是这个孩子还小,可能只是还在牙牙学语。我要把他养大,首先要给他穿上合适他的衣服。衣着华丽，出生即出道。

　　市文学院的签约作家选拔，不出意料，我成功签约。成为市文学院签约作家之后不久，我的一篇短篇小说《梦》便在《客家文学》杂志上公开发表。《梦》的主角就是我的学生，那些在昏黄的路灯下为了自己的梦努力的孩子们。

　　在人生之初，有个梦是幸福的，可以为了这个梦去努力更是幸福的。

　　我是一个普通人。我能够做的事情也很普通。在梦的路上，我愿意以字为灯，即便耗尽最后一丝光亮，也要伴你们前进一程。

81. 如人意

　　人生能有几个十九年? 而我们已经认识了十九年。

　　自从我回到龙湖村以后,阿秋对我的态度从年轻时候的张牙舞爪变成了现在的远近适中,在很多时候她离我远了,我都很不适应。

　　或许我只是不想承认,在见到她的时候,我的心里其实就想着,如果能回到最初,该有多好,如果你那时候等我回来该有多好。

　　二〇一六年中秋,阿秋请我到她家里去吃晚饭。身在山区的我,在这里已经工作了三年,每一年的中秋我都是在阿秋家过的。

　　我原本以为,今年也跟往年一样,吃个饭,坐在院子里面赏月,吹一吹凉爽的秋风,闻着风里面庄稼的味道,那种带着清甜的味道,就像是我手里面最爱吃的客家月饼一般无二。

　　我带了一瓶度数不是很高的"刘伶醉",一个人回到学校,坐在教学楼的屋顶盯着月亮想事情,想我这么多年经历的与错过的。

"爱博哥。"这时，阿秋忽然出现在我面前。

酒精度数不高，但是不胜酒力的我已经喝得有点迷迷糊糊。看到阿秋，我笑了笑，在身边的位置拍起一阵灰尘，然后傻呵呵地对她说："来，坐。"

我迎着光，看不清阿秋的表情，只记得她把头压得很低。

"你说，如果我们一开始就不曾分开，你会不会喜欢我？"阿秋拿过我手里的酒瓶猛地给自己灌了一口说道。

"我……我不知道。"

真的不知道吗？我只是不知道该怎么跟当时的阿秋说出口罢了。心里的话怎么掩盖，终究还是骗不了自己的。

阿秋抬头看了看我，说："我猜，我猜，不会。"

"为什么这么说？"这次轮到我把头压得很低。

"因为，哈哈哈，因为我会让你爱上我，不只是喜欢，就像现在。"

金黄色的月亮在夜空的最顶端达到了极致，亮得耀眼，却很温柔。如果不是因为天幕依旧深蓝色，或许我会以为，天亮了……

"阿秋……"我第一次把自己的心完全敞开在这个女人面前，"你还记得我去当兵的时候，你对我说的那句话吗？"

阿秋紧紧地盯着我，月亮在她的眼睛里映出一个金黄色的亮块，像是从目光中反射出来的心脏。

"我当然记得，我还记得你走了之后我哭得晕过去了，是你的同学把我送回了家，我还见到了你没见到的陈老师。"

陈老师！像一根钢针嗖的一声扎进我毫无防备的大脑皮层，导致我控制情绪的区域出现大范围混乱。

"陈老师？"

"对,陈梓娇。"阿秋把目光转到月亮上,"李念娇……"

"陈老师……说什么了?"

"她什么也没说,只是告诉我好好照顾自己,还说……还说如果我等你,你就一定会回来。"

"可是你没有。"

"不,我等了,可是身为人女的我,怎么可能一直等一个不确定的你?"

身为人女!又是一道晴天霹雳,我只记得阿秋没有等我,怎么就忘记了阿秋的父亲,怎么就忘记了老一辈人对自己子女的殷切期盼。

"其实部队有假期的时候我要来看你,只是那时候山里的路被堵住了,进不来。"

也许只是上天无聊时开的一个玩笑。在我以为阿秋食言的时候,阿秋背着"不孝"的骂名等了我很久,久到那个朱老师就只是因为跟我有相近的脸就可以亲近她。那时候我在干什么!

"还说那些干什么,没有必要了。"

"是啊。"

两个人,一个月亮,一片夜空。沉默中滋生的情绪,有冲动也有安定。

"爱博哥,我一直爱着你的,而且我不相信现在的你不爱我。"阿秋把手伸到我面前,"现在你有念娇,我有小军,你的女儿需要一个母亲,我的儿子需要一个父亲,我们在一起,就可以儿女双全。"

其实阿秋不适合说这些情话,就像现在,清凉的月光都无法降低她脸上的灼热。

"然后呢……"我憋着笑,偷偷看她羞红了的脸。

我不想再骗自己,这个女人,我是喜欢的,而且越来越离不开她。

"然后,你娶我。"阿秋已经声如蚊蝇。

我忽然想起来,这个羞涩的女人曾经是个不管男女授受不亲、天不怕地不怕的人。

"阿秋,你这么腼腆,我还真有点不习惯。"

我不禁笑出声来。

"你!"

"嫁给我。"

仿佛就在这一刻,时间已经静止了,那条名叫过往的河里是我们曾经经历过的点点滴滴。虽然中间出现了分岔,但是最终仍是归于大海。

阿秋的分岔中有她的不幸她的隐忍,还有她不愿诉说的期盼;我的分岔中有我的坚持、我的理想和我最终想要的归宿。

"爱博哥,我不是没有等你……"

"我知道。"

"我等了你整整十九年。"

"我知道,谢谢你。"

"我不要你的谢谢。"

"那你看我把我的后半辈子都给你好不好?"

"最好还有你投胎以后的那辈子。"

"你真霸道!"

"对付你,不霸道点的话,那不是很被动吗?"

"阿秋。"

"嗯?"

"对不起。"

我们站起身,如同古希腊神话故事里祈求到了神谕的男女,在月光中相拥而泣。神说,你们将会结为连理。

"老爸。"一个熟悉的小男孩的声音在院子里响起。

"老妈。"又是一个熟悉的小女孩的声音紧随其后。

我们赶紧从对方的拥抱之中挣脱出来,紧张的眼神都不知道该放在哪里才合适,就好像是一对年轻的小情侣一般的害羞脸红。

恋爱?四十多年了,我竟然第一次知道恋爱并且能爱的幸福。

两个小孩子在校园里一个劲儿叫着爸妈,为了大小辈分争得面红耳赤。

我跟阿秋笑得合不拢嘴。

"念娇,你什么时候来的?"

"就是刚才啊。"念娇停止争吵,扬起一张天真的小脸。

"刚才?"

"就是跟着老妈来的。"

"……"

二○一六年十二月二十五日圣诞节。超市门口早早就摆上了高大的圣诞树。二极管的小彩灯一圈一圈缠绕在树上,如同会发光的巧克力,甜蜜柔和。还有树顶上的金黄色五角星,看起来有点像搞笑的避雷针。

因为阿秋说一切从简,我们的婚礼只是在龙湖村的家里摆了几桌宴席,请了父母亲戚朋友,还有我的二十九个战友。

阿香穿了一身浅紫色礼服,端庄典雅,比以前看起来更有书卷气。她端起酒杯祝福我们幸福,要在一起一辈子。

我跟阿秋对视一眼,都明白对方眼里的那份"难得",我们端起酒杯,说了一句:"阿香,谢谢你。"

"行啊你,第二春!"阿凤相比于阿香要洒脱得多,我们更像是兄弟。阿凤握起拳头在我的肩膀上轻轻一击,随后干了一杯烈酒。

阿月和阿亮这对兄妹带着自己的另一半一起来参加我的婚礼。

"哟,你们俩这意思是要跟我喝四杯吗?"我握紧阿秋的手,随时做着以一敌四的准备。

"你小子那点酒量我们心里还没数吗?现在要是把你灌醉了,待会洞房的时候我们闹谁去啊,是不是?"小亮一边揶揄我,一边朝身后挤眼色,阿锋跟阿古很配合地起哄!

"你们两个小子,无组织无纪律是不是?"

"嗬,这可不是,我们只是响应群众号召!"阿古一抬屁股从座位上站了起来,"顺便起个哄……哈哈哈……"

这小子的贫劲儿还是一点没改,不过也幸亏没改,我们的战友情分也没改。

小九端着酒杯走到我面前,还是像以前一样,带着调皮说:"兄弟,祝你幸福……"

周副县长尽管公务繁忙,还专程为了我的婚礼推掉了很多事情,换来了喝一杯喜酒的时间。

"爱博呀,真是不好意思,我真想留下来好好跟你们热闹热闹。"周副县长拉着我的手,那种如同父亲却不能从始至终参加儿子婚礼一般的感情通过手心的热度传递,让我的心里暖融融的。

我说:"没事的,我理解,您能来我就已经很知足了!我和阿秋以后会去拜访您的!"

鞭炮燃起,响彻龙湖村每一个角落。

圣诞树上金黄色的五角星依旧屹立不动,像是一个永远在闪烁的灯塔一般。是不是在我们不知道的时候,它在与月亮偷偷地交流?

　　小星星,请你替我告诉月亮,李爱博谢谢她。谢谢她陪我度过的每一个夜晚,谢谢她让阿秋出现在我的生命里……

2017 年春初稿
2017 年冬定稿